U0939534

这个世界如同巴别塔和我外婆的纸牌，
是各种行将倒塌的story组成的。

——迈克尔·夏邦《月光狂想曲》

The world, like the Tower of Babel or my grandmother's deck of cards, was made out of stories and it was always on the verge of collapse.

Michael Chabon, *Moonglow*

迈克尔·夏邦：跨界的塞林格接班人

美国《时代》杂志资深书评人莱夫·格罗斯曼（Lev Grossman）观察到，“我们处在一个转型期，曾经泾渭分明的纯文学与大众文学、主流文学与类型文学，如今正慢慢地开始勾连，未来文学的样貌正在逐渐显现”。乔纳森·勒瑟姆（Jonathan Lethem）、玛格丽特·阿特伍德（Margaret Atwood）、苏珊娜·克拉克（Susanna Clarke）与迈克尔·夏邦（Michael Chabon）无疑都是正在实践这种尝试的作家，这让我们永远都不知道，他们的下一部作品会是何种模样。夏邦尤其如此，谁能想到，在将普利策小说奖收入囊中之后，他居然一口气拿下星云、雨果、轨迹、侧面等多项科幻大奖。而夏邦说：“伟大的文学作品是超类型的——从不在意是哪一种类型或流派。”

迈克尔·夏邦1963年生于华盛顿的一个犹太家庭，成长于马里兰州的哥伦比亚郊区，11岁时父母离婚，之后跟着母亲一起生活。他出生时二战已经结束18年，却始终是他无法回避的文化母题——以一种“他者叙事”的形式形塑他的人生，同样也给予他写作的灵感。儿时的夏邦热衷于看漫画，在很小的时候就想成为作家。在他的作品中，战争、宗教、漫画、超级英雄、科幻、推理、黑胶唱片等二十世纪美国历史与文化的表征，反复出现。

1984年，他在匹兹堡大学获得了文学学位，1987年在加州大学欧文分校取得创意写作硕士学位。夏邦将小说《匹兹堡的秘密》作为硕士毕业论文提交给导师，导师读完后随即就将书稿寄给了文学经纪人，经纪公司以155 000美元的预付版税签下了这部小说，创下了当时新人小说的纪录，小说出版后随即畅销美国，他也由此被誉为“塞林格接班人”。夏邦的短篇作品也常常发表在《纽约客》《GQ》等杂志上。

在出版第一部长篇小说后的五年里，夏邦酝酿着新作《泉城》（*Fountain City*），他把672页的草稿交给了编辑，编辑却不满意。最终，他决定放弃这部“没救了的”小说，重新开始。七个月之后，他完成了《奇迹小子》，将写作的难产经历付诸其中。评论家乔纳森·亚德利（Jonathan Yardley）对小说赞誉有加，称夏邦为“美国文坛的新星”，但也指出夏邦是时候“打破个人经验的束缚，去探索更大的世界”。这番话提示着夏邦更远大的抱负，随后，他便开始创作《卡瓦利与克雷的神奇冒险》，书写美国漫画黄金时代，他凭此获得了普利策小说奖，也发现了自己曾希望拥有的能力——融合多种视角、构建历史、追忆流逝的岁月。之后，他又接连创作了两部类型小说，散发着童真的奇幻小说《夏日王国》与向福尔摩斯致敬的推理小说《最后的解决方案》。

2006年底，夏邦完成了小说《路途中的绅士》，并在2007年1月至5月的《纽约时报杂志》上连载发表。同年，自2002年2月便开始动笔的《犹太警察工会》出版，这部硬汉派侦探小说假设了历史的另一种可能性，为他斩获了多项科幻大奖。2012年出版的社会小说《电报大道》被评论家誉为“21世纪版的《米德尔马契》”。夏邦认为，从最初的两部现实主义小说到《卡瓦利与克雷的神奇冒险》及其之后的类型小说的实验写作，再到《电报大道》，在风格上具有重要的联结意义，至此，他能够在作品中自如地运用他所需要的风格类型，即使是犯罪小说、魔幻现实主义，乃至武侠小说的混搭。对他来说，文本是开放的，不必非得拘泥于写实，而是可以容纳与混杂各种风格，按照他自己的逻辑自由地编织意义。2016年底的《月光狂想曲》同样实践着夏邦的理念，这是一部包裹在伪装成回忆录的小说里的传记，用谎言诉说着真相，窥视着美国的一个时代。

除了小说家的身份，夏邦活跃在美国文艺圈的各个领域内。2010年，夏邦接替罗伯特·麦克尼尔（Robert McNeil）成为麦克道威尔文艺营（The MacDowell Colony）的新一任主席，他曾在那里进行《卡瓦利与克雷的神奇冒险》的写作，而在上个世纪，张爱玲也曾在那里落脚。2017年夏天，夏邦与妻子阿耶莱特·沃德曼（Ayelet Waldman）共同编辑出版了非虚构文集《橄榄与灰烬的王国：作家的对抗》，集结了一系列关注约旦河西岸和加沙地区局势的作家作品，包括杰拉尔丁·布鲁克斯（Geraldine Brooks）、戴夫·艾格斯（Dave Eggers）、科伦·麦凯恩（Colum McCann）、科尔姆·托宾（Colm Tóibín）等。

夏邦亲自操刀《匹兹堡的秘密》与《奇迹小子》的电影剧本，《电报大道》则最初是为电视剧而准备的剧本；2002年，他受邀担任电影《蜘蛛侠2》的编剧，赋予了知名反派人物章鱼博士（Doctor Octopus）更为饱满的银幕形象。《卡瓦利与克雷的神奇冒险》里的主人公“逃脱侠”也衍生出了一系列漫画作品。

采访过迈克尔·夏邦的美国记者玛丽莲·库珀（Marilyn Cooper）称，和夏邦对话，话题可以从迈克尔·杰克逊的歌词直接跳到宇宙飞船的历史。他的写作也是一样，虽然他对所有堂吉诃德式事物的喜爱让人有点儿受不了，但他对知识开放与好奇的态度，成就了一部部引人入胜、新奇有趣的作品，情节错综复杂，语言优美而富有张力。他善于从类型文学、大众文化与亚文化中汲取灵感，游走于严肃文学与通俗文学的两极，不断挑战着纯文学与类型文学的人造隔离。

观察，然后书写世界

01《月光狂想曲》*Moonglow*（2016）

☆ 索菲·布罗迪奖章

☆ 美国亚马逊年度好书

☆《纽约时报》《华尔街日报》《华盛顿邮报》年度书单推荐

1989年，当德国人欢呼着推倒柏林墙的时候，迈克尔·夏邦飞往加利福尼亚州奥克兰的母亲家，陪伴患有癌症的外公度过最后的时光。止痛药打破了外公少言寡语的习惯，在接下来的一周，他不时回忆起自己一生的际遇，一点一点地揭开埋藏已久的秘密。

外公在费城南部的犹太社区度过了不羁的少年时代，他四处游历，称雄百里；德雷克塞尔理工学院毕业后，他加入美国陆军工程兵团，差点炸毁弗朗西斯·斯科特·基大桥，却因此被战略情报局揽至麾下，被派往欧洲大陆执行“回形针计划”——追踪可为美国效力的纳粹科学家，冯·布劳恩。这位V-2火箭的设计者与他一样憧憬太空，却践踏着无辜者的生命攀上通往月球的天梯。战后，外公回归普通人的生活，爱上了神秘迷人的法裔外婆，他们的爱情炽热、坚贞却不无艰难。尽管他精通处理机器故障，却始终对被战争撕扯得支离破碎的她束手无策，只能借由航天模型兑现对她的承诺——带她去月球寻找庇护所。

外公的一生见证了人类历史黑暗与荣光的时代，从第二次世界大战到美国太空探索的狂飙时期，再到“美国世纪”之暮，人生充斥着冒险与战争、情欲与真爱，目睹了科学的浪漫与残暴、人类创造性与毁灭性的力量。谎言言说着真相，倾诉了一个人与一个世代的传奇。

—

哀婉、打动人心，夏邦将相互联结的故事织就为繁复、美丽也有瑕疵的古董地毯。夏邦是美国当代最具天赋的作家之一，在《月光狂想曲》中，温柔抒情和炽热激情的写作展露无疑，他的文字可以驾驭一切。

——角谷美智子（《纽约时报》著名书评人、普利策奖得主）

这部惊人之作展现了家人之间强烈的情感联结与记忆的狡黠和不可靠。小说书写了曲折的人生，令人着迷，充斥着影响人生走向的意外事件，而其中永远不去揭开的秘密，如同家庭宇宙中心的暗物质一样存在着，每一个家庭都是如此。

——罗恩·查尔斯（《华盛顿邮报·图书世界》编辑）

02《电报大道》*Telegraph Avenue*（2012）

☆ 费尔南达·皮瓦诺文学奖

亚契与奈特是一对黑人加犹太小子的奇特死党，电报大道上“破烂地”黑胶唱片店（Brokeland Records）合伙人兼乐团搭档。两人的妻子葛雯与雅薇娃经营一个多年来接生过上千婴儿的自然助产中心。然而当前美式足球明星吉布森预备在此开设酷狗购物中心，同时葛雯与雅薇娃的助产方式因一件意外而受人质疑，这两对好友兼夫妇的事业与友谊首次出现了重大危机……

路瑟是二十世纪七十年代功夫电影明星，息影多年后，再次回乡为系列电影重新开机筹资，却意外让一桩陈年谋杀悬案重新浮上台面……

朱利亚与最近搬进小区的少年泰塔士成为好友。但这个泰塔士身上有着什么秘密，竟可能成为压倒亚契摇摇欲坠婚姻的最后一根稻草？

奈特与亚契受托为有望进军白宫的政坛明星举办募款音乐会，而当电报大道近日各种纷乱的事主为此齐聚一堂，这条承载着时光印记的大街，它所背负的旧日阴霾与未来方向，能否就此豁然开朗？

忘了所谓“乔伊斯式”或“索尔·贝娄式”之类的比喻吧，用来形容《电报大道》最好的说法，就是它是一部“夏邦式”的小说，有着丰富的语言、精彩的群戏、犹如夏夜烟火秀的对白，以及机枪连发般的精譬妙喻。

——杰斯·沃特（美国作家，著有《美丽的废墟》）

这部小说就像一张你最爱的爵士乐老唱片，从头到尾都让人乐趣无穷。

——《独立报》

03《超人的惊天秘密》

The Astonishing Secret of Awesome Man（2011）

为小朋友写的故事绘本，由杰克·帕克（Jake Parker）绘制插图。

超人（Awesome Man）拥有飞行能力，眼睛里能够发射出正电子。即使是像邪恶教授和“燃烧眼球”这样的大坏蛋，也难以与之匹敌。然而，超人拥有一个不为人知的秘密……

小读者和夏邦的成年读者都会从这本幽默诙谐的书中找到乐趣。

——《出版人周刊》

夏邦以热情洋溢的孩子气口吻展开叙述，天真可爱，故事像是一幕幕儿童剧。

——美国图书馆协会书单

04《男子气概》*Manhood for Amateurs*（2009）

迈克尔·夏邦的第二部非虚构文集。一份羞涩的宣言，一本不切实际的手册，一个谎话精的真实故事，拆解人生片段，探讨一个重要的问题：当今时代，作为一个男人意味着什么？

夏邦的小说透着凌厉的观察与一如既往的坦诚，为其赢得了普利策奖，而他以同样的方式审视着他自己在生活中的角色——丈夫、父亲、乐高发烧友、顽固不化的书呆子——简而言之，一个男人。

——《时代》

令人捧腹、感动、久久不能平静，出类拔萃。

——《旧金山纪事报》

05《地图与传奇》*Maps and Legends*（2008）

迈克尔·夏邦的第一部非虚构文集，收录了十六篇非虚构作品，其中一部分阐释自己创作类型文学（包括科幻、奇幻与漫画）的理念，另一部分记述了小说创作的历程。

充满活力与能量的作品，洋溢着无限的冒险精神。

——《奥普拉杂志》

这部文集让我们在阅读夏邦的小说之外，揭示了更多有趣与惊人的幕后理念，由此也更能体会小说的意味。

——《哈泼斯杂志》

06《路途中的绅士》*Gentlemen of the Road*（2007）

他们是一对奇怪的搭档：泽利克曼是一名四处行医的内科医生，他身穿黑衣、面色苍白、骨瘦如柴、喜怒无常，总爱戴着牙套；阿姆拉姆曾经是一名士兵，他身形高大，有一头灰发，言辞犀利、妙语连珠——言语就是他的战斧。他们是战友，更是没有血缘的兄弟。大约公元950年，他们在高加索山脉穿行，随心所欲地生活，利用一切手段求生——他们做过小偷和刺客，也曾从别人那里骗得钱财，并愉快地分赃。没人能让他们受伤或置他们于死地，他们盗走敌人的武器，并学会在充满敌意的环境下生存，敌人只能在他们扬长而去的尘土里愤怒地挥动拳头。

迈克尔·夏邦对文字的掌控如同有魔法的蜘蛛，能够不费吹灰之力地编织出精致的辞藻之网，让读者无法抗拒其独特的美妙。

——《纽约时报》

夏邦是一位极具天赋与学养的作家，不仅拥有精湛的写作技巧和智慧的头脑，而且散发着迷人的气质。

——《华盛顿邮报·图书世界》

07《犹太警察工会》*The Yiddish Policemen's Union*（2007）

☆ 雨果奖

☆ 星云奖

☆ 轨迹奖

☆ 侧面奖

在一个架空历史世界中，1948 年，刚刚成立的以色列国覆灭，犹太难民涌入阿拉斯加。六十年来，犹太人在当地越发兴旺，成立了自己的联邦特区。现在，特区即将被收归阿拉斯加管理，犹太人的家园梦又将覆灭。

特区刑警兰兹曼无暇担忧主权收回问题。他的生活一团糟，婚姻破裂，职业生涯简直就是灾难。在他栖身的廉价旅馆，就在他的眼皮子底下，有人被谋杀，死者曾是象棋天才。兰兹曼开始调查这桩案件，但高层却要求他立刻丢开。兰兹曼必须与信仰、执念和邪恶等强大的力量殊死斗争，而能够拯救他的，只有他的过往。

阅读《犹太警察工会》，就像是看着一个富有天赋的运动员，用已有运动中的元素重新发明了一种全新的运动形式。

——伊丽莎白·麦克莱肯

（美国杰出短篇小说奖得主，《巨人屋》作者）

一位才华横溢的美国作家，给了我们一个伟大而全新的故事。

——美联社

08《最后的解决方案》*The Final Solution*（2004）

向《福尔摩斯探案集》等推理小说的致敬之作。

一位八十九岁的老人在宁静的英国乡村过着退休生活，当地的居民依稀记得他曾是个著名的侦探，而如今，他只是个养蜂人。九岁的聋哑小男孩莱纳斯和一只非洲灰鹦鹉一起从集中营里逃了出来，走进了老人的生活。从鹦鹉口中吐出的一串德语数字暗藏着纳粹党卫军怎样的秘密？是瑞士银行账户的密码？还是蕴含着更为重要也更加邪恶的信息？

卓越的作品，水准上乘，一如既往。

——《纽约时报》

小说简练而深远，充满悬疑与解谜的快感，然而故事背后巨大的罪行，即使对福尔摩斯来说，也只能束手无策。

——《卫报》

09《夏日王国》*Summerland*（2002）

伊桑·菲尔德的这个夏天过得异常糟糕。父亲带着全家搬到了华盛顿的克拉姆岛，伊桑很快就发现自己是岛上有史以来最没有天赋的棒球队员。然而，当他遇到棒球球探灵锋格·布朗和765岁的狐人时，他开始转运，他们将他带入了另一个世界，这个世界叫作“夏日王国”。那个四季如春的美丽之地正面临着被邪恶的丛林狼摧毁的危险，而预言说，伊桑是唯一能够拯救那个世界的人。

这位才华横溢的作家是文字的魔法师。

——《纽约时报》

迈克尔·夏邦也许是美国同侪中文笔最佳的小说家，当代的厄普代克。

——《时代》

10《卡瓦利与克雷的神奇冒险》*The Amazing Adventures of Kavalier & Clay*（2000）

☆ 普利策小说奖

☆ 纽约公共图书馆书卷奖

二战时期，年轻画家约瑟夫·卡瓦利在老魔术师的帮助下，从战乱的欧洲偷渡到日本，辗转到美国，最终与定居纽约的表弟山姆·克雷一家相会。卡瓦利以惊人的画技，与满脑袋鬼点子的表弟克雷联手，大胆地向玩具公司提出一个超级英雄漫画的创作计划。这是一场空前的赌注，在那个人心低迷的萧条时代，一切看似绝望，也暗含突破困顿的渴求，结果两人创作的《逃脱侠》一炮而红！

梦想的实现带来名利，卡瓦利更和他的缪斯女神罗莎陷入情网。然而，传奇的一页才揭开，无情的时代和他开了一个残忍的玩笑，痛苦的他决定自我放逐。

这是一部重要、宽容且美丽的小说，充满机智与细节，洋溢着惊奇和叙事新意。

——查尔斯·弗雷泽（美国国家图书奖得主，《冷山》作者）

这样的文笔，让人一口气跳过六百页的奇思幻想与社会史……从来没有见过如此有想象力、如此有神韵与感情的故事！

——《时代》

11《青年狼人》*Werewolves in Their Youth*（1999）

迈克尔·夏邦的第二部短篇小说集。九个短篇里的男男女女，妻子、丈夫与孩子，都面对着至关重要的抉择。在一次次微小却关键的选择中，他们定义了自己的人生。这本小说精准捕捉了变化的各个时刻，夏邦写出了人类最深层的隐秘与恐惧。

这部短篇集道出了美国家庭所面对的痛苦与可笑的混乱。

——美国亚马逊

几乎所有的角色都遭遇了失败的婚姻；个人的灾祸、抑郁沉沦、性侵，是小说集里反复出现的主题。夏邦笔下的角色有种种缺点，傻里傻气，但他们身上折射出了立体丰富的人性。

——《出版人周刊》

12《奇迹小子》*Wonder Boys*（1995）

格雷迪·特里普是一名作家，因为七年前的第一部小说一鸣惊人，拿下文学大奖，被称为“奇迹小子”，却迟迟不敢出版第二部作品。他只好在大学里谋一份教职，靠教授写作课度日。大学正在举办一年一度的文学节，但格雷迪的生活却焦头烂额：妻子离他而去；和上司的太太——大学的校长萨拉搞婚外情；他被恶狗所咬，不过也因此和学生詹姆斯开始一段感情真挚的忘年交，在詹姆斯身上，格雷迪发现了可贵的文学潜质；他的编辑克莱特里亲自到大学来催稿，却机缘巧合下看到了詹姆斯的书稿……他该如何厘清头绪，从一团乱麻中重新整理人生呢？

小说迷人且狡黠，一流的讽刺闹剧，更难能可贵的是，这本质上是一出讽喻喜剧。

——《洛杉矶时报》

夏邦让我们手不释卷，跟着小说或者开怀大笑，或者慨叹世事无常。

——美国国家公共电台节目《全盘考量》

13《大千世界》*A Model World and Other Stories*（1991）

迈克尔·夏邦的首部短篇小说集，收录了其发表于《纽约客》等杂志上的作品。第一部分“大千世界”描写了人们在与朋友、恋人、父母或妻子之间的关系发生变化后内心的感受和应对的过程，讲述成长与逐渐世故的故事；第二部分“失去的世界”讲述了父母离婚后一个小男孩痛苦成长的一系列故事。这部小说集行文优雅而富有幽默感，故事诡奇温馨、充满想象力和哲理，作者用敏锐细腻的描写刺穿强烈情感的表面，探讨了年轻人或正处于青春期的人们的欲望、爱情和友谊，他将年轻人开始迈入复杂的成人世界时那些稍纵即逝的变化、内心感受定格下来，读来令人难忘。

《大千世界》使夏邦成为他这一代人中最有力的声音之一。

——《纽约时报》

一本独特的小说集……故事略具讽刺意味，文字简洁而清晰，夏邦笔下的生活甜蜜中掺杂着苦涩，他的洞察力总是击中读者的痛处并让读者为之感动。

——《出版人周刊》

夏邦用精确和敏锐刺穿强烈情感的表面。

——《芝加哥论坛报》

14《匹兹堡的秘密》*The Mysteries of Pittsburgh*（1988）

阿特·贝希施泰因的父亲是黑帮成员，从事洗钱交易，他希望自己的儿子能够有一份前途光明的合法职业，甚至已经为儿子在巴尔的摩安排了一份体面的工作。当阿特从匹兹堡大学毕业时，面对生命新阶段的开始，在正式步入社会之前，他隐隐期待着最后一个夏季的冒险。阿特与美丽的姑娘普洛克斯·隆巴尔迪陷入热恋，却发觉自己同时被英俊迷人的阿瑟·勒孔特所吸引。当阿瑟的男友克利夫兰·阿宁深挖当地犯罪家族的秘密之时，阿瑟也陷入了他父亲与黑帮的危险联结之中……阿特与家人、朋友和情人的关系变得越来越错综复杂，欢乐与痛苦接踵而至，引发了难以预料的后果。

这几年我读过的最好的小说，可以和《在路上》与《麦田守望者》相提并论。

——卡罗琳·佛雪（美国女诗人）

我们关注这部小说与夏邦，是因为他不仅仅记录了这过度纵欲的一代人的病态，更是去深入探索这个世界，探究它如何存在，为何有的人拥有爱情和友谊，有的人却没有。

——《洛杉矶时报》

在一定程度上，所有的小说都是自传

Q1. 在你的小说中，美国二十世纪中叶的历史既是浓墨重彩的背景，也是贯穿始终的主题，是什么让你对这段历史一直念念不忘呢？

夏邦：我出生于1963年，战后的第十八年，所以说起来，战争都已经结束了。我对它的所有了解，都是从书里读来的、在电视或电影里看来的，或者是在周围的人谈论时听来的。我相信，我这一代人在全世界都是这样，尤其是在那些被二战吞噬消耗的地区。第二次世界大战也许是我整个人生中，唯一一个最具有主导力量的文化主题，或者说历史事件。在我成长过程中，二战是身边的大人们经常讨论的话题，他们要么是以某种形式参与过战争，要么在童年或青年时期经历过珍珠港事件，或是定量分配等后方战线的生活。

不仅如此，连大众文化也是完全由二战主导的。从某种程度上来说，二战题材电影的意义远远超出了类型片的范畴。在我的童年时代，有整整一块二战电影的大陆，包括电视上放的老战争片，也包括层出不穷的新片子。我们小时候玩二战游戏，扮演德国人和美国人，演过硫磺岛战役，那是我们游戏的主题。我们还看二战题材的电视剧，比如《北非沙漠行动》，尤其是《霍根英雄》，现在想来这是很荒谬的一部剧——以二战德国战俘营为背景的喜剧。这对我来说是很重要的一部分，作为一个孩子，我对二战的故事有了一个想象的途径。

还有漫画书。整个漫威系列既是漫画公司创造的想象世界，也是建基于漫画公司所处的真实世界，并且被包裹在二十世纪六七十年代的漫画创作的语境里，二战就是其中的标志性事件。就像“美国队长”，二战时他被冻在一块冰里，冰在六十年代融化，他再次苏醒。这部电影就像是对我的二战经历进行了完美的比喻。二战这个概念无处不在，而且我对它很着迷。我几乎喜欢它的全部，想要了解更多。我阅读关于二战的书，阅读著名将军的传记，阅读著名战役的记载，阅读所有这一类东西。所以对我来说它是很重要的，但是我也有这样一种感觉，就是它必须是重要的。
在我的童年，冷战是另一个主导话语的事件，它其实也是二战的果实。所有东西都能追溯到二战。比如美国的民权运动，你看那些黑人士兵，在二战中服役，牺牲了那么多，也展现了他们的能力，可回国后，仍旧面临一样的歧视，这显然是五六十年代民权运动的直接原因。

Q2. 怎么解读二十世纪中叶的美国“最伟大的一代”？

夏邦：一方面，我能够理解，也能够想象，为什么会用这样的词语来描述在那个时期活下来的人。我懂。但从另一方面来说，他们也只是碰巧活了下来。他们当中有些人是特别强壮、勇敢的，像英雄一样令人崇敬，他们经历了无法想象的艰辛困苦，克服了无法想象的歧视。比如我们有忠诚的日裔美军，他们的家人被拘留在加利福尼亚[1]，甚至整个西方都有拘留营，但是，他们仍旧报名参军，勇猛服役，接受表彰。
这些都是事实，但是我们没有理由相信，是因为这些人的某种特质，这样的事情才发生。也许事后看来确实如此，但我没有任何证据。
没错，美国的日裔志愿者参军服役，十分了不起，但假如我们在这里暂停，倒回去一秒钟。你就会发现，等一下，拘留营是怎么回事？你知道是谁干了这件事吗？打一开始，是哪一代人把他们拘留起来的？不就是“最伟大的一代”吗？
是谁决定接纳一大批纳粹科学家和工程师？他们中的许多人分明犯下了战争罪，是对人性的犯罪。是谁，不仅让他们免于被起诉、免于被监禁，还抹去了他们过往的记录，给他们创造新的身份，把他们带到美国来，享受无尽的安全、舒适与物质上的丰盛？是谁，让他们赚大钱、有好工作，把他们变成美国人？

---

1 1941年12月7日珍珠港事件后，日裔美国居民被认为是敌国侨民而受到敌视，次年3月，十多万美国西海岸各州的日裔居民被迫前往拘留营中。

像韦纳·冯·布劳恩那样，甚至变成英雄，成为备受崇敬的电视名人。是谁，决定做所有这些事情，忽视了恐怖的战争罪行，忽视了他们的罪孽，忽视了他们手上的鲜血？还是“最伟大的一代”。

Q3. 持续创作类型小说的原因是什么？

夏邦：这要说回我的阅读。我首先是一个读者。我喜欢阅读的东西有很多类型，我小时候，喜欢科幻和奇幻；大了一点以后，也开始喜欢犯罪与侦探小说。现在，我已经不太关注类型，不再管它是不是在尝试表现这本书是一本主流小说或者是科幻小说。我就读作品的第一句话、第一段、第一页，然后决定是不是值得读完一整本。我想知道，它能不能把我带到语言以前没能带我去到的地方——可能是二十世纪五十年代旧金山中产阶级家庭主妇的脑海里，或者是另一个世界的外星生物的意识里。重点就在于句子上，好的句子不在意类型的界限和区别。这就是我作为读者想寻求的东西。在过去十五年，我越发觉得，能自由地将我作为读者体验过、享受过的所有类型，更加完全地融入我的写作世界。由此我觉得真正解放了。我相信别的作者也会有同样的感受。把“文学”当作某种纯粹的东西仔细保护起来，不让它受一丝一毫类型小说的污染，这是最近才有的现象，而我希望这种现象是暂时的。伟大作品的源泉，一直都在于罪案、神秘、幻想、科幻、哥特和西部等元素。很长时间以来，这些都没有被认为是不同的类型。我希望能消除对某些类型的偏见。

Q4. 这部以“迈克尔·夏邦”为主人公的《月光狂想曲》在多大程度上是自传呢？

夏邦：和我其他所有的小说一样，在一定程度上它们都是自传。《月光狂想曲》探索了事实与虚构、所谓的真相与真正的真相之间的内在联系，探索了家庭的历史和故事如何演变，还有记忆与叙事的联系。一方面，一部属于虚构范畴的作品，怎样写，会让人好奇其中有多少是“真的”；另一方面，一部属于回忆录范畴的作品，怎样写，能让人尽可能多地理解“真实”，哪怕它显然是虚构的。基本而言，《月光狂想曲》就是关于这两个问题。

Q5.《月光狂想曲》虽然是以外公的一生串起小说的主线，但不得不说，带有哥特气质的外婆的故事线也格外迷人，她善变、游移、捉摸不定，甚至模糊了真相，但这实际上意味着，真相其实并不重要？

夏邦：我对故事的起源和真伪的验证很感兴趣。为什么有的故事不是真的，人们却相信？为什么有的故事是真的，却从没有人听说过，即使听说了，也并不相信？还有，一系列记忆组合起来之后是如何产生缺陷的？自我辩解、自我合理化的欲望，人们自然地想要渲染的倾向，都逐渐地把真相扭曲成完全不同的东西。而还有一些真相，人们把它锁在心扉，背负着它，永远不说。

再怎么仔细地核对事实，再怎么做笔记，再怎么调查，都没办法保证这个故事是真的。因为真实这个概念本身，就是虚无缥缈的，往往很难确认。单单通过复述事实、日期、数字来展现真实，产生的东西往往毫无生气，甚至从根本上就是错误的。

不管什么时候，只要你尝试重现你记忆中的过去，不管是说还是写，你就是在扭曲真相、夸张夸大、介绍错觉。有些人明明也在现场，可你会忘记。我也一直会忘记。你可能会夸大自己在故事里的存在。有时候你一直听到一个故事，你会以为自己也在那里，可其实你不在。

我们都知道，这样的事情常常发生，而且它们都会跑到回忆录里去，而且是神不知鬼不觉。即使你严阵以待，一丝不苟，这样的事情还是会发生。

对我来说，这不是一个选择。一边宣称是记录真实的回忆录，完全没有欺骗的意图，但事实上多多少少有虚构成分；而另一边，宣称是虚构的小说，就是故意写来欺骗你的，但是它获得了欺骗你的允许，这一点当然十分重要。我觉得如果想要寻求真实，那我选择后者，因为后者就像舞台上魔术师的表演：我知道那个女士不是真的被锯成了两半，但我对于所见到的东西仍旧感到新奇。

Q6. 为什么会在小说里做篇幅不小的脚注？

夏邦：这年头没有什么是网络引擎搜索不出来的。在搜索引擎出现之前，我还得接受作家所谓的“令人愉快的怀疑”。现在这已经从作家的工具箱里消失了，你必须想到，有人真的会去网上搜索，然后他们就知道我在撒谎了，唉。我在《卡瓦利与克雷的神奇冒险》里也做了脚注。就是试图营造那种感觉，“这个其实是真实的记录哦——你看，还有脚注呢”。

Q7. 2016年，你与阿耶莱特·沃德曼等作家一行二十四人走访了耶路撒冷东部、约旦河西岸和加沙地区，随后出版了文集《橄榄与灰烬的王国》，作为小说家，在改变现状方面，应该扮演什么样的角色呢？

夏邦：一个文学作家，一个虚构文学作品或者非虚构文学作品的作者，他可以表达明确的观点，而不需要像记者一样隐藏观点。记者要客观，要隐藏他们的偏见，要“表述事实”。表达观点是一种力量，我们可以或直接或间接地告诉读者，“我来自这里，我看到了这些，我对它的看法是这样，对它的理解是这样，对它的感受是这样”。无论读者是接受它还是抵触它，是与它有共鸣还是没有共鸣，它就在纸上，这一点就十分有力量。没有斯托夫人的《汤姆叔叔的小屋》，也许美国就不会打响南北战争结束奴隶制。它不是教士的说教，不是旅行者的报告，不是那个年代的任何一种类似今天的新闻的东西，也不是奴隶的亲口讲述，而是一本小说。虚构作品将读者带进一个小说中的世界，这是其他文体都做不到的。所以我们这里有一群会专业地关注与观察，会专业地发现联系与刻画比喻的人，他们用这些技巧去叙述他们所观察到的任何面向。

Q8. 作为写作者，你喜欢被怎样描述？是把漫画书变成普利策小说奖题材的家伙，伟大的犹太题材作家，伟大的家庭伦理作家，还是冒险题材的小说家？

夏邦：我不知道，都行吧……我宁愿这些标签都有，而不想从里面挑一个。我不在乎被打标签，但是我不喜欢被随意归到某一类里面。所以我不想选一个标签，然后这辈子就被困在那个类别里面，而不能做其他事情。但如果是一堆标签的话，那我都要。

说到底，我将自己视为一个美国作家。我用美式英语写作，而且主要——不是完全，而是主要——探讨美国的话题，美国的人物，美国的历史。但即使这样，好像还是漏了点什么我不想漏掉的东西。

那，就只说我是作家吧。

不会令人失望的夏邦

他娴熟的手法和有力的笔触中，饱含着一种暗中燃烧着的力量。这力量诠释了我们这个动荡、复杂却又弥足珍贵的世界。

——《书单》

不失戏谑幽默，又感人至深，如歌如诉，夏邦不会令人失望。

——赫勒·麦卡尔平

（美国图书评论家）

夏邦的想象丰富且有韵律，直指人心，无与伦比。

——伊丽莎白·麦克莱肯

（美国杰出短篇小说奖得主，《巨人屋》作者）

夏邦从类型文学中另辟蹊径的写作精彩绝伦。

——珍妮弗·伊根

（普利策小说奖、全美书评人协会奖得主，

《恶棍来访》《看不见的马戏团》作者）

迈克尔·夏邦是一位逃脱大师，他的一部部小说犹如精巧又活力四射的表演，一次又一次地挣脱庸常的束缚，令人目不暇接。

——丹尼尔·斯威夫特

（伦敦新人文学院高级讲师）

夏邦深刻的思想、犀利的语言、创新的能力，以及他的野心，都使得这本书达到了别人难以企及的高度。

——《纽约时报书评周刊》

迈克尔 · 夏邦是美国小说界的迈克尔 · 乔丹。

夏邦写作时有一种不寻常的敏感。在恰到好处的对话中，他笔下的角色被优美地赋予生命。

——《丹佛邮报》

夏邦的文笔令人叫绝，不引述几句简直是罪过……夏邦大概写不出败笔。

——《时代》

- reference from: interviews of Michael Chabon by Marilyn Cooper, Rhianna Walton, and Oren Ziv
- author photograph © Benjamin Tice Smith
- design by Jiang Xue

大方
sight

阅读之前 世界很小

大方
sight

MOONGLOW
月光狂想曲

[美] 迈克尔 · 夏邦 ______ 著
孙璐 ______ 译

中信出版集团 · 北京

图书在版编目（CIP）数据

月光狂想曲 /（美）迈克尔・夏邦著；孙璐译．--
北京：中信出版社，2018.3
书名原文：Moonglow
ISBN 978-7-5086-8446-8

I. ①月… II. ①迈… ②孙… III. ①长篇小说-美
国-现代 IV. ① I712.45

中国版本图书馆 CIP 数据核字（2017）第 305932 号

月光狂想曲

著　　者：［美］迈克尔・夏邦
译　　者：孙　璐
出版发行：中信出版集团股份有限公司
（北京市朝阳区惠新东街甲 4 号富盛大厦 2 座　邮编　100029）
（CITIC Publishing Group）
承 印 者：上海盛通时代印刷有限公司

开　　本：880mm×1230mm　1/32　　印　　张：14.5　　字　　数：296 千字
版　　次：2018 年 3 月第 1 版　　印　　次：2018 年 3 月第 1 次印刷
京权图字：01-2017-7955　　广告经营许可证：京朝工商广字第 8087 号
书　　号：ISBN 978-7-5086-8446-8
定　　价：68.00 元

服务热线：400-600-8099
投稿邮箱：author@citicpub.com

献给他们，我是认真的

MOONGLOW

月球没有“阴暗面”，因为它是个完全黑暗的星球。

—— 韦纳·冯·布劳恩

作者注：

准备这本回忆录的过程中，我尽量以事实为根据，除非事实与我的记忆、叙事目的或我所理解的现实相冲突。请读者不要把本书中的姓名、日期、地点、事件、对话以及家庭成员与历史人物的身份、动机和相互关系当真。

《时尚先生》（*Esquire*）1958 年 10 月刊的一则广告

1

这是我听来的故事。阿尔杰·希斯出狱后，很难找到工作。他毕业于哈佛法学院，为奥利弗·温德尔·霍姆斯做过书记员，协助制定过联合国宪章，尽管如此，后来他还是被人指控作伪证，不仅因此获罪，还成了“臭名昭著的国际共产主义运动的走狗”。他出版过一本回忆录，然而内容无趣，没有人想读。妻子离开了他，他破了产，穷困潦倒。最后，仅剩的几个朋友中的一个可怜他，拉了他一把。纽约一家生产和销售钢琴丝发夹的公司聘用了希斯，公司的名字是“羽毛梳”，初入市场时生意很好，后来遇到实力更强的竞争对手，对方抄袭盗用了羽毛梳公司的设计和商标，拉低了产品的售价。销量下滑，人事支出吃紧，为了给新来报到的希斯腾位置，还必须解雇一名公司的老员工。

1957年5月25日的《纽约每日新闻》提到过我外公被捕的原因，一位报上没有指出名姓的同事说他“性格安静”。在羽毛梳公司的其他推销员眼中，沉默寡言的外公和他挂在衣帽架上的那顶洪堡帽并无本质上的区别。在销售部，他工作最努力，业绩却最差。午休时，他喜欢拿着一块三明治，阅读最新的《天空和望远镜》杂志或者《航空周刊》。据说，他开一辆克罗斯利汽车，妻子出生在外国，还有个十几岁的女儿，一家人住在卑尔根县最偏僻的地区。被捕之前，我外公只给同事们留下过两次深刻印象。一次是1956年美国职业棒球大联盟的第五场比赛期间，办公室的收音机坏了，外公从电话交换机里拆下一根真空管，修好了收音机；还有一次，公司的一位文案说，他在米尔伯恩的造纸厂剧院遇到了我外公，还看见了他的外国妻子，令人称奇的是，她竟然在《玫瑰纹身》里饰演塞拉菲娜。除此以外，大家对我外公知之甚少，这可能也正是他本人的打算。人们早就放弃了和他搭话。众所周知，他笑的时候从不出声，至多含蓄地微微一笑。他的政治倾向——如果他有政治倾向的话——对羽毛梳公司全体同仁而言始终是难解的谜题。所以公司认为，解雇我外公是不会导致其他员工不满、打击他们工作积极性的最佳选择。

24日上午九点过后不久，羽毛梳公司的总裁听到办公室外面传来吵嚷声，平时有个反应机敏的女孩在总裁办公室门口办公，充当秘书，主要职责是应付债主和税务检查员。只听一个男人在急切地说着什么，而且越来越激动，最后发起火来。总裁办公桌上的内线对讲机反复鸣响，他还听见玻璃破碎的声音，很像电话铃声响起后，有人拿起听筒，随即用力扣下发出的动静。总裁还没来得及站起来看看发生了什么事，我外公就闯了进来，他挥舞着一只黑色的电话听筒（那个时代的电话听筒相当笨重，堪称钝器），听筒上拖着一截三英尺长的扯断的电话线。

二十世纪三十年代末，为了赚足在德雷克塞尔理工学院就读四年的学费，我外公除了跑到台球室赌球，还为沃纳梅克百货公司搬运钢琴，因此练就一副魁梧的身板，肩膀几乎与过道等宽。他每天都抹发蜡，蜷曲的头发堆在头顶，微微颤动，他的脸很红，看上去就像晒伤了一般。

“我第一次见到这么生气的人，”一名目击者告诉《纽约每日新闻》的记者，“你甚至能嗅出他气得冒烟的味道。”

羽毛梳公司总裁惊讶地发现，他刚刚批准解雇的人是个疯子。

“这是怎么回事？”他问。

我外公不屑于回答这种毫无意义的问题，他的抗议已经说明了一切。他认为，人们提出的大部分问题只能阻碍你的行动、分散你的精力和注意力，所以无论就身体还是情感而言，他都喜欢少说多做。于是他握住电话线被扯断的那头，在左手上缠了两圈。

总裁想站起来，但桌洞别住了他的腿，转椅从他身下滑出，翻倒在地，四只脚轮在半空中哗哗作响。总裁放声大叫，调子浑厚圆润，不乏真假音的转换，好似约德尔山歌，他拧着身子爬向俯瞰东五十七街的窗台，刚来得及扫一眼楼下聚集的路人，我外公就朝他扑了过去。

我外公扯起电话线的两头，勒住总裁的喉咙，他的愤怒如同火箭，朝天空蹿升了大约两分钟后便耗尽了燃料，坠向地面，但两分钟已经足够，二战期间，他曾受训学习使用勒杀绳[1]，知

1　通常是一段钢琴丝，隐藏在鞋带或靴带内。——译注

道如何迅速令目标窒息。

“噢，我的上帝。”总裁秘书曼格尔小姐说。她来迟了一步。

当我外公火冒三丈地闯入曼格尔小姐的办公室时，她的反应果然名不虚传。曼格尔小姐后来回忆说，我外公当时身上仿佛有一股“烧木头冒烟的味道”。在我外公把对讲机夺走之前，她设法按了两次桌上的对讲机按钮，我外公拿起对讲机，从底座上扯下听筒。

“你会付出代价的。”曼格尔小姐说。

三十二年后，我外公讲起这个故事，对曼格尔小姐的勇气大加赞赏，然而那时他愤怒的火箭恰好爬升到半途，尚未抵达抛物线轨迹的最高点，所以他认为她的话是挑衅。他把对讲机的底座扔到曼格尔小姐办公室的窗外，总裁听到的玻璃破碎的声音就是底座穿透玻璃时的脆响。

听到街上传来愤怒的喊叫，曼格尔小姐走到窗口察看，发现一个穿灰西装的男人坐在人行道上抬头看，恰好瞥见了她。男人戴着圆形眼镜，左边镜片上有血，他竟然在笑[1]，路人纷纷停下施以援手，门卫郑重其事地说要打电话报警，就在这时，曼格尔小姐听到老板的尖叫，她立刻转身跑进他的办公室。

---

1 我外公只知道他不小心砸到的那个男人——幸运的是，对讲机仅仅擦破了他的头皮——后来拒绝指控他。《纽约每日新闻》确定，受害者名叫吉日·诺塞克，是捷克斯洛伐克驻联合国（正是阿尔杰·希斯协助过的那个国际组织）代表团的团长。“这是红色阵营高官第一次被飞来的电话机砸中，”《纽约每日新闻》一本正经地报道，“诺塞克说，作为一个合格的捷克人，他有义务嘲笑没能杀死他的家伙。”

乍一看，办公室里似乎空无一人，然后她听到鞋子踢在油毡地板上的声音，啪嗒，啪嗒。我外公的后脑勺突然从办公桌后方冒出来，接着便再次隐没。勇敢的曼格尔小姐绕到桌子后面，看到老板四肢摊开，面朝下趴在光亮的地板上，我外公跨坐在他的背上，俯身向前，用电话线充当勒杀绳，勒住了总裁的脖子。总裁竭力挣扎，想要来个侧滚翻，摆脱钳制，然而他的科尔多瓦高级皮鞋的鞋尖只能徒劳地踢打着油毡地面，发出无奈的啪嗒声。

曼格尔小姐从总裁办公桌上拿起一把拆信刀，刺进我外公的左肩。多年以后，这一举动也同样获得了外公的赞赏。

虽然拆信刀的刀尖只刺进皮肉半英寸左右，却意外地阻断了我外公的怒火，他不由自主地哼了一声。“我好像一下子从睡梦中惊醒过来。”在他生命的最后一个星期，第一次对我讲述这部分故事时，外公这样说。他解开缠绕在总裁颈部的电话线，把它从自己左手的勒痕中剥离出来，勒痕深深地陷进了手上的皮肉。对讲机听筒掉到了地板上，他两脚跨在总裁的身体两侧，缓缓站起，向后退开。总裁打了个滚，仰面朝天坐了起来，向后滑进两只文件柜中间的空档里，大口倒着气。刚才被我外公扑倒，脸砸到地上时，他嗑到了下嘴唇，牙齿被血染成了粉红色。

我外公转头看着曼格尔小姐，拔出拆信刀，把它放回总裁的办公桌上，他脸上的愤怒消失之后，悔恨如海水般涌出眼底，两条胳膊也无力地垂在身侧。

“原谅我。”他对曼格尔小姐和总裁说。我猜他这句话同时也是对我母亲和我外婆说的，尽管我母亲当时才十四岁，而外婆可能像外公一样做过不少错事，应该受到责备。获得原谅的可能性当然很小，而且，从我外公的语气听来，他似乎也不指望，甚至不希望得到谅解。

外公的生命行将结束时，为了抵抗骨癌带来的疼痛，医生给他开了强效氢吗啡酮。就在他受罪的同时，很多德国人正忙着在柏林墙上敲洞。氢吗啡酮的兴奋作用和前去与他道别的我打破了外公少言寡语的习惯，他给我讲了许多往事，总结了自己一生的际遇：命途多舛、祸福参半，有时得到外部时机与自身勇气的助力，有时却因此一败涂地。近两周来，他被安置在我母亲家的客房里，我抵达奥克兰时，他每天的氢吗啡酮摄入剂量已经接近20毫克。我一在他床边的椅子上坐下来，他就开始滔滔不绝，似乎一直都在期待我的到来，不过，现在想来，我觉得那是因为他知道自己的时间已经不多了。

外公对往事的追忆不会遵循既定的顺序，想到哪里就说到哪里，但下面这件事来自他最早的记忆，可以说是一切的起始。

“我告诉过你没有，”他说，因为止疼药的作用而显得懒洋洋的，“有一次，我把一只小猫扔到窗外去了？”

并不是说外公只会在药物的作用下对我回忆往事，以前他也告诉过我不少，但那时我还没有听他讲起袭击羽毛梳公司总裁的经过，所以无法向他指出，我认为他从小就有生气时往窗外扔东西的习惯。然而，到后来，他告诉我有关曼格尔小姐、对讲机和捷克外交官的故事之后，我还是决定把这条自作聪明的评论藏在心里。

“猫死了吗？”我问他。

当时我正在吃他的树莓吉露果冻，除了一两勺我母亲为他熬制的鸡汤，没有什么能引起外公的食欲，鸡汤是按照我已故外婆——生在法国、长在法国——的方子熬的，为了提鲜，要往汤里加柠檬汁。外公对吉露果冻的兴趣也不大，家里的存货不少，我可以尽情享用。

“那是三楼窗户，”外公又补充道，“在费城。”他的家乡费城以坚硬的人行道闻名。

“你那时候几岁？”

“三四岁吧。”

“上帝，你为什么要那样做？”

他吐了吐舌头，一下，两下——每隔几分钟他都会做这个动作，仿佛在以滑稽的方式对你告诉他的事情发表评论，但其实这只是药物的副作用。他的舌面苍白，舌苔好似麂皮绒，我小的时候，他给我展示过用舌尖舔鼻尖的绝活，不过只有罕见的几次。我母亲家客房的窗外，旧金山东湾的天空是灰色的，就像环绕他黝黑面孔的毛发的颜色。我认为，为了让外公感觉舒适一些，我母亲尽到了作为女儿应尽的本分，并且坚持到了最后。

“因为好奇。”外公说，他又吐了一下舌头。

我说，听说好奇心可能也有害，对猫而言尤其如此。

2

外公小时候和父母、祖父还有弟弟雷纳德——我母亲叫他“雷叔叔”——住在费城南区的第十街和申克街的交叉口，家里有三个房间。

外公的父亲讲德语，是来自普雷斯堡（现在的布拉迪斯拉发）的捷克移民，二十世纪二三十年代，他开办过一家又一家干货店和杂货店，最后都以失败告终。自此之后，他就断了自己做老板的念想，开始给卖酒的商店做推销员——看着别人的店被打劫总比看着自己的店遭抢要好。在外公的记忆中，他母亲体格健壮，而且有一颗金子般的心，任劳任怨地照顾丈夫和两个儿子，简直像个圣人。从照片上来看，外曾祖母是个矮胖的女人，身板像钢筋一样结实，穿着炭黑色的厚底鞋，胸部很大，里面仿佛装着两台涡轮发动机。虽然她本人几乎不会读写意第绪语和英语，却每天都督促我的外公——后来还有雷叔叔——念意第绪语新闻给她听，便于她了解犹太群体近来遭遇的不幸。她每周都设法从家庭开支中抽出一两美元，投进犹太会堂的募款箱，帮助有困难的犹太同胞。在大家的捐助下，大屠杀中幸存的遗孤有了食物，流离失所的难民得以乘坐蒸汽轮船奔向自由。外曾祖母这种挪用家用的善举在整个巴勒斯坦山区结出了丰硕的果实。“到了冬天，洗好的衣服会在晾衣绳上冻住，”外公回忆道，“她只好把所有衣服搬到楼上晾干。”在我眼中，雷叔叔是个典型的二十世纪六十年代末的花花公子，喜欢穿天蓝色的高领毛衣和灰色粗花呢外套，开一辆阿尔法罗密欧的蜘蛛跑车，失明的左眼上扣着落拓的眼罩。我觉得他有时像休·赫夫纳，有时像摩西·达扬。然而，小时候的雷纳德却是个怯懦虚弱的乖学生，童年时放荡不羁的反而是我的外公。把猫扔到窗外这种事不过是小菜一碟而已。

夏天的时候，他从早到晚都在外面瞎逛，最东到过飘散着腐烂气味的特拉华河，最南到过费城海军造船厂。他见过被房东赶出来的一家人坐在人行道上喝茶，周身围绕着各种家什——床、台灯、维克多牌唱机，还有只关在黄铜鸟笼里的鹦鹉；他在一个垃圾桶的盖子上捡到过一团报纸，打开发现里面有一颗牛的眼球；他见过孩子和动物被野蛮殴打，也见过他们被耐心照料；在一个非裔卫理公会教堂门口，他见到一辆纳什敞篷车被众人包围，车里走出的是玛丽安·安德森，六十年后，她那弯新月般的笑容再一次点亮了他的回忆。

费城南区有许多姓“蒙恩布拉特”和“纽曼”的居民，这些与我家有亲属关系的人经常出现在我母亲童年时代与我童年时代参加过的婚礼和葬礼上。他们的家成了我外公闲逛时歇脚的小站，在从上一站前往下一站的征程中——途中会经过居民以爱尔兰裔和意大利裔为主的街区——我外公为他在二战时期的工作模式奠定了基础，他与意大利面包师和杂货商建立了秘而不宣的联系，通过为他们跑腿、扫地换取零花钱、柠檬冰棒或是刚出炉的面包。他喜欢研究人们的言行方式之间的细微差别。有时你必须改变步态和头部倾斜的角度，假装自己就住在附近，才能避免在克里斯蒂安街上被打，假如你不乐意——像我外公那样宁愿保持本色——的话，那就只好狠狠地和街头小混混干上一架。如果你能把拇指插进对手的眼窝，连克里斯蒂安街上的亡命徒都会发出婴儿般的哀号。乳房形状的化肥厂筒仓后面的火车路堤斜坡上，偶尔会爆发一场恶斗，武器是床板条、水管、弹弓和石块。拜战斗所赐，我外公掉过牙齿、断过胳膊，缝针则更是家常便饭。他的左边屁股上有条隆起的大疤，这是因为在麦卡恩糖厂后方空地上的一次斗殴中，他坐在了一只破啤酒瓶上。六十年后，每当缠绵病榻的他使用便盆，身边的人都会清楚地看到那条疤——暴力的亲吻留下的银色皱褶。

终日不在家且身上时常出现伤痕的外公引起了父母的警觉，他们给他定了许多规矩，然而这些规矩被我外公一一推翻。他拒绝告诉父母自己去过哪里、遇到了什么人，遭到体罚时会激烈反抗，即便这意味着他的自由会进一步受限，时间一久，束手无策的父母终于投降，对他听之任之了。

“对一个能把猫扔到窗外去的孩子，你又有什么办法呢？”我外公的祖父老亚伯拉罕如是说，操着普雷斯堡口音的德语。亚伯拉罕坐在客厅兼饭厅的角落里行使他一家之主的权力，身旁摆着一圈犹太解经书，俨然高高在上的祭司，那时天色将晚，暑假也快要结束了。

“可如果他迷路了怎么办？”外婆说，这是她第一百万次提出这个问题了。

“他不会迷路的，”雷叔叔若有所思地说，仿佛这是阅读家传的那本《塔木德》之后获得的终极发现，“他知道自己在哪里。”

我外公曾被困在一节废弃的火车车厢底下，这列货车一共有六节木质车厢，位于河边的一个堆货场的角落，最后一次使用是在佩特克里克煤矿工人暴动中为镇压工人的鲍德温-菲尔茨侦探社运兵，现在却被丢弃在开满凌霄花的荒场中，被蔓生的枝叶包围。

他要躲避一个人——铁路恶霸、人高马大的克里西，克里西的左眼珠上有层白翳，脸上几块不该长毛的地方长着红毛，那年夏天，克里西已经狠揍过我外公好几次。第一次，他把我外公的胳膊扭到背后，用力向上拉，骨头嘎吱作响。第二次，他揪住我外公的耳垂，拖着他穿过堆货场，来到大门口，用靴子后跟猛踹我外公的后裆，我外公说，直到如今，克里西的拇指指纹还印在他的耳垂上。第三次，克里西撞见我外公闯进了他的势力范围，身穿宾夕法尼亚铁路局制服的他解下皮带，狠抽了我外公一顿。因此，这一次，我外公决定躲在车厢下面，直到克里西走开或者当场死掉才出来。

克里西踩着路轨之间的杂草，抽着烟，在堆货场踱来踱去。我外公趴在地上，透过蒲公英和狐尾草的缝隙盯着克里西粘着泥巴的皮靴：鞋底刮擦几下地面，停住，转一个圈，原路返回。每隔几分钟就有一截烟头掉到碎石地面上，紧接着克里西的右脚便会踩过来，碾灭烟头。我外公听到瓶盖被拧开，液体在瓶中晃荡，一声酒嗝，他猜克里西可能在等什么人，消磨时间，也许需要喝酒来提神。

令他困惑的是，克里西的职责本应是赶走铁路沿线的流浪汉、乞丐和扒手——我外公就是其中的一员——他们这年夏天闻风而动，来到格林尼治堆货场，是为了捡拾免费的煤块和货车经过码头时不慎掉下来的货物。我外公第一次被克里西抓到是因为负荷太重，他用装糖的麻袋顺了二十五磅煤块。可现在他为什么不继续履行宾夕法尼亚铁路局赋予他的职责呢？天已经完全黑了，躲在车厢底下的我外公仿佛听到夜行动物在巢穴里蠢蠢欲动的声音，就在车厢里，就在他头顶上。他本能地觉得，它们很快就要出来觅食，抓住那些还在郊外游荡的小孩啃咬一顿，把狂犬病传染给他们。

终于，克里西把第五根烟的烟头扔到地上踩灭，抽出第六根香烟塞进嘴里，头也不回地走了。我外公默默地数到三十，然后才从车厢底下滑出来，沙砾蹭破了他肚子上的皮，火辣辣地疼。他望见克里西背着一个双肩包，朝附近的一处小灰泥房走去，这种小房子在这一带很常见，星星点点地分布在各处。初闯格林尼治堆场时，我外公就被这个想法迷住了——铁路工人像牧羊人一样住在“羊群”（列车）栖居地周围的小屋里，然而他很快便怀疑那些小平房里根本没有人住。它们黑乎乎的小窗户上安着格栅，如果你把耳朵贴在小平房的门上，可以隐约听到沉闷的嗡嗡声，有时候还能听到类似银行金库大门机关运转的声音，但我外公始终不曾见到房子里有人进出。

克里西从裤子后袋里掏出钥匙，打开门走了进去，门在他身后轻轻地关上了。

我外公知道自己该回家了，热气腾腾的晚餐和父母的责备都在家里等着他，而且他也饿了，对装聋作哑和悔恨的套话已经驾轻就熟。然而，他今天来到这里，是打算最后一次爬到那个当作为自己所有的信号台顶端，向即将过去的又一个夏天道别。

他穿过堆货场，偷偷摸摸地顺着一条铁轨来到“他的”信号台，踩着维修梯爬了上去，沿步行道来到横梁的中点，这儿距离下方的铁轨足有十五英尺。他直起腰来，扶着最中间的那盏信号灯，把穿着帆布鞋的双脚别到步行道上的一根钢条后面，然后松开信号灯，伸开双臂站稳，与旋转不息的地球相连的只有他的脚踝。在他和申克街的房子中间，隔着一整个铁路堆货场，这里的货物将被运送到纽约、匹兹堡和圣路易斯，列车川流不息，隆隆作响，在黑暗中沿着犁沟般的轨道驶向目的地。

他把脸转向东方，黑暗像暴雨前夕的云团般笼罩在新泽西的上空，特拉华河的另一边是卡姆登，卡姆登的另一边是泽西海岸，海岸的另一边是大西洋，大西洋的另一边是巴黎，是法国。外公的舅舅是参加过阿尔贡战役的老兵，他曾经告诉外公，男人可以在巴黎的“窑子”里为所欲为，那儿的女人穿着光滑的丝袜，露着雪白的大腿。我外公把两条胳膊向后探，抱住信号灯，屁股贴在光滑的灯罩上仰望夜空。一轮圆月已然升起，月球的轨道倾角把它的脸染成了桃粉色。那年暑假的最后一个星期五，我外公花了大半天的时间读一本叫作《超自然异闻录》的杂志，这是他从父亲商店后面的一些未售出的杂志里找到的。

最后一个故事讲的是一个大胆的地球人，乘坐火箭飞到了月球的背面，在那里发现了充足的空气和水，还和月球人展开了激烈的战斗，最后爱上了一位皮肤苍白、热情善良的月球公主，因为月球的生活环境非常艰苦，公主请求地球人向他们提供长期援助。

外公凝视着月亮，想象着那位高贵的月球公主“优雅曼妙的身姿”，起伏不定的心潮仿佛推着他飞向她的身边，好比在旋风中升天的以诺，被上帝之手提到了天上[1]，在那里，他会找到她、援救她。

一扇门猛地关上了，克里西从小房子里走出来，沿着平时的路线回家去了，他没再背着那个双肩包，步伐僵硬地穿过几条铁轨，消失在火车车厢之间。

我外公从信号台上爬下来，虽然那座小房子不在他回家的路线上，但老亚伯拉罕说得没错：对一个能把猫扔到窗外去——扔到以坚硬著称的费城的人行道上——的孩子，你又有什么办法呢？

我外公靠近那座黑乎乎的窗户上安着格栅的小房子，站在那里观察了整整一分钟。他把耳朵贴在门板上，听到一种类似通电的嗡嗡声，还有人的声音，但不确定那是哽咽、嗤笑还是抽泣。

---

1 《圣经·创世记》第5章第21—24节：“以诺活到六十五岁，生了玛土撒拉。以诺生玛土撒拉之后，与神同行三百年，并且生儿养女。以诺共活了三百六十五岁。以诺与神同行，神将他取去，他就不在世了。”——译注

他敲了敲门，人声一下子停了，房子里又传来神秘的机械运转声，与此同时，列车调度场里响起了车头的启动声，准备把一整列货物运到西部去。他又敲了敲门。

“谁？”

我外公报出了他的全名，他想了想，又报出了住址，门那边传来一阵清晰的咳嗽声，咳嗽声消失后，他又听到床或是椅子的吱吱声。

门敞开一条缝，一个女孩出现在门后，只露出左半边脸，双手扒着门，一副随时要关门的样子。她露出来的那部分头发黯淡无光，好像被什么漂白了，精心修描过的眉毛下面涂着厚厚的眼影，眼影和脸上的脂粉搅在一起，已经结成了块，左手的长指甲上涂着紫黑色的指甲油，泛着幽光。右手的指甲显然被她咬过，而且没涂指甲油。她松松地裹着一件男式的格子呢浴袍，看到我外公，她似乎毫不惊讶，刚才她可能哭过，但现在并没有哭。我外公了解克里西，因为你会在不知不觉中了解一个经常揍你的人，他意识到，虽然没有明显的证据，但克里西伤害过这个女孩，从她结块的眼影中就能看出蛛丝马迹，顺着虚掩的门，他还嗅到了消毒水和狐臭的味道，他顿时义愤填膺。

“说吧，”女孩说，“你想干吗，申克街的小子？”

“我看到他进来了，”我外公说，“克里西那个杂种。”

杂种这个词不适合当着大人的面说，尤其是当着女人，但在这种情况下，选择这个词似乎最合适。女孩的脸整个儿从门后探出来，好似从厂房后面升起的月亮。她仔细地看了看我外公。

"他是个杂种，"她说，"你说得对。"

他发现女孩右半部分的头发剪得像他的头发一样短，仿佛是为了摆脱这半边头发里的虱子，女孩的上嘴唇右侧的汗毛很长，几乎像小胡子一样，右眼没有画眼影，右边的眉毛粗黑浓密。除了两边下巴都有胡茬之外，她的左右两边面孔似乎分别代表着女性和男性两种特征，我外公从邻居那里听说过马戏团表演里会出现"雌雄同体人"的传言，诸如此类的还有猫脸女孩、猿猴女孩、像桌子一样长着四条腿的女人等等怪异的谣传，如果不是看到女孩脖子以下裹着法兰绒浴袍的躯体隐隐透出女性特有的曲线，他很可能会把传言当真。

"看我也要付钱，申克街的，五美分一眼，"女孩说，"你现在欠我一毛钱了。"

我外公低头看着他的鞋，然而它们并没有什么好看的。"得了吧。"他说，伸手抓住女孩的胳膊，隔着浴袍的袖子他都能感觉到她的皮肤发烫。

她猛地抽走胳膊，甩开他的手。

"他暂时不会来了，我们走吧。"我外公说。他姑妈的下巴上也有胡须，没什么大不了的，而且今晚是天上的月亮把他送来解救这个女孩的，"快点！"

"你不觉得可笑吗？"她说，往门外左右两边分别瞥了一眼。她降低了声音，故意摆出同谋者的姿态。"居然想要拯救我。"

女孩撇着嘴，仿佛听到了世界上最愚蠢的话，她松开门板，没有关门就走进屋里，在一张狭窄的小床上坐下，扯起一张僵硬的毛毯裹在身上。在一只倒扣过来的宽口瓶盖上搁着一支蜡烛，在烛光的映照下，厨具台面上的旋钮和仪表闪闪发光，连克里西搁在地上的背包都不那么显眼了。

“你要带我回家，见你的爸爸妈妈吗？”女孩问，她的语气立刻让他产生了反感，“一个得了肺痨还吸毒的妓女？”

“我可以带你去医院。”

“你可真滑稽，”女孩更加温柔地说，“你知道吧，我可以随时打开门一走了之，我又不是关在这里的囚犯。”

然而在我外公眼里，能够囚禁女孩的并不只有钥匙和锁，可他不知道该怎么表达自己的这种感觉。女孩从克里西的背包里掏出一盒老金牌香烟，抽出一支点燃，烟头的红光让她的脸庞显得年轻了许多，至少比他初见她时年轻。

“你的好朋友克里西救了我，”她说，“伊令兄弟扔下我之后，他本可以让我躺在那儿等死的，我的脸埋在煤堆里，半死不活的。”

她告诉我外公，从十一岁开始，她就跟着印第安纳州的恩特威斯尔-伊令兄弟马戏团四处表演。她出生在佛罗里达的奥卡拉，生下来时是个健康的女孩，但进入青春期之后，不知怎么，脸上长出了胡须一样粗硬的毛发。

“有一段时间我很受欢迎，可最近我变得越来越像女孩了，”她两手托了托自己丰满的胸部，“我的身体一直在和我开玩笑啊。”

我外公想告诉她，他觉得他的脑子也一直在和他开玩笑，大脑除了把他变成一个荒谬的理想主义者，还不许他控制自己的暴力倾向，但他又觉得他和她的烦恼是没有可比性的。

“我猜这就是我的可怜之处，”她说，“人们可能会从雌雄同体的人身上看出一点艺术的美，可长胡子的女人又有什么美丽之处呢！”

她说，当马戏团发现她已经不受观众欢迎，在前往阿尔图纳途中把她赶下火车，丢弃在这个堆货场的时候，她已经对这个世界麻木了。

“克里西找到了我的旅行袋——它是被那群浑蛋扔下的，把我送到这里住着。”女孩瞥见我外公借机看了一眼她的两腿之间，把双腿裹进了毯子。“克里西是个杂种，没错，但他给我食物、香烟和杂志，还有读杂志用的蜡烛。他唯一没做到的就是给我稳妥的治疗，但不用多久我也不需要什么治疗了。而且虽然我愿意付房租，但他不收我的钱。”

我外公重新考虑了他的计划，因为他觉得女孩的言外之意是她要死了，她希望死在这里，在跳跃的烛光中死掉，她肺里咳出的血会浸没地上那张皱巴巴的麂皮地毯、床上的羊毛毯和她浴袍的翻领。

“克里西自有他的道理。”她说，“而且，我敢肯定，听说他并没有夺走我的童贞，申克街的人会满意的，这是真的，但身体的接触并不是没有。”她有点难为情地扭了扭身子，“铁路上的男人，他们讲究实际，总会找到别的办法。”

说到这里，她又开始对着麂皮地毯咳嗽起来，上面的血渍更多了，女孩的身体抽搐着，毛毯慢慢松开了，我外公可以看到她的腿了，虽然为她感到难过，他还是忍不住偷窥女孩浴袍开口深处的阴影。剧烈的咳嗽过后，女孩把地毯上沾了血的部分折起来，塞到没弄脏的那部分下面。

“看看吧，申克街的小子。”她说着便掀开格子呢浴袍的褶边，张开双腿。她的腹部平坦苍白，衬托得下体的黑色毛发异常刺眼，阴唇是粉红色的——这一幕永远留在了我外公的记忆中，好像一面旗子，始终在他的脑海中飘荡，一直到他死去为止。“免费的。”

他感到浑身不自在，血液在脸颊、喉咙、胸腔和腰部翻涌，他知道她发现了他的窘态，而且很喜欢他现在的模样。她闭上眼睛，把臀部抬高了一点。

“来吧，亲爱的，你不想摸一下吗？”

我外公发现自己的嘴唇和舌头已经不听使唤，一个字都说不出来。他不由自主地走过去，伸出一只手，按在她两腿间的毛发上，他的手并没有再动，仿佛在用僵硬的手指试探她的体温或者脉搏，那个瞬间，他忘记了那个晚上和那个夏天的所有其他事，时间仿佛暂停了。

突然，她睁开眼睛，倾身向前，把他推到一边，没涂指甲油的右手捂住嘴巴，涂了指甲油的左手摸索着地上的麂皮毯。外公见状，立刻从灯芯绒短裤的后口袋里掏出一块白手帕，带着母亲每天早晨目送他出门时眼中燃烧的那种希望，把它塞进女孩手中。剧烈咳嗽的女孩下意识地攥起拳头，揉皱了手帕，根本没有心思去管他递过来的是什么，她颤抖的身体仿佛被从里到外撕裂开来，我外公甚至觉得她马上就要死去，死在他的面前。过了一会儿，她叹了口气，仰面躺倒在小床上，前额在烛火的照耀下泛着光，她谨慎地缓缓呼吸，半睁的眼睛定定地望着我的外公，但几分钟后她才真正注意到他的存在。

“回家吧。”她说。

他轻而易举地掰开她的拳头，抽走那条未能被血浸染的手帕，像展开地图一样打开了它，盖在她的额头上，替她掩好咳嗽时挣开的浴袍，拖过那条肮脏的毯子，盖在她的身上，一直把毯子拉到她长着婴儿般酒窝的下巴。然后，他走到门口，回头望着她。她的体温如同留在他手指上的味道般挥之不去。

“下次再来，申克街的小子，”她说，“那时我说不定会让你来救我呢。”

当我外公终于回到家的时候，已经很晚了，厨房里有个巡警。我外公什么都没说，不曾透露关于女孩的任何信息。在巡警的怂恿下，我外曾祖父打了儿子一个耳光以示惩戒，但我外公丝毫不感到愧疚，反而觉得这是为女孩保密，吃点苦头不算什么。他也考虑过要把女孩的情况告诉巡警，可她说自己既吸毒又卖淫，所以他打死也不会把女孩供出去，为了不背叛她，他宁可一言不发。

巡警回去巡逻之后，家人照例教训、责备和警告了我外公一番，于是，他拿出平时应付这种局面的惯常对策——饿着肚子上床睡觉去了，并且在接下来的六十年里始终为那个住在火车堆货场的阴阳脸女孩保守秘密。第二天，父亲给他找到一份零工，每天上学前、放学后以及周日的全天（安息日除外）都要去商店干活，直到又一个星期六的下午，安息日的聚会结束后，他才有机会重返格林尼治堆货场，那时天刚刚擦黑，空气从前一晚开始就变得潮湿起来，铁道上，枕木间的积水映照着天空，仿佛一摊摊水银。他不断地敲着小房子的门，直到把手都敲疼了才无奈地停下来。

3

二十世纪六十年代末，在皇后区的法拉盛，我发现了家中长辈的许多秘密。那时我的外祖父母还住在纽约的布朗克斯，一般来说，如果我父母需要暂时摆脱我的纠缠，他们会把我送到里弗代尔的外祖父母家。犹如当时美国发展得如火如荼的太空计划，那时我外公的事业也达到了巅峰，虽然后来他成了我人生中不可或缺的存在，但在我的记忆里，那段时间我却很少见到他。

在俯瞰哈得孙河的高层公寓里，我的外祖父母和他们的“火星动物园”风格的丹麦家具占据了七个房间。他们住在十三楼，但通过特殊的设计，建筑师让那里从表面看似乎是十四楼，我外公说，建筑师之所以这样做，是因为世界上有很多相信幸运数字的傻蛋。这是够倒霉的，我外公说，活成个傻蛋。尽管我外婆同样对此嗤之以鼻，然而这是因为：一方面她并不特别担心13这个数字，另一方面她也深知，只靠简单地耍个花招是不会化凶为吉的。

外公不在家的时候，我和外婆有时会去看电影，看的都是当时流行的儿童片：《怪医杜立德》《地仙号快车》和《万能飞天车》。她喜欢每天上午购买晚餐所需的食材，因此我们会在杂货店待上很长时间，在那里，她教我挑西红柿——茎秆中仍然留有热腾腾的太阳味道的新鲜西红柿，回到家，她会传授我基本的厨艺，还允许我在厨房里动刀。如果一定要说我从她身上遗传了什么的话，恐怕是她做饭时的马虎粗心。外婆用英语给我读故事时很容易疲惫，但她记得许多法语诗歌，有时还会背诵给我听，用对她来说失落在过去之中的语言；我觉得法语诗歌像惆怅的雨和伤感的小提琴。她教会了我用法语表达各种色彩、数字，还有动物：*Ours*，*Chat*，*Cochon*[1]。

然而有的时候，外婆一连几天都不会理我，和她在一起与我独自一人并没有多大区别。她会躺在沙发上或者床上，窗帘紧闭，眼睛上蒙着一块湿毛巾，这些日子有属于它们自己的词汇：*cafard*，*algie*，*crise de foie*[2]。1966年（我最早对外婆有记忆的那一年）她只有四十三岁，但战争已经毁坏了她的肠胃、鼻窦和关节（她从来不提战争对她的心智可能造成的影响）。不过，一旦决定照顾我（哪怕是在她最不舒服的日子），她也会不厌其烦地说服我的父母（还有她自己）相信，她能够胜任这个工作。可是，后来总会发生一些事，让她在电影放到一半时突然离场，背完一首诗后沉默不语，或者莫名其妙地撇下满满一购物车选好的商品，头也不回地走出超市。对于这些，我其实并不在意，真的。因为她在床上躺着的时候——也只有在这时——是允许我看电视的，我唯一的职责就是时不时地取下她

1　法语单词：熊，猫，猪。——编者注

2　法语单词：忧郁，丛集性头痛，肝炎。——编者注

眼睛上的湿毛巾，在冷水里浸一下，拧干，重新盖住她的眼睛，好像往棺材上盖旗子一样。

不在厨房忙碌的时候，外婆最喜欢的消遣是玩牌，但她讨厌美国人认为适合小孩玩的纸牌游戏，比如“战争”“翻翻乐”和“钓鱼”，她觉得金拉米很无聊，而且永远都结束不了。她小时候玩的纸牌游戏考验的都是反应速度和骗人能力，赢家是反应最快、最善于欺骗的人。当我长大到能够做心算的时候（那时我也学会了阅读），她教我玩皮克牌，不久之后，我就可以和她一较高下了，但后来当我年纪大了一些的时候，外公告诉我，她总会时不时地故意犯个小错误，好让我赢。

皮克牌是用三十二张牌来玩的，不够一整副。开局之前，外婆会漫不经心地拆开一副“单车”或者“蜜蜂”扑克牌，把里面从2到6的牌挑出来，丢回抽屉，和其他未经整理的纸牌堆在一起。所以，当工作了一天的外公下班回家，想要从牌戏中获得些许的放松，于是缓缓踱到橱柜前，拉开放纸牌的抽屉，结果发现里面是混在一起的好几副扑克牌的时候，他会罕见地对外婆发脾气——在我的记忆中，他总是对外婆迁就有加，甚至称得上纵容。

“真是太让我生气了，”他回忆道，“我告诉过她，‘哪怕给我留出一副完整的牌来也好！’难道这样的要求过分吗？非要把每副牌都拆个七零八落吗？”他噘着嘴巴，眯起眼睛，耸着肩膀，抱怨地叹了一声：“唉。”[1]我记得外婆也喜欢用这个典型

1 “Boh”表示不知道，不关心。——编者注

的法语感叹词。“她不是在搞破坏，而是重新整理。”我说，这时，外公会操着“德州人在巴黎”说的那种口音的法语反问：“如果不整理好的话，怎么打扑克？”[1]他每次说法语时都是这种腔调。

一天下午，外婆派我去拿一副扑克牌，准备和我玩一会儿。我发现抽屉已经不是我上次离开时的样子：旧扑克牌已经清走了，只有好几副还没拆封的新牌。我觉得，如果拿一副新牌给外婆的话，外公一定会比往常更生气，说我们“毁了”他的新扑克。

于是，我打开其他抽屉，在“快艇”“拉科”和“大富翁”之类的棋牌游戏包装盒中间翻找，想看看有没有外婆已经拆开过的旧扑克牌，结果，在一只曾经盛着“巴顿杏仁之吻”巧克力的铁罐里，我发现了一个奇怪的盒子，里面有一副纸牌。那个盒子很不起眼，淡蓝的底色，印着一些单词，我猜那是法文，字体非常古老，像《纽约时报》喜欢采用的那种中世纪风格。这副牌比美国生产的扑克牌薄，似乎缺了很多张，我觉得自己可能找到了一副真正的法国皮克牌，于是乐颠颠地捧着它来到厨房，那里是我和外婆平时玩牌的地方。

我以为外婆看到我没把外公的新牌拿来，而是懂事地找到一副旧牌，一定会觉得很高兴，然而，她看起来相当震惊。我走进厨房时，她正准备点一根温特曼小雪茄——她只在玩牌时

1　此句用英语词汇来模仿法语发音，原文为：“See-on, come-awn fair une pe-teet par-tee?”即法语“Sinon, comment faire une petite partie?”——编者注

抽这种烟，可看到我手里的东西，她快要举到嘴边的火柴停在了半路。顺便提一句，每次我从外婆家回来，我母亲都要抱怨我的头发和衣服上有雪茄的臭气，我却觉得那味道很美妙。

外婆把尚未点燃的小雪茄从嘴里抽出来，塞回小铁盒，她伸出一只手，手掌朝上，我乖乖地把淡蓝色的小盒子搁在她手里。她掀开盒盖，倒出里面的纸牌，堆在烟灰缸旁边的桌面上，她抓起一把牌，把它们捻开，端详着牌面。我只能看到纸牌的背面——午夜蓝的底色，印着新月的图案。

外婆问我牌是从哪里找到的，我告诉她，她点点头，说她记得很久以前自己把牌藏到了那个铁罐里。她说，她必须把它们藏起来，因为这是魔法牌，而我外公不相信魔法，所以我不能把见到这副牌的事告诉他，否则他会气得把它们扔掉的。我答应为外婆保守秘密，问她相不相信魔法，她说不相信，但即使你不相信，魔法也会起作用。这时她似乎已经完全从刚才的震惊中恢复了过来。

她举起淡蓝色的牌盒，告诉我盒子上的字是德文，不是法文，还说那行字的意思是“女巫占卜牌”。

我问外婆她是不是女巫，我有一种奇怪的感觉，仿佛这个问题我已经想问外婆很久了。

她看着我，拿过刚才放到一旁的温特曼小雪茄，点起一根，甩灭火柴，拿起牌来洗了几次，苍白修长的手指翻动着牌面，最后，她把牌放在我们之间的桌子上。

在这段对我外婆的早期回忆中，我一直避免直接引用她的话，因为都是很久以前的事了，我往往记不清人物的原话，而错误的引用是回忆录的大忌，但我永远忘不了我问外婆是不是扑克牌的盒子上写的那种女巫时，她简单干脆地回答我的那四个字：

“不再是了。”

我问她是不是因为她现在失去了女巫的法力，或者不记得如何占卜了，她说，大概两种原因都有，但她愿意给我展示一下她的魔法牌是如何用来讲故事的：我需要先切几次牌，然后从里面挑出三张牌来。

我从来没在别处找到或者见到外婆的那种“女巫占卜牌”或者“女巫的算命牌”，也许是因为后来听说外婆曾经短暂从事电视行业扰乱了我的记忆，她以女巫形象出镜，让我忘记了那副牌的正确名称，也许它的名字是“吉卜赛占卜牌”或者“女预言家占卜牌”，但我记得它绝对是雷诺曼牌的德国变种。

二十世纪八十年代中期，搬到南加州之后，我第一次看到墨西哥的洛特里亚卡牌（这种牌的标志性图案是太阳、树和月亮），意识到它们和我外婆的那幅牌有相似之处。她的牌里面，有一张叫作“船”，牌面上印着一支在星空下满帆前进的古老的船队；有一张叫作“房子”，牌面上的房子白墙红瓦，还有一个漂亮的绿色花园，名叫“骑手”的那张牌上印着一个骑白马的男人，身穿红色燕尾服，白马撒开四蹄，在黄绿相间的树林中腾空跃起；叫作“孩子”的牌上有个穿睡袍的孩子，抱着一个布娃娃，面有惧色。大部分的雷诺曼牌上都有一个长方形的小框，位于每张印有镰刀、鸟儿或花束等图案的纸牌的上半部分，方框里是德国纸牌的四种花色：桃心、树叶、橡果或者铃铛。[1]

我不记得外婆用她的占卜牌告诉我的第一个故事是什么了，也不记得她从牌堆里抽出了怎样的三张牌，但自那以后，“玩故事牌”就成了我们偶尔为之的消遣方式。我无法预知她什么时候会突然有兴致和我玩这个游戏，不过基本上都是在只有我们两个人的时候。我记得我们玩的那几次，公寓外面的天空是灰色的，也许是湿冷阴郁的天气让她产生了玩故事牌的情绪。陪伴过小孩子的人都知道，极端的无聊会激发极端的创造力。十月的午后，外婆时常会焦躁不安，漫无目的地在厨房里踱步，同时还要疲惫地应付着喋喋不休、东拉西扯的我，这个时候，她会把那副牌从它藏身的空巧克力罐里拿出来，问我：“你想听我讲个故事吗？”

这时的我却总是陷入两难的境地：我喜欢外婆讲故事的方式，然而她那副女巫牌里的人物让我感到害怕，他们的命运也令人忧心。根据我抽出的三张牌，外婆总能以最让我摸不着头脑的神秘方式叙述她的故事。比如我抽到的牌上分别有百合、指环和鸟儿的图案，她据此讲述的故事中却不一定出现这三样东西，就算出现了，她也会展现它们可怕的一面，暗怀的恶意或者潜藏的毁灭。

在我外婆的故事中，邪恶的孩子会受到残酷的惩罚，一时

---

1 雷诺曼牌显然并非玛丽·安妮·雷诺曼女士发明的，虽然她是十九世纪最有名也最狡诈的卡牌占卜师，但雷诺曼牌起源于一种德语名字叫作“希望”的纸牌游戏，需要用骰子玩，把三十六张带图案的纸牌排布在 6×6 的网格中，有点像塔罗牌和滑道梯子棋的混合体。

的软弱总能导致前功尽弃，婴儿往往惨遭抛弃，狼群则是永远的赢家。一个喜欢吓唬孩子的小丑演员某天早晨醒来时，发现他的皮肤变得像纸一样白，嘴巴变得和小丑的一样，永远保持着怪异扭曲的笑容。一位丧偶的拉比拆掉了他的晨祷披巾，用拆下来的线和亡妻的旧衣服为他的孩子们缝制了一个新母亲，那是个沉默无言的雨衣般的假人。她的故事让我做噩梦，但我最喜欢讲故事时的外婆：俏皮、活泼、天真、古怪。后来的岁月中，每当想起外婆，我都会把她视为一个亲密的朋友或者治疗师，当她讲故事的时候，俨然是名演员。她讲故事的方式更像是在进行热情而潇洒的表演，她会模仿动物的叫声、小孩子和男人的说话声，如果某个男性角色伪装成一个女性，外婆会假装娘娘腔的男人说话，她扮演的狐狸精明世故，狗伪善狡黠，奶牛愚鲁迟钝。

如果我的态度犹豫不决，外婆会马上收回要给我讲故事的提议，再要遇到这样的机会，可能得等上好几周，所以大多数时候我只会点头，内心深处却不知道是该感谢她给我带来的娱乐还是该埋怨她让我做的噩梦。

近五十年后，我仍然记得外婆给我讲过的一些故事，并且有意无意地把其中的几则融入到了我自己的作品中，后来我还在某些电影和书籍里发现了我记忆中的那些故事的影子[1]。而有些故事我之所以能够记住，是因为听故事时发生了一些令人印象深刻的事件，或者让我产生了某种挥之不去的感觉。

1　比如，我发现外婆借鉴了托德·布朗宁的电影《未知者》中的某个恐怖片段。

以外婆给我讲过的那个“所罗门和精灵”的故事为例，她说这个故事“来自希伯来圣经”，可后来我发现她是信口胡诌。当然，我在一些犹太民间故事里找到了与“所罗门和精灵”类似的传说，但内容都和外婆讲的不一样。她告诉我，有一天，最聪明的国王所罗门被一只精灵抓住了，精灵让所罗门满足自己三个愿望，否则就要杀死他，所罗门同意了，但他提出一个条件：实现精灵的愿望不能以伤害任何活人为代价。精灵的第一个愿望是希望结束某一场战争，所罗门说，如果世上没有战争，武器匠人的孩子们就会饿死。精灵的另外两个愿望看上去显然也是出于善意，但所罗门帮助他意识到愿望一旦实现会引发怎样的灾难，最后精灵只得放走所罗门。这个故事的结局其实并不完美，因为自那以后，所罗门王就再也无法许愿了。[1]

我记得这个故事的原因是，外婆讲完后让我去她的卧室里拿东西：一本杂志和她的眼镜，也可能只是我自己在屋子里溜达。我走进她的卧室，看到午后的一缕阳光顺着窗户照射到外婆心爱的香奈儿5号香水瓶上，瓶子里仿佛住着一只精灵，它的颜色和我外婆身上的香味一样特别，同样特别的还有她温暖

1 在研究生阶段，我惊讶地在《约翰·科利尔读本》里发现了这个故事的出处——至少在这个下午之前，我一直对此深信不疑——我刚才细细翻阅了这本书（克诺夫出版社，1972 年），从头至尾看了好几遍，然而没有发现与这个故事有关的一丝线索。要么是我外婆从另一个作家或者另一本书里借鉴了这个故事；要么是我当时在读完科利尔的《瓶中精灵》后，受到邪恶的精灵与阴魂不散的最后一句话影响，做了个梦。

的膝头、交叠的手臂和洪亮的嗓音——她抱着我和我说话时，我感觉得到她胸腔里随之产生的浑厚共鸣。我盯着熠熠生辉的香水瓶，瓶中似有火光若隐若现，有时我能从它的香气中找到快乐、温暖和舒适，有时外婆把我拉到她的腿上坐着，她身上的香水味却让我头晕，有时她的手臂会变成围绕我脖子的铁箍，她的笑声听上去刻薄怨忿，像动画片里狼的笑声那样，透着饥饿与怨愤。

我对外婆最初的五个记忆：

（1）她左前臂上的文身。那是五个数字，好像某种编码，但我不敢问她那是什么意思。在数字7上拦腰加一道斜线应该是欧洲大陆人的习惯。

（2）一首关于马的法语歌。我坐在她的腿上，她一边颠着腿一边唱给我听，外婆握着我的双手，带着我打拍子，歌曲的旋律越来越快，从漫步变成策马飞奔。大多数时候，歌曲结束时，她会把我抱在怀里亲一下，但有的时候，唱到最后一句时，她的膝盖会像活板门一样突然分开，让我掉到地毯上。所以，每当外婆唱起这首歌，我会仔细观察她的表情，猜测曲终后的结局。

（3）绯红色捷豹玩具车。“火柴盒”出品，3.5升排量，颜色和外婆的口红一样。外婆带我去看眼科，医生往我眼睛里滴了颠茄药水，我以为自己瞎了，吓得不停地尖叫，外婆一开始还能保持冷静，后来也慌了神，连忙给我买玩具，所以我很满意。她总是嘱咐我要把这件玩具收好，否则就会失去它。如果我在地铁上玩这辆车，车厢里的其他男孩子会妒忌，还会把它偷走。对我而言，世界一片模糊，而外婆却能洞察一切。每一个登上地铁一号线的身影都可能是个想要小偷小摸的贪婪男孩，于是我把玩具车藏进了口袋，把手插进兜里，感受它冰凉的触感和优雅的流线型车身。我记忆中的“捷豹”和“颠茄”这两个词永远和外婆联系在一起。

（4）她丝袜的接缝。外婆往汤锅里添骨头时，我看到她丝袜上的接缝从她的裙边一直延伸到伊·米勒牌高跟鞋后帮口，像一条水管。缀有星星和回旋镖图案的厨房面板上，放着一块撒着面粉的大理石料理板，一旁安放着外婆摘下来的一串金手镯。外婆厨房定时器表盘上的鳍状旋钮好似流线型的火箭。

（5）她头发的闪光。外婆在我面前蹲下，帮我系好裤子上的纽扣，这时，可以看到她的头发闪着光。她带我去女厕所方便，可能是在邦威特·特勒百货公司或者亨利·本德尔百货公司，满目奢华。她会用英语和法语叫我她的小王子、小绅士和小教授。她的大衣上有一圈毛领，散发着香奈儿5号的味道。我从来没见过比她的头皮还白的东西。我母亲会让我自己去男厕所，鼓励我自己提上裤子、拉好裤链，我也不觉得这样做有损我的尊严，我知道在外婆那里我会得到别样的宠爱，用我自己突然想到的一句话来概括，就是：她决不会让我离开她的视线。

4

1941年12月8日，失业、百无聊赖——以及称雄方圆百英里（以费城第四大街和里特纳街交叉口为圆心）各处台球室——的我外公加入了美国陆军工程兵团。临行前，他把自己那根特制的布伦瑞克台球杆留给了雷叔叔，在适当的时候离开了虔诚信教的犹太世界，登上开往路易斯安那州拉皮德县的运兵列车。在那里接受了六周的基础训练之后，他被派遣到伊利诺伊州皮奥里亚附近的一个兵团基地，参加机场与路桥建设的培训。

外公熟稔的那一套街头混混的技能似乎在军队里毫无用武之地，不过，与克莱博恩兵营的新兵、埃利斯兵营的呆子和傻瓜相比，我外公算得上是相当优秀的士兵和工程师，而且身强力壮、性格坚忍，连他的沉默寡言也被视为坚毅、沉稳和严谨的表现。大家也很快知道他拥有德雷克塞尔理工学院的工程学学位，德语流利，台球技艺无人能敌[1]，精通发动机、火炮和无

1 我外公常在各地的台球室赌球，赚取德雷克塞尔理工学院的学费，从纽约到巴尔的摩，最西到过匹兹堡。“我没有别的选择，”他告诉我，“父母的积蓄全部用来培养我弟弟了。”

线电维修。一天下午，他和一同受训的新兵去斯蓬河畔割牧草，有个白痴开着卡车撞断了连接野战电话和交换机的线路，我外公把断线接在了附近的铁丝网上，救了一时之急。后来天下起雨，被打湿的铁丝网桩脚和地面通上了电，我外公又把一条备用的汽车内胎切成小段胶皮，让大家用这些胶皮把两英里范围内的铁丝网桩脚包裹严实，以便防水绝缘。

第二天，指挥官把他叫到了办公室。指挥官是一位陆军少校，毕业于普林斯顿大学，由于常年在疟疾多发地区修建工事、疏浚清淤，整个人面黄肌瘦，两腮暴皮，分布着星星点点的红斑。他不紧不慢地给自己的石楠烟斗填满烟丝，时不时地侧眼打量我的外公，我外公极为不自在地站在那里，不知道自己做错了什么。点燃烟斗之后，少校这才告诉我外公，上级决定把他推荐到弗吉尼亚州贝尔沃堡的军官候选学校就读。

那时的军队里有士兵看不起军官的风气，而且我外公生性散漫不羁，成为军官就意味着自由受到束缚。

"长官，"犹豫了一会儿，我外公说，他的回应并非针对少校个人，而是因为他鄙视整个军官群体，"我并没有冒犯您的意思，可我宁愿抡着大锤，把铁路从这里一直修到柏林去，做一个凡事亲力亲为的小兵，也不想当什么军官。希望您不要见怪，先生。"

"没关系，我明白你的意思，你的想法也很实际。"

"谢谢您。"

"不过，你知道吗，如果能当上中尉，你就可以多赚五十美元的月薪？"

那时，我外曾祖父经营的最后一家商铺——施比公园附近的午餐排挡——刚刚倒闭不久，他只好给一家酒类商店打工，售卖装在钢桶里的云岭啤酒。多年来，我的外曾祖母一直在家做些诸如缝制饰带、为女帽锁边之类的零活，现在为了响应战时的政府号召，她走出家门，在面包店找到一份工作——包装蛋糕和各种点心，这家面包店的面点师傅是一对同父异母兄弟，彼此蔑视，通过欺负柜台帮工发泄私愤。不过，我外公明白，无论有多难，父母都会想方设法供弟弟上学，因为他们把全部希望都寄托在了雷身上。

“不，先生，”他说，“我不知道。”

两星期后，其他学员登上了开往道森克里克的列车，预备修建阿拉斯加公路，我外公则奉命前往贝尔沃堡的军官候选学校报到去了。

贝尔沃堡远离冰天雪地的北方和二战的早期战场，距离申克街只有三小时路程，在那里，我外公感到前所未有地无聊，于是开始琢磨自己可以做点什么。混迹台球室和外出求学的经历让他习惯于把人分成三类：懦夫、白痴和骗子——事实证明，他的这套分类理论同样适用于贝尔沃堡，他发现，那里到处是些懒惰、无能、没用和狂妄的家伙。意识到这样的现状，别的士兵也许会变得玩世不恭，我的外公却越来越愤怒。

鉴于贝尔沃堡与华盛顿特区相距不远，所以我外公的怒火从美国军队延烧到美国政府只是个时间问题。尽管珍珠港遭袭引发了一定的恐慌，华盛顿却认为美国本土和二战战场之间有大陆和大洋阻隔，暂时不足为惧，因此只是布置了一些防空炮，派出老旧的铝合金双翼飞机与海岸警卫队在空中、河流和桥梁等处巡逻。

一个休息日的下午，看到政府消极备战的景象，走在街上的外公一气之下幻想自己是挥军入侵华盛顿的第三帝国元帅，操着他父亲的普雷斯堡德语，命令U型潜艇运送300名突击队员前往帕塔克森特河，在1814年英军入侵华盛顿时的登陆点登陆。他的潜艇编队炸毁了波多马克河上的桥梁和发电站，夺取了无线电塔，切断了电报电话线缆，在被战火摧残得千疮百孔的街道上挖掘壕沟，修建工事，埋设地雷和陷阱，逐步向城市腹地挺进。最终，三十名士兵攻占了国会大厦，另有十二人占领了白宫。到发动入侵的次日傍晚，脚蹬长筒靴、头戴德军大檐帽的我外公已经与富兰克林·罗斯福并肩而坐，为总统先生递上一支钢笔，看着他在投降书上签名了。

晚间返回贝尔沃堡时，回想方才的“入侵华盛顿”计划，它的可行性和缜密性让外公感到震惊，就寝之前，他把计划要点打了足足三页纸，交给上级指挥官，可后来这份文件并没有得到相应的重视。熄灯之后，在黑暗的宿舍里，他又把自己的计划讲给麻省理工学院毕业的土木工程师奥兰德·巴克听。

说来也巧，奥兰德·巴克恰好是贝尔沃堡的少数几位不适用于外公的“三种人”分类法的军官中的一个。巴克出身于缅因州的工程师世家，父亲和祖父分别在阿根廷和菲律宾的伟大筑桥事业中丧生，生性叛逆又秉承家学的巴克醉心研究爆破技术，他对我外公计划中的几处细节很感兴趣。

“哪怕只破坏一座桥，”他说，“比如弗朗西斯·斯科特·基大桥，也会引起他们的重视。”

几个星期过去了，对于外公提交的文件，上级一直没有给予答复。奥兰德·巴克和我外公趁休息时跑到弗朗西斯·斯科特·基大桥搞调查。这座桥是巴克父亲的助手设计的，由美国陆军工程兵团在二十世纪二十年代建造。巴克还把我外公给桥墩和桥基拍照时的样子拍了下来，但这两个年轻人的举动并没有引起路人的怀疑，甚至都没人注意。

兵团的爆破训练课让他们的专业知识每天都有所提升，到了晚上，巴克和我外公还会去基地的图书馆查阅官方公布的桥梁施工图纸。

“这会给他们一个教训，”巴克躺在他的铺位上说，音量调低的收音机里传出隆美尔攻陷图卜鲁格的新闻，“都是那群王八蛋自找的。”

我外公惊奇地发现，不知从什么时候开始，巴克已经把假设变成了他们两人的计划。但他根本不相信巴克会给任何人教训，也知道他丝毫没有伸张正义的打算，巴克既不是激进分子，也并非理想主义者，他这样做只是为了好玩，或者为了迎合我外公而已。

“不要忘乎所以。”我外公告诉他。

“谁？你说我吗？”

车辆调配场里有一辆盖着油布的马克牌旧卡车，发动机和轮子都不见了，卡车车斗里有只保险柜，巴克和我外公在保险柜里藏了十颗他们自制的炸弹。炸弹的构造虽然简单，但非常有效：弹壳是木头弹药盒做的，填塞着巴克和我外公在爆破培训时偷来的火棉（因为每次偷得很少，不会被人发现），雷管和引线也是他们用同样的办法弄到手的，拧成股的每一盘引线上都贴着我外公用打字机打出来的标签，上面写着一串德文警告：NUR ZU DEMONSTRATIONSZWECKEN[1]。

“我不喜欢忘乎所以的人。”我外公说。

“噢，我也不喜欢。”巴克厚颜无耻地说。

到了计划大展身手的那晚，两人系好工具带，取出保险柜里的炸弹，装进四只旅行袋，轻而易举地擅离职守。可以随便溜号这一点也是我外公对贝尔沃堡不满意的地方。他们溜出营地，徒步穿过高大的杂草丛和垃圾山，越过一条便道，钻进曾是贝尔沃种植园的一部分的树林，深一脚浅一脚地摸黑走了一段，这才来到里士满、弗雷德里克斯堡及波托马克铁路，扒上一列开往亚历山德里亚的火车，躲在空无一物的货运车厢里。

火车驶入波托马克场站之前，两人就跳了下来，周围是一片低矮的砖房，从场站里面散发出柴油味和受电弓火花的焦味。周遭的屋舍和气味激起了外公心底的渴望与怨恨。后来回忆起来，他觉得自己真正的人生就是从这一晚开始的。

他们在一条小巷里找到一辆旧福特A型皮卡，车后窗的玻璃没了，钉着一块薄木板。我外公蜷起左臂，用胳膊肘捣开木板，扭动身体钻进车里。虽然他以前从来没通过短接的方式给汽车打火，但他早就了解其中的原理，而且福特A型实在太诱

1　仅供展示。

人了。不到一分钟，我外公就启动了引擎，他敞开车门，滑进副驾驶座，奥兰德·巴克坐上驾驶座，轰了两脚油门，冲我外公咧着嘴笑。

“臭小子，”奥兰德·巴克开心地说，“真有你的。”

“开车吧。”

这时，有个东西朝巴克那一侧的车身上猛扑过来，他那边的车窗里瞬间探进一颗龇牙咧嘴的狗头，有个男人站在小巷里的一座房子门口喊叫起来。奥兰德·巴克哈哈大笑，赶忙踩下离合器，迅速换挡，在愤怒的恶犬的护送下，福特皮卡窜出小巷，等到巴克第二次加速的时候，狗已经被他们甩在了车后的尘埃中。然而这辆皮卡似乎并不打算配合他们悄无声息地前往目的地，拐上杰夫·戴维斯公路时，汽车发出的声音让人觉得车屁股后面好像拖着一大袋坏掉的闹钟。

尽管如此，奥兰德·巴克依然非常沉稳，他小心翼翼地在黑暗中驾驶，保持着限速。他们开过新机场和一片荒地（将来他们会在这里建设陆军部的新大楼），开过巴克的父亲和祖父在白色十字架下长眠的公墓。两人拖着那一袋子闹钟，穿过他们意欲破坏的那条路基，在华盛顿特区的那一侧左转，来到乔治敦的上游、切萨皮克和俄亥俄运河的老码头附近，巴克挂上空挡，关掉引擎，让汽车滑进弗莱彻船坞的砾石堆。离开卡车之前，他们用烧焦了的软木塞涂黑了脸，戴上暗色的毛线帽。奥兰德·巴克喜不自胜，仿佛置身天堂，我外公也不得不承认，他也很享受这种体验，至少到那一刻为止都是如此。

“你划过独木舟吗？”巴克问，他在新英格兰的许多营地驻扎过，经验丰富。

“我见过别人划，”我外公说，他想起自己在日耳曼敦看过的那部默片《最后的莫西干人》，“如果贝拉·卢戈西能做到，那么我也能。”

外公拿锤子和凿子凿断船坞大门上的搭扣，把拉门拽开一条缝，钻了进去，黑暗中的库房里飘荡着旧帆布球鞋的气味。巴克找到了独木舟，船身涂着数字9，陆军部的打字员艾尔玛·巴德曾经在这条船里讨好过他。两人弓起身子，大步把独木舟推到下水坡道上，我外公把四只旅行袋放进船里，巴克找来两只船桨。

“要出去玩啰，准备好了吗，卢戈西？”

我外公把独木舟拖到坡道底部，爬进船尾，船底先是发出刺耳的刮擦声，随后轻快地滑进水里，他根本不屑于回答巴克的这种问题。

9号独木舟在皮斯卡塔韦的水道中无声地前行，沿波托马克河逆流而上。在他们的计划中，这段路最有可能引起别人的注意，所以两人决定横穿波托马克河，紧贴弗吉尼亚州那边的河岸前进，因为那里的许多地方人迹罕至，是未经开发的荒野。冒险让奥兰德·巴克一改平时的聒噪，变得十分沉默，显出北方佬沉着冷静的一面，瘦长结实的双手紧紧握住木桨。渡河的过程中，虽然我外公大部分时间都和贝拉·卢戈西那个匈牙利演员一样没用，但困窘并没有使他屈服。按照计划，他们选择在没有月亮的夜晚行动，然而当晚的天气却很晴朗，头顶的星星像电路板上的焊点一样银光闪烁。等到巴克带着他顺流而下，来到基大桥的时候，我外公已经能够从容不迫地操纵船桨，心情好得无以复加。

奥兰德·巴克和我外公划到桥洞里，夜幕中的基大桥看上去似乎紧张而警觉，一辆汽车从桥上开过，桥面发出沉闷的震颤声。我外公搁下船桨，蹲伏在船舱中，船体微微晃动了几下，巴克缓缓把船划到扎根在弗吉尼亚土地深处的桥墩旁边，稳住船身。我外公拉开旅行袋，取出第一只炸弹和一卷他们从医务室偷来的胶带。如果有时间和决心，为了增加破坏力，他们原本打算用镐或者铁钎在混凝土桥墩上挖洞，把炸弹埋进洞里。然而混凝土并不好对付，据我外公估算，炸断基大桥大约需要一千磅的火棉。他用胶带把第一颗炸弹粘在巨大的混凝土桥墩上，撕扯胶带的回声如同霹雳。

“下一个。”我外公说。

奥兰德·巴克挥动船桨，两人进入桥洞深处，河水拍打着独木舟和桥墩。

弗朗西斯·斯科特·基大桥共有五个母桥拱，其中三个横跨水面，另外两个位于桥梁两端，与陆地连接。奥兰德·巴克和我外公轮流把炸弹粘在支撑中心桥拱的四个桥墩上，每个桥墩粘三颗炸弹，每人粘六颗，完工时已近凌晨四点。我外公抬头望向大桥的腹部，崇敬地打量着每个桥拱内壁刻意留出的缝隙，母桥拱上方是一连串的倒U形子桥拱，撑起整座桥面，风穿桥而过，整个空间都嗡嗡作响。钢筋混凝土的桥体上方是横无际涯的拱形天穹，天穹下是匆忙过桥的人和动物。各个拱形堆叠相加，因重力凝为一体，也将因重力而毁灭。他又低头看着坐在偷来的独木舟中的奥兰德·巴克，发现他手里拿着一支用来引爆炸弹的定时笔和一盘不知从哪里变出来的一百五十英尺长的引线。

“你最好拿起桨来，把船划远一点。”奥兰德·巴克说。

外公点点头，他有点怀疑巴克早就盘算着搞一场这样的破坏。他坐下来，灵巧地朝上游划去，巴克一手捏着包有涂层的引线，另一手小心地握着定时笔，沿着华盛顿特区那一侧的河岸划出大约一百四十英尺之后，我外公突然扬起斜插在水中的船桨，对准奥兰德·巴克的脑袋侧面狠狠拍了过去，巴克脸朝下趴在了船上。我外公拧下缠绕在定时笔上的引线，把它丢进河里，又扶起巴克检查，确定他只是失去了意识，并没有死掉之后，外公把他平放在了船尾。然后，我外公把船划回弗莱彻船坞，抵达那里时，巴克还没醒过来，他一个人把独木舟推回船库，留下三美元作为刮花船身的赔偿，把空掉的旅行袋扔进垃圾桶，扛起巴克，塞进那辆偷来的福特皮卡的副驾驶座。

皮卡开过基大桥时，奥兰德·巴克哼唧着睁开了眼睛，看看窗外，意识到他们所处的位置，他抬起手来摸了摸脑袋上挨揍的地方，再次摇头晃脑地呻吟起来。“我的天啊。”他说，显然对我外公既惧怕又佩服。

“你忘乎所以了。”我外公说。

第二天下午，上完地图测绘课，我外公回到宿舍，发现两个宪兵站在门口等他，一人站在门的一边。我外公压抑住想要逃跑的本能，决定接受命运的安排，可想到自己一旦被抓，那两个暴虐的面包师会变本加厉地欺负他的母亲，外公的脸颊、耳朵和内脏就像被火烧一样难受。

他朝那两个戴着一尘不染的头盔的宪兵走去，他们杀气腾腾地盯着我的外公，我外公毫不畏惧地与他们对视。

“你们是来找我的吗？”他在门口停住，恰好站在两个人的中间。

“不，孩子，”外公和奥兰德·巴克的房间里面传出一个声音，听上去像个有权势的人物，语调轻快柔软，习惯于被人倾听，“是我要找你。”我外公猜自己和奥兰德·巴克大概会被关进莱文沃思监狱。

这个男人的块头很大，已经人过中年，见我外公走进去，他从椅子上跳了起来。他身材魁梧，肩膀几乎和我外公一样宽，体型像上了年纪后发福的职业拳击手，穿一件灰色的格伦花呢红色格子西装，系着红色和银色相间的丝绸领带，下身是一条剪裁考究的黑裤子，这身打扮看上去倒像个英国律师，但我外公嗅得出他身上的行伍味道。男人不加掩饰地从头到脚打量了我外公一遍，面无表情，似乎在验证听来的报告或者传言。他的眼睛很特别，多年后对我回忆起这个人，我外公说他的眼睛颜色就像海中的浮冰和燃气炉上的蓝色火苗。

“你应该早就料到有人会来找你吧，小伙子，”男人操着上流社会的口音慢条斯理地说，“你知道自己惹上了麻烦。”

“我不知道，长官。”

“不知道？怎么可能？你不是很想找麻烦吗？如你所愿，麻烦来了。持续一贯的行为引发的后果往往都是可以预测的。”

“长官，我没打算找麻烦，我只是——”

“不要否认了，何苦费劲呢？只要看你一眼就能明白这是怎么回事，你就是个一辈子都喜欢找麻烦的人。”

“长官——”

“我说错了吗，小伙子？”

“没有，长官。”

“你盗窃了美国陆军的设备和物资，擅离职守，又偷来一辆卡车和一艘独木舟，在联邦财产上安置了炸药。”

“最后那部分不属于我的计划，”我外公说，“引爆炸药。”

“是吗？那是怎么回事？”

很明显，巴克已经承认了一切，但我外公既然当年没有供出列车堆货场里的阴阳脸女孩，现在也不会出卖他的朋友，哪怕朋友先出卖了他。

“是我一时疏忽。”我外公承认。

男人眼睛里的海冰变成了蓝色火苗，我外公突然觉得这个大块头的老人并无恶意。

“奥利·巴克的父亲在第六十九步兵团给我做过副官，”老人说，“他也总喜欢找麻烦，而且他知道，只要他向我求救，我会马上赶过来，无论他面临怎样的惩罚，我都会想方设法帮他摆脱麻烦，所以这两个宪兵来逮捕他的时候，奥利给他的老比尔叔叔打了电话。”

过去的几个月里，奥兰德·巴克曾经隐晦地提到过他的家世背景和人脉网络，我外公心中重新燃起了希望。

“多诺万上校，您也能帮我摆脱麻烦吗？”我外公问。

“我的孩子，”怀尔德·比尔·多诺万说，“你知道吧，我应该可以帮到你。但我们两个都清楚，这并不是你真正想要的，对不对？”

5

被控袭击羽毛梳公司的总裁并接受提审后，我外公在拘留所待了一个星期。保释金高得吓人，除了一台价值二十五美元的反射望远镜和一辆1949年产的克罗斯利轿车之外，他再也没有别的可以典当换钱的财产了。

在那一个星期里，他给我外婆打过两次电话，第一次他谎称去了别处，没告诉她自己被捕的事。我外公的律师舒尔曼派人到东五十七街的车库里取走了他的克罗斯利轿车，开回新泽西州的家里，并且嘱咐司机告诉我外婆，她丈夫要乘火车到外地紧急出差。

进拘留所的第四天，我外公再次给我外婆打电话，根据前一年八月他出差时的记忆，他告诉我外婆，他正待在汽车旅馆里，窗外就是散发着臭味的萨斯奎汉纳河；当地有一家意大利馆子，那里的意大利面搭配的是一种名叫“青酱”的绿色酱汁；为了推销产品，他冒着酷暑奔波了一个下午。从入职那天开始，他就讨厌自己的工作，然而现在，他失去——亲手毁掉——这份工作之后，那些出差的日子竟然也蒙上了一层浪漫的怀旧色彩，他甚至想念起那个推销产品时长篇大论的自己，还有曾经拜访过的饰品店的漂亮柜台。想起那个他曾极力讨好过的埃尔迈拉的药剂师的妻子——她先是买了一盒发夹，在我外公举起镜子给她照的时候，她又多买了两盒——身穿灰色囚服、斜倚在拘留所里那台只能打不能接的投币电话上，我外公不由自主地流下了眼泪。

他从来没考虑过把真相告诉我的外婆，因为她的精神状态一直不稳定，他担心她得知真相后会崩溃。这是他当时说服自己隐瞒妻子的理由，也是三十二年后给我的解释，虽然我觉得它并不能让我完全信服，但我外公绝对不是那种通过说谎为自己开脱的人，更不会逃避责任。与我外婆不同，他似乎无法从谎言中找到乐趣和解脱。尽管外公是个恋家的人，并且以自己的方式默默爱着我们，但他本质上是个隐士，宁愿独自忍受痛苦。如果搞砸了什么事，他会自己收拾烂摊子。与我外婆不同，他不相信虚构和假装，但对自我倚靠的坚信不疑让他更愿意把事情藏在心里，而且精神科医生多年来一直告诫我外公，尽量避免让我外婆听到任何坏消息，这正与他喜欢保守秘密的性格契合。如果说外婆总是担心天会下雨，那么外公就是那个时时刻刻都会把雨伞带在身边的人。

老实说，如果不是那么担心妻子的精神状态，外公倒愿意在拘留所多待几天——悔悟与反省恰恰是隐士们追求的理想状态，而且再也没有比囚室的钢制小床更适合忏悔的地方了。遗憾的是，外公时常幻想出外婆精神崩溃的样子，搅得他心神不安，最讨厌求人——尤其是那些会不计回报地提供帮助的爱他的人——的他也不得不拜托舒尔曼律师联系他的弟弟。

自小就颇具学习天赋的雷叔叔二十三岁就成了拉比，然而从二十世纪五十年代初期开始，我的这位舅公就对上帝的神圣意图产生怀疑，辞去了在巴尔的摩西北部讲道的职务，我外公被捕的时候，雷叔叔穿梭于埃尔迈拉半岛，依靠在台球室赌球和打扑克，日子过得很滋润。为了筹集到哥哥的保释金，他需要一周的时间、一批送上门的财神爷，以及“无望之望”在海厄利亚跑马场排名第五。

我外公带着足够的钱走出托姆斯拘留所的大门，他用这些钱理发刮脸，买了公交车票，为我母亲买了她喜欢的糖果，在帕特森车站下车后，给自己买了咖啡和甜甜圈。外公事先已经请舒尔曼律师（他对我外婆自称“与您丈夫的公司有工作往来的律师”）告诉外婆，让她上午十点半到公交车站接他。

可十一点一刻还没见到外婆的影子，于是他用仅剩的十美分往家里打电话。

“我到了。”他说。

“哪里？你到哪儿了？”

“帕特森，公交车站。”

“帕特森。”外婆重复道，从她的语气判断，她应该听说过帕特森这个地方，但二战结束后才从法国来到美国的她很不擅长记忆这些陌生的地名。

“舒尔曼没告诉你吗？”

“舒尔曼？舒尔曼是谁？”

“律师。舒尔曼。”

“舒尔曼是律师。好吧，我明白了。”听起来她似乎把各种要点记到了纸上：帕特森，舒尔曼，律师。“现在请告诉我，你又是谁呢？”

外公立刻意识到，尽管他一再试图保密，外婆还是知道了真相。很久以后，他才得知外婆是从《每日新闻》上得知他被捕的消息的。

“听着，”他说，“我真不知道该怎么说。对不起。”

“是吗？到底怎么回事？”

“亲爱的，我知道我做了可怕的事，但麻烦已经解决了，我发誓，我很抱歉，我知道你一定很担心。”

“哼，我才不担心呢，”因为她的法国口音，外婆说讥讽话的时候总给人一种卖弄口才的感觉，“每当我开始担心的时候，就想象你从飞机上跳下来，忙不迭地把你的高级发夹推销给纽约宾厄姆顿那些不梳头的女士们的样子。”

我外公羞愧地皱起眉头，为了骗过我外婆，他利用自己的移民妻子对美国地名的不熟悉，让舒尔曼告诉她，他要去宾厄姆顿搞推销，然而外婆像往常一样识破了他的花招。发现自己找到这样一个善于观察细节、发现真相、分辨谎言和怀疑一切的妻子，外公不知道他究竟是幸运还是不幸，但可以肯定的是，这套本事在他的老家——费城南区——还是很吃得开的。

“亲爱的，”他央求道，“我刚刚在拘留所待了一个星期，现在又脏又累。我在帕特森的公交车站，求求你，快来接我吧。”

“你吃饭没有？”

“吃了一个甜甜圈。女儿怎么样？”

“上学去了。”

现在不是周末，也不是晚上，我母亲当然应该在学校，这样的答案毫无意义，但我外公没有多问。

“你吃的那个甜甜圈，”外婆说，“它有多大?”

“多大? 就是普通的甜甜圈那么大。亲爱的——”

“你吃饱了吗?”

“当然。”

“很好，这么说你完全有力气自己走回家了。”外婆说完就挂了电话。

外公恳求一个去托伦顿探亲的士兵借给他十美分，用借来的钱又往家里打电话，可听筒中一直传来忙音，原来我外婆早已把话筒从叉簧上摘了下来。为了避免尴尬，当着那位士兵的面，我外公假装打通了电话，装模作样地对着话筒说了几句，然后露出得到妻子原谅后如释重负的表情。电话机退币时，他故意大声咳嗽，掩盖住硬币掉出来的声音，偷偷把它装进口袋。外公用这十美分登上开往霍霍库斯的巴士，在谢里登大道下了车。

他在谢里登大道周边那些拔地而起的新建筑之间徜徉了许久，打量着肮脏的草坪、新种植的树苗和排成长蛇阵的货车车厢似的房屋。过去下班回家时，他都是以四十五英里的时速从这里一掠而过，并没有发现它们的可憎之处；现在他却看到这些房子朝四面八方无序地蔓延，原以为不会因时间或钢铁工业而改变的玉米地、果园、橡树和山核桃树也全部被夷为平地。越是往家的方向走，我外公就越是不安，他担心终有一天，这样的房子会盖到他们家旁边，破坏他那座位于绿色山丘顶部的白房子周围的环境。

虽然知道焦虑无济于事，沿着“长蛇阵”回家的外公还是会不由自主地想象他的房子、妻子和女儿被丑陋的新房屋包围的画面，当他终于拐到通往家门口的那条铺着砾石的县道上，发现道旁的风景一如往昔，苹果树和玉米苗安然无恙时，恐慌才逐渐消失，但他不确定自己和家人将来是否会被丑陋的建筑大军淹没。

据我所知，二战时期，在法国陷落后，还不到十八岁的我外婆未婚先孕，怀上了我的母亲，里尔郊外的圣衣会修女收留了我外婆。她在里尔城的一个犹太商人家庭中出生长大，家里经营马匹和毛皮生意，声名显赫。听说我外婆怀上了天主教徒的孩子——即便知道孩子的父亲是个年轻英俊的医生也无法令他们满意——家人与她断绝了关系，是年轻英俊的医生的家人安排修女们收留了她。我母亲出生后不久，我外婆的家人就被送到奥斯维辛集中营，后来在那里遇难。由于为抵抗组织成员治疗伤口，年轻英俊的医生也死在了纳粹党卫军的枪口之下。

我外婆在戏剧、诗歌和手工艺方面的兴趣一直为家人所不齿，修女们却既富有同情心又懂得审美，为了养活自己，她们制售花环、开垦果园、养殖蜜蜂，还在草地上放养绵羊。我八九岁的时候，母亲给我解释了什么叫作“幸存者的负罪感”，她举了自己母亲的例子：与圣衣会修女们一起生活的日子是外婆人生中最幸福的时期，家人遇害后，她再也没有真正快乐起来。

我外祖父母的农场位于新泽西州霍霍库斯郊外，占地十一英亩，没有修女和绵羊，却有草地和苹果园。入住第一年的冬天，我外公参照一本从公共图书馆借来的书上的说明，制作了几只蜂箱。1952年底到1954年底，我外婆第一次在精神病院接受住院治疗，妻子出院后，外公租下了这片土地，他希望住在那里能让外婆想起当年在法国乡村度过的快乐时光。

虽然农场出产的苹果像石头一样干瘪坚硬，比起采蜜，特意订购的法国蜜蜂更喜欢四处闲逛，但自从看到农庄——尤其是它的复杂装饰、玫瑰花丛和新刷的白墙——的第一眼开始，外婆就明白了外公的用意。第一次从新泽西州的格雷斯通精神病院出院后，她就处于一种脆弱沉默的状态，好似一只试图在勺子上保持平衡的鸡蛋，此后的二十八个月，她和外公在农场里度过了一段相对心满意足的日子。不再有天使引导她向公交车上的乘客们透露关于她的预言。她不再一次次地长期禁食，她的皮肤曾苍白得发亮，如同给予她庇护的圣衣会修女所信奉的耶稣基督的圣光。她找到了工作，在著名的造纸厂剧院为三部剧担任主演，还在百老汇重排的《啊！荒野》中扮演过一个小角色。1957年春天，那匹无皮马再一次带着嘲讽的笑容出现在她的生活里。

我外公在羽毛梳公司怒火大爆发那个星期之前的某一天，外婆的老朋友无皮马突然回来找她，在前院的那棵粗壮的山核桃树上住下了，但我外公始终不清楚无皮马返回的具体时间和确切原因。后来他才想起，有那么一两次，我外婆突然坐在那里一动不动，双眼紧闭，好像在抑制某种恶心想吐的感觉，他记得她的身体在压抑中瑟瑟发抖，脸上挂着强自保持太久而显得异常僵硬的微笑。我外公只知道，无皮马决定住在山核桃树上的那座树屋——树屋是外公送给我母亲的十三岁生日礼物——里之前，已经在周围转悠了好几个月。

从拘留所出来那天，回到山丘脚下，外公第一眼就看到了那棵山核桃树。最初的房主是个奉行自由性爱主义的基督徒，在二十世纪到来之前就种下了这棵树，如今已有六十英尺高。盛夏时节，它的枝叶充分舒展，树冠像儿童画中的大树那样，是用绿色蜡笔涂抹出来的圆形，带着夸张的梦幻色彩，我母亲把隐藏在枝干之间的树屋想象成她的大帆船和堡垒。我外公发现，树底下有一块焦痕，四条锯齿状的黑色条纹，沿着树干向上延伸，看起来就像一只巨大的爪印。

树屋上的瞭望孔仿佛深不见底的黑色眼眸，紧盯着我外公绕到房子后面，看着他朝厨房入口走去。他们从来不走房子的前门。我外公拖着脚步踏上后门廊的最后三级台阶，脚下的木板是去年夏天刚换的，以前的门廊地板已经被虫子蛀坏了，带着近乎希望的野蛮劲儿，外公拆掉旧地板，换上了新的。我母亲给他递钉子，帮他固定（就是坐在上面）他亲自切割、打磨和粉刷过的板条，外公还在木头上雕刻了哥特式的花边，这套木工活是他在另外一本从图书馆借来的书上学来的。焕然一新的地板踩上去有种坚实的感觉，虽然和房子的其他部分一样，这个门廊不属于他，也永远不会成为他的财产，但在那些年里，外公的志向不在于购置产业，从而获得“拥有这个世界的一部分”的错觉，把租来的房子维护好，延缓它的老化、防止它被烧毁就已经能使他心满意足了。

春季的下午依然透着严冬没来得及带走的几丝寒意，而房子的后门敞开着，厨房里飘出洋葱、香叶和煨红酒的味道，起居室的唱机播放着舒伯特的《鳟鱼》五重奏，厨房窗玻璃上蒙上了一层蒸汽，后面是外婆的模糊身影，她厨艺高超，握住锋利的赛巴迪刀的红木手柄时，从来不知道紧张为何物。五十年代初，第一次入院之前，她是WAAM电视台《家庭烹饪》节目的常驻嘉宾，教巴尔的摩的家庭主妇（当然是那些有电视机的家庭主妇）做法国菜，还短暂拥有过自己主持的晨间栏目《法式烹饪》，每周播出两次。[1]

“我回来啦。”外公走进厨房。

正在搅拌蛋液的外婆抬起头，手伸到背后，解开围裙，她做了头发，戴上了珍珠项链，因为穿着黑色的低领毛衣，喉咙和衣领之间的珍珠格外显眼，仿佛吸走了她皮肤上的所有热量，发出炫目的光芒。沉默无言中，我的外祖父母像一对在即将坠毁的飞机上——在情势的感染下——暂时和解的恋人那样重归于好，以后有的是时间数落对方的不是。

“校车把女儿送回来之前，我们还有一个小时。”外婆说。

外公脱掉鞋子和西装，摘下领带，脱下衬衫和袜子，解开袜带，外婆帮他脱掉内裤，拉着他走进浴室，让他洗净拘留所

1　到现在我都会按照外婆的食谱（打印在淡蓝色的索引卡片上）做红酒炖鸡、奶油土豆汤和煎蛋饼，离婚时，我弄丢了（也可能是不小心扔掉了）她专门做煎蛋饼的平底锅和其他一些滑稽古怪的小东西。

在他身上留下的味道。

洗热水澡是一种享受，但外公没有在喷头下过多停留，当他走进卧室时，外婆已经在床上伸展开赤裸的身体，一手托腮，知道他的喜好，她没有摘掉那串珍珠项链。

外婆有一张在佛罗里达海滩穿比基尼拍的照片，那时她四十五岁左右，一看就是个富态的已婚妇女，胸部丰满，乳沟深邃，胖得连膝盖上都出现了肉窝。当时她已经接受了第一代激素替代疗法（HRT），这种方法可以安抚她的情绪，也让身体在激素的作用下变得肥胖臃肿[1]。外公获释的那天下午，外婆把他搂在怀中，她的肚子又圆又鼓，小腹上的妊娠纹宛如一道道清澈的水波，她的腰依然苗条，手腕和脚踝也很纤细。外公抬高外婆的双腿，搁在自己身上，站在地板上进入了她，天光逐渐黯淡，珍珠项链给她的皮肤笼上一层银白色的光晕。

1990年3月的一天早晨，佛罗里达州椰子溪的养老社区丰塔纳村，外公在他的公寓主卧室的厕所解手，从马桶上站起来的时候，他听到了什么东西断裂的声音，然后就晕了过去。醒来时，他发现自己躺在厕所地板上，嘴唇肿了，一条腿也骨折了。后来医生发现，骨折是癌症骨转移引起的，那时我们才得知，半年之前，外公曾经拒绝治疗他腹部的一处疑似癌变的肿块，但那一天我们只知道他摔断了腿，而且骨折恢复期间需要有人照顾。

我母亲是公益诉讼律师，当时正准备对一家制药公司提起

1　这种疗法后来还要了她的命，1975 年，她死于子宫内膜癌，享年 52 岁。

集体诉讼，该公司研制的第二代HRT药物导致数以千计的女性患上卵巢癌，甚至活不到六十岁。我弟弟刚刚在洛杉矶开启他的演艺生涯，即将在七十年代电视剧《太空：1999》的重拍版试播集中出演角色。我则打算为自己的第一部小说平装本做宣传，同时还要极力挽救我的第一段婚姻；后来，事实证明，我的努力纯属徒劳。

当时外公有个偷偷摸摸交往的女朋友。把大家各自掌握的信息汇集到一起之后，我们三个发现，外公很少提及那位神秘的女士。她的名字叫萨莉，是个搞艺术的，丈夫刚去世不久，但我们不知道她的电话号码，连她姓什么都不清楚。

外公骨折那天，萨莉打电话告诉我母亲，虽然她和我外公从九月份才开始交往，而且仍然处于彼此了解的阶段，但她愿意提供帮助。不过，丈夫去世前，她整整照顾了他三年，付出各种辛苦不说，还眼睁睁看着他日渐衰弱、走向死亡，心理上遭受的折磨可想而知，所以，坦率地讲，她怀疑自己无法鼓起勇气再去照顾另一位年老体衰的病人。我母亲向她表示了感谢和理解，她觉得萨莉应该已经看出我外公是个不太情愿接受护理的病号。

为此我母亲飞到佛罗里达，找到那个从她不到五岁开始就充当她父亲的男人，她希望把他带到奥克兰，让他住在她的家里，这样她就可以在照顾他的同时继续自己的工作。考虑到长途飞行的辛苦，她不顾外公强烈的反对为他预订了头等舱的机票；告知邮局把他的邮件转发到奥克兰；用一只巨大的旅行箱打包了他的衣服和证件。旅行箱里的空间足够装下他所有的私人物品，然而我外公只选择带走五件东西：

（1）维利·莱的《火箭、导弹和太空旅行》（第三版，维京出版社，1957年）。书中回顾了1956年之前的火箭发展史，还对人类登月计划进行了详细的预测，当然，出现各种错误也是在所难免的。尽管我知道外公一直非常喜欢这本书和它的作者，但我此前从来没见过外公随身带走的这一本书：它没有封面，衬页上有透明胶带粘过的痕迹，应该是贴过插借书卡的纸套，顶部盖着刻有“纽约州惩教局”字样的橡皮图章，显然这本书来自监狱图书室。翻开内页，我发现有人——我猜这个人是我外公——用黑色记号笔涂掉了书中的一些单词，我掀起书页，迎着灯光细看，发现被涂掉的地方是一个人的名字：韦纳·冯·布劳恩。[1]

---

1 外公总是对冯·布劳恩嗤之以鼻，而且表现得相当夸张。据说，冯·布劳恩是特里·索泽恩和斯坦利·库布里克的电影《奇爱博士》中的主角奇爱博士（曾为纳粹服务，后成为美国总统的顾问）的原型之一。外公会用滑稽的德国腔念出冯·布劳恩的名字和引用他说过的话。我外公的MRX公司曾是埃斯特斯、森图里、夏邦科技等火箭模型产品全盛时期涌现的知名企业的主要供货商和设计提供者。MRX公司的设计参考了美国的著名火箭，如先锋、雷神和泰坦，但在其运营的十多年中，MRX公司从来不曾推出红石、木星或土星系列火箭的模型，因为它们都是在冯·布劳恩的主持下研发的。这种无声的抗议贯穿于整个阿波罗登月计划时代，虽然那时人人都盼望土星五号运载火箭早日发射。1969年7月20日，我外公做了一件使我父母震惊、令我困惑的事情：尽管几个月来他都对人类首次登月表现出极大的兴趣，而且随着登月计划的推进变得越来越兴奋，但当几乎所有的地球人都在电视机前观看尼尔·阿姆斯特朗实现冯·布劳恩和我外公的共同梦想——登上月球——的时候，外公却拒绝和我们一起看电视。似乎只有外婆理解丈夫沉默地离开房间的原因，我记得外婆当时冲着电视机点了点头，说：“显然，他们实现目标的方式是完全错误的。”

（2）一只芝宝打火机。从我记事起，这只“奥根博尔的打火机”就待在外公的右边裤袋里。虽然我出生前他就戒了烟，但我多次见过他用它点燃烤架上的木炭、壁炉里的木柴和篝火。打火机的外壳是光滑的椭圆形，表层镀镍，刻着两个连在一起的六边形——碳、氢、氧三种元素组成的某种有机物的分子结构图。多年来，我不止一次问过外公这是什么有机物，但他要么回答“麦芽糖”，要么告诉我“这种东西让甜甜圈变得更好吃，所以我要把它刻在打火机上”，这些荒谬的回答既让我生气，又让我产生了深深的怀疑——外公根本不喜欢甜甜圈——他想要隐瞒什么秘密。至于打火机的名字，我外公只是说，奥根博尔是他的战友。

（3）一张我母亲的黑白照片，拍摄于1958年8月。照片中，我母亲骑在一匹没有马鞍的灰色瘦马身上，她腰上围着沙滩毛巾，穿一件过小的连体泳衣，看上去更适合未满十六岁的小女孩。她和灰马位于摄影师的侧前方，望向他的左边，我母亲手持弓箭，箭已经搭上了弓弦，正在瞄准画面之外的某个目标。照片收进旅行箱之前，我从未见过它，对于它的来历，外公和母亲不愿多说，只告诉我它是在弗吉尼亚海滨的一家酒店照的，当时雷叔叔履行着我母亲监护人的职责。照片中的我母亲头发蓬乱，拉弓瞄准的样子让我震惊地联想到凶残的杀人犯。

（4）“月球花园”模型。这个模型是用一只外卖咖啡杯的盖子、飞机和坦克模型的零件制作的，还用了十几个小电容和四块从金属表带上拆下来的链条，所有部件全部用胶粘在一起，喷漆是田宫模型使用的那种“浅幽灵灰”。“月球花园”是外公制作的月球基地比例模型“LAV一号”的一部分，外婆去世后，他花了许多年制作和修改“LAV一号”。整个模型占据了大半张他在佛罗里达的公寓餐桌，包括通道、分离舱、天线、碟形天线和圆顶形穹顶以及崎岖的月球表面。“他只想要花园，”母亲告诉我，“我只好把它从整个模型上扯下来了。”

（5）一张镶在有机玻璃相框里的宣传海报，海报上印着“挑战者”号航天飞机最后一批机组成员的合影：航天员迈克尔·史密斯、迪克·斯科比和罗纳德·麦克奈尔坐在一张桌子后面，头盔扣放在桌子上，好似圆形鱼缸，像是要从里面抽出幸运数字。他们身后站着鬼冢承次、克丽斯塔·麦考利夫、格雷戈里·贾维斯和朱迪思·雷斯尼克，各人抱着自己的头盔。航天员们的飞行服仿佛是会闪光的那种桌布做的，颜色很像佛罗里达的蓝天，拍下这张照片后不久，他们便消失在这片天空里。七个人都在微笑，在我看来，他们无意识地嘲笑了自己的命运。桌子的一头摆着捆绑有燃料箱和运载火箭的“挑战者”号比例模型，很像是孩子的玩具，当然绝对属于豪华型的玩具。从照片上很难看出我外公在制作这个模型时加入的各种细节，比如货舱门打开后露出的远程操纵臂和会旋转的引擎喷嘴，你甚至还能拉开机鼻，看到里面的机舱，舱内的细节忠实还原了“挑战者”号的内景，细致到仪表板上的按钮和开关，以及马桶上方的“萨莉·赖德[1]

1 萨莉·赖德，美国历史上首位进入太空的女航天员。——译注遮帘”。

尽管这座模型没有被NASA用于官方展示，我外公还是很愿意参加1986年1月28日的发射仪式。他是卡纳维拉尔角的常客，每逢有发射活动，几乎都会开车去看，似乎是为了弥补他为了抵制冯·布劳恩而错过的那些阿波罗登月计划中的历史性时刻，我知道，不得不抵制对他来说很痛苦。然而，1986年1月的那个星期二是我外婆去世十一周年的忌日，当天上午11点39分，“挑战者”号助推器上的橡胶密封圈失效，航天飞机在空中解体时，我外公正站在宾夕法尼亚州詹金敦我外婆的墓前。回到费城中心区的汽车旅馆，打开电视之后，他才得知“挑战者”号失事的消息。

电视屏幕中的航天飞机如同一朵在白色蒸汽组成的茎秆上怒放的鲜花般轰然炸裂，崩解后的碎片打着旋划过天空，拖曳出蜿蜒的长蛇形轨迹，仿佛在茫然地回头寻找其他碎片，外公坐在电视前一动不动，甚至没有眨眼和呼吸。

听到这个消息，当时在加州大学欧文分校读研究生的我立刻通过我母亲联系到了外公，电话接通前，我以为外公的语气会很低沉，甚至很悲伤，然而完全不是这么回事。

“太他妈的冷了！”他怒吼道，“发射时的气温只有华氏三十六度，都是白痴官僚的错！”

“他们为什么不取消发射呢？”

“因为他们就会纸上谈兵，其实朱迪知道不能在这样的天气搞发射。”

朱迪思·雷斯尼克是外公最喜欢的航天员，她是个出色的工程师，有一头浓密的黑色卷发，在此前的任务中，她成为第一位进入太空的犹太女性，在失重环境下的太空舱里，她的卷发会像水母的触手一样向四面八方伸展。

“可怜的朱迪。”外公的火气似乎消了一点，听筒那头传来电视的声音，一个记者似乎站在佛罗里达的海滩上报道发射事故，海边的风很大，他不得不大声喊叫。

“对不起，我今天没能陪你过去，”我说，“还顺利吗？”

“扫墓顺不顺利？”

“当然了。”

“很庄重。”

“对不起。”

“行啦。告诉你吧，墓地看起来非常不整洁，吓了我一跳。”

我们两个都沉默了，只听得到汽车旅馆的电视里传出的海风的呼啸。

“外公？你在听吗？”

“啊。”

“你没事吧？”

“没事。”

“我知道你很想她，我希望她还在。”

“我倒宁愿她不在，要是她看见自己的坟墓乱七八糟，一定会怪我，因为是我非要选那块墓地的。”

“哦。”

“别的人都埋在那里，而且已经交钱了，很久以前就交了。”

我明白外公的意思并非希望外婆死，我知道他有多么想念她，但我当时并不知道的是（后来他才告诉我），外公制作的“挑战者”号模型里，在那些密密麻麻的仪表板后面，隐藏着一个睡眠舱，舱盖可以掀开，里面有两个小人。他们之前是“LAV一号”月球基地花园里的原始居民，后来我外公修改月球基地的模型时把这两个人偶拿走了，放进了“挑战者”号，那是一男一女，八分之五英寸高，躺在同一个睡眠舱里，赤裸着彼此拥抱[1]。男性小人的体型酷似我外公，盾牌般覆盖在女性小人身上，女性小人的长发被染成了鲜亮的红褐色。

我外公从未解释过他为什么要在航天飞机的模型中设置这样一个彩蛋，至少没有告诉我。我猜这要么是个恶作剧，要么是因为他不想浪费价值三美元九十九美分的模型零件。现在，每当我看到那张“挑战者”号全体船员的合影，我不会关注那七个微笑的人、漂亮的朱迪思·雷斯尼克，甚至航天飞机模型本身，我眼中只有那一对躲在睡眠舱里的恋人，他们的命运如同两人的身体一样互相纠缠，等待着航天飞机升空，摆脱一辈子都在迫使他们下坠的重力，获得最终的解放。

她碰了碰他的腿，他醒了，发现自己没在拘留所，而是躺在家里的卧室中。外婆拿起先前整齐地挂在床边的衬衫和毛衣。

1 外公有一套名叫《公园的午后》的英国 OO 轨铁路主题模型，这两个人偶原本是模型里铁路旁的野餐者，当然，外公把他们的野餐毯和晶体管收音机留在了原处。

“十分钟。”她说。

外公穿上蓝衬衫和斜纹棉布裤，到楼下找他那双沾着泥巴的工作靴；外婆继续做她的红酒炖鸡，她站在炉子前面，闻着木勺里热气腾腾的汤汁的味道。他来到她身后，嘴唇啄了一下她的后脖颈，她打了个颤。他觉得她希望他说些什么，外公回家后，他们一直没怎么说话，可他不知道自己要说什么，也不知道她需要听什么，他很想什么都不说，又认为这样很不好。面对无法改变的过去和难以预知的未来，他只能想出一些毫无意义的空话。

“没关系，”他对她说，“一切都会好起来的。”

外婆没有反驳，也没有表示赞同，只是尝了一口勺子里的汤，发出一声同样毫无意义的低哼。“去吧，”她说，“她等着见你呢。”

外公站在车道尽头等校车，手里拿着为女儿买的糖果，天格外的蓝。他算了算自己在拘留所里待了多少天，今晚应该只能看到四分之三个月亮，月亏期已经开始了。晚上，吃完外婆做的红酒炖鸡，把餐具擦干放好之后，外公会和我的母亲一起看《雾都孤儿》，会躺在她的身边，一直到她睡着；之后他会回到妻子身旁伴她入眠。然后，他会带着望远镜和保温壶里的热茶，爬上屋后的小山，观测静海、大陵五、天津四和波江座，沉浸在星河之中。

“一切都会好起来的。”他大声说。

校车停了，外公看着十四岁的我母亲懒洋洋地沿着过道出来，走下台阶。当她的脚碰到地面时，突然跑了起来，扑到我外公怀里，他的鼻尖紧贴着她的头发，嗅到了学校的味道，似乎和邮票的气味很像。外公说服女儿在他们走到车道另一端的山核桃树下之前把整条糖果棒吃完，山核桃树的枝丫直指天空，等待我外婆再次对它的命运做出判决。

虽然糖果棒破坏了她吃晚餐的胃口，但是为了家庭的和睦，不想背叛外公的我母亲强迫自己把她盘子里的食物全部吃完。

6

1947年2月，在平安之友犹太会堂[1]，我的外公第一次见到我的外婆[2]。当时，我外婆站在一棵盆栽棕榈旁边，她围着狐皮披肩，戴着墨镜，头顶上方有条横幅，上面写着："试试你的运气！"披肩是跟姐妹互助会的主席借的，墨镜则是主席的丈夫免费提供给我外婆的，他是眼科医生，为我外婆治疗长期营养不良引起的畏光。我猜想，横幅上的标语应该是个巧合，是平安之友会堂的筹款活动"蒙特卡洛赌场之夜"现场布置的一部分，但外婆的造型绝对是经过深思熟虑的。

我外婆是个带着四岁女儿的寡妇，刚从奥地利的一处犹太难民营来到巴尔的摩，姐妹互助会没有征求她的意见就决定将她列为新拉比的妻子的主要候选人。帕克瑟克尔区和福里斯特帕克区的希伯来移民援助协会的餐厅提供的伙食逐渐让我外

---

1 犹太会堂的名称是"Ahavas Sholom"，意为"lovers of peace"，即和平热爱者。《圣经》和合本将"peace"译作"平安"。——译注

2 当时平安之友犹太会堂迁到了派克斯维尔雷斯特斯顿路的新址，它属于第一批从巴尔的摩公园一带的犹太社区中心迁往七英里巷以外的远郊地区的主要犹太会堂。

婆的身材和气色变得健康起来，她那一袭被互助会主席形容为“美丽动人”的长发也恢复了原有的光泽。外婆举止温和有礼，熟悉文学与艺术，也有成为演员的才华和决心，曾有不止一位仰慕者将她优雅性感的脸庞和法国口音与西蒙妮·西蒙相比。尽管饱经忧患，外婆还是很喜欢笑，也很容易被人逗笑，举手投足间既有女演员般的风致，又有从辛勤劳作的修女那里熏染到的谦卑。

不过，有那么几次，她曾经用法语或英语嘟囔过一些毫无意义的句子，有时还会突然陷入沉默，脸上的笑容也随即消失，露出紧张的表情，似乎在聆听由门另一边传来的脚步声，端详房间角落里的阴影。据说，第一次被人家领进巴尔的摩公共图书馆时，外婆径直走到苏格兰高地里尔舞的资料陈列架旁。当然，这些举动都可以归因为外婆的英语不熟练和二战时所受的刺激（以及无人能够抵挡苏格兰风笛演奏的舞曲的吸引力）。就算有人觉得我的外婆有点古怪，在互助会的姊妹们——以及许多人的丈夫——眼中，这只会让她更有魅力。

刚刚从犹太神学院毕业的新拉比用他的智慧和热情征服了大家，他穿着量身定制的西装，身上透出淡淡栀子花的香味，这在拉比中很不寻常，也迷住了每一个人。可令人不安的是，家庭和教师的宠爱使他养成了过于固执的性格，自以为是，不愿考虑别人的意见，甚至在结婚对象的选择方面也是一意孤行，对候选者缺乏基本的了解就贸然否决，所以姐妹互助会打算要些花招来说服他。

为了确保新拉比在“蒙特卡洛赌场之夜”活动当晚注意到

我外婆，互助会让她站在借来的棕榈盆栽旁边，盆栽就摆在会堂接待室的大门口。两位互助会成员在那里故意拉住我外婆说话，其一是韦克斯曼夫人，她的丈夫是法官，也是我外婆申请避难的主要担保人；另一位是泽尔纳夫人，布林莫尔学院的首批犹太毕业生之一，法语流利。利用我外婆的责任感和她对讲母语的渴望，两人原地拖住我外婆，希望拉比过来的时候能看中她，认为她是自己新娘的合适人选。而且最关键的是，让他认为这是他自己的选择。

然而拉比迟迟没到，接待室里已经满是对互助会姊妹的打算并不知情的会众，他们迫不及待地盼望活动早些开始。筹款委员会的主席来到了会议室，他准备了一份欢迎词，里面有许多并不高明的双关语玩笑，讲稿念到一半，麦克风突然漏电，突遭电击的主席被迫暂停演讲，姐妹互助会的主席急忙让做眼科医生的丈夫上台察看情况，台上有不少主办方雇来的犹太音乐家，他们服饰奇特，正在调弄乐器。眼科医生跪在筹款委员会的主席身边，测了他的脉搏，帮他解开领口的扣子，其他男性会众则震惊地站在一旁观望。

负责音响的技术人员是个只有十五岁的少年，他找出一支新麦克风，费力地钻过围在自助餐桌旁挑选开胃小食以及凑在一起窃窃私语的与会者，换掉出故障的那支——在他母亲的催促下，寻找和更换的速度又被拖慢了不少。终于，眼科医生宣布，主席身体无碍，可以继续发言了。

“请大家今晚不要客气，”发言结束时，筹款委员会主席号召大家，“尽情地输钱吧！”

灯光变暗，乐队演奏的曲目给现场带来浓郁的夜总会气氛，在恰恰舞、闲聊、掷骰子和轮盘赌的嘈杂环境中，原先打算撮合我外婆和新拉比的互助会姊妹被迫放弃计划。终于闲下来的我外婆从人家借给她的串珠手袋里拿出了一包万宝路香烟。

“屋里真是太热了，”外婆说，虽然还不知道自己是被撮合的对象，但一直被两位姊妹拉着说话的她已经开始厌烦，“抱歉，我想出去透口气，看看月亮。”

就在这时，泽尔纳夫人月亮般的圆脸露出喜色，她高兴地用法语叫道：“新拉比来啦！”

那一天，我外公一直在找理由不和雷叔叔参加“蒙特卡洛赌场之夜”，因为他还没有做好和“普通人”打成一片的准备，与陌生人交谈会让他觉得不自在，而且他买不起出席这种场合的衣服，犹太会堂对他而言也没有实用价值，他认为，如果去了，只会给弟弟添麻烦。雷叔叔充分发挥他的口才天赋劝说我外公，一一打消、否定、驳回他的每一条借口。他说，为了回归平民生活，外公必须接受这次挑战，好比只有屏住呼吸、大胆跳进游泳池才能尽快学会游泳，而除了推销员和在公交车站与你搭讪的人，没人愿意主动和陌生人闲聊，所以他会亲自督促外公参与当晚的活动，说不定他还能在赌局中赢到钱。另外，雷叔叔愿意把他那件非常漂亮的哈里斯花呢西装外套借给我外公穿，反正衣服穿在他本人身上有点肥大。犹太会堂不过是座建筑，那些伟大的犹太人——从亚伯拉罕到希勒尔——根本不把这种地方当回事，而且以拉比的角度来看，每个人都是如此。

出发的时间快要到了，无法推辞的外公只能亮出最后一招，让自己惹人讨厌，挑起争吵，打一架，希望弟弟打消带他去的念头。

然而，这一招没用，雷叔叔始终坚持己见。你进一尺，他高一丈，人身攻击也毫无作用，他油盐不进，软硬不吃。外公故意为之的乖戾、嘲讽、冷言冷语，雷叔叔全部视而不见。不过，来到平安之友会堂的停车场，从雷叔叔那辆崭新的水星双门轿跑上下来之前——雷已经为哥哥敞开了车门——为了逃避社交不惜得罪弟弟的外公突然想到一个可行的办法。

1947年的那个冬天，没有人——尤其是当事人自己——能够想到雷叔叔那时已经开始怀疑他的信仰，以至于后来放弃神圣的布道讲坛，去巴尔的摩、威尔明顿和哈福德格雷斯的台球室和赛马场混日子。我外公却隐约察觉到了弟弟的反叛苗头，也许是出于同胞之间的本能感应，他从小就怀疑雷叔叔的“好孩子”形象是装出来的，目的是为了获得其他人——首先是来自父母的，然后是整个犹太社群——的关注和赞许。

“你不觉得讽刺吗？”外公说，“‘蒙特卡洛赌场之夜’？多么虚伪！会堂变成了该死的赌场，雷，还记得帕特牛排餐厅楼上的那个赌场吗？那是布法罗来的一群骗子开的，他们敲过弗兰克·奥斯特伯格的竹杠。你现在成了和他们一样的人，你也开始诈骗了，引诱别人下注，其实你早已知道赌局的结果，你的目的就是骗人家的钱，许诺给他们一些虚无缥缈的东西——比如来自上帝的宽恕和永生之类的，以甜言蜜语为诱饵，坐等他们上钩。”

对少言寡语的外公来说，这番话着实算得上长篇大论，而且语气越来越重，雷叔叔缓慢而沉重地关上驾驶座一侧的车门，拧过身来，愤怒地瞪着我外公，手肘压在水星轿跑的喇叭开关上，面红耳赤，连脸颊上的雀斑也不那么明显了。“你怎么能说出这种话?”他果然爆发了，不出外公所料。

刺耳的汽车喇叭声响起，尽管雷叔叔恼火的眼神中透出一丝心虚，但他还是历数了他们的父辈和祖辈信仰如何虔诚、会众的意图和行为如何良善、大部分犹太人是如何敬虔信道，甚至搬出五千年的历史。从迈蒙尼德[1]和汉克·格林伯格[2]到先知摩西和犹太典籍中的上帝，他越讲越兴奋，意犹未尽地按了几下喇叭，表示强调，激动得手舞足蹈，唾沫星子飞到了他借给外公的哈里斯花呢外套的翻领上。不过，讲到万军之神耶和华的时候，雷叔叔顿了顿，眯起眼睛，这才意识到我外公并不打算反驳他所说的一切，只是坐在那里，像一只充满耐心的蜘蛛，静待弟弟的怒火逐级蹿升。

“我差点上了你的当。”雷叔叔说，他平静下来，语调也和缓了。“你必须和我一起进去，”他说，“你会庆幸听了我的话。你知道我是怎么知道你会跟我一起来的吗?”

“怎么知道的?”

“因为这是天上的那位对你的安排。”

“噢，是吗？上帝给我定了计划？还真他妈的会挑时候啊。”

---

1 犹太学者。——译注

2 著名犹太棒球手。——译注

刚从战场回家一个月的外公没有工作，郁郁寡欢，他的大学学位证书已经吃了六年的积灰，他在欧洲的战时经历到了和平时期一无所用。参加过亲友在费城为他举行的接风宴的每一个人都很失望，尤其是他的父母，他们发现，尽管儿子获颁上尉军衔，参加过许多连亲人都不能知道的秘密行动，我外公还是无法满足他们的期望。

“过去在你人生中发生的每一件事，”雷叔叔说，“都是这个计划的一部分，今天晚上，你会发现一切都说得通了。”

“真的？”

“没错。”

“上帝给你透露的消息？”

雷叔叔摸了摸搭在大腿上的衣服穗子，下巴刮得光溜溜的，嘴角挂着神秘莫测的微笑。

“得了吧，别再胡说八道了，雷！”

“你觉得这是胡说八道？敢不敢和我打个赌？”雷叔叔说，手指着会堂的大门，不久之后，他会带着外公送他的那根布伦瑞克台球杆走进这扇门，“我赌五百美元，你走进这座会堂之后，不出半个小时——不，不出十分钟——天上的那位会向你揭示他对你的计划，让你明白你今晚必须到这里来的原因。”

“你太能扯了，”我外公说，“兄弟，赌就赌吧。”

由于政府办事效率太低，我外公的遣散费还没批下来，那时他根本凑不出五百美元，但他觉得自己肯定能赢。

我外婆好奇地转过身，看着巴尔的摩犹太社群的新宠——

雷叔叔——走进接待室，那是个苗条的年轻人，穿着海军蓝色的外套，外套上的纽扣像金币一样，他的丝绒圆顶帽也是海军蓝色的，一头红发略微有点长，刚进房间就被一群男人包围，其中包括韦克斯曼法官——神态活像哄骗未出闺阁的侄女卖身为妓的狡猾叔伯。发现新拉比很快被热情的人群淹没，韦克斯曼夫人低声骂了句意第绪语粗话，估计晚上回家之后有她丈夫好受的了。

“我不知道，”外婆听到拉比说，他不情愿地被男人们攥着手腕拽进房间，“先生们，我是无辜的。”

拉比经过她身边时，外婆嗅到了他身上的栀子花味，听到他解释着自己的姗姗来迟。“不是我的错，”他说，“要怪就怪和我一起来的人吧。”

“那是他哥哥，”泽尔纳夫人说，语气却不怎么确定，“授过勋的战斗英雄。”

外婆瞥见外公在接待室外面的走廊里徘徊，看上去似乎比他兄弟还要无辜，双手紧插在裤袋里，仿佛要把口袋扯破，针织领结歪歪扭扭，皱巴巴的格纹布衬衫外面，套着一件棕色的花呢夹克，肩膀那里有点紧。这个人从衣服到肤色都和会堂里的音乐、灯光、轮盘以及骰子的嘎嘎声出奇地相配，只是从眼神里看得出他想要逃离此地，我外婆觉得，他眼中对逃离的渴望犹如燃烧的房屋窗口透出的火光。

“他还可以再好好打扮一下。”韦克斯曼夫人说。

我外公一整天都在想办法不参加聚会，根本没考虑过来到这里之后会遇到什么状况，实际情况比他想象的糟糕：首先，聚会的名字叫作“蒙特卡洛赌场之夜”！场地里挂着亮片组成的新月和十瓦灯泡充当的星星，还有纸做的康乃馨和棕榈盆栽，这些东西围绕着能把在场的每一个人碾成碎片的轮盘赌博机——在我外公看来，这是战后整个世界都在变蠢的典型体现。

他往场地里面走了几步，手依旧插在工装裤的口袋里，感觉浑身都不自在，低眉敛目，对周围的喧嚣避之唯恐不及，仿佛没有遭到战火破坏的家乡和安然无恙地生活在这片土地上的三万名犹太同胞可以刺痛他的眼睛。

那个穿着黑衣服的女孩走到他身边。自1943年初开始，他就没和除了敌人与妓女之外的、有吸引力的女人说过话。

“我还没有做好准备接受这样的女人，”他告诉我，“完全措手不及。”

她戴着墨镜，大晚上的，而且还是在室内，肩膀上围着一条狐狸形状的东西，狐狸的牙齿紧紧咬住自己的身体。她自信地走过来，略微带点防备，头偏向一侧，好像足有百分之八十五的把握确信外公是她的旧相识，并且做好了承认自己认错人的准备，外婆的狐皮披肩和（向社团主席女儿借的）礼服裙的一字领之间，是她白得刺眼的颈窝。

外婆踩着外观仿镶花地板的油毡地垫，缓缓靠近我外公，两人的距离不足二十英尺的时候，他听到韦克斯曼夫人和泽尔纳夫人哭丧着脸喊她回去，她扭动的髋部和剪裁得宜的塔夫绸连衣裙勾勒出的身体曲线勾得他心旌摇荡。战争期间，我外公把他自小在台球室习得的赌球技巧运用到了观察分析别人的眼神上，然而外婆的墨镜阻挡了他的探索，令他焦躁，她的夸张打扮也让外公猜测她是“蒙特卡洛赌场之夜”请来的演员，稍后会给大家表演节目，以助赌兴。想到这里，他竟然不由自主地微笑起来，意识到自己的表情，外公更加焦躁了，女孩的嘴唇红得像“单车”扑克牌里的桃心和方块，戴着墨镜的她微笑起来有点像英格丽·褒曼[1]，仿佛听到脑袋里有个声音——多年以后，他将这个声音比作货运火车的隆隆声——觉得自己仿佛站在一个正在快速移动的庞然大物前方，这个东西推着他越走越远。就是她了，他凝视着她，心想。过了很久，他才收回目光，低头看着自己的鞋面，又摇了摇头。

“怎么会这样？”意识到自己还在微笑，外公想，这下，他真的欠雷叔叔五百美元了。

我母亲在她家院子的车棚屋顶放了一只野鸟喂食器：给鸟儿落脚的塑料管挂在铝钩上，旁边的链子拴着一包鸟食。外公喜欢观察窗外的景色，他对一只松鼠情有独钟，叫它“捣蛋鬼”，它每天都来，把喂食器里的东西吃个精光，还会毫不留情地赶走周围散落的麻雀，那既凶猛又严肃的样子逗乐了我外公。然而“捣蛋鬼”始终受到鸟儿所无法理解的重力定律和钟摆效应的限制，首先它会爬上喂食器附近的栅栏，勇敢地把自己的

---

1 那时利伯蒂海茨的一位牙医已经帮她修复了牙齿，这位医生退休后住在佛罗里达，有天晚上我在科勒尔盖布尔斯开读书会，他曾到场参加。他告诉我，当年外婆找他看牙，因为她的牙齿损毁得十分严重，所以他至今都对此事印象深刻。

身体摆荡到喂食器的链子上，可不出几秒钟，出于惯性，它的前爪会时不时地与铝钩或者塑料管的底部撞到一起，因为松鼠的大尾巴不停摇摆，喂食器会随之剧烈震动、旋转，最后把“捣蛋鬼”晃到地上，也许几十年前唆使我外公把小猫扔下三楼的恶魔始终没有被他驱除，所以每当看到松鼠坠地，外公都会没心没肺地哈哈大笑，有时我不得不拿纸巾为他擦拭笑出来的眼泪。

“姐妹互助会里的那些女士，她们以为自己用鸟食骗来的是一只小山雀，”外公说，“可实际上却引来了‘捣蛋鬼’。”

外公说，我外婆对她未来的丈夫说的第一句话是:“你的头要是搁在篱笆上，应该挺好看的。”

她向他走来，食指和中指之间夹着一支没点燃的香烟，一侧的眉毛挑了起来，探出墨镜上缘，这是请求帮忙的信号——外公立刻心领神会，并且从她女孩子气却不失优雅的举止判断出她可能是个外国人，他掏出奥根博尔的打火机，为我外婆点着了烟。

“什么?”外公说，打火机里冒出的火苗在他自己准备抽的那支香烟的顶端跳了两跳，他知道刚才没有听错，她确实就是这么说的——要是他的头搁在篱笆上，应该挺好看的。“为什么啊?”

外公见过被丢弃或放置在各种不寻常的地方的人头，却没见过搁在篱笆上面的，他也不觉得这是符合传统的寒暄方式，而因为看不到外婆的眼睛，他猜不出她这样说的确切意图，过了很长时间，他才意识到这是她和陌生人搭讪的特别方式。

"噢，亲爱的，对不起，"她说，"你生气了。"

"这是我的正常反应，"外公说，"假如你是我，听说别人要把你的头戳到篱笆上，也会这样的。"

"墙，"外婆脱口而出，紧接着狂笑起来，又猛然一手捂嘴，"对不起，我想说墙来着，不是篱笆。"

"那就不一样了。"外公说，他擅长顶着无可挑剔的扑克脸讲笑话，面无表情地和女人调情。

"等等，"她说，努力抑制着笑意，"你见过那个……怎么说来着……大胶堂……吗？"

她晃动白皙的胳膊，在空中比画出大教堂的墙壁、塔楼和塔尖，他觉得她的手势完美诠释了诗人和体育记者口中的"优雅"为何物，她的双手上下挥舞，闪亮的烟头划过，散发着橘红色的火花，火光倒映在她黑黝黝的墨镜镜片上。最后，她画了一扇玫瑰花窗，指尖在胸前画圈，那是我外公早已注目的区域。那个年代的胸衣设计得很像拔地而起的建筑，与她高耸而柔软的乳房一道对抗重力，像大教堂一样打动了我外公，然后他看到她左臂内侧那串黑色的编码，它代表了刚刚过去的一段历史，从简单的五位数字中可以看出她的人生、她的家庭和整个世界的遭遇，他打量着这串数字，觉得有些难为情。

"是的，"他说，"我见过几座大教堂。"

"在墙上，"她说，"那些古老的墙上。"她把"古老"念得像"孤老"。[1]"石头上刻着人脸，很像你的脸。"

---

1 她把"ancient"念得很像"hancient"。——编者注

“明白了，”他说，“我长得像石像鬼。”

“对！不对！不是石……”她用法语说了一遍“石像鬼”，四十二年后的我外公已经忘记了这个词在法语中应该怎么说，“那是接雨水用的，是动物，怪物，而且很丑，你的脸不是那样的。”

可她这些话至少有一部分是谎言，后来她坦白告诉一位精神科医生，她确实认为他有点丑，不过是让她觉得有吸引力——甚至挑起了她的欲望——的那种丑。第一次见到他时，他站在接待室的门口，刚过来就打算离开，她认为他长着美国人的脸和美国人的身体，肩膀像别克车，下巴像推土机，只有当你凝视他的眼睛时，才会不得不承认他的美。

“我长得才像石像鬼。”她说。

“才没有呢。”

“不，”她说，“内里像。”

他没有接茬，把这句话当成一种自谦，殊不知这是他第一次和她内心深处的无皮马对话。

“我能提个请求吗？”他说，“你可不可以摘了墨镜呢？”

她一动不动地站着，红嘴唇紧抿在一起，他不知道请一位法国女人摘下墨镜是否失礼，难道这是高卢人的禁忌？

“眼科医生不许我摘，”她颤声说，“但我会摘的。”她的声音很低，很像耳语。

“没关系，”他说，“算了。你只需要告诉我你的眼睛是什么颜色的，我只想知道这个。”

“不，”她说，“我会为你摘掉墨镜，不过你也得为我做件事，确切地说，你得允许我做一件事。”

“是吗？什么事？”

我不知道当时站在接待室门口的外祖父母是否引起了别人的注意，可哪怕只有他们两个人站在空荡荡的房间里，我外公也想不到我外婆接下来做的事，1947年的主流道德观更不会赞同她的做法。四十多年后，被氢吗啡酮麻醉得昏昏然的外公只能像那天晚上那样，无助地闭上眼睛，听任缓缓贴近的我外婆把手伸向他的裤子，一个齿一个齿地为他拉好裤链。

“好了。”她用法语说。

睁开眼以后，他发现自己迷失了，迷失在她的眼睛里，那对眸子的颜色如同蒙特卡洛黄昏时的天空，室内的十瓦灯泡仿佛真的变成了星星，亮片组成的新月洒下耀眼的银光。

“蓝色。”外公靠到摆在我母亲客房里的那张从医院租来的病床床头，过了好几个小时才再把眼睛睁开。

7

1989年9月29日，午夜的钟声即将敲响，外公完成了“LAV一号”模型的制作，这个模型做了十四年，代表地球人对月球聚居点的最先进的想象（因此经常需要改动），由两万两千多块聚乙烯零件（从买来的模型套装[1]里拆下来的）拼接而成。模型的正中，通道、舱室、圆顶、着陆跑道和雷达阵列之间有一个直径四英寸左右的洞，透过这个洞，你能看到“月球土壤”下面的胶合板基座，我问过外公好几次这个洞有什么用，他总是会说“你以后就会知道了”之类的话，久而久之我也就不再问了——显然这正是他的目的。

外公走到他的工作台前，取下一只图案俗气的罗密欧-朱丽叶雪茄盒，从里面拿出一团纸巾，纸巾里包着一只圆形结构的模型——用外卖咖啡杯的盖子做的。1975年5月，他完成了月球花园的雏形，其中的小块材料来自N轨火车模型和英国的OO轨火车模型，比如灌木、玫瑰丛和水培架上的绿植。他轻轻地用拇指顶开杯盖吸管孔上的小遮挡——他把这部分改造成

1　大部分是军事和汽车模型，以折扣价或批发价购得。

了舱门——看着“居住”在月球花园里的“月球家庭”（原先那对恋人已经被新的人偶取代）坐在长凳和椅子上享受潮湿的、充了氧的月球空气，坐着的几个人偶分别代表我的外公、外婆、我母亲、我弟弟和我，虽然姿态有些僵硬，好像故意为了拍照摆姿势，不过看上去都很健康开心。

外公放下舱盖，小心翼翼地把“月球花园”模型嵌进“LAV一号”中央的那个小洞里，他似乎并没有体会到多么大的成就感，仿佛这不过是一项拖延很久才完成的工作，也是一句终于得以实现的承诺，他的主要感受是如释重负。

六个月之后他就去世了。

第二天早上，破晓之前，外公跨入佛罗里达的浓密夜幕，把前往卡纳维拉尔角的行李装进他的别克马刀后备厢，自“挑战者”号失事后，那里已经有两年多没有发射任务了，当天上午十点将要发射的是“发现者”号航天飞机。外公把一包冰块、一瓶米狮龙啤酒、一盒切好的菠萝肉和两个烤肉沙拉三明治放进钓鱼保温箱。烤肉沙拉是我外公的拿手菜：把吃剩的烤肉和几块腌黄瓜塞进搅拌机，再加几汤匙蛋黄酱、盐和胡椒。与我外公的其他拿手菜一样，烤肉沙拉的味道远胜它的外观，吃的时候要裹在犹太白面包卷里面。他把钓鱼保温箱、一支双筒望远镜、一台二手徕卡相机（上面的长焦镜头是全新的）、最新一期《评论》杂志、一台半导体收音机、一加仑自来水、一把折叠躺椅（躺椅上有搁脚的地方和固定太阳伞的架子）和太阳伞装进后备厢，太阳伞是他用雨伞改造的，巧妙地用C型夹替换了雨伞的手柄。

与其他老年聚居区一样，丰塔纳村最不缺的就是失眠的老人和早起的鸟儿，但此时此刻，这个清晨只属于我外公。合上后备厢盖之前，外公斜靠在后保险杠上，仔细地听了听周围的动静，这种寂静并不完美，永远都不可能完美，但他已经学会享受这样的静谧，微小的声响只能将环境衬托得更加沉默，仿佛滴进白油漆里的蓝油漆，只会凸显白油漆的白。外公听到了昆虫——抑或是青蛙——有节奏的踢腿声，一辆大卡车挂着低档驶过95号州际公路，薄雾在安全照明灯的光束中泛起细小的泡沫，最令人难以觉察的是整个社区本身发出的低沉的背景音：空调、自动售货机、断路器的通电声，泳池过滤系统的运转声和绝缘不良的电线发出的吱吱声，有个女人在远处喊叫："拉蒙！"

外公挺直了背，低着头，竖起习惯接收宇宙背景辐射的耳朵，想了想他这辈子认识的叫"拉蒙"的人，发现他们没有一个住在椰子溪。养老社区里住着几个古巴人，有的姓阿道弗和拉奎尔，但他们和大家一样，都是犹太人，社区里有许多"戈德曼"和"利维"，他们仿佛一群沿着"流放之河"的各条支流汇集到南佛罗里达这块应许之地的流浪者。外公并不认识古巴犹太人，这些人里面可能有叫拉蒙的，比如拉蒙·利夫席茨、拉蒙·韦恩布拉特，养老社区里时常有些得了老年痴呆的可怜虫四处走动，他们的妻子或者护工会跟在后面喊他们的名字。

"拉蒙！回——来——猫猫猫猫猫猫——"

叫声似乎是从"丛林"那里传过来的，这里的人把养老社区附近那片从北边延伸到东边的荒地叫作"丛林"。林子里有很多讨厌的外来植物，比如疯狂蔓生的狗牙草，自七十年代末起就和本地植物争夺这块五百多英亩的土地，那儿曾经开过高尔夫球场和乡村俱乐部，但很快就关门了。有时人们的宠物进了林子会被神秘的动物吃掉，大家普遍相信那是一条鳄鱼。

“拉——蒙！”

女人像十三四岁的男孩那样哑着嗓子喊道，声音里原先的不慌不忙已经被焦急取代。

外公看看戴在手腕内侧的手表，已经五点半多了，驱车北上到卡纳维拉尔角大约需要三个半小时，如果停下来加油和上厕所什么的，就得四个小时，而且沉寂许久再次启动的航天发射引起了媒体的浓厚兴趣，势必出现交通拥堵，他必须马上出发了。

“叫什么叫，烦死了！”外公说。

他从后备厢拿出修理轮胎的工具盒，取出里面的套筒扳手——他也不知道为什么要这么做——然后用力关上后备厢盖，盖子在潮湿的空气中发出一声闷响。

他紧张地握着扳手，穿过停车场，来到一条隔一段就有路灯照明的人行道上。如果向右拐，将会经过游泳池，横贯整个社区；如果向左拐，再走一段就会来到他居住的那个有两间卧室的公寓，然后是给大家的电瓶车充电的服务区，服务区对面是一片相当宽敞的草坪，草坪周围有一圈大约一英尺高的木栅栏，栅栏外面就是荒地。

外公脚上穿着皮凉鞋，这双鞋的样式模仿的是以色列制造的伯肯史托克凉鞋，鞋跟拍打着硬质路面。那只叫作“拉蒙”

的猫让他很恼火，他觉得它是去丛林里找死的，给鳄鱼送上美餐。拉蒙的主人天还没亮就出来找猫——根本什么都看不见嘛——也让他气不打一处来。不过，虽然“丛林”里漆黑一片，他还是决定试试，外公其实最生自己的气，皮凉鞋拍打路面的声音越来越响，他的怒气也越来越大。他甚至希望在林子边缘就遇到鳄鱼，然后抄起扳手，一下子打晕它，他这才意识到自己为什么会把扳手从后备厢里拿出来。

他越过草坪的最北端，社区的园丁把这里的草修剪得很整齐，外公穿着卡其布短裤，凉鞋鞋底把草叶上的露水甩到了他裸露的小腿上，感觉凉凉的。他在凯马特商场买了七条一模一样的短裤，还有七件与之搭配的马球衫和七双白袜子，因为他穿凉鞋时总是穿袜子，自从外婆去世，这样的行头就成了外公的制服。参加别人的生日聚会或者其他对着装有要求、推又推不掉的活动时，他会穿上夏威夷衬衫，衬衫上印着袒胸露乳的跳草裙舞的姑娘，这件衣服其实是我送给外公的，纯粹是为了和他开玩笑，虽然某些社区居民看到这件衣服之后怀疑他老不正经，但外公丝毫不在意别人的眼光，也不相信区区一件衣服足以定义一个人的品性。

过了服务区之后就是伸手不见五指的荒地，外公拿出奥根博尔的打火机来打着，火光还没有照出多远，空气中的微小水珠立刻将火苗包围，火焰缩成一团，好似圣埃尔莫的火球。

“谁？”找猫的女人说，“谁在那里？”

“邻居。”外公回答。

打火机越来越烫，外公合上机盖，熄灭火苗，眼前全是火焰在视网膜上留下的残影，随后他的眼睛逐渐适应了黑暗，可以模模糊糊地看清林子里的东西了，佛罗里达州的黎明总是在转瞬间到来，再过十来分钟天就亮了。

“温诺克太太说，她见过那东西，还叫它‘阿拉斯泰尔’。”女人说。我外公听她自我介绍说自己叫萨莉·希舍尔，后来才发现她的姓氏应该是西彻尔。“可你觉得那东西是真的吗？”

“反正有东西。”外公说，他从不给人虚假的安慰，但他认为菲丽丝·温诺克完全是在胡说，同时还怀疑这儿的宠物猫狗是自愿跑到丛林里的，为了自由，就像塞米诺尔人那样。“你的猫是怎么跑出来的？”

“都怪我，”她回答，“我太蠢了，傻乎乎地可怜它，在老家的时候，它就喜欢到处疯跑。我们搬到这边来才没多久。”

“你老家在哪儿？”

“费城。”

外公本想指出费城也不一定是猫的天堂，但转念一想，这样就得多费口舌向她解释，就没再多说。他已经有很长时间没和女人解释过什么了，感觉就像个不可能完成的任务。

“费城哪里？”他问。

“布林莫尔。”

“布林莫尔不属于费城。”

“啊哈，”女人说，“没错。你有费城口音。”

天越来越亮，外公发现萨莉·西彻尔长得挺漂亮，高挑苗条，但胸部丰满，深色皮肤，细长的鼻子上有个隆起，颧骨的形状像凯瑟琳·赫本。也许比他年轻几岁，也许未必。她穿着一条男式睡裤，前面有扣子，脚上套着高帮靴子，颜色像纽约的出租车，鞋带漫不经心地系着，显得松松垮垮。

“听到你叫它的时候，它一定会跑过来吗？”

“一定的。”

“它跑出来多长时间了？”

“一宿了。”

“嗯。”

“虽然我们刚刚才认识，”萨莉·西彻尔说，“但说老实话，那只臭猫或多或少是我活下去的唯一理由。”

外公很想告诉她，“既然如此，你就不应该让它离开你的房子，跑到野地里被一条半吨重的爬行动物吃掉”，或者“看在上帝的分上，女士，那不过是只该死的猫”，但他抑制住了这股冲动，毕竟这个女人给他留下了不错的印象，甚至意外地让他产生了情欲方面的兴趣，他很久都不曾有这样的感觉了，而且，对于一个急得不屑于好好系鞋带的人，总该有所保留。

“我知道你在想什么，”她说，“它不过是一只猫而已。”

“绝对没有。”

“没关系。我只想说，我丈夫不久前去世了，拉蒙其实是它的猫。”

“我懂了。”

“他和猫很亲近。”

“我明白，”外公说，“我妻子也去世了。”

“不久前？”

“十三年前。”

“哦。对不起，对不起。”

萨莉·西彻尔哭了起来。她穿着睡衣站在那里，双臂交叉，托着那对丰满的乳房，望着吞掉了丈夫的猫的那片丛林，脸颊泪痕斑斑，鼻涕也淌了出来。外公掏掏短裤后袋，翻出一块平时用来擦相机镜头的麂皮，递给萨莉。

“噢。”她接过麂皮，用它擤了擤鼻涕。外公——还有他的耻骨、脑袋和心脏——蓦然想起了在格林尼治堆场遇到过的那个被马戏团抛弃、为他张开双腿的女孩，那个女孩手里抓着克里西给她置办的麂皮地毯，血迹斑斑。“真是个绅士，谢谢你。”萨莉说。

他知道，如果现在伸出胳膊，安慰地搂一搂萨莉·西彻尔，将是更加绅士的做法，不仅绅士，还显得非常有人情味，但他害怕接下来可能发生的事情：一个寡妇和一个鳏夫，在人生的秋天互相舔舐伤口，迸发出久违的激情，简直再顺理成章不过了。

自外公二十世纪七十年代中期搬到佛罗里达开始，丰塔纳村就不乏追求他的女人。发现他在制作NASA和私人收藏家委托制作的高级比例模型，家里的餐桌上还摆着精美复杂的“LAV一号”的时候，女人们对我外公更是趋之若鹜，还派出侦察兵和外交官探听消息，和他套近乎，给他送去饼干糕点、爱心汤、赠言卡片、情诗、针织品、油画、火腿、红酒、奶酪通心粉等各种礼物，还在光明节时送去炸土豆饼。外公的爱慕者送他奶酪通心粉时我也在场，我发现它们竟然是按照费城街头霍恩哈达自动贩售机售卖的食物食谱烹制的，真是诚意十足。

享用费城宽街特色美食的外公舔着叉子，我觉得他看上去很久都没有这样心满意足了。吃完东西，他把盘子洗净擦干，给赠送者写了一张表示感谢的便条，趁那位女士出门的时候偷偷放在她家后院里。外公偶尔也会被一位不屈不挠的女性追求者堵在角落里，为了求她放过自己，外公不得不答应去她家里吃晚餐，而对于其他更亲密的邀请——有些女性的坦率程度令外公深感佩服——他一般都会拒绝。

外公并非希望独身，而是有自己的想法，他也渴望亲密关系，怀念与爱人肌肤相亲的感觉。丰塔纳村的物业经理卡伦·拉德文和人说话时，喜欢触碰对方的胳膊和肩膀，有时被她碰到，外公会有触电的感觉，但自从外婆去世，除了1975年在佛罗里达州可可比奇的那个晚上，外公一直都很矜持。

他这样做的原因可能有很多，但最主要的一条就是他不想说话，不愿自我表白。外婆有时会抱怨外公少言寡语，但只在有其他人在场的时候，当别人开始打趣说笑、妙语连珠、谈论阿格纽或者桑德海姆，外婆似乎都会觉得尴尬，因为人们会以为外公沉默的原因是不同意他们的观点，或者怀疑他头脑迟钝。这时外婆会出来打圆场："别管他，他就这样，每次我们吵嘴，到最后都是我一个人在说话"，或者"他是个闷葫芦"，然后她会一只手按着他的膝盖，诚恳地告诉对方："可他一直在听。"他俩结婚十五年后——大约在我出生的时候——外婆已经对外公了如指掌，他只要有人理解他就够了。

他并没有伸出手臂搂住萨莉·西彻尔，为了让自己的态度更坚决一些，他把套筒扳手换到了右手。

萨莉·西彻尔趴到丛林边缘的栅栏上，双手拢着嘴巴，大声唤道："拉——蒙——！"一只躲在附近灌木丛里的黄鸟吓得飞走了。萨莉无动于衷，继续扯着嗓子尖叫，声音传出很远，养老社区里几处俯瞰"丛林"的单元房亮起了灯，很可能有人给保安办公室打了电话。我外公从来没听过女人这样尖叫——更像是在哀号——而且持续时间如此之长，萨莉·西彻尔哀号着拉蒙的名字，仿佛申克街上的那些严肃的姐姐喊不着调的弟弟回家吃饭。终于，她放下手，撤回身来，扭头望着我外公，似乎有些羞怯，借着天光，外公看出她神色哀戚，眼睛下方有黑眼圈，腮上的肌肉绷得紧紧的，好像刚刚嚼碎了什么难咬的东西，即便如此，她也还是个漂亮的女人。

萨莉把我外公给她的麂皮对折起来，在屁股上擦了擦，然后又叠了一道，又在屁股上擦了擦，这才把它还给我外公，外公接过去，塞回短裤后袋。

"该死的鳄鱼，"她说，"它会被拉蒙噎死的。"

后来回忆起这句话，外公给萨莉·西彻尔加了十分。

"我来调查一下。"

萨莉·西彻尔退后一步，打量了一下我外公，对他的看法似乎有所改观。毫无疑问，她起初最先注意的是他松松垮垮的短裤、袜子外面的凉鞋和亮粉色的马球衫，看上去就像个退休的锡安主义夏令营指导员，似乎有感于拉蒙的命运，在马球衫通常该绣着鳄鱼的位置上，缀着一只跳跃的狐狸（也可能是猎狼犬）。而现在她才注意到他那逐渐从银色变成白色的头发，虽然比年轻时更直更细，但依然浓密；她还注意到他晒黑的、肌肉发达的胳膊，还有宽阔的胸膛和强壮的肩膀（得益于搬运钢琴之类的重物）；而且——她这才发现——他还拿着一把大铁扳手，指尖在扳手上不停摩挲，似乎很想用它大显身手。

“你来‘调查一下’？”萨莉笑道，他很难分辨这是苦笑还是嘲笑，也许他确实把她逗乐了，我外公一生中，女人经常把他认真说的话当成逗趣，“什么意思啊？”

外公意识到，与其说“调查一下”，不如直接告诉对方，他准备“好好教训鳄鱼一顿”，可这样说也有点奇怪，好像是在吹牛，甚至会被人当成心理变态，如果他没有成功教训鳄鱼，人家会觉得他夸夸其谈，可他的话完全发自内心。昨天医生给他看了验血报告，指出上面的几处数字“不太对劲”，他的身体可能出了很大问题，但也可能有惊无险。医生希望外公找一位专家看看，他在一张卡片上写下了专家的名字和电话号码，卡片眼下就夹在那本《评论》杂志里，与书页上的胡斯尼·穆巴拉克的照片做伴。

外公七十三岁，一生中经历过各种社会变革，在他看来，变革的结果仍旧是一团糟，和他居住的那个州的选举法一样，充斥着左支右绌的权宜之计、彼此矛盾的观念以及无人理解的所谓“创新”，还有早就应该淘汰的陈词滥调，然而尽管与现代性脱节，基本的核心原则还是得到了保留：代议制民主仍然是管理一大群人的最佳方式。因此，外公认为，如果某位女士的亡夫的猫可能被鳄鱼吃掉了，他有义务调查这件事，哪怕他已经老了，同时穿着袜子和凉鞋，而且需要请专家研究他的血检报告。

“我会研究如何对付鳄鱼。”外公说，鳄鱼毕竟是一种常见的动物，人类有很多对付它们的办法，比如设陷阱、下诱饵和发射麻醉镖，还可以用枪打它们，屠宰剥皮，做成肉排和皮靴。“我是说如果你愿意的话。我知道这样做并不能帮到拉蒙。”

萨莉·西彻尔又笑了，但这次她终于明白我外公的提议是认真的，她没说什么，脸颊变成了粉红色，不过并非出于尴尬，而是因为她直视着我外公的眼睛。“为什么不能？”她问。

服务区传来电瓶车的“呼呼”声，外公抬头一看，原来是夜班警卫迪沃恩过来察看情况。作为养老社区的守护者，迪沃恩几乎和社区的居民们一样老，他在佛罗里达州——确切地说，是佛罗里达、佐治亚和亚拉巴马三州的交界处——出生长大，虽然怀疑他是黑白混血，但丰塔纳村的居民都没有胆量问他究竟是不是。因为小时候大人告诉他，偶尔从他家门口经过的那些犹太推销员来自一个邪恶的少数族群，十分野蛮并且擅长巫术，所以至今迪沃恩都对丰塔纳村的犹太住户怀有一定的警惕。

听了拉蒙和鳄鱼的故事，迪沃恩很快摇了摇头，起初我外公以为他这是表示对猫的遗憾、惋惜或者对鳄鱼的厌恶，然后他才发现，迪沃恩想要说教一番。

“根本没有鳄鱼，”他说，“两年前我就告诉过拉德文太太。我见过鳄鱼粪，知道它是什么样的，我也知道蛇粪什么样。”

“你认为是蛇？”萨莉·西彻尔说，“蛇能吃掉猫和狗？佛罗里达有这样的蛇？”

“很可能是逃走的宠物蚺蛇。”我外公说。有次我去看他，发现他在看十二频道（我外公只看这个频道）的一个非常枯燥的节目，节目里在讲佛罗里达州的入侵物种问题，比如蟒蛇、八哥、野猪和稀有鱼类，有的是逃出来的，有的则是被人故意放走的，它们通常在野外生活得很好。虽然这个节目长达一小时左右，但我外公等来等去，发现它始终没有提到如何解决入侵物种带来的问题。“如果一条蚺蛇跑到佛罗里达野外，可能会长到足以吞下一头猪或者一只鹿那么大。”

萨莉·西彻尔、我外公和迪沃恩凝视着“丛林”，巨蛇绞死一头猪或者鹿的想象盘踞在三人的脑海中，久久挥之不去。沉默了一阵子，迪沃恩宣布他下班了，随即跳上电瓶车，呼啸着开回社区中心办公室，就这样把处理麻烦的巨蛇和应付号叫着找猫的悲惨犹太老女人的问题甩给了白班警卫。

“说到吃猪和吃鹿，”萨莉·西彻尔说，“我可以给你做法式吐司。”

外公看了看表，心头一紧：竟然完全忘记了发射的事，如果现在出发，开快一些，一路不停的话——再加上走运——很可能赶上发射。对于今天的旅行，自从NASA预告发射开始，他已经筹划了好几个月，他知道“发现者”号的五位航天员的名字和职务，还能告诉你他们的本科专业和研究生专业、执行过什么任务、爱好与怪癖、认识哪些相关人士、和牺牲的“挑战者”号航天员有怎样的私交……他一直关注“挑战者”号事故的调查情况，深入探究过事故的细节，我去看望他的时候，发现仰慕者赠送的美味奶酪通心粉也无法阻止外公滔滔不绝地谈论“挑战者”号的橡胶密封圈、陶瓷隔热层和理查德·费曼博士[1]——外公总是这样称呼他，全名加头衔，完全不省略，费曼对常识的坚信让外公觉得这个世界还是有希望的。

几个月来，外公始终认为“挑战者”号爆炸事件将导致整个太空探索计划前景黯淡、支持者越来越少，因此新的发射项目承担着救赎的重任，然而现在他却发现，自己此前对火箭助推器改良的期待以及对发射总指挥里克·豪克的科尔维特老爷车的痴迷都比不上眼下他对萨莉·西彻尔的同情。与亡夫的猫住在一起的萨莉如同一只木塞，恰好堵住了他内心深处泄漏出来的悲伤，在她的光环笼罩下，外公对发射活动也不那么感兴趣了。

“我已经吃过了，”他告诉萨莉·西彻尔，“现在该出发了。”

“所以你才起这么早？你要去哪儿？”

外公又看了看表，差十分七点钟。

“哪里也不去，”他说，“没什么。”

“法式吐司？好吧，咖啡怎么样？”

“我不想给你添麻烦。”

“不会的，我保证，”萨莉·西彻尔说，“而且我觉得你是个善于解决麻烦的人。”

1 美籍犹太裔物理学家，加州理工学院物理学教授，1965 年诺贝尔物理奖得主，“挑战者”号事故调查者。——译注

8

外公刚出狱的那段时间，无皮马似乎仅仅满足于跟踪我外婆，当女儿和丈夫——我外公那时丢了工作，面临审判，所以经常在家——恰好在场时，她会用无休止的聊天和唠叨淹没无皮马的嘶叫，每当独自在家时，她就大声播放里尔舞舞曲和苏格兰高地进行曲的唱片，因为不知怎么，苏格兰风笛的声音可以吓走无皮马。无论身边有没有人，她都会竭力避免望向窗外的山核桃树，当她精疲力竭时，无皮马就会在那里看着她，坐在低处的树枝上，露出正方形的牙齿，摩弄着它那条血红色的巨大阴茎。

“可那真的是一匹马吗？”去我母亲家的第二天，我问外公，“不是长着马头的男人？”

“我从来没见过它，”外公冷淡地说，“我猜它一定长着手。”

“还有阴茎。”

他冲着我吐了几次舌头，看了看窗外缠绕在桉树和柏树上的雾气。“它的阴茎就像活火鸡的脖子，”他说，“反正她是这么告诉我的。”

五十年代后期给外婆做过治疗的一位精神科医生说，外婆曾经告诉他，折磨她的那个怪物很像小时候让她噩梦连连的波顿[1]。还说她在自家制革厂的马厩里目睹过一匹驮马被阉，后来又看到半人半马的怪物在制革厂的院子里跑来跑去。在疯病发作最厉害的时候，她经常说自己被一匹公马或者长着马头的男人强奸过。医生表示，外婆的精神创伤似乎来自她的童年时代，并且对她造成了持续一生的影响。

“她研究过各种相关理论，”外公说，“读过弗洛伊德和荣格。”他把“荣”的音发成“杨”，“还有阿德勒。所以她知道医生想听什么。”

虽然对外婆的病一筹莫展，但外公认为能理解无皮马的存在。无论外婆走到哪里，无皮马都会跟着她，在她耳边低声说话，谴责她心理阴暗、灵魂丑恶。他觉得每个人的脑子里都会住着一只类似的生物，只不过我外婆的情况更加严重而已。外公认为，无皮马是外婆作为家族幸存者臆想出来的，是她负罪感的化身。对大多数人而言，如果头脑中存在这样的声音，让它静下来的方法只有一个，所以他钦佩外婆这种拒绝投降的反抗者，他们会把脑中的怪兽逼到阴暗的角落躲藏起来，比如地窖里的铁炉和山核桃树的枝丫。

羽毛梳公司总裁袭击案初审的前一天，外公拿着他的望远

1　指莎士比亚《仲夏夜之梦》里的人物，织工波顿被施法变成了驴头人，仙后提泰妮娅被施法迷上了他。——编者注

镜和装着热茶的保温杯，登上农舍后面的山顶观测满月。他知道无皮马就潜伏在附近，从妻子最近的细微反应里，他看得到它出没的迹象。有一次开车回家，车窗开着，他就听到家里传来鬼魅般的苏格兰风笛声；还有一次，他看到外婆站在起居室的窗户旁边，异常激动地死盯着那棵山核桃树，喉头不停颤动，脸上潮红一片。

在外面转悠了两个钟头之后，头戴皮帽、身穿彭德尔顿夹克、拿着望远镜的外公嗅到了木头着火的烟味，起初他并没有意识到烟雾是从哪里飘来的，因为他的望远镜正对准了月球风暴洋南岸的赖纳尔·伽玛漩涡，那里眩目的白光令他心驰神往。

对于所有待在自家后院搞观测的业余天文学家来说，月亮是最容易观察的天体，也很容易促使他们想象自己穿着月球靴，在月球表面银白色的山脉间徜徉。当然，外公知道月球并不适合居住，他或许是天文学方面的外行，但二十世纪四十年代末到五十年代初，他一直担任航天工程师，先是为格伦-马丁公司工作，后来又短暂拥有过自己的企业——帕塔普斯科工程公司，从事惯性制导与遥测系统设计。外婆1952年第一次精神崩溃后，为了保证稳定的收入，外公被迫卖掉了他所拥有的那部分帕塔普斯科公司的股权[1]。自1953年经济衰退开始，外公就觉得自己不走运，加之上层社会的反犹情绪蔓延到了航空航天领域，

1 1962年，马丁公司（现在的马丁-玛丽埃塔公司，致力于深入研发泰坦火箭）从我外公的前合伙人米尔顿·韦恩布拉特手中买下了帕塔普斯科工程公司，外公说，售价“大约是韦恩布拉特向我购买股权所支付的金额的两百倍”。

他的收入大不如前，失意的外公在空闲时越来越沉迷于天文观测，并且开始建造月球基地模型，幻想带着外婆和我母亲乘坐火箭逃离地球，定居在那里，过上平静的生活。

最初的月球基地是个穹顶之下的城市——可以看到地球升起、抛却母星纷争与悲伤的地方，多年来，随着阅读和研究的深入，外公也在不断修改基地的外观。为了防御宇宙射线，他把建筑物挪到陨石坑和地下隧道内部；为了获得充分的日照，他把为外婆设计的“月球花园”安置在月球北极附近的一处向阳的地点。外公给他的月球基地规定了两条原则：不允许出现压榨工人劳动的政府；没有精神错乱和失忆的居民。他认为，使航天飞行变得困难的因素恰好也是使其变得美丽的东西，为了达到逃逸速度，脱离地球，像其他太空人一样，我的外婆必须把她在地球上拥有的一切甩在身后。

闻到烟味之后，过了一会儿，外公才注意到望远镜视野的边缘出现了异常的闪光，又过了几秒钟，他才把木头燃烧的气味和橘红色的闪光联系起来。他从望远镜上抬起头来，赖纳尔·伽玛漩涡鬼魅般的白光依旧印刻在他的视网膜上，仿佛一条发光的鱼。

农舍外面的院子里，山核桃树矗立在火海中，树屋的窗户火光闪烁，好像恶魔的红眼睛。

除了一瞬间的难以置信，外公的第一反应是生自己的气。从监狱回来后，农舍曾经发生过一次火灾，灭火之后，外公把整座房子上上下下检查了一遍，包括地窖和阁楼，清除了易燃物，把它们锁进工具室。可后来他放松了警惕，现在外婆恐怕早就重新补充了她的发胶、灯油和油漆稀释剂的库存。（事后，外公惊奇而佩服地发现，外婆即兴发挥，把浸透了凡士林的棉球放在勺子里，点燃棉球，甩到树屋上，好像古人焚烧战船时使用的武器“希腊火”。）

外公接下来的反应是愤怒，妻子的疯狂对他而言是一种侮辱和蔑视，是对过去两年他们相对平静的婚姻生活的否认。我外公站在小山顶，像上帝召唤先知那样喊着外婆的名字，距离咆哮的火焰足有五百英尺远，他的声音听在自己耳朵里尖细微弱，这种无能为力的脆弱感让他更加愤怒。

他迈着大步下了山，带着复仇的怒火，如果外婆没被烧死的话，他甚至打算亲手杀了她。等他双手抓住我外婆，意识到怎样做才是最佳解决方案的时候，才打消了这个念头。

来到山脚下，外公发现山核桃树已经被火焰和烟雾团团包围，时而喷出长长的橙色火舌——据外公说，很像古代天文图上的彗星——仿佛变成了拖着长尾巴的火球。他和山核桃树之间隔着一道滚烫的热幕，把他的脸烤得通红（几天后肤色才恢复正常），头发梢也烧焦了，这时他已经消了气，静静地看着火球向天空喷出血红的烈焰，对此他束手无策，只能站在那里发出敬畏的感叹。

我母亲却不记得这件事。

“我只记得第二天早晨，”她说，“那棵树已经变成黑色的树桩，就像烧焦的蜡烛芯。”

她已经脱下工作服，换上了高领衫和牛仔裤。关于那场集体诉讼，她还需要做许多工作，但她会在休息时为外公织绒线帽，因为他经常抱怨脑袋冷。框架织好后，她会给它加上金色和深红色的条纹，最后再缀上一颗绿色的绒球，恐怕不会有人愿意戴着这样的帽子死去，但也许这正是母亲的用意。

每天晚上工作结束后，我母亲会走进外公的卧室，陪他坐一会儿，我负责做饭，还得为他准备一只托盘，放上果冻和一杯柠檬茶。外公一直不喜欢我们（包括值夜的护士）在他的床边打转，但他知道我们这样做是因为怕他趁房间里没有别人时寻死。他已经答应我们，无论癌痛多么难以忍受，他也要坚强地活下去，直到有一天，门铃响了，或者看护他的人需要上厕所——总之出现了我们被迫离开他的情况，只有在这个时候，他才会允许自己死去。

“你妈经常给你下药，”外公告诉我母亲，“然后你会睡得很香，我猜她是在布丁里放安眠药，你不肯睡觉的时候，她总喜欢把你迷晕。”

透过母亲的眼神，我看得出外公说的是真的。

“哇，”我母亲说，她那些年的记忆有些模糊不清，有时还会出现几段空白，“我过去经常吃木薯布丁呢。”

我知道她认为这就是她不记得那么多往事的原因，然而我想指出，药物和精神创伤并非健忘的主因，也不能解释一切——比如，为什么我母亲常常会有原先清晰的记忆被某种东西擦除的感觉？我从小就知道，我的家庭的命运以一种神秘的方式与阿尔杰·希斯的命运联系在了一起，我知道外公进过监狱，外婆住过精神病院，也知道我母亲在和雷叔叔一起生活时掌握了复杂的同注分彩赌博技巧和九球的几种花样打法，还对赛马、台球室以及台球室内拥挤的人群深恶痛绝。我猜这些都是值得拥有的人生经验，不过并没有多大的价值，外公那一辈传给我母亲的最有价值的东西，非“保持沉默”莫属，可沉默并不具备缓解疼痛的功效。

“外婆在哪儿？”我问外公，“树被烧的时候？”

外公看着我母亲，吐出舌头，似乎很讨厌我的蠢问题。“她在看着树被烧。”他说。

像大多数奇迹一样，山核桃树上的火很快就熄了，整棵树像被掐灭的蜡烛，冒着浓烟。外公指出，这说明火焰的食物已经耗尽，一分钟前，它还有能力制造一颗彗星，照亮一月份暗沉的天空，挡住外公的去路，一分钟后，它就和树屋、山核桃树以及种树人所崇尚的自由性爱精神一道消失在黑暗中，留下星星点点的余烬和树枝的残片，它们冒着微弱的青烟和蒸汽，逐渐化为雪霰般的尘埃。

外公发现外婆赤脚坐在门廊的台阶上，穿着薄睡衣，身后是从来没有人走过的前门，脸上挂了一层烟灰，睫毛和眉毛被火燎过，冷漠地抿着嘴唇。

“没关系。”他对她和自己说，在她身旁的最高一级台阶上坐下，外婆裸露的肩膀摸上去很凉，可她丝毫没注意到自己在打哆嗦，外公搂着她，她也没反应。过了一会儿，外公站起来，给消防队打了电话，然后又回来和外婆坐在一起，直到消防车拉着警笛出现，七个穿靴子戴头盔的男人跳下车，发现他们无事可做。

“神经病啊。”一个消防员说。

想起消防员多年前的准确诊断，外公老泪盈眶，仿佛可借此浇灭从苦涩记忆中窜出来的火焰，他紧紧闭上眼睛，不让泪水流出来。

外公闭着眼睛，静静地躺了很长时间，“爸爸？”我母亲试探地问，不确定他在闭目养神、睡觉还是处于氢吗啡酮的药劲控制之中，我们拿训练有素的眼神打量他的前胸，发现他的呼吸还在，“你累吗？想吃东西吗？”

“外公，”我说，努力让自己的声音快活起来，“想让我给你做好吃的吗？”

他睁开眼睛，我看到他记忆中的火焰回来了，而且再也无法熄灭。

“给大家多做些木薯布丁，”他说，“人人有份。”

9

记得母亲处理外公的遗产时曾经告诉我，一个人一辈子的百分之五十的医疗费用很可能是在他生命的最后六个月里花掉的，而外公在他生命的最后十天里告诉我的故事却足足占据了他一辈子给我讲过的故事的百分之九十。在我小时候他告诉过我的寥寥几段故事中，我不止一次地听外公提到他第一次见到我母亲时的感觉，他总会说："我第一次看到你妈妈的时候，她哭得可厉害了。"

这样的描述几乎没有资格称为"回忆"，因为既没有扩充事实，也没有增添细节，无非可以拿来和我母亲后来养成的坚忍、实用主义、冷静的性格进行对比和调侃，成年后的她是个不妥协的狠角色。

"他们觉得可以打败她，"我母亲奋力（在外公的帮助下）与我父亲制造的混乱从法律和经济上撇清关系的时候，外公经常这样说，"可她永远不认输。"然后还会摇着头，揶揄地加上一句："不过，我第一次见到她的时候，她还是个可怜的小东西，哭得那么厉害。真是难以置信啊。"

外公第一次看到我母亲是在1947年三月初的一个周日下

午，“蒙特卡洛赌场之夜”结束几个星期之后，他从雷叔叔在帕克瑟克尔区的住所出发，乘坐五路电车去平安之友会堂，那里正准备庆祝普珥节。严格地说，那年的普珥节应该是个星期五，但由于安息日从周五开始，加之巴尔的摩在约书亚时代应该还是个没有城墙的蛮荒之地，所以人们决定放宽标准，把普珥节挪到这一天庆祝。

外公对犹太历法和雷叔叔的以上解释没有兴趣，过不过普珥节对他来说也并不重要。不过，他小的时候，在诸多犹太节日中，因为有趣，他最喜欢普珥节。可长大后到过法国阿登高地和德国哈茨山之间的某个地方之后，他就不再对任何庆祝敌人失败的节日感兴趣了。雷叔叔在布道中把哈曼（可能成为种族灭绝者）与希特勒（真正的种族灭绝者）相提并论，这种简单粗暴的类比让外公震惊不已，他认为，是犹太人的阴谋诡计和坏运气（即所谓的“上帝的意愿”）阻止了哈曼的计划，而希特勒的失败则纯粹因为耗尽了时间。

在我外公眼中，所有感恩上帝的怜悯、公义与力量的节日，所有以上帝的神圣名义进行的宴饮和禁食，以及上帝曾对犹太人施行过的所有神迹，与现代的大屠杀相比，完全不值一提。在埃及地、书珊城[1]和犹大·马加比时代，上帝确实伸手拯救过我们，然而犹太人被送进集中营，祂却坐在那里无动于衷。因

1 Shushan，意为“百合花”，书珊是古代埃兰王国、波斯、帕提亚的重要都城。先知但以理曾在“书珊城堡”接获异象，《以斯帖记》所述之事也发生在该处。——编者注

此，外公认为，1947年的时候，他之所以还自称犹太人，只有一个原因，这是为了告诉世上的希特勒们：有多远滚多远。

他去平安之友会堂不是为了庆祝普珥节、忍受弟弟的长篇讲道（每次念到《以斯帖记》里哈曼的名字，他还要用力跺一下脚），甚至不打算吃一块哈曼饼，虽然平时他不会拒绝[1]。那天下午他去会堂，是因为雷叔叔向他保证我的外婆会在那里，外公希望掀开外婆的内裤一探究竟。这个女人经历过巨大的劫难，虽然幸存下来，但精神上遭到了毁灭性的打击，所以他决定拯救她，而钻进她的内裤是拯救她的第一步，也是必经之路。

从最初开始，外婆吸引外公的地方就不是她的破碎和缺损，而是能够被修复的潜力，甚至可以说，外公是被修复过程的挑战性深深吸引，在这个过程中，他也许可以重新找到人生的目的，而且实现自身的修复。从1945年冬末春初开始，外公就患上了精神失语症，尽管神情举止中多有流露，但他无法把二战时的诸多经验感受用语言的形式表达出来。专家和当局多次向他保证，他在战争期间参加的行动是为大多数人的利益服务的，而且战后会给他安排新的任务。直到遇见我外婆的那晚，外公才不再相信这样的保证，可这天晚上他再次来到犹太会堂，想要征服我外婆时，却宁愿相信它们是真的，这种一厢情愿来自他的欲望。

他明白，“傻瓜”这个词也可以用来形容“接受了一份工作，却不了解这份工作的真正内容和困难程度”的人，当然，

1　外公特别喜欢吃罂粟籽馅的哈曼饼，罂粟籽像小小的黑珍珠一样闪着荧光。

根据陆军工程兵团的标准程序，他从事的大部分工作都是保密的。如果说世界上真的存在“智慧”这种东西的话，也许可以从陆军工程兵团的那句希望与不抱希望并存的座右铭“让我们来试试”中找到一星半点。所以他并不知道走进这个女人的生活是一项多么艰难的工作，但他知道从哪里入手：她的髋部压在他身上，双腿缠着他，拥她入怀。

自“蒙特卡罗赌场之夜”以来，外公又见过外婆三次。

第一次仍然需要感谢雷叔叔。姐妹会撮合雷叔叔和外婆的首次尝试失败后，韦克斯曼夫人又施一计：邀请新拉比去她家在尤托街的豪华公寓“吃顿便饭”，同时也暗中邀请了我外婆。然而雷叔叔现在已经察觉到姐妹会的阴谋，而且知道他的哥哥歪打正着，撞进了姐妹会原本为他设下的陷阱，于是他不动声色地接受了邀请。当晚雷叔叔和我外公一起出现在了韦克斯曼夫人家门口，以兄弟情谊为由，请求韦克斯曼夫人原谅他把哥哥也带来的贸然举动。

接下来发生的事情自然很尴尬。公寓的小客厅里摆着两把约瑟夫·厄本扶手椅，对面是一张很窄的哈根邦德双人沙发，因为要在这里招待客人喝餐前饮料，座椅数量不够，主人又从前厅搬来一把刺绣直背餐椅，结果破坏了小客厅原本的雅致布局。厨房里的小餐桌大小只够摆四副餐具，现在因为外公的到场，必须勉强再添一副，还要多加一把椅子，厨师也不得不在作为开胃菜的奶油乳酪吐司上重新分配五十克昂贵的鱼子酱。而那天晚上最大的尴尬莫过于我外公本人，他只能独自占据小餐桌的一侧，与弟弟相对而坐，我外婆则坐在他的斜对面。外公几乎没说一句话，只是机械地往嘴里塞食物，同时面无表情、不加掩饰地盯着我外婆。当她发现他在盯着她的时候，外公会马上撤回视线，假装无辜地低头看着自己盘子，表情迷茫，似乎不认得盘子里的食物是什么。

其实，真正让外公迷茫的是外婆，当一个工程师与他的命运相遇时，命运女神总会以他搞不懂的难题的形式出现在他的面前。

“蒙特卡洛赌场之夜”的那个优雅女孩活泼有趣、见多识广，却也有笨拙轻浮的一面，很可能还有点疯狂——她竟然在犹太会堂里帮他拉裤链！而在韦克斯曼家，她似乎又变成了成熟的女人，虽然还是那么美，但举止与风度变得和外公初见她时不一样了。因为不再刻意取悦新拉比，她这天穿了一身军服剪裁风格的羊毛套装，很朴实也很合身，但显然不会将她衬托得更活泼，她的谈吐变得谨慎克制，甚至有些严肃，根本看不出疯狂的苗头，反而显得相当有教养，而且比两周前她所讲的更像美式英语。

言谈举止少了戏谑和挑逗，她变得像一只无精打采的猫，发卷被梳开抹平，紧贴头皮，看上去偏黄褐色，没有那么红了，泛着栗色马的毛皮般的光泽，外公记忆中她刺耳高亢的大笑现在变成了娴静的轻笑。在“蒙特卡洛赌场之夜”，外公认为她是个有吸引力、神经大条的顽皮女子，想通过改变发型、看牙医和定做衣服遮掩黑暗痛苦的经历在自己的身体上打下的烙印，仿佛一只四处漂泊的脆弱候鸟；而他在韦克斯曼家见到的这个女人看上去却是个硬骨头，仿佛天生就习惯忍受苦难，但苦难显而易见地伤害了她，那段暗无天日的历史的腐烂味道从她心灵的破口飘荡而出。当谈话触及她在修道院躲避战乱的生活时，外婆的声音变得阴沉而悲伤，雷叔叔递出了他的手帕，外婆轻轻擦拭眼泪，整个厨房被沉默和栀子花的气味笼罩。

对于外婆短短十天来的变化，外公感到既困扰又着迷，那个戴着墨镜卖弄风情的女孩和现在这个神情哀戚的女人，究竟哪一个更像外婆本人？也许她两者兼具，也许两者都不是，也许她的“自我”处于不间断的变化之中，也许每一次你遇到她，她都会流露出不同的性格，甚至以全新的面目示人。想到这里，外公突然觉得隐隐作痛，左小腿有点疼，原来是弟弟在桌子底下踢他，他这才意识到韦克斯曼夫妇刚刚问了他一个问题，但他不记得提问者是韦克斯曼夫人还是韦克斯曼法官了，所以只好无助地看着那两个人，然而他俩没有一个打算给我外公些许提示，于是雷叔叔不得不出来救场。

“电气工程，”他代替外公回答，声调有些干巴巴的，隐约透着恼火，“他有德雷克塞尔理工学院的学士学位。没错，法官，他非常想找工作，而且他长期受苦的弟弟真诚希望哥哥把沙发还给他，不要继续睡在上面了。”

那时，听到弟弟这样发牢骚，外公会毫不犹豫地反驳：“你知道吗？我明天可能就会搬走。”他已经在雷叔叔的沙发上借宿了好几个礼拜，每天早晨醒来之后，都要回忆半天才能想起自己已经离开战场，回到巴尔的摩，到了晚上，他会再次爬上那张沙发，默默提醒自己“应该开始新的生活了”，然后躺下睡觉。

“我对火箭很感兴趣，”外公听到自己不由自主地接着雷叔叔的话说了下去，“惯性导航系统和遥测什么的。如果可以，我想在格伦-马丁公司找份工作，听说他们可能在这方面启动新的项目。”

外公的话似乎给韦克斯曼夫人留下了深刻的印象，反正她露出了惊讶的表情。这是外公那天晚上说的最长的一句话。韦克斯曼法官说，他的一位前业务伙伴的兄弟恰好在马丁公司担任副总裁，或许他可以帮我外公的忙。

“他们打算建造宇宙火箭吗？”雷叔叔问。战争期间，格伦-马丁公司在巴尔的摩东北部的荒郊建了一座大工厂，在那里制造了数千架B-26“劫掠者”轰炸机和“水手”水上飞机。“告诉你们吧，别看我这个哥哥好像是个傻乎乎的大块头，可他一心想着飞到月亮上去呢。”

除了雷叔叔的推荐和外婆对战时修道院生活的回忆，外公已经不记得四十二年前的那个晚上他们还有过怎样的对话，他只模糊记得，饭后吃甜点喝咖啡的时候，他对外婆的感觉已经变得很复杂，交织着好奇、怜悯和渴望。他认为自己需要暂时逃离她几分钟，以便弄清楚自己的真实感受。于是，他以离席吸烟为由，信步踱进韦克斯曼家宽大的玻璃游廊，游廊里虽没有暖气，但摆着柳条椅和花架，春天的下午坐在这里想必十分惬意，更何况坐在这儿的人腰缠万贯、身居要职。室内的空气有点闷，外公敞开一扇窗户，希望呼吸点夜晚的新鲜空气。

他刚刚点燃一支“长红”烟，游廊的门就被人推开了，我的外婆走进来。她肩上披着厚重的毛皮大衣，好像一件斗篷，袖子搭在胳膊两侧，像韦克斯曼夫人一样，似乎笼罩着一层禁忌的味道。这件大衣是韦克斯曼夫人的，售价大概和韦克斯曼法官今晚派出去接客人的凯迪拉克车不相上下。

“你好。”

“噢，啊，嗨！”

她渴望地凝视着外公嘴里叼着的烟，他把烟递给她，又给自己重新点了一支。外公熄灭打火机，眯着眼睛，再次抬起头来，他发现外婆在发抖，寒意似乎从她的臂部、肩膀一直传递到嘴唇，周身泛出颓败沮丧。

“你还好吗？”

外婆含糊地应了一声，声音听上去有点滑稽，介于干笑和苦笑之间，她迅速褪下韦克斯曼夫人的外套，仿佛那件衣服着了火，然后捏起衣服，朝我外公的方向随手一丢，似乎把他当成了消防员，而她则是一幢着火的大楼，等待着他拿着救生网来拯救她。他揪着大衣的领子接住它。外婆一只手搁在胸口，喉头动了动，吸了一口烟，看上去局促不安。

“对不起，”她说，“我非常不喜欢皮草。”

“啊？”

“他们剥皮的时候……我亲眼见到过。”

“是吗？”

“从来就没喜欢过。”

外婆第一次和外公谈起她家的制革厂，厂子在比利时边境附近的里尔。她用小学生水平的英文——几乎不会使用任何表达感情的词语——简单地描述了童年时见到的制革厂里的景象：鞣制皮革的大桶里装着血淋淋的东西，散发着腐败的恶臭，屠宰场里的马发出痛苦的哀鸣，好像小女孩的尖叫。毛茸茸的生皮，银色的剥皮刀，红色的血，蓝色的筋膜，金黄的脂肪，白森森的骨头。

外公举起那件大衣，月光下的黑暗游廊里，毛皮发出幽暗的微光，仿佛有动物的怨灵附在上面。

“是睡塔。”外婆说。

“噢，是吗？”他其实不知道她在说什么，只是突然觉得她又变回了“蒙特卡洛赌场之夜”上那个说他的脑袋搁在篱笆上应该挺好看的那个女孩。

“很多睡塔，韦克斯曼夫人说，这件衣服需要十五到二十只睡塔。”

外公忍不住笑出了声。“水獭。”他说。

“你知道什么是睡塔吧？”

“今晚的汤里不是有嘛。”

外婆皱起眉头，她的眉毛浓黑，像珍妮弗·琼斯，他很喜欢看她皱眉头的样子。

“噢，你在逗我。”她总结道。

“对不起。”

“没关系。”

“真的？”

“没错，我喜欢你逗我的样子。”

外公觉得脸上很热，游廊里仅有的光线来自头顶的月亮和小客厅里的台灯，不知道外婆会不会看出他脸红了。

“我喜欢你。”他说。

“我也喜欢你。”她立刻回应，接着马上补充道，“我有个小女儿，你知道吗？”

“好吧。”突然听她提起这事，外公猝不及防，这么说，一共有两个人需要他来拯救。让我们来试试。“她多大了？”

“四岁，九月份就五岁了。”

“那你的……嗯，她的父亲呢？”

“我杀了他。”当她看到我外公的脸时，外婆突然笑了起来，随即抬手捂住嘴巴，结果猛地被烟呛了一下，“不……没有的事！我很抱歉……！”她咳嗽着说。起初她边咳边笑，后来咳嗽让她的笑声变了调，听起来像是抽泣，外公分辨不出她的情绪。这时，外婆定了定神，问他：“其实一点都不好笑，对不对？可我为什么还能笑出来？”

这是个很难回答的问题，外公只能沉默以对。外婆在一只花盆里按灭香烟，花盆中只有泥土和枯萎的茎秆。

“她父亲死了，”她说，“打仗的时候。”

外婆走到外公刚才敞开的那扇窗户前面，脸颊探进冰冷的空气之中，抬头望着月亮，一两天前正是上弦月。外婆打了一个寒战，紧接着又打了一个，现在的她绝对是哭起来了，而且肯定冷得要命，外公把毛皮大衣朝柳条椅上一扔，脱下他身上的花呢外套（正是“蒙特卡洛赌场之夜”上雷叔叔借给他的那件衣服），披在她肩上，她斜身靠过来，钻进衣服里，仿佛那件外套是花洒中喷出的热水。外婆倾身靠近外公，直到贴进他怀里，外公感觉到了身体碰触带来的震颤，感觉到了他胸膛上的分量，仿佛她已下定决心把自己托付给他。那个瞬间，外公只希望不要辜负她的信任，他的阴茎也激动地鼓噪起来，仿佛急于表达它在信任方面的独到看法。

“我也想飞到月亮上，”外婆说，“带我一起走吧。”

“当然，”外公说，“我会想办法的。”

外公第三次见到她的时候，外婆正从希尔博面包店出来，捧了一个用糖果条纹的彩带绑着的盒子，但她没有看见他。外公尾随着她，从帕克海茨走到贝尔维迪尔，来到水仙大道另一头的那片破旧的居民区。他始终与她保持一定的距离，看着她捧着盒子消失在一座双户住宅的二楼，这座房子维护得比邻居好，后来外公才知道，它是韦克斯曼法官租给外婆的。第二天凌晨两点钟左右，外公早早从雷叔叔的沙发上爬起来（只要一想起她，他就难以入眠），穿好衣服，开着弟弟的水星轿跑来到水仙大道的那片居民区，远远望着那座房子。二楼有个房间亮着一盏灯，灯光像钩子一样勾住了他的心，他关掉大灯，驱车慢慢靠过去，又不敢靠得太近。这又是一个寒冷的夜晚，但亮着灯的那个房间敞着窗户，她靠在窗台上抽烟看月亮，外公很想知道，望着月亮、感受着冷冽空气的外婆会不会想起那天晚上他对她许下的承诺和她紧紧依偎着的坚实胸膛。

外公听到一个孩子微弱的叫喊声，好像透着悲伤或者忧虑或者紧迫，外婆猛地扭头向后看去，随手在窗台上按灭香烟，暗红色的火花雨丝般划过窗下的黑暗，飘进楼底的灌木丛。

庆祝普珥节那天是个星期日，走到平安之友犹太会堂的门口时，外公产生了一种责无旁贷的使命感——他看到一个小女孩独自坐在玻璃门外的石凳上，下巴抵住膝盖，胳膊抱着小腿，身体慢慢地前后摇摆，但幅度很轻微，前后都不超过三度，女孩嘴里发出低沉的哼叫，离得远的外公开始以为她在唱歌，走近了才发现她在哭，她穿着绿色连衣裙，绿色的裤袜，黑色漆皮的玛丽珍皮鞋。女孩的连衣裙是短短的灯笼袖，露着两条胳膊，虽然穿着裤袜，但她一定很冷——相比之下，外公自己则是全副武装，帽子、围巾、羊毛大衣和毛衣一件不少，他觉得如果自己三四岁的时候在华氏四十度的天气露着胳膊、坐在冰凉的石凳上，一定也会冻得号啕大哭，但他认为自己不会像这个女孩似的坐在外面，很可能早就跑进暖和的会堂里了。

这时，会堂的一扇前门打开了，女孩停止了摇摆，坐直身体，一个犹太人走了出来，拿着一件罗登呢小外套，他头戴巨大的什特莱牟毛帽，身穿黑色宽松长袍，下摆长得拖到了混凝土地面上，留着络腮胡，很像电影《34街奇迹》里的埃德蒙·格温留的那种胡子。我外公还是头一次见到这种打扮的犹太人参加平安之友会堂的仪式，在仪式上，男女混坐，拉比语速很快，穿得像个花花公子，脸刮得干干净净，一点胡茬都找不到。这个头戴大毛帽的犹太人要么无视了我外公，要么没有看到他走过来，但那个坐在石凳上的小女孩并没有把犹太人放在眼里，她连动都没有动，只是停止了哭泣。

过了一会儿，犹太人把那件罗登呢外套披在女孩身上，利落地用衣领裹住她的脖颈，转身朝会堂里面走，他再次打开门，长袍下摆被风掀起，外公发现他脚上竟然穿了一双红色的拖鞋，露在外面的脚趾有点上翘。比起看到这个犹太人出现在平安之友会堂，更令我外公吃惊的是他脚上的红拖鞋，但他本来就对正统派犹太教徒的生活知之甚少，也不屑于了解。

“你是爱斯基摩人吗？”来到会堂门口，外公对小女孩说。

小女孩抬头看着他，她的脸是心形的，嘴唇浮肿开裂，小鼻子有点翘，长相不像典型的犹太姑娘，她有一双澄澈的绿眼睛，眼里的泪水已经干了。

“什么？”她说。

“你不冷吗？”

她把胳膊伸进罗登呢外套的袖子里，点了点头。

“那你为什么还要坐在外面？”

“我必须在外面待上两个小时。”

“噢？为什么啊？”

“因为我是坏孩子。”

“所以你只能在这里坐着挨冻？”

“是的。”

“这么说，你一定特别的坏。”

“是的。”

对于一个不听话的小孩来说，在寒风中坐两个小时这样的惩罚似乎有些过分，但外公并不了解会堂里那些人的规矩，正如他不了解正统犹太人应该穿什么样的鞋。他透过玻璃门看着那个戴大毛帽的犹太人，打算找他为小女孩说情。会堂大厅的墙饰很简朴，天花板是现代风格的，为了庆祝普珥节，人们在墙上贴了一些波斯风格的洋葱式圆屋顶和尖拱图案的装饰画，门口挂着一条横幅，上面模仿阿拉伯文字体写着“书珊之路”。戴大毛帽的犹太人和几个人站在靠门的地方，他旁边有位苗条的年轻女子，戴着手镯和面纱，侧影有点像莎乐美。

“需要我帮你说情吗？”外公问小女孩，“我可以进去哦。”

“什么？”

“谁说你必须在外面待两个小时的？”

“我自己。”

“你自己？”

“是的。”

“因为你是坏孩子？”

“没错。”

“所以你就惩罚自己？”

她点点头。

“你做了什么坏事？竟然需要自己惩罚自己？”

“妈妈说我没礼貌。”

“对谁没礼貌？”

“拉比。”

“真的？你怎么没礼貌了？”

“我问他为什么和我们家楼下的邻居波利亚科夫太太用一样的香水。”

“啊哈。”

“什么？”

“波利亚科夫太太用什么样的香水？”

“野栀子花。”

外公笑了，过了一会儿，女孩也谨慎地笑了笑。

“有意思吧？”她说。

“没错，非常有意思。”

“是的。”

门又开了，那个犹太人再次出现，外公这才看清楚，“他”的大胡子是假的，可能是从廉价商店买来的圣诞老人胡须，黑袍子是中式的，大概来自唐人街。

“瞧瞧，看来坏孩子们都在这儿了。”

小女孩（我母亲）收起笑容，把头扭到一边。

“你知道吗，我敢肯定，雷用的确实是野栀子花香水，”外公对化妆成大胡子犹太人的我外婆说，“我想这孩子已经付出了代价，我们可以把她从西伯利亚叫回来了，对不对？”

“我已经叫过她三次了！”外婆大声说，“这孩子太犟，不愿进去。我批评她没有礼貌，让她到那边的椅子上乖乖坐着，反省两分钟，就两分钟！而且我可没把她赶出来！可她却说‘不！我是坏孩子，我要去外面坐两个小时。’我一直求她回到屋里来，否则会得肺炎的，她就是不听！”外婆的法国口音把“肺炎”说成了“沛炎”。她看着我母亲，嘴上的假胡子上下掀动，“你想生病去医院吗？你想死吗？”她听起来很恼火，甚至动了气，但她的语调里带着一种夸张的颤音，像是在演舞台剧，但也许是她的假胡子给外公带来了这样的错觉。“你是这么想的吗？”外婆问。

“不是。”我母亲说。

“很高兴听到你这样说，因为假如你死了，我会自杀的，和你一样，我还不想死呢。”

外公隐约觉得外婆的话里面有不对劲的地方，但他似乎记得自己的母亲在拿他没办法的时候也会说类似的话。虽然不喜欢这样的表达，但不知何故，听到这样的话语从外婆口中说出来，他竟然没有那么反感了，她的痛苦、活力以及夸张的个性似乎与比较激烈的情感模式更为契合，而这样的情感属于他的肉眼不可见的光谱范围。

听到“自杀”两个字，我的母亲好奇地抬头看着她的母亲。“你为什么要自杀？”她说。

“因为如果没有你，就只有我一个人了，我会很孤独，就算不自杀，我也会孤单而死的。”

“好啦，好啦。”我外公说，“没有人会自杀，也没有人会孤独。”他低头看着我的母亲。“战争之前我就告诉过拉比，他身上的味道和波利亚科夫太太一样，你觉得我也应该和你在这里坐上两个小时惩罚自己吗？”

“不，”我母亲说，“我会进去的。”

“那么我也会。”外公打开了门。“来吧。”他向我的母亲伸出手。虽然不记得自己是否曾经这样对一个孩子伸出过手，但他想让我外婆看到他把手伸向了她的女儿，也看到她的女儿接受了他的手。如果能说服她的女儿远离巴尔的摩的寒风，他就有信心帮助这对母女修补战争的创伤。

有那么一两秒，我母亲似乎想要抓住他的手，可最后她只是站了起来，径自走进会堂。我外公有点失望，在失望之中，他也下定决心要走进这孩子的心，尽最大努力获得她的信任，甚至她的喜爱。

“对不起。”我外婆说，她透过假胡子和大帽子研究他的表情，很快就看出了他的失望和决心，除了想要把他揍趴下的恶棍，外公不记得有谁曾经如此专注地打量他的脸色，他紧紧压抑在胸腔里的内心世界仿佛突然打开的降落伞一般呈现在外婆面前。

“没关系。”外公说。他指着外婆的假胡子和黑袍子问：“这些都是什么？”

“今天我演末底改[1]，你看不出来吗？”

“我知道你为什么穿那样的鞋了。”

“你弟弟演瓦实提[2]。”

“戴面纱的那个是他？”外公这才意识到，刚才那个像莎乐美的苗条“女子”原来是雷叔叔，今天他要戴着面纱扮演傲慢跋扈的波斯王后。“还真是本色出演啊。”他把手放在她的胳膊上，中式长袍的肥袖子也无法阻止外公产生触电般的感觉。“戴

---

1 《以斯帖记》中记载的人物，便雅悯的后裔，以斯帖的堂兄，波斯国王亚哈随鲁的臣仆。他揭发了两名内臣意图杀害亚哈随鲁的阴谋；为了民族的信仰和尊严拒绝向宰相哈曼下拜，鼓励和帮助以斯帖对付哈曼，拯救了犹太人免遭灭绝。哈曼被处死后，末底改被封为宰相。——编者注

2 《以斯帖记》中记载的人物，波斯国王亚哈随鲁的妻子，由于不肯遵照国王的命令来到宴会厅展示其美丽，国王决定惩罚她的无礼，以免全国的妇女效法，违抗自己的丈夫，于是将其废黜，后来王后的位置被以斯帖所取代。——编者注

着这玩意儿，你不觉得不自在吗?”他问。

他指指外婆头上的大毛帽，他记得传统的大毛帽应该是用小动物的毛皮制作的，比如水貂，可外婆似乎没听懂外公的问题。

“你的头上好像顶了十八条水貂尾巴。”他解释道。

外婆却没有被外公的评论吓坏，显然，那些哀叫的马和剥下来的毛皮并没有一直困扰着她。尽管无法确切描述她的表情，但外公猜想外婆脸上的神情混合着尴尬和不满，因为别人看出了她的自我矛盾，但最后外公决定用“不耐烦”来形容外婆的表情，她噘着嘴巴，来了个法国式的耸肩，似乎在暗示外公，在他开口解释之前，她已经明白了他的意思。

“还不都是为了表演嘛。”外婆说。

10

距离迪沃恩交班还有五分钟，我外公出现在保卫室的接待台前，穿着橡皮胶靴子，斜纹棉布裤已经脏了，手里拿着一只空塑胶密封袋，背着蓝色的儿童款NASA背包，包里有柠檬水、急救箱和他从布罗沃德县图书馆椰子溪分馆借来的一本对付蛇之类的爬行动物的野外生存指南。他右手握着一根崭新的黑刺李木的拐杖，这本是萨莉·西彻尔在丈夫莱斯利患病之初买给他用的。前一天下午，这根拐杖上还镶着一只纯银鸭头，我外公把它带到五金店（经萨莉许可），取下了鸭头，换上一只三磅重的铁头。拿着拐杖从他的公寓走过来的一路上，外公根本不在意路人疑惑的眼神，连两人的直接询问也没去搭理，但迪沃恩立刻明白了我外公在想什么。

“是给我的吗？”他说，“我用大砍刀就行。”迪沃恩抬起右掌，劈向左手手腕，“你打算给它来个痛快的，对吧？”

外公的计划是，假如手杖不管用，他就去找园林处的负责人皮菲克多·提安特，向他借一把大砍刀。他举起密封袋。“你说你看到了它的粪，”他说，“我想让你帮我采集一些。”

“现在？”迪沃恩迟疑道。

"你八点钟不就交班了嘛？"

"是的，先生，可是，八点以后我就下班了，不应该继续工作了呀。"

"是吗？那你打算干什么？"

"八点之后？"迪沃恩转动眼珠，盯着天花板，他脑子里似乎有张很长的"娱乐消遣"清单，"嗯，不管干什么，都不会是捡蛇粪，还要把它放进袋子里！"

"不行吗？"

"不行，先生。"

我外公和迪沃恩互相盯着对方，墙上的挂钟突然发出"当"的一声，两人的生命就这么浪费了一分钟。

"我不会让你白费劲的。"外公说。

迪沃恩微笑起来，似乎很喜欢看到犹太人露出贪婪的表情，他以为我外公是个百万富翁。"多少钱？"他问。

"二十五。不过你得给我往袋子里放进我想要的东西。"

接班的人来了，迪沃恩戴上印有丰塔纳村标志的鸭舌帽，拿起他的尼龙拉链公文包。外公跟着迪沃恩走到他的1979款卡特拉斯汽车旁边，车子停在员工停车区，坐上去吱吱响，车顶已经被佛罗里达的阳光晒得发白，油漆也剥落了。迪沃恩先从公文包里掏出一只压扁了的花生酱薯片三明治，塞进嘴里，然后把包放进后备厢。他脱下制服衬衫，拿出一只衣架，把衬衫撑起来，挂到车里的一只衣钩上。他的啤酒肚在皱巴巴的白背心里摇晃起伏，裸露的肩膀是象牙黄色，生着密密麻麻的雀斑，雀斑和他的头发睫毛一样，颜色很像尼拉华夫饼。他把鸭舌帽塞进公文包，从后仪表板下面拖出一只草编牛仔帽，帽檐两侧卷得很厉害。后备厢最里面有个工具箱，他在箱子里找了半天，抽出一把大砍刀，足有他的小臂那么长，刀鞘塞在皮革护套里。他托起大砍刀，嚼着三明治注视着我外公，嘴唇随着下巴的开合一起一伏。“虽然你今天上午可能用不到这个，不过，”他说，“我愿意借给你，假如你需要的话。”

“我不想借，”外公说，“我租你的。”

“悉听尊便。”

外公钻进车里，里面像烤炉一样，他摇下车窗，金属手柄烫得手指疼，空调发出嘶嘶的声音，喷出的风有股发了霉的花生酱和薯片的味道。

“我第一次把这一带看了个仔细，”迪沃恩说，“还是和芬利·加德布瓦一起的时候，你还记得芬利吗？”

外公想起，芬利是个梳着大背头的黄毛小子，每次见到他，他几乎都在看摩托越野杂志，一双穿着黑色粗革皮鞋的脚架在保卫室前台的桌子上。

“芬利的哥哥是个侦探，给地产律师干活，他们来这边调查过案子，叫上芬利和我在周围转了转。那些……呃……蛇粪就在俱乐部前廊的柱子附近，有不少。”

“带我去看。”

“那边都用铁链挡起来了。”

“带我去。”

“上着锁呢。”

外公把NASA背包搁到膝盖上，望向窗外，丰塔纳村的景色一成不变，新增的只有雨水坑、人的脚印和高尔夫球车的轮胎印，屋檐和屋顶窗投下的细长阴影像时针一样，在空旷的土地上转动。灰泥房屋、棕榈树、水泥步道和绿色草坪似乎永不生长也永不褪色，澄净的天空仿佛一只倒扣过来的玻璃钟罩，似乎只要摇一摇，就会让无数小金片飞扬飘落。然而外公已经厌倦了眼前的一切，甚至为此觉得自己不正常，那张写有专家姓名和电话的卡片依然夹在最新一期《评论》杂志里面，和胡斯尼·穆巴拉克做伴。他决定等解决了蛇的问题，就给专家打电话，约个时间去看看。

"你觉得我的二十五美元不值钱吗?"外公说，"少废话，带我去。"

迪沃恩发动汽车开出丰塔纳村的大门，向左转了三个弯，绕过一个南佛罗里达风格街区，拐进废弃的乡村俱乐部的车道。车道上高草丛生，没开多久就不得不停车，整座俱乐部周围有一圈铁丝网，淹没在疯长的野葛丛中。围栏上挂着几块生锈的警示牌，是来自市政府和俱乐部失败的历任运营者对擅入者的警告。几块警示牌之间是一座大门，门上挂着一把沉重的铁锁。

外公下了车，手杖夹在腋下，他解下腰带，穿进大砍刀皮套上的圆环，又系上腰带。他认为自己今天上午不会用到这把刀，但最好有所防备，不能掉以轻心。

大门里面的车道尽头是一扇嵌在粉红色灰泥墙上的拱门，野葛在拱门上方横着拉起绿色的旗帜，无数根触手伸入粉红墙上的裂缝。拱门的楣带上雕刻着波塞冬的儿子特里同的全身像，坐在罗盘之上，吹着海螺号角，两旁是一对海豚。特里同的脸已经不见了，斜着眼睛的海豚也被污垢和霉菌搞得黑漆漆的，乡村俱乐部的名字叫作“曼德维尔”。

“应该就是这里了。”迪沃恩指着大门和拱门之间的破碎沥青路说，“太阳下山的时候，温度转凉，这条热烘烘的沥青路是个不错的去处。”

“俱乐部的主建筑呢？”

“穿过拱门，沿路一直往里走就是。看见那个粉红色的东西没有？还需要走很长一段路。”

“看见了。”

绿色的阴影中有块粉红色的残片，一抹凄凉的粉红，像是落魄动物园里火烈鸟的残败羽毛。

“看那儿！”迪沃恩指着大门左边叫道，那里的篱笆下方有一片杜鹃花。

外公抓住大砍刀的刀柄，另一只手抚着刀刃，然而没有什么盘踞在杜鹃花丛中的蛇，只看到一床破旧的被套和一堆灰扑扑的烂衣服。里面说不定有拉蒙的尸体，外公暗忖。这堆破烂在篱笆另一端，离他俩足有三英尺远。

我外公把莱斯利·西彻尔的手杖交给迪沃恩。

“这玩意儿叫什么？”迪沃恩掂着手杖问。

“打蛇棍。”

迪沃恩若有所思地点点头，他弓身把手杖伸进篱笆下面，想用杖尖拨弄那堆破烂，可还差一英寸才能够到，他的手一滑，手杖掉进篱笆里面，身子也跟着溜到了地面上。“该死。”他看着我外公，等待意料之中的责备。

“高级的打蛇棍可不是二十五美元就能买到的。”我外公说。

他示意迪沃恩让开，自己伸手去够手杖，他的胳膊算是比较长的，但同样够不到那堆疑似拉蒙残骸的东西，外公直起身子，脑袋一阵眩晕，眼冒金星。“该死。”他说。

“我就说嘛。”迪沃恩说。

外公坐在敞着门的汽车里，喝了几口保温瓶里的柠檬水。一架小飞机朝大西洋方向横掠而去，机尾挂着一条写有红色大写字母的横幅，他眯起眼睛，似乎急切地想要看清上面写的什么。

“海洋滑水。”迪沃恩说。

外公点点头，拿出钱包，给了迪沃恩二十五美元。

“抱歉，没帮上你的忙。”迪沃恩说。

“你想赚到五十美元吗？”外公问。

迪沃恩开车带我外公来到一家五金店，在车里等他。外公从店里买了一只看起来和俱乐部铁门上的锁一模一样的耶鲁挂锁，他本想买一把断线钳，但断线钳昂贵又笨重，而且很有可能吓坏迪沃恩。迪沃恩不安地注视着外公膝盖上的纸袋。

再次来到曼德维尔俱乐部，外公下车关门。当天气温是华氏九十五度，破败的高尔夫球场对面的篱笆周围，成千上万只昆虫演奏着同一首单调的歌曲，曲名叫作《热》。外公俯身趴在副驾驶座的窗框上。“把车停到街上去，”他说，“草坪和园艺商店那边，两分钟后我去那边找你。”

“你要干什么？”

外公朝篱笆走去，挥起打蛇棍，铁头对准了俱乐部大门上的挂锁。

“不，”迪沃恩叫道，“绝对不行。”

“两分钟。”

“你疯了。为什么不从丰塔纳村那边进去呢？”

“那边也有篱笆挡着。”

“我们再找找看，篱笆上面一定有洞，猫狗什么的都是从那里钻进去的。”

“你觉得我是狮子狗吗？”

“当然不是。”

“这里的路是铺过了的，你自己说的，它们喜欢躺在晒热了的沥青路面上。”

“所以你就打算光天化日之下从这里破门而入？”

“我还需要再回来几次呢，也许得好多次，”外公掂了掂装着新挂锁的棕色纸袋，“换换锁更方便。”

“你这样会让我们两个都被抓的，”迪沃恩说，“我可受不了这个，我年纪一大把了，也不能丢工作，我可不像你们那样有那么多退休金。”

“就两分钟，要是我被抓了，我就说是路过这里，不会把你供出来的。”

“他们有可能让你坐牢。”

“我坐过牢，”外公钻出车外，“坐牢还可以读书呢。”

迪沃恩露出惊讶的表情，目光沿着外公的橡胶靴子来到他蓝白相间的帆布帽子上，这顶帽子是他和我外婆在“六日战争”后不久参观以色列基布兹带回来的纪念品。

“我真应该对你刮目相看了。”迪沃恩说。他探过身子，摇起副驾驶座的车窗，然后把车倒回车道上。

外公注视着迪沃恩开车离开。他扬起打蛇棍的铁头，对准挂锁用力砸下去，震荡波沿着小臂传到手肘，锁很结实，连砸了七八下才出现裂缝。他把锁扯开，想要推开缠着铁链的大门，但遭到野葛蔓的阻拦；他又想用打蛇棍来撬门，可只能伸进门缝一两英寸，最后不得不拔出大砍刀劈断野葛。野葛的卷须像吉他弦一样刚硬，崩在外公肩膀上，疼得他打战，大门终于无声地敞开了。

撕开新锁的包装时，外公发觉自己的手指在颤抖。他换好新锁，弯腰捡起地上的旧锁碎片，和旧锁的残骸一起用新锁的包装纸包好，塞进纸袋，这才踏进蛇的领地。他环顾四周，期待听到蛇在地上拖动身体或是树枝被压断的声响。他觉得蛇会发出类似麝香的味道，所以鼻子同时也在嗅来嗅去。树荫下，光斑两次闪烁，外公的血液仿佛凝固。他伏低身子，拖着打蛇棍，走到杜鹃花丛旁蹲下，用手杖的铁头把地上的粪便拨进塑胶密封袋。

当他试图直起身来的时候，膝盖却不听使唤，只好拄着手杖慢慢站起来，幸好手杖上的纯银鸭头装饰已经换掉，否则看到那只鸭子嘲讽般的表情，他肯定会觉得不自在。他快步走出大门，关门落锁，把钥匙和塑胶袋放进背包的外袋，然后到大街上找迪沃恩会合，与他协商大砍刀的租赁价格去了。

“这是为什么？”我问，“你弄蛇粪干什么？”

“迈阿密有个教授，是生物学系的爬行动物专家，他答应我帮忙研究一下蛇粪。”

“然后呢？”

“他确信那不是蚺蛇的粪便。”

“那就是鳄鱼粪了？”

“是蟒蛇粪。”

“蟒蛇？蟒蛇不是会长得非常大吗？”

外公耸耸肩，这个动作的意思是，你觉得多大才算大？和白垩纪的甲龙相比？肯定没有甲龙大。

“它们能长到吞下一只猫那么大吗？”

他伸出舌头，缩回去，又伸出来，我给他一杯苹果汁，他抿了一口。

“蟒蛇能吞下一只鹿。”

“我的天。”

“一只猫对于一条蟒蛇来说，不过是一把坚果而已。”

我很想提醒他，蛇是没有手掌的，它不知道什么叫作“一把”。

“所以，去年，”我说，“就在我去看你之后，我们刚在PBS看了那个‘异国宠物称霸美国大沼泽’的节目，你就跑去丛林抓蟒蛇了？”

外公又耸耸肩，这次的意思是：好汉不提当年勇。

“你用没用那东西……就是棍子头上有个套索那样的抓蛇工具？”我模仿着节目中护林员的动作，假装用套索工具把蛇塞进袋子里。

“我可没兴趣抓它，”外公说，“我只想弄死它。”

“用枪？”

外公皱起左半边脸，做了个鬼脸，这是他试图掩盖对你的失望时的招牌动作。

“也许你应该记个笔记，”他把盛苹果汁的杯子递还给我，“我已经有打蛇棍了，为什么还需要枪？”

11

鉴于他俩的“罪行”，怀尔德·比尔·多诺万把奥兰德·巴克和我外公招进战略情报局（OSS）效命，派他们到B区研究破坏与间谍技术，B区是OSS设在马里兰山区的一处训练机构，后来成了现在的戴维营。因其与绅士精神相违背，美国军方长期以来并不赞成采取间谍和欺骗的手段，B区的许多指导员是英国人，他们一辈子都在热点冲突地区大搞颠覆渗透活动，根本不会在乎你是否忘记向他们敬礼。他们认为，如同古代的骑士学习使用长矛一样，训练你像旋转门那样灵活地对准四面八方举枪射击，是最基本的必修课。这是一群低调凶猛的狠角色，是我外公不由自主地钦佩着的人。

他学会了使用指南针、勒杀绳和一次性密码本，以及如何在机关枪扫射下长距离匍匐前进，他学会了如何伪造和伪装文件、巧妙地躲藏、从九十英尺高的平台上跳伞（虽然他从来没从真正的飞机上跳下来过）。有一段时间，他是班上两名仇恨犹太人的学员的歧视对象，巴克恳求他放过他们，不要和他们一般见识，在第二天的徒手格斗训练中，我外公打碎了其中一位的下巴，自此以后，他们再也没敢胡说八道。

毕业后，巴克和我的外公获准休假三天，于是两人去了巴尔的摩，被巴克灌得酩酊大醉的我外公得以亲身验证爱因斯坦相对论中提到的奇妙的时空效应。两人在巴尔的摩的佩恩车站道别，登上开往相反方向的火车，巴克去纽约，我外公前往华盛顿。一周后，奥兰德·巴克伞降进入意大利，在盟军部队入境前先行实施破坏；继而向北部和东部挺进，闹出了不小的动静，直到1944年12月，他和一些支持铁托的游击队员在炸毁库巴河上的一座桥梁时不慎把自己也炸上了天。

比尔·多诺万是少数几个真正见识过外公潜力的人之一，他对“基大桥事件”抱有与众不同的见解。在写给其副手、特殊行动副指挥斯坦利·洛威尔的备忘录中，多诺万表示，我外公“能力杰出，具有天才头脑……性格冷静，善于分析，行动果决，手段残忍”。

盟军进攻意大利的同时，其伦敦总部也在制定进入挪威的计划，多诺万预见到了他们对能够深入敌后的人才的需要。盟军的目标是挖德国的墙角，把德国的科学家、工程师以及先进于美国数倍的技术吸引过来，因此，一名合格的特工，应该具备必要的技术知识，能够混入轴心国的秘密实验室，定位和策反敌方的人才。多诺万写道，我外公“适合加入‘T部队’”，但在正式执行任务之前，他需要“一直有事可做，大脑保持活跃，否则会有因为纯粹的无聊而自我毁灭的危险”。

从1943年中期到诺曼底登陆之后的这段时间，外公被分配到新组建的“T部队”，前往伦敦参加高级间谍培训，在研发部门为斯坦利·洛威尔工作。该部门位于OSS营地的狭窄地下室，身为化学家和专利律师的洛威尔就是被多诺万招募至此，为欧洲、北非和远东的秘密行动制造各种装备的，洛威尔及其研发团队发明了电影和电视上出现过的钢笔手枪、口红照相机、填充氰化物的衬衫纽扣之类的谍报工具，他们还创造了全新的渗透、破坏和秘密通讯的方法，用恐怖而狡猾的手段杀死敌人，比如用引发爆炸的面粉和燃烧的蝙蝠[1]。

我在当天正在读的那本书——塞林格的《九故事》——的内页匆忙记下了外公在OSS研发部门见识过的各种装备的名字，这是一份相当长的列表，附有许多注释。几十年后，为了向我的大女儿推荐《九故事》中的《为埃斯米而作——既有爱也有污秽凄苦》，我从第一段婚姻时购买的书架上找出这本书，看到它绘有彩色九宫格的封皮，那天下午外公讲述往事的情景立刻浮现在我的脑海：一束灯光透过客卧窗外的桉树斜射进来，外公晒得黝黑的脸靠在白色的枕头上，他的费城口音仿佛是因为头疼而从鼻腔后部挤出来的。然而，当我打开这本书的时候，却发现里面并没有什么记录，离婚清点物品时，我一定是把写有记录的那本《九故事》交给了我的前妻，而那是我对自己试图追忆的那个星期所拥有的唯一资料。现在我只能凭记忆回想起外公提到过的五种装备：

（1）一种晶体化合物，别名“飕飕”，与特工的尿液混合后，注入飞机、卡车或装甲车的油箱，可以彻底破坏载具，但生效时间较长。

---

1 没错，就是那种会飞的哺乳动物。

（2）一小块金字塔形的钢片，楔进松动的铁轨后可导致任何时速小于30英里每小时的机车脱轨。

（3）一条伸缩灵活的勒杀绳，由钢琴丝制成，套在一根普通鞋带里。“相当可靠”，外公这样评价。

（4）一副“双光眼镜”，镜片的下半部经过了特殊的打磨处理，可用作望远镜。

（5）一种“磁性涂料”，比如可以将矿石附着到木头或玻璃上。“这玩意儿从来不管用，”外公说，“要是真的好使，我早就发财了。”

外公喜欢和洛威尔在一起，不用出任务的他也愿意每天解决各种技术问题，不过，虽然他的工作很重要也不乏趣味，但毕竟这也是一份办公室的工作，和无数其他类型的办公室工作一样，与愚蠢的官僚主义密不可分，所以，当奥马哈海滩传来消息时，外公是最兴奋的一个，他想要的机会终于来了。

格伦·米勒的演出结束之后——这是他出事之前最后的几次登台，1944年12月15日，这位著名乐队领队格伦·米勒乘坐的小型飞机消失在英吉利海峡上空——我外公的室友阿尔文·奥根博尔上尉回到他们共同的住处，伦敦牛津街皇家山酒店顶楼最小的那套公寓。他吹着口哨——旋律是“月光狂想曲”——走进门，羊毛衫的口袋里鼓鼓囊囊的，这件羊毛衫是他姐姐给他织的，姐弟俩是孤儿，姐姐对他如同母亲一样，除非上级命令他这么做，否则他绝对不会脱下这件衣服。虽然他们所在部队的指挥官隶属正规军，但指挥官明白，他的手下是一群不折不扣的怪胎，这是奥根博尔得以一直穿着羊毛衫的主要原因。它的领子是披肩式的，套索式纽扣，还配有一根束腰的带子，但奥根博尔从来不系，因为他觉得自己臀部的曲线有点像女人。羊毛衫很合身，穿起来完全符合他明尼苏达大学食品加工专业博士毕业的工程师身份，他在战前从事的是甜甜圈的大规模生产，奥根博尔称之为“工业级可食用面圈制造”，他会讲德语和法语，能读俄文和拉丁文。其时，他已经完成了多达两百页的奥古斯特·凯库勒的传记——完全采用打油诗的形式，题为《翻滚的贪吃蛇》，除了德雷克塞尔理工学院的一两位教授之外，他是我外公遇到的第一位既非台球室老千，也不是犯罪分子或拉比的知识分子。

“看哪，我给你带来了大喜讯，”奥根博尔说，“放下你的色情刊物吧，老兄。”

躺在沙发上、没穿制服却打着领结、套着鞋子的我外公放下正在读的德文版《应用化学》1905年合订本，书里有一篇关于毒气化学武器的重要文章《易燃气体的引爆》[1]，作者是J. F.哈伯。“发现什么好东西了吗？”

“我只喝最好的酒，”酒鬼奥根博尔在酒类的选择方面自有一套十分苛刻的道德标准，他认为喝好酒比喝廉价酒的罪孽更轻，然而战时的物资缺乏使其选择的余地变小了许多，“当然，这是相比较而言。”他从姐姐给织的羊毛衫口袋里掏出一只小瓶

1　指弗里茨·哈伯的论文 *Über Zündung des Knallgases durch Wasserstoffatome*。

子，瓶中盛着不明液体。

“你从哪儿弄来的?”

“其实这是我自己蒸馏的，”奥根博尔拧开瓶盖，把瓶口凑到鼻子底下闻了闻，“我弄到了原料，用了弹片和吐司上没动过的素腰子。”

每当醺然微醉时，奥根博尔总是故作快活，其实他本质上是个快乐的人，但现在他想家了，想念他的狗和猫、他的书和藏品，想念冰上钓鱼和他的姐姐比蒂。在这个陷入战火与黑暗的世界上，缺少好酒的滋养，他的灵魂焦躁不安，最艰难的是还要忍受糟糕的英国战时伙食，在他看来，有些食物简直匪夷所思，比如这天食堂午餐里的“奶油腰子”，腰子竟然是用裹了玉米淀粉的萝卜冒充的。

“萝卜还不错，我觉得。”奥根博尔说。

“那当然。”

“差点骗过我，我还以为是真的腰子。”

“嗯，他们至少掺了真的尿，”外公说，“味儿很大。”外公脱下鞋子，两手交叠托着后脑勺，脚趾头在制服袜里惬意地扭动，他发现，比起假冒奶油腰子的玉米淀粉裹萝卜、谷物咖啡和甜菜糕之类的，奥根博尔那股装模作样的快活劲儿更能以假乱真。

“说到尿，”奥根博尔说，“你来尝尝我酿的酒。”

他四下寻找可以盛酒的容器，然而为皇家山酒店供应玻璃和陶瓷器皿的厂商遭到了V-1导弹的袭击，酒店并没有为住客准备饮具。外公用的水杯还是他的点头之交玛丽格尔德·雷诺兹从空军妇女辅助队里顺过来的，杯身上印着花体字母

“MR”；烧杯则来自大坎伯兰街的一处实验室，奥根博尔拿去做了实验，试图研发治疗晕机症的药物。从兰利坐飞机来的一路上，他在拥挤逼仄的机舱里遭了不少罪，脸色变得像他的制服衬衫一样苍白，断断续续地发出自己姓氏的各种变调音节，不过他还是很期待次日前往巴黎的旅行。

“噢，去他的羊肉串！”奥根博尔说，“真想去酒吧喝几杯。”

羊肉串。糖塔。希博伊根。每逢需要讲脏话的时候，奥根博尔都会打开他脑子里的那个储存美国中西部粗话委婉语的庞大仓库，其库存似乎有数百条之多，很少出现重复的情况。虽然我外公遇到的路德会教友并不多，但他怀疑这些人小的时候都不得不把各种代替粗口的委婉语熟记于心。

“唉，”奥根博尔把酒瓶搁在梳妆台上，“我们还是先在这里来几杯吧，”说着，他露出C·奥布里·史密斯式的笑容，“看看你的酒量有多大。”

“我只要一杯，”外公拍了拍《应用化学》的封皮，哈伯的论文足有八页纸，一个月来他都在读这个，琢磨里面的每句话和每条难啃的公式，他现在读到了第六页，“我可不想喝得头晕脑涨，为了完美的脱异丁烷，还要看书呢。”

“得了吧，老兄，没关系的。”

奥根博尔踱回公寓的客厅，他研究防晕机药的实验仪器就放在客厅里，我外公又听到他骂了一句隐晦的脏话。“软糖水桶。”

“我想建议你直接用瓶子喝，”外公叫道，“可又不想看到人类文明大崩溃。”

他听到瓶塞子拔出来的声音和一阵实验器皿相碰的响动，

奥根博尔端着三只半满的烧杯回到卧室，杯中的液体颜色各不相同，有的像牛肉汤，有的像机油。外公想起，奥根博尔配制防晕机药的关键步骤之一是掺入老姜和大麻煮制的混合溶液，大麻是他在一处空袭废墟里找到的。

“好了吗？”

“必须的。”

奥根博尔把烧杯和酒瓶放在梳妆台上，将两只烧杯里的液体倒进第三只烧杯，杯底发出涂了釉料般的眩光。

“演出怎么样？格伦说什么？”

无论他那支由士兵音乐家组成的战时乐队何时来伦敦演出，格伦·米勒少校都要下榻皇家山酒店并且每晚表演。过去的几个月里，奥根博尔与他的偶像格伦短暂攀谈过几次，话题无非是伦敦的天气，但奥根博尔认为这样的交谈如同与圣人对话，这段经历也照亮了他以后的日子。

“老实说，不怎么样，”奥根博尔说，“我也说不清为什么。”

“演砸了？”

“音乐技巧完美，编曲是伟大的杰瑞·格雷，他喜欢用旋律快的短乐句，一切看起来都像五月花剧院的那次演出一样好，”他往两只空烧杯里倒了一点自酿酒，液面恰好两指高，“但我就是说不上来哪里不对劲，我觉得老格伦好像不再是以前的那个他了，你最好也和他聊聊，老兄，让他恢复正常。”

虽然和奥根博尔在T部队一同受训，但是出于习惯，我外公很少透露自己的个人信息，即便如此，部队里也有不少关于他进入美国情报部门之前所从事的“职业”的传闻。谣言说，他给纽约和费城的好几个黑帮做过打手，作为初次加入黑社会的仪式，他朝自己的肚子开了一枪，为了让伤口更疼，子弹上还涂了生大蒜汁。据说，我外公还咬掉过死对头的耳朵，拿耳朵喂了流浪狗；假如他对你笑——奥根博尔最喜欢这条传闻——说明你死定了。奥根博尔经常靠这种夸大其词把我外公逗笑，借机探听些许真实信息。虽然外公沉默时会让人觉察出威胁的意味，但当他流露出真实情绪时，往往具有一定的说服力。奥根博尔用詹姆斯·卡格尼在《国民公敌》里饰演的黑帮角色的名字给外公起绰号。据我所知，这是别人给我外公取过的唯一绰号——也是外公唯一默许的一次。

“我会尽力的。”外公说，他觉得奥根博尔已经跃跃欲试，很想知道他接下来会怎么做。

“好了，”奥根博尔往两只烧杯中的威士忌里滴了几滴他研究出来的防晕机药，又搅了几下，把其中一杯递给我外公，“喝吧。”

外公接过杯子，搁在他的床和奥根博尔的床之间的床头柜上，重新拾起《应用化学》。

“得啦，老兄，快喝吧。”奥根博尔抽出外公手中的书，朝他背后一扔，书本展开着砸到墙上，墙纸图案是现代风格的圆圈和线条，外公时常把它们看成世上并不存在的芳香族聚合物的结构图。“你又开始研究墙纸上的化学结构式了，对不对？”

“没有。”

“说真的，伙计，今晚你就放纵一下，看书什么的改天再说。”

“今晚有什么特别之处吗？”

奥根博尔神态自若，他遗传了祖先忍受作物歉收、牲畜瘟疫和漫长严冬时的耐心和信心，应付我外公这种喜欢找麻烦的费城犹太人当然不在话下。“好吧，让我们来看看，因为一件事：明天他们就会把你绑到一架C-47运输机上，送到一个叫德国的地方，在那里，据我所知，你很可能会遇上一大群武装分子，他们很喜欢用子弹组成的卐字标记作装饰。”

“那是明天的事。”

“看在上帝的份上，就喝一杯。”

外公摇摇头。

“为什么不呢？别跟我说你不喜欢失去自控的感觉。”

“我不喜欢。”

“整个世界都失控了。”

奥根博尔一口干掉烧杯中的威士忌，在自己床边坐下，把空烧杯放在床头柜上，端起给我外公倒的那杯，做了个祝酒的动作，为我外公的健康干杯，再次一饮而尽，然后他叹了口气，但听起来不算完全失望。

“好喝？”

“好极了。”他放下烧杯，看着自己的脚下，走过去拾起刚才扔掉的书，还给我外公。“不过是拥有自控的幻觉而已，”奥根博尔说，语气是一贯的温和，“你知道的，对吧？根本不存在所谓的控制，只有概率和偶然性，就像在布袋里挣扎的猫。”

“我知道，”外公说，“但是当我清醒时根本不用担心这些。”

外面传来一声震动鼓膜的闷响，似乎有炸弹击中了隔壁大楼的窗户，但又不该是炸弹。炸弹袭来之前会发出特别的声音，仿佛在宣告自己的到来，要么是哨声般的啸叫，或者是低沉的哼唱，随着炸弹的下落变得越来越响亮，最后时刻如同狂喜的欢呼，如果它是一颗蜂鸣弹或者V-1导弹，则会在空中小心翼翼地移动，发出喋喋不休的喃喃自语，直到计数器归零，继动系统关闭，然后你会听到一声响亮而又缄默的呼喊，那是导弹向重力投降的声音，预示着它终将完成把火焰与毁灭带给大地的任务。

外公闻声首先想到的是"火箭弹"！随后疑似爆炸的声音就变成了低沉的吼叫和哗啦声，仿佛伦敦的横贯城铁呼啸着停靠在大理石拱门车站，附近又传来第二声爆炸，轰隆隆的巨响之后是一阵尖利的嘶叫。点火阶段后期的火箭弹，会在达到四倍声速时引发巨大的空气震荡和湍流。

"既然还能听见声音，"奥根博尔说，"说明我们还活着。"

外公绑紧鞋带，系好领结，两人穿上大衣，戴上帽子，奥根博尔抓起照相机，为了避开大厅里可能出现的混乱，两人沿楼梯下到酒店地下室，穿过一条铺着棋盘格地板的长走廊，透过走廊尽头的那扇敞开的门，你可以感觉到火的灼热和夜的寒冷。身着白上衣、黑裤子的厨子和洗碗工进进出出，讲着英语、法语和波兰语。两人穿过厨房来到通向外面的门口，看到许多人站在街上，似乎在排队救火，实际却像傻瓜一样不知所措。一个胖厨师站在门边向外张望，火光映照在他的脸颊和肚皮上。外公和奥根博尔跑到牛津街，加入了傻瓜一般不知所措的人群。

塞尔福里奇百货公司的橱窗似乎被震荡波舔了一遍，橱窗里原本装饰着象征冬季的浮冰和冰山的硬纸板和亮片，还有爱斯基摩人、企鹅、彩色箔纸剪出的极光和人体模特充当的圣诞老人，而现在人行道上已满是碎玻璃，断成好几截的圣诞树像被击倒的保龄球柱一样散落在地，松针还掉到了我外公的帽子和大衣肩章上，当晚他上床睡觉时还会发现裤子上挂着玻璃纸剪成的雪花。“爱斯基摩人”和“企鹅”没有了脑袋，被撕成两半，跨越两极在一起做伴。第二天早晨，人们在附近的一处屋顶的鸽棚里找到了失踪的“圣诞老人”，虽然完好无损，但全身覆盖着一层糖霜般的鸽粪。

塞尔福里奇百货虽然没有发生火灾，但旁边的建筑起火了，消防队开着一辆吱嘎作响的消防车前来救火，后面还跟着两支空袭救援队，戴着锅底形状头盔的队员们朝酒店的住客和舞厅的顾客喊话，请他们让道，让队员们完成自己的工作。一辆救护车挤进人群和废墟之间，司机是个漂亮的年轻女人，蓝眼睛，黑色长发胡乱塞在窄檐帽里，绿色的妇女志愿服务队外套里是一件显然是匆忙抓来穿上的男式衬衣，裤子也像是男式的。虽然只见过她这么一面，但四十四年后外公仍然对她记忆犹新，记得她的领结、丰满的胸部、华达呢裤子和塞着裤腿的威灵顿长筒靴。她告诉外公和奥根博尔，虽然他们甘当志愿者的精神可嘉，但他俩最好还是让出地方，让她和她的伙计们履行职责，因为空袭护卫演练和德国佬已让他们训练有素，他们的工作可不是闹着玩的，而且容易令人产生不适，如果他俩只希望见识一下人类的血迹和肢块，伦敦的别处又不是没有。

“企鹅和爱斯基摩人，”奥根博尔轻蔑地说，数年后想起这句话，外公忍俊不禁，虽然他知道自己连笑的时候都会感到疼，

“我们到底为了什么打仗，老兄?”

他们回到酒店，奥根博尔又往烧杯里倒了些威士忌，递给外公一杯，杯子上的刻度显示，里面的液体有九十二毫升，外公举起杯子，说了一句祝酒词。“敬布袋里的猫，”他说，然后便一饮而尽，示意奥根博尔继续倒酒，“还有概率和可能性。”

“布袋是个隐喻，”奥根博尔说，“指的是牛顿物理学。”

“我倒没有想到。”外公说。

12

有时候，他们会跟着装甲和步兵部队辗转进入某处城镇或村庄，一路上遇到的尽是些并不清楚解放与投降的区别的恐慌平民，比如躲在钟塔里拿着猎鹿枪的老头，五个共用一支手提式冲锋枪、蓄意谋杀的少年，还有头带上印着死神脑袋的镇上最后一名小丑演员，这家伙一心认定他们是来搞屠杀的，为了澄清类似的问题，他们往往会付出时间乃至生命的代价。

“简直是神经病。”迪登斯说。

他说的是左脚中的箭，箭杆是松木的，箭尾嵌着鹅毛，离我外公几英尺远的窗框上还插着另外一支箭，他刚拽着迪登斯躲到瓦林豪森主干道上的一堆瓦砾后面，箭就飞过来了，迪登斯一分钟后才意识到发生了什么。

“我说，这是什么鬼玩意儿？”迪登斯屈起右腿，仔细打量伸在面前的左腿。他是亚拉巴马人，化学家，战前在陶氏化学公司的杀虫剂部门上班，他没有歇斯底里的倾向，但脚上的箭确实令他有些抓狂，“该死的箭？”

“至少不是子弹。”外公说。

“去你的，反正又没戳到你脚上！”

“没错，安然无恙。”

“简直神经病！”迪登斯又说，这一次是用喊的，可是声音有气无力。瓦林豪森先是在德国人永久撤退之前爆发了一场历时两天的坦克战，随后又经历了交战双方持续一星期的炮击，几乎所有建筑都遭到严重破坏，大部分主干道尘土漫天。

“冷静。”外公说。他理解迪登斯的心情：越过法国边境，深入德国腹地四百多英里，没被火炮或者小型武器击中，却被简陋的弓箭暗算，让人觉得荒谬；另一方面，恐怕只有把一支突然出现在你家乡的军队视为不共戴天的仇敌的时候，你才会拿起手边的所有武器拼死反击，这种行为属于史诗和英雄主义。过去的三个月里，我外公见多了这种性质的史诗和英雄主义，若干德国人为此牺牲了性命，包括三位技术过硬的吉普车司机、两名无线电播报员，以及阿尔文·P·奥根博尔少尉（博士）。这个迪登斯是奥根博尔的替补，虽然迪登斯不错，但我觉得外公恐怕永远无法完全走出失去奥根博尔的阴影，他不愿提奥根博尔的死因，只告诉我他扶着受伤的奥根博尔坐在一辆吉普车后面，一路上不停地和他说话，直到遇见援助为止。

“伤到骨头了吗？”外公问迪登斯。

“我——”迪登斯似乎这才感觉到疼，他咬着牙端详自己的靴子，试着活动脚趾，“不，我觉得没有。”

“你的脚能用力吗？”

迪登斯一只手扶着外公的肩膀，撑起身子，拖拉着左腿，左脚试着踩了踩地面，倒吸一口气。“啊，不能。”迪登斯跷着脚，一屁股坐在鹅卵石地面上，仿佛现在是自由活动时间，可以随意休息，“啊，老天爷，真的很疼，我猜箭头肯定穿透了脚底板和鞋底，是不是？你能看见它吗？”

外公皱起眉头，他们已经落后了，瓦林豪森甚至不在他们的行军路线上，他们应该紧跟着第三装甲师，然而由于地图错误，在一个没有月亮的夜晚，他们在利普施塔特南部遇到了正和德军打坦克战的第八装甲师。开往帕德博恩的第三装甲师早已把他们甩在了后面，需要至少一天才能赶上，到达诺森毫德的时间也至少晚一天。

外公伸手去拿别在后腰上的枪，与此同时，他弯腰抓住迪登斯脚上的箭杆，猛然将它拽了出来，箭头带出紫黑色的血，滴滴答答地掉在靴面上。

迪登斯发出既愤怒又震惊的惨叫。“你干什么？”他喊道。

外公站直身体，从他们藏身的破墙和烂砖瓦堆后面绕了出去，他举着枪，目光在街上扫了一圈，思考着射击角度，视线飞快掠过一只黑花橘底的猫和一辆被炸成麻花的自行车。躲在瓦砾堆后面的迪登斯抱着脚，为了转移自己对疼痛的注意力，他开始用亚拉巴马方言辱骂我的外公和外曾祖母。街道右侧的灰泥联排房屋底层，有一家粉刷成柠檬蛋糕色的面包店，这些房子幸运地躲过了坦克的炮火，外公朝面包店上方的三楼望去，发现那儿的窗台与迪登斯所在的瓦砾堆之间的距离恰好处于弓箭的有效射程之内。

“你在干什么？”迪登斯说，“快趴下，你他妈的疯了吗？”

外公知道他是在冒险，一般来说，在这种情况下，他不应该急着拔出迪登斯脚上的箭，万一破坏了主动脉就麻烦了，但就我外公所知，人类的足部并不存在主动脉血管。而至于走到街上给弓箭手当活靶子这件事，是因为他想要验证自己的猜测：箭射中的是迪登斯的脚，而非他的脑袋或者喉咙，所以对方很可能不想要他们的命。

“没疯，”外公说，“就是有点急。”

在科隆的废墟中，他和奥根博尔跟一位被俘虏的纳粹国防军卡车司机交谈过——不管货运单上写的是什么，所有的卡车司机都自带军事情报——据说，这位司机三月中旬拉了一车机关枪配件，准备送到诺德豪森的“教授们”那里，其中一位教授是个肌肉发达的金发年轻人，根据司机的描述，这家伙很可能是个管事的。

外公和他的特工同事们最近得到了一张包含数千名纳粹“教授”的名单，这份文件的代号是“黑名单”，据说是德国人撤出波恩前，波恩大学的一位波兰清洁工在德军匆忙中没有冲干净的厕所里发现的。外公接到的命令是抢在苏联特工之前找到名单上的科学家、技术人员和工程师，“黑名单”上的第一位是个物理学家，据说是研发V–2火箭的主导人物，他和奥根博尔在伦敦的那晚就是差点被V–2杀死，根据盟军所掌握的有限情报，这位火箭专家正是个肌肉发达的金发男性。

外公从未像现在这样迫切希望找到这个名叫韦纳·冯·布劳恩的男人，也许是因为——他告诉我——他非常期待看到冯·布劳恩的火箭，这是他坚持下去的主要动力，而且，假如一位苏联特工的同事脚被弓箭射中，在落后于快速前进的大部队的情况下，他绝对不会坐在一旁束手无策。

一声呼啸从我外公的左耳旁擦过，他身后那个里面只有灰泥的花盆应声碎裂。隐藏在暗处的弓箭手又射了一箭。射手得一分，失两箭。

第四支箭低沉地嗡嗡飞来，撞到了鹅卵石路面上，在我外公面前大约十五英尺处弹了一下，以八十度角向路边斜插过来，箭尾朝下，掠过他的身体左侧，外公迅速伸出手来抓住了翻转的弓箭。

其实他也是害怕的。

“我一直都在害怕，”他告诉我，“从我抵达那里的时候开始，即使没有人对着我开枪，或者往我头顶扔炸弹，假如他们真的这么做，我也会很生气。”

“是愤怒给了你力量。”

“没错，你知道吗，愤怒像洪水一样淹没了我。”

“知道。”

“它似乎把别的东西都冲走了，我头一次发现愤怒居然有用处——当有人试图瞄准我的时候。”他撇撇嘴，“不过，直到遇到那个弓箭手，我才意识到这一点。”

他抓住飞到半途的箭，缓缓抬头，望向面包店楼上的窗口，无所畏惧的姿态仿佛是对弓箭手的嘲弄，怒火在他胸中燃烧。三楼窗户上闪过一道人影，他瞥见了那家伙的白色衬衫、棕色衣袖、粉红色的手和微张的嘴。一个男人上半身探出窗外，手中握着一张深棕色的弓，从那满不在乎的神气看，他的年纪并不比我外公大多少。他另一手的手指间像夹香烟一样夹着一支箭，他把箭搭上弓弦，侧了侧身子，我外公举起枪，做了个瓦林豪森当地人在决斗前都会做的敬礼的手势，他们同时出击。

他感觉自己的头盔就像被一把尖头锤或者丁字镐猛劈了一下，力道直透前脑壳和后脑勺。弓箭手垂下手臂，手中的弓"砰"的一声掉到街上。他的身体慢慢歪向一边，横挂在窗台上，似乎过了很长的时间之后，弓箭手掉了下来，砸向鹅卵石路面，发出一声沉闷的巨响、一记低沉的拍击声。

外公把枪别回腰间，摘下头盔，刚才那一幕简直像电影里的美国兵大战印第安人。他把头盔翻过来，发现箭头刺进头盔不到一英寸，当天晚些时候，他在自己的前额中央发现了一滴已经干了的血珠。

他拔掉箭，重新戴好头盔，向前走了几步，捡起那张弓，然后转向那个年轻人。外公猜测这家伙的年龄和雷叔叔差不多，他身体扭曲着躺在面包店的橱窗下，被石头路面磕碎的后脑勺流着血，穿着深色西装长裤、系着黑领带，上身是一件温莎领、珍珠扣的考究衬衫。从衣着和样貌上来看，他都不像是那种会用弓箭来杀你的家伙。

外公正要跪在那个年轻人旁边，看看他是不是死了，这时他听到身后有人轻轻地长叹一口气，似乎既愤怒又痛苦。没有时间拔出手枪了，所以他举起弓来，搭上刚才抓到的箭，做好了发射的准备，他从来没有射过箭，但很想试一试。

叹气的原来是个老神父，教士袍几乎拖到了尖头鞋的脚面，黑袍上沾着斑斑点点的白灰，好似奶牛的花纹，修长的手扶着一辆被炮弹炸弯的白色自行车，像是在和报废的车辆告别，又像是在研究它奇异的形状。他似乎并不知道自己处在一名美国大兵的弓箭射程内。

“早上好，神父。”外公放下了弓。

白发的神父抬起头，张开嘴巴，这才注意到外公手中的弓箭，他露出迷茫的眼神，闭上嘴巴，视线顺着炸毁的街道向前移动，终于落在弓箭手身上。“他死了吗？”神父说。

“我不知道。我想是这样。”

神父靠近弓箭手，以他这样的年纪，他的动作敏捷得有些出奇，如同医务人员一般，他蹲下来检查伤者，手搁在弓箭手的胸部，脑袋贴着弓箭手的脸，左耳几乎擦到他的嘴唇。

外公身后传来窸窸窣窣的声音，迪登斯一瘸一拐地走过来，左脚在石头路面上留下一串血痕。“他死了？”迪登斯问。

吉普车上有个急救箱，司机接受过军医培训，可是司机本人已经被不知从哪里飞来的暗器射死了，可能是弓箭、火铳或者水手们爱用的吹枪。

弓箭手突然睁开眼睛，粉蓝色的双眸水汪汪的。

“显然没有。”外公说。

弓箭手仰面朝天，无神的眼睛盯着神父粉红色的秃顶，给人一种萎靡或者是腼腆的感觉。神父的耳朵捕捉着弓箭手冒出血沫的嘴巴里吐出的句子，弓箭手的声音很小，外公听不清楚他说的话，而且他讲的似乎是本地的方言，理解起来更有难度。只见神父点点头，说了些什么，又点点头，他抓起弓箭手的双手，紧紧握住，呢喃着拉丁语，用指尖在胸前仓促地画了个十字。他把手探进教士袍，在那块满是灰尘的织物里摸了半天，似乎打算翻找裤子口袋里的什么东西，最后他掏出一只棕色的小药瓶，右手颤抖着拧开了黑色的瓶盖。

在这片寒冷破败的废墟中，瓶子里飘出的气味让外公精神一振，仿佛那是夏季里水果的香气，使人心跳加快，透出神圣庄严的意蕴。

神父举着小瓶，往左手的掌心里倒出一滴金黄色的液体，现在他的左手也颤抖起来，掌心的油滴跟着颤抖，顺着他红润手掌中的一条褶皱流到掌缘外侧，滴落在垂死者的白衬衫上。

“该死。”神父说。如果奥根博尔看到这一幕，一定会骂他“白痴”。

神父用大拇指蘸了一点圣油，涂在弓箭手的前额上，弓箭手发出一声动物般的满足的喟叹。

我外公年轻的时候对宗教并没有多少敬畏。他把他最喜欢的那本小说——黑皮精装版《魔山》——留给了我，在扉页的购书日期（1938年3月11日）和他的签名旁边，外公用大写字母写下“人文主义”几个字，好像在向世人宣告他的信仰。而到了1945年春天，他已经摒弃了之前所有的世界观，寒冷、饥饿、黑暗、血腥、随机的死亡以及战争的两败俱伤颠覆了他的人文主义信仰，在《魔山》上写下那几个字的七年后，他只能在信念与麻木之间徘徊。

他惊异于人的身体竟然可以那么容易地被撕成两半或者炸成碎片，他经历过狂轰滥炸、枪林弹雨和孤独寂寞，见识过愚蠢的指挥官，失去了奥根博尔，杀死过一个拿手提式机关枪打他的男孩。然而，他还活着，那个外公心心念念想要杀死的那个人还活着。一路上，他俘虏了不少科学家——其中一位战前在普林斯顿教化学，还有一位的医学研究是由洛克菲勒资助的——他们在实验室为纳粹培养致命毒素和研究生化武器。

面对这一切，我外公变得越来越麻木，连奥根博尔在吉普车后座死去的时候——鲜血浸透了羊毛衫，像孩子一样哀怨地呼喊着他姐姐的名字——他也不过是流出几滴眼泪而已。现在，看到老神父低声用充满乐感的拉丁语安抚垂死的弓箭手，外公突然有所触动，双颊火热，眼眶发酸，这是他平生第一次，也是唯一一次感受到基督信仰的美。不知怎么，如此简单的几句安慰之中，竟然包含着不曾被基督徒过去两千年的堕落与亵渎破坏分毫的圣洁的生命力。

垂死的人露出解脱的表情，闭上了眼睛。老神父抬头看着我外公，没有表现出任何明显的责备之意，他试图从尸体旁边站起来，但腿脚似乎不灵活，外公把他拉了起来。老神父打量了一会儿我外公的脸，下巴上沾着灰泥，表情令人费解，但显然并不友好，他又把手伸进袍子里摸索起来。外公见状向后退了一步，因为他怀疑这次神父掏出来的可能是一把枪，他抬手按住身后的迪登斯，做好随时把他推开的准备。

老神父拿出来的是一块白色的手帕，边角熨烫得十分平整，他把手帕递给我外公，亚麻布料上的薰衣草香沁人心脾。

“抱歉。”外公说。他的本意是自己会弄脏这块手帕，而“抱歉”二字说出来之后，听起来却像他是在为脚旁的尸体道歉，但我外公对此并不介意。

神父看看被外公的手弄脏的手帕，又看看他的脸。“留着吧。”神父说。

“他刚才说了什么，神父？”迪登斯的德语比我外公的准确，但不如他流利，指着地上的死人问，“他告诉你什么了？”

老神父扫了一眼身后的弓箭手，耸了耸肩。“还有什么可说的呢？”他说。

13

老神父名叫约翰内斯·尼克尔，担任圣多米尼克教堂的司铎多年——直到有一天，天主让一辆“虎王”坦克出现在他面前，将他逐出家园，免除了他的职事。过去的一周，他只好住在守寡的姐姐家，她的农场位于瓦林豪森东北几英里的地方，对于一个老人来说，走回去着实有些吃力，说到这里，神父又对着地上的破自行车叹了口气。

外公表示，替补司机、二等兵安东尼·M·加托可以开吉普车送神父回去，更容易被祷告感动的加托郑重地和尼克尔握手。

“天很快就会黑了，”尼克尔说，“我邀请你们到我和我姐姐家过夜，农舍里没有多余的房间，但你们可以睡在干草棚里，稻草既干净又暖和。”

那年冬天，在德国和比利时走走停停，外公住过各种地方，从简陋的狗窝到舒适的办公室，有时处于追击敌人的过程，有时在撤退之中，有时会遭遇大雪封路或德军炮击。他在城堡的熊皮地毯上睡过觉，也在散兵坑里搭过床，坑壁上还沾染着不久前阵亡的士兵的血迹。哪怕只有一小时的闲暇，他也要抓紧时间打个盹，为此他睡过精致联排别墅的卧室和地下室，还有被炸毁的旅馆、干净的稻草和爬满虫子的稻草、羽毛床、拖挂车上的帆布吊床、泥地、沙袋和松木板，无论住宿条件多么恶劣，也比落进敌人手里强得多。虽然这一点可能没有写进《行军手册》或者日内瓦特别法庭的规定，但无疑是常识领域的一条铁律。不过，当盟军士兵敲响德国农舍的大门，他们可不会打算睡干草棚，如果主人家的谷仓没有收拾好，至少也得让出地窖。

“感谢你的好意，神父，”外公说，他觉得神父的自尊与自爱竟然有些令人动容，“很遗憾，我们需要继续赶路。”

“你朋友的脚受伤了。”

“那也不行。”

“今天早晨我到这里来找我的自行车时，我姐姐杀了一只鸡，我猜她打算炖了它，家里还有胡萝卜、土豆和一点面粉。”

我外公转头征询迪登斯和加托的意见，他知道这两个家伙一定会同意，但还是为这种丧家之犬的感觉而惊讶。

“中尉的脚很疼。”加托说。

迪登斯点点头。“哎哟。”他说。

“天黑之后还是不赶路的好。”我外公说。

德国人在向北部和东部撤退，大多数人感觉他们不会很快重返瓦林豪森。镇上的驻军只有疲惫不堪的第七装甲步兵师和少数来自第五十三战斗工程师的工兵，而且分散在各处，不知情的过路人可能认为侵略者并不是盟军士兵，而是滚滚烟尘，灰蒙蒙的天空倾泻而下，直通没有屋顶的房舍，贪婪地吞噬着一切，只留下残垣断壁和支离破碎的树桩。偶尔也有当地的面包师或屠户在城镇的废墟中重新开门做生意，但这份乐观或勇敢，只是出于长久以来的习惯。没有什么可买，没有什么可卖，也没什么可吃的，烟囱不再冒烟，流浪猫在角落里的灰泥堆上抱团取暖。

加托开着吉普车载着大家，先后绕过一辆报废的M4坦克、一条穿灰色长裤和黑靴子的人腿（德国人的）、一只四脚朝天的浴缸和一位呆愣着站在那里的老太太，她的高跟鞋和寡妇丧服看着像普法战争时期风格的。老太太用双手捂住嘴巴，凝视着前方的瓦砾堆、破烂的管线和路上的行人，他们中有老人、孩子、妇人和姑娘，还有截了肢的男人，她的眼神里没有敌意，没有沮丧和愤慨，也没有期待愿望成真的热切。被她盯着的人有的在微笑，有的则满脸通红，似乎是因为强忍泪水或者觉得羞耻，还有的微笑着脸红。

上个月的一天晚上，他们还在比利时境内的时候，奥根博尔说，他查过资料，发现“战争”[1]一词来自古印欧语，它的词根含有“混乱、困惑”之意，那天晚上他们睡的是散兵坑，夜寒蚀骨。第五装甲师准备大举向西推进。进入瓦林豪森时，外公想，古印欧人说得还挺对，当地人的脸上确实挂着困惑混乱的表情，战争中的平民就像在大雾里迷路的军队，陷入既愤怒又悲伤、既仇恨又敬畏的矛盾情绪中无法自拔，误把征服当作解放，在忍饥挨饿中感恩戴德。第五十三战斗工程师的工兵们

1　指英语单词“war”。——编者注

看上去也非常困惑，他们终日在镇子边缘游荡，眺望柏林市区的方向，不知道该在那个美丽的城市布设地雷还是排雷。

吉普车来到主街北面的小广场时，神父用庄重却磕磕绊绊的英语要求加托停车。广场上原本种植的榆树被全部削平，只剩下密密麻麻的树桩，但看样子是斧子砍的，并非炮火所致。

“去年冬天我们这里很冷。”老神父温和地说，他坐在加托旁边的副驾驶，听到他的话，大家纷纷表示同意。“我把教堂里的长椅和祭坛屏风拿出来给大家生火了，还有那个漂亮的橡木布道台，那是蒂宾根的一位教授捐给教堂的13世纪的古董。我让他们把十字架也拆走，十字架很大，假如善加利用，足够十几户人家一两个晚上取暖的，可听说要拆十字架，他们不干了，看得出他们很震惊。我试图和他们解释，既然耶稣基督情愿为了拯救世人的灵魂付出性命，那么他当然不会介意烧掉雕刻着他的受难像的十字架来温暖他们的身体。”说到这里，神父摇摇头，凝望着教堂的废墟。“当然，这番话完全是白费口舌。”

“虎王”坦克击中了圣多米尼克教堂的方塔，直接把它从屋顶上掀了下来，包裹铁皮的屋顶横梁坍塌着火，屋顶上形成了一个漏斗形的大洞，铁皮熔成的铁水倾泻而下，在砂岩地板上烧出一个洞，流进了地窖里，燃烧的房梁倾覆到地面上，烧毁了所有石头材质以外的东西。方塔的铁皮尖顶滑落到教堂后侧的司铎住宅屋顶，这座半木质结构的老房子一半被砸平，老神父的管家被砸死，但不知出于何种神秘的原因，尼克尔神父幸免于难。方塔底部撞击地面的反作用力把塔尖震上了天，它在天空中歪斜着飞行了一段，最终降落在教堂的墓园中，在墓碑间搅起一片烟尘，断裂成三大块和无数小碎片，其中的一些现在还留在墓园里。

“所以，那个十字架连同耶稣像一起被埋在了废墟下面，”尼克尔神父说，“好像在说，‘啧啧，你们这些愚蠢的人，为什么不在我还能烧的时候把我烧掉！’”

美国兵们交换了几个眼神。二等兵加托帮助老神父从吉普车上下来。尼克尔神父说要下去拿点东西，“庆祝停战”，几分钟后就回来。他坚信，德国人从鲁尔撤退意味着战争已经结束，所以他并非迪登斯口中的“敌人”，而且神职人员不应该有敌人，哪怕世上存在坚持素食的肉猪屠夫。

快要走到教堂墓园的时候，神父突然想起了什么，他折回吉普车旁，看着三个美国人，最后指了指我外公。“工具棚里有一把铲子，”他说，“非常趁手。”

墓园大铁门的门闩像之前那辆自行车一样扭曲成了奇异的形状，但尼克尔神父设法打开了它，他郑重地推开铁门，我外公走进工具棚，拿走了铲子。

一块刻着姓名和生卒日期的墓碑上似乎还写着一段拉丁文笑话，但我外公不理解它的意思。尼克尔神父让他挖墓碑底下的土，我外公犹豫不决，他并非害怕亵渎坟墓，而是担心引爆可能埋在这里的地雷。

“你的德语带着普雷斯堡口音，”尼克尔神父说，“我就是在那个城市出生的，1864年，弗朗茨-约瑟夫一世治下。”

我外公说，他祖父和父亲也出生在那里，虽然他不清楚他们的出生日期。

"他们是否告诉过你，普雷斯堡人不擅长撒谎?"

外公只好老实承认他们忽略了这个事实，然后挥起铲子挖了起来，他挖得又深又快，不久，铲子就在还不到两米深的地方触到了金属。

"怎么样?"老神父说。

"铲子很好用。"外公说。

听说盟军士兵踏上德国领土的那一刻，尼克尔神父就把他的前教堂司事和掘墓人阿洛伊斯找了来。阿洛伊斯是全教区的人看着长大的，他从小就负责看护教堂里最重要的圣物——圣多米尼克的一根遗骨，每年还要把它拿出来向大家展示。十八岁时，阿洛伊斯应征入伍，去东边的斯摩棱斯克打仗，被一颗菠萝手雷炸掉了左手无名指、左手小指和左眼，患上创伤后应激症的他被送回瓦林豪森，逐渐沉入黑暗的沮丧，他不愿回圣多米尼克教堂工作，每天晚上都会喝得酩酊大醉，然后就地倒下睡死过去。喝醉时他会不断重复在军队里学到的亵渎上帝的脏话，但这一切并没有冒犯到尼克尔神父，他只是为这个年轻人的灵魂担忧。为了尽量分散阿洛伊斯的注意力，他让这个年轻人制作了一只存放教堂珍贵物品的保险箱，在墓园里挖了个坑埋了，还立上了墓碑，伪装成真正的坟墓。因为虽然遭受过精神创伤，阿洛伊斯仍然拥有强健的身体和灵活的双手，挥得动锤子和镐头。

也许是出于之前对圣多米尼克遗骨的尊敬，阿洛伊斯接受了老神父的委托，他说服当时还健在的管家玛丽亚拿出一只旧柏木箱，然后去到已经闲置了一年多的教区鸡舍，撬下顶棚的锌板，按照箱子的尺寸切成小片，包在木箱外面。根据尼克尔神父的指示，他在墓碑上刻下了那段拉丁文笑话，把装有圣多米尼克教堂宝物的保险箱埋在墓碑下面。外公发现箱子制作得非常结实，稳稳地躺在他挖出来的土坑底部。

“这玩意儿有多重，神父？”

“七十三公斤。”

外公怀疑尼克尔神父不可能知道得这么准确，随后他才意识到："阿洛伊斯给它称过重了。"

“他还写了一张财物清单，我把它寄给了罗马教廷的‘神圣敬拜委员会’保管。”

我外公有点想见见这个不幸却精明能干的年轻人，他略作迟疑，提出一个他早已猜出答案的问题："阿洛伊斯没准愿意来帮我们搬箱子，”他说，“他在哪儿？”

“他当然愿意，”神父说，“遗憾的是，你今天杀死的年轻人，在街上……我还给他做了涂油礼……”

“啊，”我的外公说，“对不起。”

“我终于让他得到了安慰，”神父说，“如你所见。”

我外公看见的是他没做好准备承认、也不愿意承认的东西，他只能点点头。

“他一直在瞄准你们放箭。”

“没错，”外公又朝着远处的吉普车点点头，发现迪登斯已经在车上睡着了，“迪登斯脚上中了一箭，我不得不把它拔出来。”

“阿洛伊斯是个出色的弓箭手，你们很幸运，他手受伤了，没什么准头，你们应该感谢炸伤他的苏联士兵。”

外公点点头。他和尼克尔神父低头看看地上的土坑，拿起铲子，在土坑右侧挖了一条竖沟，土坑左侧隐约也有一条类似的竖沟的痕迹。“他是用滑轮把箱子放下去的，就是放棺材的滑轮，用绳子兜着箱子的底部，顺着这样的竖沟放下去。”

尼克尔神父点点头，他猜到了我外公的下一个问题。“滑轮是木头的。”老神父遗憾地说。

“啊。”

“绳子也被烧了。”

外公让加托把吉普车倒进墓园，加特控制汽车穿过墓石之间的缝隙，停在土坑边缘。在波恩郊外时，奥根博尔和我外公见到一枚无翼飞弹——我们今天会叫它导弹——卡在结了冰的池塘里，好像雪茄烟蒂戳在烟灰缸底的沙子里。没人见过这种飞弹，它深深地扎在冰面下，奥根博尔和我外公找来一把焊枪，用备用零件和铁链临时制作了一个绞盘，解救了那枚“龙胆草”——后来他们知道了这种武器的代号——打包运回赖特机场。

我外公从固定在车头上的绞盘上扯出十英尺长的链条，捆在一棵光秃秃的栗树的枝干上——夏日里一定绿荫如盖，又在加托的腰上缠了几圈，留出约七英尺，把一根坚硬的篱笆铁丝系在铰链的另一头，让加托拿着，他和迪登斯抬起加托，让他脑袋朝下，倒吊着对准土坑。

一把黑色刀鞘的匕首从加托的口袋里掉出来，当啷一声落在地上，刀鞘上嵌着一只银鹰。迪登斯钻进车里，把它往栗树那边倒了一点点，加托的身体在土坑上方摆动，口袋里又掉出一只镶着骷髅头的银戒指，接着掉出来的是一只手表，外公后来回忆，表盘的十二点刻度那里有两道闪电的图案。

“对不起，”加托说，“告诉他我很抱歉。”

尼克尔神父说没关系，但我外公认为老神父的表情有点难看。外公揽住加托的屁股，让他的脑袋对准坑口，迪登斯又放出一截铁链，加托的脑袋钻进土坑，他立刻恐慌起来。

“不，”加托说，“不，天杀的，把我弄出去！”

他们转动绞盘，把加托拉出土坑，发现他竟然哭了，我外公只好取而代之。迪登斯和加托把他的身体倒过来送进土坑，他的肩膀擦着坑壁，身体把外面进来的大部分光都挡住了，坑底弥漫着浓烈的肉味——蠕虫的气味。他晃动身子，伸出双手，手指触到了包裹木箱的冰冷锌板，他用左手支撑着自己，右手把铁丝沿着洞壁右侧的竖沟送下去，插到木箱的底下，持续用力，直到铁丝的尖端从另一侧穿出，顺着左侧的竖沟钻上来，他用铁丝把箱子捆在铁链上，告诉外面的人他准备好了。

可是什么都没有发生，他提高嗓门又喊了一遍，脚后跟踢着铁链，铁链有节奏地抖动起来。一个犹太人挂在铁链上，和圣徒的骨头共享一个墓坑。蠕虫的味道变得甜腻恶心，像湿漉漉的毛毯朝他包围过来，令他窒息和恐慌。德国空军基本上被打得七零八落，但每隔一段时间，天上会出现一架迷航的德国梅塞战斗机，闪着红光的MG-131机枪嗒嗒作响，也许迪登斯、加托和尼克尔神父被机枪扫射了，也许老神父决定惩罚他杀死阿洛伊斯与加托劫掠党卫军尸体的罪孽。

血液充满他的脑袋，他惊奇地感到前所未有的平静，据说，只要你不挣扎反抗，窒息就会温和而快速地夺走你的生命。他想起阿洛伊斯死在街上时脸上的那种彻底解脱的表情，这时他突然感到腰被勒得生疼，身体猛然上提。

不到一分钟，他就被提出土坑，重新踏上坚实的土地。西边的天空泛着黄昏的天光，东边的天空已经从灰色变成了黑色。

吉普车被地上的大坑颠了一下，外公的脑袋撞到了某个铁家伙，惊醒过来，他正梦见小时候的自己用砖头把篱笆柱上的罐头盒敲下来。车轮把大坑里的泥水溅上路旁的雪堆，与道路平行的是一条河流，也许是鲁尔河的分支，可以隐约看到河对岸残破的铁路线，铁轨已经被炮火严重破坏，需要修理，这是工程师们在疏通道路之后的下一个任务。

外公已经三天没吃东西，离开伦敦后，他每天只能睡不到四个小时，身体处于脱水状态，可能发生延迟性休克和复合型休克。看到等待第五十三工程师修复的铁轨，外公恍惚间觉得自己回到了伊利诺伊州工兵训练营，接手了极为繁重的维修任务，需要修复许多破碎的铁轨才能前往遥远的柏林。

他又昏睡过去。第二次惊醒时，他觉得自己大概是躺在了德国最柔软的床上，身下铺着最干净的床单。尼克尔神父坐在床边，吸着美国兵给他的香烟。这张仿佛来自天堂的床搭建在一个点着蜡烛的房间的壁龛里，这儿是全农舍唯一的房间，床幔占据了屋子的四分之一，厨具、炉灶、一张木桌和餐椅也占据了四分之一，其余的空间则摆着装书的板条箱和书堆，这些书是圣多米尼克教堂起火时匆忙抢救出来的，像个流动的战时图书馆。

“啊，”看到我外公睁开眼睛，尼克尔神父说，“他醒了。”

“嘿！”外公听到椅子腿的刮擦声，迪登斯从跳跃的烛火的阴影下露出脑袋，他托着一碗炖鸡，脸被炖鸡的蒸汽熏得发红，另一只手握着钢勺。炖鸡的味道浓郁甘美，掺杂着芳草的清香，有点像薄荷，后来外婆也给我外公做过这种味道的炖鸡，他才知道这种调味的香草叫作“夏季香薄荷”。

“你还好吧，老兄？”迪登斯说。

“很好，”外公说，“脚怎么样？”

“老太太帮我包扎了。”

“是吗？”

“是啊，她叫尤迪特。”

外公冲着炖鸡点点头：“很好吃？”

“噢，当然。”迪登斯说，他的眼睛有点水汪汪的。

“别担心，中尉，我们给你留了很多，”加托说，他正趴在桌上埋头苦吃，“快尝尝吧。”

一个比尼克尔神父矮小却更结实的身影从加托身后的暗影中站起来，朝我外公走来，她脑袋上裹着一条深色的头巾，拿着一个碗和一把勺子。

“请等一下，女士，”外公朝老妇人点点头，她的鼻子和耳朵上沾了不少面粉，黑眼睛像两颗葡萄干，“谢谢你。”

“没错，等一下。”尼克尔神父插嘴道，他转头看着我外公，语调更为柔和地说：“我们先来点好东西。”

老神父一直坐在墓园里挖出的箱子上，他站起来，蹲在箱子旁边，姿势跟他蹲在垂死的阿洛伊斯身旁时一样。他小心翼翼地掀起箱盖，在里面翻找了一会儿，拿出一只绿色的大肚长颈瓶。

“这是干邑，”尼克尔神父说，讲到“干邑”这个词，他特意带上了法国口音，“上等干邑。”

他把瓶子交给我外公。酒标上是各种繁复的纹章，还有你在大学文凭和英镑纸币上看到的那种花体字，全都是法文，纹章的盾牌上画着张牙舞爪的狮子，酿造年份是1870年。“根瘤蚜虫灾爆发之前。”我外公说。

尼克尔神父坐回箱子上，泥泞的长袍下摆向上卷着，黑色高筒靴鞋底上有许多小洞，显然用防水的焦油纸打过补丁，高筒袜是手织的，颜色竟然很鲜艳，非常具有节日风格。

“没错，”他说，“恰好在虫灾爆发之前，所以，你想来点吗？”

“我只是个科学家，不会品酒，”外公说，他摇摇头，把酒瓶还给尼克尔神父，“不过，请你尽管享受，神父。”

尼克尔神父脸上有些挂不住。“你觉得我会下毒。”

“我只是希望真正懂酒的人享用它。”外公说。

尼克尔神父拿起桌上的一只长方形小玻璃杯，倒了半杯干邑，呷了一口，愉悦地缓缓咽下，当他再次低头看向我外公时，似乎已经原谅了他的冒犯。“你的朋友们可比你信任我，他们喝了汤，也喝了酒。”

老神父又倒了一杯干邑，递给我外公。迪登斯和加托也举起手中的杯子，他们之间的桌子上摆着一只深绿色的葡萄酒瓶，假如这瓶酒也来自墓园里的箱子，肯定也是特别的好东西，看迪登斯和加托的表情，这酒也十分可口。

外公抿了一小口干邑，发现它有一种刺激热辣的烟草味，很像你第一次吸进嘴里的雪茄；烟草味过去后，他尝到了介于黄油和核桃之间的甜香味；最后留在舌头上的是一种苦甜参半的余味，像葡萄柚果皮中萃取的精油。

“如何？”

“太好了。”外公说。

“真正的好东西，对不对？”老神父轻轻拍打着两腿之间的箱子，“箱子里剩下的好东西可不多了，还有几只银盘子、一台望远镜、一只圣物盒、一本老《圣经》，欧洲野牛皮封面的，很漂亮，但纸张已经变得很脆，不能打开，根本没法读……这些都是人造的东西，然而干邑……”他又缓缓咽了一口酒，不用讲完这个句子，从他脸上的表情也可以看出，他相信上等干邑是上帝造就的杰作。

“圣物呢？圣多米尼克的遗骨？”

“啊，没错，”老神父说，“圣多米尼克左耳的镫骨，毫无疑问，毫无疑问，这是一件非常珍贵的宝物。”他的语气听起来却没有那么真挚。神父的手抚摸着干邑瓶，如同抚摸一只心爱的猫。

“望远镜，”我外公说，“你刚才说还有望远镜？”

“是的，孩子。”

“它也是圣物吗？圣徒使用过的望远镜？”

“不，是一台蔡司望远镜，我的个人财产，”他笑了，“我不希望它落入敌手。”老神父又倒了一杯七十五年前的白兰地。

“你是天文学家吗？”

“业余的，”尼克尔神父说，“我喜欢观察天体，主要是月球。”

“我也对天文学感兴趣。”

“你还对葡萄树的生长有研究。”

“没错。”

“那么，圣多米尼克可以做你的主保圣人，孩子。”

“为什么？”

“圣多米尼克·德-古斯曼是天文学家的守护者，”老神父看起来有些忧伤，“至于他会付出多大的代价来保护他们，我想你已经见识到了。”

14

美国兵们睡在床上，各自占据“天堂”的三分之一，老太太和神父在谷仓过夜。为了麻醉脚上的痛感，迪登斯喝了不少葡萄酒，二等兵加托勇敢地指出，他喝得已经远远超过了足以止痛的量。他躺在床上凝视着眼前的黑暗，身边的迪登斯和加托轮流上演呼噜协奏曲，当他们暂时静下来的时候，四周一点声音都没有，外公听得到自己的耳鸣，还有远处传来的断断续续的枪炮声。虽然交火的声音来自很远的地方，对他们构不成威胁，但他依旧感到不安。他已经习惯了死亡像鸟群一样降落在周围人的身上，唯独不在他身上停留，对此他只能心怀感激，然而这样的感激却丝毫无法让人高兴起来。

时间感觉过去了两三个小时，他终于放弃试图入睡的努力，从加托和迪登斯中间爬起来下了床，在黑暗中摸索着穿上裤子、靴子和上衣。傍晚时天气转晴，我外公打算用神父提到的望远镜看天空，他的小腿扫到了箱子，于是跪下来寻找搭扣，但最后他没敢掀开箱盖，因为害怕摸到圣多米尼克·德-古斯曼的镫骨。他走到谷仓和农舍之间的院子里，尼克尔神父弓身坐在一只高脚凳上，望远镜对着天空。

在城市长大的我外公印象里，夜空中裸眼可见星的数量只有大约五千左右，即使是路易斯安纳的拉皮德县，夜间的环境光也足以遮蔽星光，所以，在这种没有电的乡村，每逢晴朗的夜晚，当探照灯和照明弹熄灭之后，天上的繁星看起来就像布满窗玻璃的白霜。你抬头一看，外公告诉我说，马上就想到了梵高的《星空》，你那时才意识到他的作品是写实的。

这天晚上，外公和尼克尔神父一起用他的望远镜看星星，然而，星光都几乎被满月的炫光完全掩盖，而且由于威斯特法伦州大部分地区都在开战，硝烟和炮火也降低了一定的能见度。

“你应该休息的。”

“我知道。”

外公把手伸进大衣的左侧兜里摸索，掏出一条十包的“好彩”香烟，这才发现大衣是加托的。他撕开一包，给了神父一支。两人都没有火，我外公摸回屋里，找了一束稻草，在炉膛的余烬中引燃了，为自己和神父点着香烟。两人抬头仰望挂在天上的镜子般的圆月。

“给你看看我发现的小山。”尼克尔神父说。

外公凑到望远镜上观看，这台望远镜虽然老旧，性能却很出色，而且得到了精心的维护。为了遮挡月光，尼克尔神父在目镜上安装了月球滤光片，因此观测的精细度十分惊人，连陨石坑的锯齿状边缘都能清楚地看到，根据神父的指引，外公开始在月球亚平宁山脉的中心寻找小小的加列埃努斯山。

“看到惠更斯山了没有？”神父问，“你知道它吧？”

“我……是的，我看到了。”

“现在，往东南方向移动大约三个弧度，你会看到一块灰色的阴影，我觉得它像鹿的蹄印。”

“对。”

“再向东北移动大约两个弧度。”

“好的。”

“就在那里。”

“没错。”

“看上去像座城堡。”

“啊哈。”

“看到它了吗？”

“是的。”

尼克尔神父突然咂了咂舌头。“你没看到它。”他说，但看上去并没有不高兴。实际上，因为地球的转动，月球已经脱离了望远镜的视野，需要重新对准。

“我相信我看到了，”外公直起身子，“确实是城堡形状的。”

尼克尔神父咕哝了一声。两人用之前的烟蒂各自点起一支烟，开始用裸眼看月球。外公打着寒战往加托的大衣里面缩了缩，房子里传来迪登斯和加托微弱的鼾声。农场仅剩的家禽——一只公鸡在远处的角落里咕咕叫着，陪伴着两个同样失眠的人类。树梢顶端似乎传来沙沙的声音，但并没有刮风，外公猜想这应该是他在车上看到的那条河的水声。对外公来说，对战争的直感，与其说是连天的炮火声，不如说是下巴感受到的微微震感。他以为尼克尔神父长久的沉默是因为刚才的事生气了，打算向他道个歉，然而神父接下来的话表明他的思绪早就飘到了别处。

“二十年代，德国有许多人迷上了火箭，”老神父说，“报纸和杂志上也全都是火箭，比如火箭送信、火箭登月什么的，弗里茨·奥佩尔造了一辆火箭车，小年轻和爱吹牛的家伙们都嚷嚷着要到月亮上去看看。”

外公说，为洛威尔工作的几个月里，他在美国战略情报局的图书馆发现了赫尔曼·奥博斯1923年出版的一本书，叫作《星际火箭》，他迷上了这本书，也不再整天烦躁无聊到一心想要上战场了。

“他的书只是个开始，我相信，”尼克尔神父说，“仅仅是拉开了火箭狂热的序幕，赫尔曼·奥博斯，没错，他是个了不起的人，非常超前的思想家。”接着他又别有深意地补充道：“难怪他现在已经死了。”[1]说到“死了”两个字时，他弹了弹手中的香烟，橘红色的火星从烟头窜出，飘飞到空气中。“奥博斯和弗里茨·朗合作过，对不对？两人拍了一部电影，《月球上的女人》，从许多方面来看，这都是一部愚蠢的电影，但技术上令人印象深刻，火箭航行到月球的细节表现得相当可信，不像情节那么牵强。这部电影之后，嗯，”他摇摇头，“德国人，无论左翼右翼，都开始仰望天空。”老神父眯起眼睛看着炫目的圆月，“大家开始严肃地讨论月球旅行，认为近几十年很快就能实现登

1 其实，1943年“九头蛇”大举进攻佩内明德时，奥博斯因其超凡的勇气被授予“战功十字勋章”，二战后他移居美国，为阿特拉斯和土星火箭项目工作，成为著名的早期飞碟研究专家，退休后回到德国，我外公去世八个月后，九十五岁的奥博斯才去世。

月，当然，我也这么觉得。”

三十年代初期，外公在南街的莫德尔剧院看过朗的《月球上的女人》，它的美国版片名叫作《飞往月球的火箭》，如同奥尔曼·奥博斯在《飞往星际空间的火箭》里描述的那样，电影中的火箭是多级的（被后人称为先知性的预见），有效载荷、地球引力和空间失重等问题都通过巧妙合理的手段得到了解决。当他在那个“大萧条的”冬天下午走出剧院时，假如听到有人预言“几十年后”人类就能登月，他一定会非常震惊。

“电影制作得很好。”他表示同意。

“那个时候，我写了一份备忘录。”老神父说，“我写信给上级教会，建议他们做好准备应对人类登月。我指出，一旦人类成功登月，势必会引起一些关于宗教和末世论方面的深层次问题，像哥伦布发现新大陆的时候一样，教廷可能需要出面对一些教义进行新的解释，假如天主教徒殖民到月球，该如何满足他们对圣礼、圣餐和告解方面的需求？当我们提到‘世界的王’或者‘世界的救主’的时候，要不要给‘世界’加个复数？假如我们遇到月球上的外星人该怎么办？当然，月球表面明显十分贫瘠，可能不会存在生物，但假如人类以月球为基地，继续探索火星之类的行星，遇到了有智慧的文明生物呢？当然这些都是我在备忘录里的假设。”

我外公表示，他也曾经考虑过类似的问题。

“我们不妨再次假设，如果火星人在外部和内部构造上与人类没有太多的不同，毫无疑问，他们也是上帝创造的一部分，据此可以推知他们也有不朽的灵魂，那么，他们是否同样拥有耶稣基督的救恩？如果他们拥有救恩，那么我们有责任尽快将神的话语传播到那些蒙昧的星球上去。”

“有意思。”外公说。

“哦？你真的这样想吗？”

“嗯，这种猜测，虽然我平时不会这么想，但是……”

“都是胡说。”

“啊。”

“确切地说，这些是我的借口，我不过是为了说服教会资助人类登月而已。尽管我知道可能还需要很多年，人类才能实现这个目标，虽然我年纪大了，但身体还相当强壮健康，只要我还活着，就会不由自主地思考相关的问题，比如乘坐火箭到月球上去，像凡尔纳或者威尔斯小说里的人物那样，站在月球的土地上凝视天空中那颗臃肿的绿色星球。我二十多岁时接受上帝的呼召担任圣职，而前往月球是我一生的渴望。”

自从阿尔文·奥根博尔中弹身亡，我外公再也没有大声笑过，虽然已经过去了五个星期，但他始终感觉奥根博尔死去才不过三两分钟，听完老神父的话，外公不由得笑出了声。

“请尽管笑吧，”尼克尔神父大度地说，“嘲笑你愚蠢的敌人吧。”

外公看到老神父眼睛里反射着月光，那光芒满得仿佛溢了出来，他把手放在尼克尔神父的肩膀上。“你和我之间的唯一区别，神父，”外公说，“不过是我从来没把你的那些设想写下来而已。”

15

远处隐约传来火灾警报的叮当声，戴着钢化玻璃面罩头盔的外公却不为所动，这里没有燃烧所需的氧气，唯一的敌人就是寒冷和寂静，而登月服令他感觉温暖，而且他可以听到自己的心跳声。在月球表面进行大弧度跳跃时，根本无须担心数十万英里之外的地球和那里的火灾，让它烧，让它熔化，让地球的屋椽因为它自己的重力倒塌。唯一破坏他对月球田园诗般的想象的，只有头盔导致的脖子后方的瘙痒，因为穿着宇航服、戴着乳胶手套，无法挠痒，此外还有背上的压缩空气罐里的味道，总让人联想到温热的粪便……

“长官先生。”

外公在黑暗中睁开眼睛，原来梦中的火灾警报是奶牛脖子上的铃铛响，脖子上的瘙痒是因为他当作枕头的那捆稻草里的其中一根戳到了他的皮肤，他挠了挠脖子，看到踩着梯子爬上来的尼克尔神父的脸出现在谷仓阁楼的边缘。他很高兴被神父叫醒，否则自己还要继续被那个美梦俘虏，他不屑于沉溺在梦境中的幸福里。

“对不起，把你叫醒了，长官。”

老神父的语气有点神秘，外公坐起来，彻底把梦境甩到脑后。“迪登斯呢？”

“还在睡，加托也是。他们都很好，别担心。”

外公四下寻找老妇人，几个小时前，他轻手轻脚地爬到阁楼上睡觉，却还是把她吵醒了，他连忙道歉，尤迪特小姐反而请他原谅她弟弟的粗鲁，她说尼克尔神父是“小暴君”，而且从小就喜欢发号施令。月光透过一道缝隙渗进来，照亮了老妇人的双眼。“好像只要一天晚上不睡在鹅绒床垫上，他就会死似的。”她说。

我外公向她保证，与尼克尔神父交换睡觉的地方是他的主意。“床太舒服了。”他解释道。这点说得很对，因为当他把加托的大衣铺到阁楼的地板上，躺上去后，很快就进入了深睡眠，连老妇人踩着梯子爬上来看他都没有察觉到。

“她去打水了，”尼克尔神父说，“等我们回来，她就做好早餐了。”

“哦？”外公说，“我们要去什么地方吗？”

“你说了算。”

黑暗中，外公看不清尼克尔神父脸上的表情，也无法从语气中判断出他的意思，而胡乱猜疑只能引起误解。总之，老神父似乎下定了决心要为我外公做件好事，假如不做他会后悔。

“来吧，”他说，“我有个礼物送你。来看看。”

他爬下梯子。我外公穿上靴子，把加托的外套拖到阁楼的边缘，他坐在梯子顶端思索了一会儿，根据理性、常识和经验，不无悔恨地得出结论：昨天晚上很可能是导致失败的决定性转折。无论晚饭时他喝到了多么高级的干邑、吃到了多么美味的炖鸡，战争依然没有结束，尼克尔神父是他的敌人。

“对不起，神父，除非你现在就告诉我——”

“是火箭，傻瓜！”老神父说，“该死的火箭！”

外公爬下阁楼，套上大衣，从正在放屁的奶牛、汤锅和平底锅之间穿了过去，跟在老神父后面出了门，暗中祈祷自己对危险的感应能力没有退化。

离拂晓还有一个小时，外面又黑又冷，外公系好大衣纽扣，双手塞进口袋里，发现尼克尔神父的目的地似乎是农场后面的一处车库模样的建筑。外公略微有所放松，神父打算给他看的火箭必定是手工制作的，使用固体燃料，电池点火，总之是《大众机械》杂志上教给读者自制的那种金属管焊接出来的玩意儿。外公甚至脑补出了尼克尔神父制作火箭背后的故事：给罗马教廷上书后，老神父年复一年地等待他们的回应，然而始终没有音信，后来有一天，就像所有希望变成失望的人一样，他在一本杂志或者报纸的周末版上读到一篇文章《业余火箭迷的新爱好》，附有详细的制作说明、步骤示意图和材料清单，像找到新家园的流浪者那样，老神父立刻决定制作一个他梦想中的火箭模型，然而随着战争的爆发，对火箭的爱好被纳粹列为非法，神父只好在夜里躲在他姐姐的车库里偷偷制作火箭模型……想到这里，我外公觉得自己更喜欢尼克尔神父这位孤独的人文主义者了。

就在他们快要走到旧车库的时候，尼克尔神父却突然向右一转，经过一个废弃的猪圈、一个低矮的蓄水箱、一个花床依旧覆盖着御寒的麻布的花园。原来农场的边缘是个面积不小的森林，黑漆漆的望不到头，成片的松树和冷杉挡住了月光，尼克尔神父径直走进阴暗的树丛，外公迟疑地放慢了脚步，诺曼底登陆之后，近一半的美国兵在这样的树林里被杀或受伤。

“什么火箭？”他问，“谁的火箭？”

“你们的火箭，孩子。”尼克尔神父说。看到我外公在树林外徘徊，他说：“听着，我知道你们在找火箭。”

*他怎么会知道？你这个白痴！*经验、常识和理性仿佛在质问我外公。

加托的大衣左边口袋里有一条“好彩”香烟，而右边口袋里是一把他洗劫来的瓦尔特PPK手枪，外公从来没摸过这种枪，它里面仿佛住着一个嗜血的灵魂，叫嚣着想要杀人。

他从来没告诉老神父自己是干什么的，也没透露过他们的任务，除非是睡觉时说了梦话，可这毕竟是间谍小说或者爱情故事里才会有的情节——在梦中喋喋不休地吐露各种阴谋、通奸和犯罪，小说家和编剧似乎比特工本人还要了解他们的生活。在我外公印象里，梦话都是些毫无意义的呓语，而且，尽管我的外曾祖母讲意第绪语，但他做的梦都是英语的，所以不可能在睡梦中讲出尼克尔神父能够理解的德语。

不过，很难说被炖鸡和葡萄酒迷倒的迪登斯和加托不会泄密，多年从事圣职的尼克尔神父可能非常擅长听人告解，劝诱他们吐露真相。

“对不起，”外公说，“Entschuldigung（对不起）”是他觉得最动听的德语单词，北边和东北边远远传来的枪炮声冲击着他的太阳穴和下巴，头脑发涨，“神父，我还是希望你告诉我，你打算把我带到哪里去，现在就讲。”

在朦胧的月光下，他不能完全确定对方的表情，但可以感觉出，看到外公手里的枪，尼克尔神父非常伤心，不过他只是点了点头，带着极大的耐心和宽容开始说明原委。

“到了冬天，你知道吗，12月或者1月的时候，会有运输火箭的列车经过这里，我估计火车是从哈茨山脉的某个地方过来，经过索斯特的铁路仓库，然后向西，在半路上把火箭转移到特殊的运货卡车上，盖着伪装的网布，一路开到安特卫普，当然，最终目的地是伦敦。火车为什么要先往南然后才向西，绕这么大一个圈呢？我猜可能是更直接的路线被炸毁了，后来德国人开始撤出比利时，前往安特卫普就没那么容易了，再后来索斯特也乱成一团，那里被轰炸得非常惨，所以这条线上的火车经常不得不停下来，这里的山坡下面，沿河有一条铁路支线，它们会在支线上停车等待一两个小时。有天晚上，我看到一列火车开走了，另一列却被遗弃在这里，我现在都不知道这是为什么，可能是在运输途中出现了故障或者损坏，毕竟，致命的危险因素实在是太多了。”

“你的意思是，这片树林的那一边，有一枚V-2火箭。”

“是的。”

“完好无损的V-2火箭。”

如果这是真的，就我外公所知，这将是“黑名单”任务小队的首次突破，也会收获他们梦寐以求的战利品。

“是的，没错！”

“穿过这片树林就到了？”

“然后下山，有一条小道，没有雪，年轻人走二十分钟就到了，假如你和我这种腿脚无力的老头一起过去，可能需要两倍的时间，来吧。”

就在他准备跟随神父——几个小时前，他刚刚杀死了神父的教堂司事——走进黑漆漆的树林之前，外公抬起头来——这也许是他最后一次抬头——看了看星星，月亮已经落下去了，星星成为夜空的主人。

我想，那一刻的欧洲，如果当地天空晴朗，那些相信、知晓抑或是希望自己即将死去的人也许都会抬头看星星。从芬兰到巴尔干半岛，从黑海到非洲的门槛，从波兰到匈牙利和罗马尼亚，都有人抬起头来，透过窗格或者望远镜、铁丝网、壕沟、坦克的舱门望向天空，或站或坐，甚至跪着，死神要么在他们的脚前引路，要么在他们身后紧追不舍，开阔的田野、街道的水沟、散兵坑、露天的庭院和燃烧的甲板上都有这样的观星者。

毫无疑问，这些人中的一部分会抬头寻找上帝的面容，大多数看到的却不过是最熟悉的寻常景象：星光熠熠的夜空，冷漠而遥远。在某些人眼中，夜空就是一张标注着阿拉伯数字和拉丁文符号的天文图，布满了繁星组成的日常生活用品和传说中的动物。但在那天晚上，至少有一个人是站在韦斯特林山的森林边缘看星星，他知道群星是人类的发源地，从数十亿年前开始，它们就是孕育生命的摇篮，所以，在浩瀚星辰面前，从个体生命的消亡到大规模的屠杀，实在都不算得什么，这正是它们如此冷漠的原因。

这就是我外公的思维方式，他从中发现了安慰和指引：他可以信任或不信任尼克尔神父，无论怎样，对群星而言都没有任何意义。既然如此，他为什么不能暂时卸下怀疑的重担呢？哪怕只有一个小时，等他看到火箭之后，再把重担重新扛在肩上。

“那么，发生了什么？”我问，“他做了什么？”

外公教我的世界观是把世界看成一个互相联系的复杂整体，所以我期待着听到一个关于背叛、不幸和冤冤相报的故事。

外公说：“他带我看了火箭。”

“V-2？你见过V-2？”

“是的，还不止一次。这天只是第一次而已。”

“然后呢？”

“然后……？”

“它什么样？”

他嘟着嘴，脸朝向窗户，思考了很长时间，久到我开始怀疑他忘记了我的问题。

“很高。”

“高？”

“是的，高得惊人。神父说，它和他教堂的尖塔一样高。”

“好吧，”我说，这完全超出了我的想象，“但我的意思是……你看到它时有什么感觉？”

“我不知道该怎么说。”

“你失望吗？”

“恰恰相反。”

“害怕吗?”

“怕什么?它又不会飞到任何地方去。”

在我印象中,无论是失望还是恐惧,外公从来都会坦率地表达这些情绪。

“那你觉得高兴吗?”我问。

这个词似乎比较对他的胃口。

“有点儿。”他说。

在小孩子的画里,所有的房子都有烟囱,所有的猴子都吃香蕉,所有的火箭都是V-2。在科幻虚构的几十年历史中,从好似怪异巨兽的多级火箭,到矮胖的轨道飞行器和航天飞机,然后是中世纪-现代风格的“企业号”、巨型多面体般的帝国级歼星舰和博格立方体、碟形的“千年隼”——在我们最深层次的想象里,前往近地行星的最可靠方式依然是乘坐火箭这种长锥形、带后掠翼的飞行器。我是在太空军备竞赛的高潮时期长大的,小时候家里到处都是外公的公司生产的火箭模型,还有土星系列、阿特拉斯系列、空蜂系列与泰坦系列火箭的图片。无论从功率、尺寸还是性能方面而言,这些模型的实体都比冯·布劳恩的早期作品——V-2火箭——先进许多,然而,是V-2启发了我对外太空的憧憬和想象,引导我主动去图书馆借阅科幻作品,让我见识到迪士尼的“明日世界”般的未来图景。V-2火箭的形式和功能是协调一致的,好比刀子、锤子等人类必需的基本工具,你一看到它,马上就知道它是干什么用的——击败重力，逃离地球的束缚。

我相信，“战争”于我外公而言，就是自他入伍，直到1945年3月底或4月初走进德国瓦林豪森的树林之前，再加上他走出树林之后，一直到六周后德国投降的那段时间，充斥着可怖的景象与复仇大计，而他进入树林的三十分钟，却是从战争中被偷走的时间，被拯救的时光。在那三十分钟里，他和V-2火箭在一起，走出树林时，他像捧着一只鸡蛋那样，小心翼翼地把这段记忆捧在手心，即使战争摧毁了这段记忆，那一刻的悸动也早已在他的血脉中留下了烙印，让他更加向往乘上火箭，消失在蓝天之中。

走进树林里的那片空地，老神父坐到一只倒扣着的箱子上，跷起二郎腿，点燃一支烟。远方的炮火暂停下来，天色尚未破晓，清晨的第一批鸟儿鸣唱之前，黑暗显得愈发深沉，空地上好似有无形的暗影流动，外公意识到，那是黏稠状态的寂静，接着，一只鸟儿唱了起来，天空蓦然变亮，他看到了移动发射台上的火箭，心跳倏然加快。

当然，外公知道，在德军总部、盟军总部、赫尔曼·戈林、艾森豪威尔将军和发射火箭的人眼中，火箭无非是战争的一部分，仅仅是作战的工具而已。树林里的这块空地是士兵们清理出来的，火箭也是士兵运来的，他们也会装备、瞄准和发射火箭。正如1944年9月至1945年3月之间发射的约三千枚火箭弹一样，V-2火箭装载了两千磅烈性TNT炸药的弹头，生产火箭的目的并非协助人类探索太空，而是杀害和恐吓平民，摧毁他们的家园，摧残他们的精神。如果不是出意外的话，他眼前的这枚V-2也会像它的同类那样抵达安特卫普——在那里，12月16日那天，一枚V-2击中了雷克斯剧院的屋顶，造成正在欣赏电影《乱世英杰》的一千多名观众死伤。

诚然，这些都不是火箭的错，也不是冯·布劳恩这样的火箭设计者的错。火箭本身是美的，是一件打破枷锁的艺术品，这幅枷锁自人类意识到重力及其导致的痛苦的存在时便挂上了他们的颈项，是上天对他们的祷告——让我远离这个可怕的地方——做出的回应。所以，给它装上成吨的炸药，阻止它摆脱世俗的禁锢冲破天际，却让它瞄准某块土地，操控它杀害生命是对它的亵渎和滥用，好比用耙子打蛋，用匕首剔牙，虽然能够做到，但这是对物品功用的悖逆和大材小用。作为一种武器和战略工具，V-2的失败有目共睹，没错，火箭弹的确杀死了四五千名不幸的法国人、比利时人和英国人，成千上万的人为此受伤、无家可归或无法走出恐惧的阴霾，可相较之下，普通的炸弹就能带来更为恐怖的后果，而且现在盟军已经深入德国腹地，火箭弹对此束手无策。

我外公为韦纳·冯·布劳恩感到遗憾，在他的想象中，冯·布劳恩是个腼腆、文雅、穿开襟衫的教授模样的家伙，对这个想象中的冯·布劳恩的同情和愤怒勾起了他失去奥根博尔的悲伤——那个与保罗·亨雷有几分相似的阿尔文·奥根博尔，可怜的混蛋！他建造的本来是一艘可以将人类带到天堂门口的飞船，可他们却把它变成了把人送进地狱的工具！

“长官？”尼克尔神父说，他把手放在我外公肩上。

我外公避免与他目光接触，下意识地想要抖开老神父的手，但最后他忍住没动。他与约翰内斯·尼克尔神父如同两颗星球，相隔了无数无法跨越的时空沟壑，但透过望远镜，他们在某个瞬间同时发现了彼此，产生了短暂的交汇。可怜的冯·布劳恩！我外公认为，他需要找到冯·布劳恩，告诉他，他们之间也可以互相理解，实现思想的交流，他也能像尼克尔神父那样，把手放在冯·布劳恩的肩膀上，让他知道：我们在这里看着你。

16

1972年，雷叔叔说服我父亲——后来他去“华盛顿参议员”棒球队做队医——给他的连锁台球俱乐部“盖茨比”投资，俱乐部为客人提供酒水，还用蒂凡尼风格的灯具和高级鸡尾酒招徕女性顾客，生意最好的时候——然后便很快倒闭——有五家连锁店，分别位于华盛顿、巴尔的摩、费城和匹兹堡，它的装饰集绅士俱乐部、传统餐馆和时髦的雅痞酒吧风格于一体。雷叔叔的设想是把那里变成醉生梦死、避税和洗钱的天堂，为此他并没有完全向我父亲透露他们的合伙人的身份，我父亲对他的投资也并非完全放心，因为国税局似乎已经盯上了他。俱乐部出事后，《华盛顿邮报》《太阳报》《调查者》《匹兹堡邮报》上都登载过关于这次丑闻的简短报道。雷叔叔被人打了一顿，在医院住了好几个星期，我父亲则一辈子都在躲避他惹上的仇家。[1]在这里我不打算详细叙述此事，而且盖茨比俱乐部的倒闭不过是费城黑帮史上某个时期的注脚而已。

---

1 “这只是他的借口，”我母亲告诉我，她的语气像我外公一样毫无波澜，“自从我认识他那天开始，他就开始东躲西藏了。”

这件事在我们家当然意义更重大，雷叔叔面临刑事指控，我父亲出去避风头，把烂摊子留给了我的外祖父母和母亲，我外公请来一批很有影响力的律师，但即使有这样的挡箭牌，当事人也无法逃脱一定的处罚和负债。为了筹集必要的资金，外公迫使我的一位舅公买下了他在火箭模型公司的股份，他人生中最幸福的（或者至少是最富有创造力的）时期结束了，在不到一年的时间里，他失去了心爱的公司和我的外婆。

遇到萨莉·西彻尔的时候，除了养老公寓（买下它之后，我外婆只来过一次）和五十七个严格遵照比例、用高级材料制作的航天器模型，外公几乎一无所有。他从这些模型里挑选出十个最好的，其中包括一个非常可爱的斯普特尼克PS-2型地球卫星的小模型，打开它的舱盖，你会发现里面有小狗莱卡（这是外公从阿拉斯加铁路模型零件包里拿来的一只哈士奇修饰而成的）。

遇见萨莉三天后，他把十个模型全部卖给了住在可可比奇的布莱斯泰恩兄弟，用卖模型的钱付给迪沃恩佣金，并且从他那里购买了捕捉吃掉拉蒙的那条大蛇的工具。

每天晚上九点，星期天除外，迪沃恩都会和我外公在外面碰头，开车送他到亚特兰蒂斯俱乐部门口。我外公的捕蛇装备包括——帆布袋、工作手套、手电筒以及他亲自制作的特殊工具：蛇钩（焊接在一根旧高尔夫球棒顶端的铁钩）、套索（一段系着尼龙绳的塑料管），当然还有那根打蛇棍。两小时三十分钟后，我外公会带着工具从黑暗中溜回来，脱下脚上的长筒胶靴（为了防止把迪沃恩的车弄脏），回到车上，然后迪沃恩会在午夜换班前把我外公送回丰塔纳村。

“每天晚上？”我问外公。

“除了星期天。星期天迪沃恩去教堂。”

“那时候我应该和你通过话，对吧？记得你在电话里提到过，你告诉我，你晚饭甜点吃的米饭布丁，而且要准备去抓蛇了。”

他转头看向窗外。

“好吧，”我说，“你为什么要这么做？”

“你看过那个节目吧？《入侵物种》。那条蛇不光吃宠物，还会吃掉许多本地的鸟类和两栖动物。”

“真的吗？”

“可能导致濒危物种灭绝。”

“还有家猫。”

“它是入侵物种，它不属于那里。”

“人类也不属于那里，”我说，“你为什么不抓他们？”

“我不知道，”他说，“也许我总抽不出时间。”

“我的意思是，其实你是为了萨莉，对不对？”

“什么为了萨莉？你在说什么？”

“那条蛇吃了好几个月的宠物，你都不在乎，然后你遇到了萨莉，就突然关心起什么入侵物种来了，所以你这么做都是为了她。”

“是吗？”

“承认吧，外公。”

“也许吧。”

“绝对是。”

“还有许多更糟糕的原因会导致杀戮，”外公说，“相信我。”

我外公带着萨莉去博因顿沙滩的一家漫天要价的海鲜餐馆吃饭，而我外婆在世时总是看不起这种游客送上去挨宰的愚蠢行为，回去的路上，像被外婆的鬼魂惩罚了一样，外公的肚子难受起来。虽然早就把自己的宗教信仰丢到了新石器时代（他认为宗教只属于这个时代），可外公依旧不吃贝类和猪肉，用他自己的话说，这是因为他的肠胃已经适应了犹太人的洁食习惯。肠胃的麻烦让他觉得很是尴尬，所以他没有告诉萨莉，而这原本只是找个厕所就能解决的事。无论如何，外公忍着肚子疼，耐心地开车送萨莉回家。

“老天，我才想起来。”他说。他已经停好了车，在佛罗里达的朦胧夜色中和萨莉一起朝她的公寓走去，她邀请我外公过去坐坐。尽管外公很想知道丰塔纳村的公寓内部设置是否相同，而且她的邀请对他而言十分诱人，但他决定还是回家上个厕所，“我可能忘了拔掉电烙铁的电源。”

这天下午，在邻居珀尔·阿布拉莫维茨的要求下，外公给她修理了有杂音的珍妮斯牌老收音机，她还抱怨说，近来广播里似乎尽是些西班牙语，外公对此可束手无策。尽管如此，他也没有忘记关掉电烙铁的电源，这甚至并非是否记住的问题，而是习惯使然。外公认为，只有养成习惯，才能克服健忘。

他能看出萨莉有些失望，但她讲了个笑话掩饰过去。“虽然我才认识你三天，”她说，“可我不觉得你会忘记这种事。”

外公无法否认，“我只是想回去检查一下……”

“当然，我完全理解。”

“我十分钟后回来。五分钟。”

“快去吧。”

他匆匆返回自己的公寓，走进浴室。上完厕所，他仔细地洗了手，连喷了三次“阿尔卑斯之夏”空气清新剂。回到客厅，熟悉的黄色沙发、白色的柳条置物架和单调的墙壁让他冷静下来，他一眼看到自己耗费了数千小时和美元制作出来的月球基地模型，突然想到，在某些人眼中，这样的模型无非是价值不到十美元的塑料、石膏和铁丝而已。所以，他到底在干什么？追萨莉·西彻尔吗？“约她出去”，那么，他们是在“约会”了？他又看到他和外婆搬到里弗代尔之后买的躺椅，她曾经坐在上面，看《危机边缘》，对着屏幕大声预测接下来的剧情，并且故意猜错，似乎在故意刺激少言寡语的外公开口反驳。

*坐下，哪里都不要去，冷静。*躺椅似乎在恳求他。

电话响了。萨莉打来的。

“你没事吧？”她说，外公有点慌，以为她猜到了他急着回家是为了干什么，她也许听到了他的肚子乱叫，或是闻见他嘴里的怪味，天哪，还是……难道他无意中放了个屁，被她察觉到了吗？千万不要那样！“你的房子烧了？”

“我没事，”他说，“我没忘记关电烙铁。”

“好吧。”她说，语气明显不相信。外公又有些着恼，接下来他突然想起其实是自己在对萨莉说谎，她只是在表示关心而已，他应该感谢她的好意。“呃，”她说，“那就太糟糕了。”

“太糟糕了？”

“是啊，要是稍微着一点火，还可以帮你暖脚呢。”

外公不清楚这句话的意思——他的脚不是好好的吗？然后他突然明白过来：萨莉并不知道他晚餐吃坏了肚子，她以为他在躲她，因为他害怕他们的关系“往那个方向发展”。想到这里，他吓了一跳，因为他突然意识到，萨莉的猜测竟然是真的，他的确害怕。而他今晚吃掉的那份石蟹杂烩并没有什么问题，只是放了太多的盐而已，他的肠胃痉挛是紧张的神经在作祟，并非食物中毒。

“好吧，好吧，”他说，看着那个闹鬼的躺椅，“我马上过去。”

萨莉的公寓不是她自己的，而是她的一个老朋友的，这位朋友现在和女儿住在特拉维夫，房子是她和已故的丈夫买的，进行过改建和重新装修，加了许多酒椰叶纤维编织品和玻璃制品，搬进来一周之后，她丈夫就死在了丰塔纳村的网球场上。除酒椰叶纤维和玻璃制品之外的所有东西都被涂成了时髦的玫瑰色和灰色，但萨莉不在乎什么色彩搭配，她把一张床单挂在庭院门口的白墙上，床单是绿色和金色蒲公英图案的，而且最突兀的是，它是一张床单。

“床单后面有你画的画？”外公问。

萨莉摇摇头，转向墙上的床单，双手把它掀开，外公凑过去一看，发现底下是一大幅黑白肖像摄影，镶着黑色的金属框，这是一张脸部特写，主角是一位面如满月的美貌女子和一个眉毛浓黑的英俊男人，两人头靠着头，眼中闪烁着友善和聪慧的光芒。

“幸福的一对儿。”外公说。

萨莉点点头，双手松开，床单重新落下。“我必须盖住它，”她说，“要是一直看着它，我会忍不住挑毛病。”

“令人遗憾的事情太多了。”外公说。

萨莉突然靠过来，想要吻他，外公呆愣了半天才开始回应，结果误判了她嘴唇袭来的角度，最终，她的牙齿磕在了他的下巴上，她一只手挡住嘴巴，脸颊红起来，另一只手调整了一下假牙。

外公飞快地搓了搓下巴上的齿痕，瞥了一眼手指尖，看有没有磕出血来。“哇哦。”他说。

“该死，”萨莉说，“怎么会这样？”

外公其实早有预感，但他没说出来。她伸出手，捏住他的下巴检查了一番，然后拽着他的下巴，慢慢地把嘴贴到他的嘴上。今晚她吃的沙拉里有葡萄柚，外公觉得他从她嘴里尝到了葡萄柚的味道。

“我们最后试一次怎么样？”萨莉说。

“假如你不介意的话。”外公说。

然而，过了十三分钟，当她从主浴室出来，对他挑明了她打算睡他，并且大方地脱掉衣服，露出生了不少雀斑的身体之后，外公的脑袋顿时一片空白，神经元仿佛被切断，暂时失去了知觉，当他的感觉再次恢复时，发现自己已经平躺在了床上，下身硬得厉害。萨莉趴在他身侧，伸出手来打算握住它，就在她的手指蹭到那里的皮肤的前一秒，我外公射了出来，液体如恶作剧般突然涌出。萨莉缩回手去，看起来有点恼火，外公觉得羞耻极了，差点就要不顾一切地起身离开，他特别想跳上车，一路不停地开到加利福尼亚，恨只恨加州离这里还不够远。

萨莉再次走进浴室，这一次她出来时，身上套了一件浴袍。

“对不起，”外公说，“也许这有点太快了。”

“太快总比太晚强，亲爱的。”

“是吗？如果既‘太快’，又‘太晚’，那该怎么办？”

“噢，没错，”萨莉说，“绝对的，太快是因为你这么快就说出了这种话。”她坐到床边，在他嘴唇上啄了啄，“太晚是因为我已经喜欢上了你，你逃不掉了。”

“萨莉……”外公想，是时候和她谈谈，告诉她血液化验单和穆巴拉克医生的事了，就现在，趁这种喜欢还没有变得更强烈之前，趁还没有真的太晚之前。

“你喜欢朗姆酒葡萄干冰淇淋吗？”萨莉说。

“喜欢，但我认识的人都不喜欢。”

“现在你认识了一个喜欢的。那么，你觉得斯宾塞·屈塞怎么样？”

“你问我？我认为他是最好的演员。”

“我同意。还有，十二频道晚上九点播《孤儿乐园》。”

“真的？你知道吗，这部电影在斯坦利首映的时候，我想去看来着，不知怎么却错过了。”

“瞧，我说的没错吧，”萨莉说，“永远都不会太晚。”

17

许多年以后，当我母亲收拾东西，准备搬出我外公去世的房子时，她在角落里发现了一些酒类包装箱。

“又是你的旧垃圾。”她打电话告诉我。

她知道我喜欢保存旧物件，所以，一天下午，她特地把这些纸箱拿给我看[1]，让我确认是否可以扔掉。我打开的第一只纸箱是摩根船长朗姆酒的，发现里面有朋友、情人和写作课老师八十年代寄给我的五六十封信和明信片，信件下面还有我从一位朋友的父亲收藏的鲍勃和雷的唱片转录的磁带、一只小袋子、一辆“风火轮大盗”玩具车和我弟弟的黑胶唱片《移动画像》。

“这一箱都是好东西。”我说。

我在第二个箱子里——吉尔比琴酒——发现了一只巴黎“新玫瑰唱片店”的塑料购物袋，我记得袋子里曾经要么装着《爱火》，要么是约翰尼·雷德斯的现场专辑，取决于这个袋子是我哪一次去新玫瑰拿回来的。现在它里面塞着一顶软塌塌的

---

1 我住在加州的伯克利。

宽檐黑毡帽，还有一盒没拆过封的空白TDK卡式磁带、一副“宝瓶座”塔罗牌——我十三岁时在哥伦比亚购物中心的斯宾塞礼品店买的，原来这副牌在吉尔比琴酒的盒子里！我端详着黑帽子，想不起是谁的了。

“金发女郎的。”我母亲说，她从帽檐内侧捻出一缕长发。

我立刻回想起，我在我的金发前妻头上见到过这顶帽子。

我指着第三个纸箱——里面曾经有十二瓶“老乌鸦”——它的纸板比其他酒箱脆，用过时的凸版样式印着个爵士时代风格的花花公子，封箱的胶带也很古老，是那种需要先拿海绵润湿了才能用的。

“我敢肯定，这箱东西不是我的，”我说，“太古老了。”

“哦，”我母亲说，她用自家的房门钥匙割开封箱带，“哈。”

事后回想起来，我觉得她的语气似乎有点不安。首先从箱子里拿出来的是一些童书，小开本精装，没有封套:《黑骏马》《钦科蒂格的迷雾》《风之王》《玉女神驹》，还有一本叫作《来吧，海饼干！》。书下面是一只牛皮纸文件夹和一个有拉链的小布袋。文件夹里全都是从杂志上剪下来的纯种马的彩色照片，贴在硬纸板上，再沿着马的轮廓剪下来，制作成纸马娃娃。拉链袋里是我母亲给纸马娃娃做装饰用的挂绳、缎带和皮革之类的东西。

“维拉韦就是这么做的，”我母亲解释道，“《玉女神驹》里的维拉韦，我也学着做。不过，这些是你外公给我做的。”她从“老乌鸦”酒箱里拿出九匹木头小马，每一匹都用1952年11月12日的《巴尔的摩太阳报》仔细地包着，她逐一打开纸包，把里面的小马摆在我的厨房桌子上。这些木头雕刻的马大约三英寸高，我母亲回忆，前两匹是用小刀刻的，其余的用了专门的雕刻工具，材料是轻质木头，鬃毛和尾巴是刷子毛做的，还上了色：赤褐、板栗、棕褐、花灰、暗褐、纯黑、纯白、黑白、午夜蓝。最初的两匹——棕褐色和赤褐色马——雕得比较粗糙，简化到几乎抽象，但这以后外公的技巧和工具都有所改进，其他的马头颈部的线条流畅得多，姿态也更加优美，看上去还挺逼真。

我举起蓝色的那匹，“外公真是个怪人。”

“这是‘午夜’，他会飞。”

“午夜，”我说，“噢——”

我举着“午夜”，在另外八匹马的头顶以8字形“飞”了一圈，“降落”在桌子上。我终于发现，我母亲的童年生活竟然也含有想象的成分，以往她对我讲起的小时候的事，基本上都出自她的所见所闻或者亲身经历，似乎头脑以外的世界就是她早期生活的全部，而她是个没有白日梦，没有恐惧、幻想、怀疑、渴望和无法解决的问题的孩子。我小时候最喜欢做的事——异想天开——经常让她大摇其头，装模作样地望着天上或只是对着天花板翻白眼，再加上一句“这孩子真能胡思乱想”。所以，当她把“午夜”介绍给我的时候，我感觉她过去那种一本正经的样子应该是装出来的，否则她怎么会如此自然地告诉我一匹木头马“会飞”呢？

“里面还有什么？”我说。

她瞥了一眼“老乌鸦”酒箱，迅速看向别处，把发黄了的报纸团全部扫进箱子里。

“好吧。”她说。我意识到箱子里还有别的东西。

她看着厨房桌子上的马群，皱起眉头，噘起嘴巴，仿佛它们给她提出了一个大难题。起初，我以为她在考虑是否要把它们送给我的小女儿（她当时和维拉韦·布朗同岁），但我母亲看上去过于恍惚不安，似乎想的不是这个。

“好吧，”她又说，然后便合上箱盖，塞在胳膊底下，“如果你觉得孩子们想要，我可以把这些东西都留在这儿。”

“好极了。”

“什么？”

“没什么。”

“我知道。”我母亲说，我看到她无声地说了个“马”字。

“一箱子都是马。”

“你一定觉得这很奇怪吧。因为我母亲。”

“不，我……我是说，1952年？那时你才十岁，就把这些东西都包起来放好了？”

“是的，因为我去他父母家生活了一阵子，巴伯和萨迪。他们那时住在卡姆登，本来是打算在他找到工作后再让我回来的，但我在卡姆登一直住到学年结束，他花了一段时间才在纽约找到工作。”

“在无线电街，对吧？现在的世贸中心就在那儿。”

“他在箭牌电器商店当经理，箭牌开始给其他公司供应零件时，他转做销售，因为钱更好赚。我去皇后区和他一起住。”

“外婆呢？”我问，但我在问出来的同时已经猜出了答案。

“1952年11月，”我母亲说，“她第一次到那里去。”

“啊。”

“他们把我送到巴伯和萨迪家，然后，他带外婆去了医院，你知道吧，她受到了很大的刺激。”

她看着“午夜”，它的身体是午夜蓝色，鬃毛和尾巴却是象牙白色的，昂首向天，好像在用力吸气。我想，任何孩子都能看出来，这是一匹会魔法的马，可能会飞。

“怎么女孩到了一定年龄都会迷上马呢，”我说，“十一二岁的女孩中特别常见。”

“嗯，嗯。”我母亲说，但她听上去似乎并不同意我的话，也不是迎合我，而是对我表示同情，认为我在自欺欺人。

“因为，我的意思是，你知道无皮马吧，”我说，“她第一次去医院之前？”

她把纸箱放回厨房的桌子上。我开始烧水煮茶，而且我还有一瓶蜂蜜甜酒，我向她保证，在一天中的这个时间，来一杯伯爵红茶鸡尾酒绝对不算早。

“在那之前？”她说，“我知不知道无皮马？我……应该是感觉到了……”她顿了顿，似乎非常厌恶这种只存在于感觉之中的东西。“我知道她害怕什么我看不见的东西。”她说。

按照她喜好的量，我把茶水和蜂蜜甜酒倒进她的杯子，她抿了一口，接着又抿了一口。

“很好。”她说，然后一言不发，而她原本似乎想要继续说下去。

“这么说，你十岁的时候，”我说，“1952年11月，你收拾好了这个箱子。”

“是的。”

“看上去后来你也没打开过它。”

“从来没有。”

“为什么？”

“因为我不再喜欢马了。”

“因为你听说了无皮马？”

“不。”我母亲说。她喝光杯子里的茶，再次打开“老乌鸦”酒箱，手伸进满是报纸团的箱子，在箱底翻了半天。“因为我看到了它。”

1948年到1952年，我外婆是WAAM电视台的明星主持人。那时候巴尔的摩拥有电视机的家庭比较少，所以二十年后，在巴尔的摩地区长大的我很少遇到在电视上见过我外婆的人。现在的一些五十多岁的家庭主妇或许记得，电视上出现过这么一位衣着打扮非常讲究（戴珍珠项链、穿贺茨勒百货公司赞助的迪奥裙装）的女人，有时冷静地在镜头前肢解肉兔，有时用力捶打猪排。我母亲告诉我，十三频道曾经短期播放过一个法语教学节目，每个星期天上午，《克里斯托弗一家》播完后，外婆就会出来教观众法语，现在人们恐怕也早已忘记了《午间新闻》的那个穿黑裙、戴白帽、系白围裙的用法语播报天气的气象小姐。

大多数记得我外婆荧幕形象的人当时都是小孩，与我母亲年龄相仿。在昔日的观众们印象里，我外婆面色苍白，爱穿羽毛装饰的衣服，眉毛黑如鸦翅，暗色的衣袖翻飞，在白色烟雾中缓缓出现，周围是翻倒的石柱、歪斜的墓碑和黑铁栅栏，像是《神秘地窖》那首哥特风格幻想曲里描绘的主人公。他们叫她“神秘的夜之女巫”，还一致回忆说，假如父母允许他们星期五晚上熬夜，在午夜零点打开电视机——WAAM电视台凌晨12点45分结束播出，我外婆会吓掉你的魂。

大家普遍认为，电视节目中第一位以恐怖风格著称的主持人是迈拉·诺尔米，人称“吸血米”，此前她曾出演好莱坞的软色情电影，洛杉矶的KABC电视台播过她的许多Z级恐怖片。其他城市的类似主持人包括——纽约的扎克里、克利夫兰的古拉迪、芝加哥的马文，在环球影业推出一系列经典恐怖片之后，这些人纷纷涌现，虽然他们各有自己的特色，但都或多或少地遵循了“吸血米”开创的模式：夸张、讽刺，以及对电影的恶搞。

但“夜之女巫”却不是这样的，她不在节目中播放电影，WAAM电视台也没有取得播放恐怖电影的许可证，即便有许可证，拥有这个电视台的两兄弟——韦克斯曼法官的朋友——也意识不到这类电影的价值。

“她表演得非常好，”外公告诉我，“但走的是直率风格，并非搞笑，她的法国口音也很吸引观众，再加上哥特式‘地窖’的布景，非常有特色。”他闭上眼睛，深深地陷入回忆。“她在‘坟墓’周围走来走去，然后转身看向镜头，发出‘噢！’的一声，”他的声音提高了半个八度，声音尖细，“‘你们竟敢回来！’然后她会邀请你走进‘地窖’，这时镜头会对准地窖的铁门，与此同时她会跑到布景的另一头——‘地窖’的内部，切换机位，镜头再次对准她，只见她庄重地在一张椅子上坐下，它的造型像一张王座，我猜是他们从教堂里搬来的，她拿起一本书开始朗读。声音很大。鬼故事。总是很诡异。我从来不喜欢这种类型的故事。”

从1949年10月7日爱伦·坡逝世一百周年纪念日开始到1952年10月24日，《神秘地窖》每周在电视台直播一次。

1952年10月31日，午夜时分打开电视机，准备观看“夜之女巫”朗诵爱伦·坡的《梅岑格施泰因》的巴尔的摩人惊讶地发现，女巫并没有如约出现，屏幕上只有一条被人造雾气包围的长凳，上面放着一盏万圣节南瓜灯，南瓜上的洞非常粗糙，像是用钝刀匆忙挖出来的，因此蜡烛照出来的影子显得更加吓人，《太阳报》第二天还刊载了观众们的抱怨。下一个星期五的半夜，电视台开始重新播放一个叫作《三月时间》的老新闻节目，《神秘地窖》和我外婆再也没有回归荧屏。

那年万圣节的星期五，傍晚五点三十左右，我外公提前下班，回到他们在福里斯特帕克区缅因大街租住的房子。他走进厨房，用锡纸包了三个土豆送进烤箱，在另一个锅里煮上黄刀豆，然后开始用铸铁锅煎牛排，他依旧穿着西裤，系着领带，袖子卷起，套着西红柿图案的黄格子围裙，一手拿着锅铲，另一手端着杯威士忌。每到星期五晚上，他都会喝上两指高的尊尼获加，加一块冰块，放松劳累了一周的身体。

他专心致志地准备晚饭，同时考虑着如何改进公司的加速度计闭合环路的设计缺陷，过去的几个星期，他和合作伙伴米尔顿·韦恩布拉特[1]——一直在为如何解决这个问题伤脑筋。六个月前，韦恩布拉特和我外公从格伦·L·马丁公司的仪器部门辞职，合伙创办了帕塔普斯科工程公司，因为这两个不甘平庸的犹太人厌倦了马丁公司的缩手缩脚，而且办公室政治还让能力不如他们的非犹太人成为项目经理和部门主管，他俩感到十分沮丧。外公和韦恩布拉特把所有积蓄全部投入了创业——研发惯性导航系统技术，它可以让火箭和导弹自动巡航，无需外部数据输入就能实现航路自动修正，这项技术依然处于尚未开发的空白领域。韦恩布拉特和我外公相信，随着计算机电路设计的快速发展，不久就会出现非机械晶体或者（我们现在所说的）数字导航系统，假如他们押对了宝，帕塔普斯科工程公司将会成为行业先驱，吸引大笔投资。

外公听到前门传来脚步声，门铃响了，虽然万圣节要糖的小孩不会这么早上门，但他猜想我外婆肯定会穿着“夜之女巫”的道具服装去开门，他往煮锅里加了点黄刀豆，强迫自己等上两分钟再去翻动牛排。想到今年外婆即将参与的万圣节活动，他突然感觉到一丝没来由的紧张，可实际上他每年都会紧张。《神秘地窖》一直让他觉得不自在，“夜之女巫”散发的诡异的性吸引力（还有她在节目里提到的那些奇怪故事——布莱克伍德，勒·法努，洛夫克拉夫特——简直可以给弗洛伊德当精神研究的样本）和我外婆本人的个性非常接近，再加上其中的邪

1　米尔顿后来在斯坦福大学、加州理工学院和他的母校史蒂文斯理工学院担任航空电子工程学讲席教授。

恶巫术成分，让我外公非常受不了。

门铃又响了，他听到门外传来一阵喊喊喳喳的说话声。他翻转牛排，关小了火，向前门走去，空荡荡的客厅让他感到莫名不安，但实际上客厅并非空无一物。RCA唱片机上的旋钮像是咧着嘴嘲笑他，自动唱臂似乎又出了毛病，喇叭里传出奇怪的噪声，好几张唱片封套散放在唱机柜的顶部。

正在播放着的十英寸密纹唱片是一张苏格兰皇家近卫军乐队的风笛专辑《进行曲，斯特拉斯佩舞曲与里尔舞曲》，最近我外婆迷上了苏格兰风笛，外公根本没去想她为什么会喜欢这种音乐，他抬起唱臂，关掉了唱机。

“亲爱的？”他朝楼上喊道。

自从走进家门，他就没见到过我外婆或者我母亲，但这并不罕见，因为她们喜欢独处，我母亲通常待在她的卧室，我外婆则在我母亲记忆中的那个“工作室”里，但外婆叫这个房间“缝纫室”。外公回家后，她们可能会在他所在的房间里待着，但他不在家时，她俩似乎更愿意躲着彼此。

外公敞开前门，门口站着一群乔装打扮的小孩，恰好能凑成一出《彼得·潘》：海盗、印度公主和仙子——还有个穿一身绿的小家伙，外公觉得他应该是罗宾汉，但演彼得·潘也没有问题。

当时是二十世纪五十年代初期，万圣节“不给糖就捣蛋”的风俗还比较新，面对这群来自永无岛的小家伙，外公有些不太适应。他小时候的南费城，到了万圣节的晚上，戴面具的小无赖们会互相投掷鸡蛋和面粉炸弹，在别人家窗户上用肥皂写脏话。外公低头寻找那个应该搁在前门门口的装满南瓜、玉米和猫头形状的布兰奇秋季混装糖果的碗，然而它不在那里。

“等一会儿。”外公对孩子们说。

他再次呼叫我的外婆和母亲，依旧无人应答，也许她们到商店买糖去了。

“哈，”他无奈地说，“我也不知道这是怎么回事。”

孩子们严肃地看着他，那位小仙子的目光犹为严厉。外公意识到他们以为他在撒谎，只好拿出零钱包，翻出四个二十五美分硬币给他们，1952年，二十五美分可以买五块糖，孩子们满意地走了。

回到厨房，牛排快煎好了，他开大煤气，又等了一分钟，用手指戳了戳牛排，倒进盘子，把平底锅放回炉灶上，往里面滴了点威士忌，锅底发出吱啦一声，蒸发的酒液直刺鼻腔。他拿出奥根博尔的芝宝打火机，点燃了酒蒸汽，火苗褪下去的时候，他听到有人尖叫了一声，好似火箭一飞冲天，像是大声的呜咽，外公提醒自己不要惊慌，因为今晚是万圣节，许多人会开些比较夸张的玩笑，比如在家播放闹鬼的音效吓唬路人什么的。

他搅拌着锅里的东西，听着外面的动静，刚才的尖叫过后，并没有紧跟着传来地窖门的吱呀声、狼嚎或者铁链拖过地牢石板的声音，他把收过汁的威士忌浇在盘中的牛排上，给黄刀豆涂好黄油，戴上手套，拿出烤箱里的土豆。

他喊妻子女儿过来吃饭，仍然没有回应。当我母亲——两个月前她刚刚过了十岁生日——走进来时，他已经把牛排切成了三份，给烤土豆抹上了黄油，我母亲穿着旧工装裤和罗登呢衬衫。看到她没穿万圣节的衣服——维拉韦·布朗在赢得全美赛马奖杯时穿的马裤和金红相间的丝绸上衣，外公有点惊讶，他立刻想到，假如我母亲敢穿着外婆给她精心缝制的赛马服，冒着蹭一身酱料的风险上饭桌，外婆一定会命令她回房间换衣服的。

“你妈妈呢？”他问。

我母亲瞥了一眼带血的牛排，别开脑袋，她天生喜欢摆出一副万事不关心的模样，但今晚却显然不太高兴。外公想起，她打算装扮成维拉韦·布朗到学校去，参加街区的万圣节游行，大概是因为她的赛马服遭遇了什么厄运，或者被同学取笑了。在她故作漠不关心的背后，外公觉察到了惊慌失措。假如真的是衣服的问题，那么从她极为沮丧的眼神来看，它很可能已经被撕成了碎片。

“发生了什么？”他问。

她看着他的手——他正举着叉子把一块牛排放进她的盘子——摇了摇头。“没什么。”

“我还以为你会穿着道具服出来呢。”

泪珠滚出她的眼眶，随着睫毛的眨动扑簌簌地往下掉。

“是因为衣服吗？你把它弄脏了吗？”

“什么事都没有，我改变主意了。”

“什么？你不想当维拉韦·布朗了？为什么？”

她低声嘟囔了一句外公听不清的回答，似乎没有什么大不了的，最近她一直不怎么和他说话，即便不得已说上几句，也像是急着逃走的银行劫匪从车窗里鬼鬼祟祟地丢出手枪和面具一样，含糊匆忙地扔下几个词。

“你在念经吗？”外公打趣道。

“我说，我不玩‘不给糖就捣蛋’了！明白了吗？”

她带着不加掩饰的厌恶神情打量着盘子里带血的牛排，看上去随时都能恶心得吐出来。

“我刚才听见有人尖叫，大约十分钟前，”外公说，“那是你吧？”

那天早上，外婆把我母亲送到学校，对女儿承诺说，今天要送她一个和维拉韦的马“馅饼”一模一样的小马玩偶，虽然她的语气很温柔，但我母亲禁不住觉得，这个承诺背后隐藏着什么可怕的东西。她知道我外婆在战争期间经历过恐怖的事情，先是被家人抛弃，然后又失去了他们，纳粹还杀死了我母亲的生父——那个英俊的医生，因此她常常把詹姆斯·梅森想象成自己的父亲。她母亲历经艰险，带她逃难到了美国，面对去国和丧亲之痛，而且要与她头脑中的恶魔缠斗，竟然还能苦中作乐地活下去，所以在我母亲眼中，外婆是真正的英雄，然而当外婆承诺，她可以得到一匹“万圣节小马”的时候，语气却愉快得有些不正常，因为平时看到女儿喜欢马，外婆会说：“我可不必非得喜欢它们，因为你可以替我来爱它们。”所以我母亲怀疑我外婆实际上是害怕马的。

每当在市中心遇到骑警或者赶着马车的水果小贩，外婆都会躲到马路的另一侧，在不得不和马匹正面接触时，她会一动不动地站在原地，用鼻孔小心翼翼地呼吸，直到它们从她身边走过去为止。巴尔的摩郊区有不少马场，从附近经过时，我外婆会压低声音说话，甚至完全不说话，仿佛害怕那些马儿听到似的。

这天在学校里——我母亲在自由小学汉普特夫人班里读四年级——她总是不由自主地想起外婆的承诺，那匹小马，还有它所负载的莫名恐惧，就像换牙的孩子不停地去舔缺牙的地方，最后舔出血来一样。根据以往的经验，她知道外婆给她设计的小马玩具无论如何都会兼具美丽和令人失望两个特点，虽然只是一厢情愿，但她希望这次的小马不会那么奇怪。

午餐后，她穿着维拉韦的衣服和同学们一起穿过福里斯特帕克的街道，但维拉韦忠实的伙伴缺席了。我外婆并没有把她答应的“馅饼”玩偶送过来，我母亲不由得恨起了外婆，是她毁了她的万圣节。

“我其实根本不想要什么小马，”我母亲告诉外公，她没吃晚饭就回到卧室，脸朝下趴在自己床上，还穿着工装裤和毛呢衬衫，“我没事。”

“对不起，”外公说，“要是我有时间就好了。”

受到成功雕刻木头小马的鼓励，万圣节前，外公曾经提出为我母亲用一根棍子套上木制的马头来制作维拉韦的“坐骑”。其实从一开始，提出这个计划的动机就是出于愧疚。在马丁公司工作的时候，外公总是见缝插针地陪伴我母亲，可是自从创办了自己的公司之后，他几乎很少在家。本来的计划是，如果我母亲参与小马的设计和制作，那么我外公就不能再把她晾在一边。诺言与愧疚常常相伴相生，外公的这个承诺，最终还是没能逃过它本来想要挣脱的命运。公司的事情实在太多，闭环加速度计研发项目进展到了关键阶段，他很少在八点前到家，总是要忙到八点半左右才回家，那时我母亲已经睡觉了。两周以来，他和韦恩布拉特的研发项目进展喜人，而制作小马“馅饼”的工作则完全停滞了。

“不就是一把破扫帚上顶着一块破木头吗，”我母亲说，她的睫毛被泪水浸湿，脸颊气得发红，枕头上沾着鼻涕丝，“好像我是个小婴儿一样，我根本不想让朋友们看到我骑着那种东西！”

“我知道，”外公站在床边，低头看着她，“对不起。”

“你和你的蠢主意——”

“好了。”

“我没事，没有马也可以！”

“好了。”外公提高了声音。

外公很少对我母亲大声说话，也认为没必要。因为外婆的精神不稳定，偶尔行为失常，我母亲认为自己是巴尔的摩最不幸的小孩。她开始对他大喊大叫，胳膊抱着脑袋。

“发生了什么？”外公问，“你妈妈呢？”

“我不知道。”可怜的女孩疲倦地说，“我回来时她不在家，唱片机也没关，她的手提包不见了，我做了作业，打扫了自己房间，然后听到你回来。我想看看她给我做了什么样的玩具，就过去看了看。”

“然后呢？”

我母亲抿紧嘴唇，下巴颤抖起来。她摇摇头，重新把脸埋进枕头，不打算再说了。

我外公低头看了她一会儿，他不知道究竟怎样更不幸：有一个疯狂的母亲，还是有一个疯狂得足够爱上她母亲的父亲。他想抚摸我母亲的头发，拍拍她的肩膀，但他仍然生她的气，因为她敢当面嘲笑他的失败。他的双手垂在身侧，像不听使唤的工具，他知道这么做很自私，对孩子也不公平，因为我母亲唯一的错误就是不该信任他。

“我去看看。”他对着我母亲的后脑勺说，尽管他自己都觉得这句话应该没什么用。

外婆的领地是独立于我外祖父母卧室之外的一个门廊改建的房间，空间很小，天花板低矮，三面墙上都有窗，外婆在里面摆了一台缝纫机、一个小工作台、一盏落地灯和一个裁缝用的假人。[1]门左边是外公给外婆做的置物架，摆着针线纽扣等制衣材料和工具，还堆着一排杂乱无序的平装书，大部分是法语的；右边靠墙有张钢制打字桌，桌子上方挂着一块记事板，上面贴满了艺术明信片和剪下来的杂志图片。我母亲和外公已经忘记那些图片都是哪些艺术家的作品了（除了梵高和一只德拉克鲁瓦画的老虎），但他们记得图片的风格很“诡异”（我母亲的原话）和“典型”（我外公的原话）：比如肉的静物画、投币操作的算命机器人、从奥斯维辛集中营幸存的侏儒乐团。六月

1 巴黎春夏和秋冬时装发布之后，我外婆常常带着一本大理石纹封面的笔记本在贺茨勒百货公司里走来走去，偷偷画下时装草图，在家里自己动手裁制衣服。

份的一天早晨，我外婆在后院的树上发现一只断气的月形天蚕蛾，就把它也粘在了记事板上，随着时间的推移，它粉绿的身体逐渐变成了深色的美钞绿。

我外婆的“工作室”的整洁程度是她精神状态的晴雨表，此外，还可以在我外公回家以及她自己出门时，根据她和他打招呼的方式来判断她的情况；还有，她处于生理期的哪个阶段，她是否感到为外界接受和赏识。假如她给他端来咖啡，这是个好迹象。假如花瓶里的花修剪摆放得相当整齐，而且是新鲜的，也是好迹象。空花瓶代表糟糕，瓶里出现死花则更糟。假如她像第一次注意到那里一样用手指触碰外公的脖子后面，这是好迹象。假如不是二月，好迹象。假如她没有拿出她的算命扑克来摆弄，好迹象。假如她在路过天主教堂时没有在门口徘徊，而是径直走过去，好迹象。假如她表示不再喜欢《亲爱的提奥》或者《圣方济各行传》，糟糕。假如不是星期天，好迹象；星期天的时候她的精神格外不好。

对外婆来说，1952年夏季的每一天都是星期天，白天无精打采，晚上除了失眠就是做噩梦，但她不愿意透露梦的内容，像个惧怕被捕的间谍守口如瓶。缝纫室里堆满了她没来得及剪切的杂志，还有已经烂掉的她忘记吃的葡萄和樱桃，结果弄得整个楼上都有一股酸味。她会把一条旧披肩挂在门口，在屋里一待就是好几个小时，还会一本正经地告诉家人，她在躲着什么人，但永远不说她躲的人是谁。

外婆从普拉特图书馆借来一些奇怪的唱片——印度尼西亚打击乐，吉葛夫簧风琴，还有该死的苏格兰风笛——在便携唱片机上一遍又一遍地播放，她很少吃东西，从来不做饭。当她从披肩后面出来后，已然变成了一个虔诚的传教者和真理的捍卫者。她搜罗了不少宗教书籍，《守望台》《见神论》杂志和各种关于灵魂和“元气”之类的小册子逐渐取代了她工作室里的烂水果。八月底，外婆在工作室的窗玻璃上贴满了正方形的黑纸，说是不让“暗影里的东西”看到她，我外公想不明白这些东西究竟是什么。

我母亲升入四年级的前一天晚上，两个警察把我外婆送回家，她赤着脚，穿着一件男人的钓鱼夹克，有人看到她衣衫不整、精神恍惚地走在海港边，以为她要自杀。警察到达现场时，发现她在烧一本书，还把着火的书页丢进水里，根据目击者的描述，我外公意识到那本“书”是外婆记录她的想法、梦境和幻觉的笔记本，还有她画的巴黎时装素描。警察考虑把她送到霍普金斯医院观察治疗。虽然烧了笔记本，还把它扔进海里，但我外婆看上去却像是松了一口气，变得冷静了许多，甚至还知道为自己的行为感到抱歉。到现场去的一位警察认出她是电视上的主持人，就把自己的钓鱼夹克借给她穿，送她回家。那晚之后，外婆看上去似乎完全清醒过来，轻松地重新担当起了母亲和妻子的角色，而且整理了缝纫室。

现在，突然之间，一切又变得一团糟。

外公走进缝纫室，看到地上扔着三个布兰奇秋季混装糖果空包装袋，彩色的糖果散落在周围，工作台上到处都是外婆的算命扑克，牌是在维特瑙时一个女巫模样的神秘吉卜赛老太太给她的，有的牌面朝上，有的朝下，外婆似乎用它们盖了一座纸牌塔，又把塔推倒。缝纫机的压盘下面卡着一块棕色的布，桌上放着满满一杯奶茶，表面凝结着彩虹色的油脂，还有一瓶打开了的阿司匹林，烟灰缸的边沿挂着一根三英寸长的烟——从这些迹象来看，外婆是匆匆忙忙出去的。

散落在地板中央的糖果之间，躺着她给我母亲做的小马玩具“馅饼”，其实并没有完成，或者更确切地说，是被我外婆破坏了，而且它看上去更像一只风筝，并非一匹马——外婆用棕色油布给它做皮肤，里面用柳条撑起来，但现在只有身体，没有脑袋，马身子是椭圆形的，大半个身子都没有“皮肤”，柳条完全裸露在外，身体与四肢相连的部位绑着铁丝。

外公端详了半天才认出这是什么东西，恐怕只有在那些古老的哑剧里面才能看到演员穿戴这样的动物道具服。不知道她打算用什么做马头，他心想，然后他就看到打字桌上赫然摆着一个龇牙咧嘴的白色骷髅头——显然来自一匹真正的小马的脑袋。

18

“我觉得它只有眼睛那里吓人而已。”我说。

我母亲什么也没说，只是盯着现在摆在我家厨房桌上的马头骨看，她用三根手指捏着下巴，似乎在强迫自己不要把头扭开。

“我是说，它的整体都很吓人，但是眼睛最吓人。”

马头骨下面铺着一条毛巾，过去十五年，它一直包在毛巾里面，藏在“老乌鸦”酒箱里，上面压着我母亲的书和报纸包裹着的木头小马。毛巾曾经是白色的，年深日久，湿气给它染上了棕色和锈红色的条纹，一个角还长了霉。

阳光透过厨房的窗户照在肮脏的毛巾上，反衬得马头骨更加怪异，它那突出的门牙好像锋利的鸟喙，看上去更像一只来自更新世的怪鸟的头骨，紧咬的上下两排臼齿好似一条巨大的拉链，鼻骨在鼻腔处变窄，形成一个邪恶的尖叉。我外婆在它的每只眼窝里各塞了一块千花玻璃镇纸——镇纸的圆形玻璃外壳里，全都是五颜六色的小玻璃珠，密密麻麻的像蜂窝一样。小的时候，当我看到外婆家里的千花玻璃饰品，总会联想到五颜六色的糖果，但很少把它和眼球联系到一起，不得不说，外婆真是独具匠心，这两块镇纸简直是疯狂的点睛之笔。

“我不相信她以为你会喜欢这个东西，”我说，“这个头骨该怎么连到它的脖子上？”

“我不知道这是不是她为我做的。”

“难道不是吗？”

“这只是我父亲的猜测。”

“但你不这么想？”

“如果这个真是给我做的万圣节道具，它的身子是柳条和油布，你会用这玩意儿做马头吗？”

“不会。但也许她就是这么打算的呢，‘夜之女巫’的想法总会相当独特的吧。”

我母亲露出无奈的表情。“她给我缝制的丝绸赛马服那么漂亮！完全再现了伊丽莎白·泰勒在电影里穿的那件，假如真像你说的那样，她为什么不给那件衣服加上蝙蝠翅膀什么的呢？”

“是啊，嗯。”

“我很喜欢她给我做的衣服，它们很漂亮，这说明她知道该怎么做‘馅饼’。”

“所以这匹马不是她给你的道具？”

“当时，我觉得她有点……怎么说呢，她找来的那些关于宗教仪式的小册子、天主教祷告卡，还有亚特兰蒂斯、玛雅宗教、‘灵魂转生’之类乱七八糟的东西，我觉得，那玩意儿大概……”她指指马头骨，“……是她研究了那些宗教之后才弄来的。”

“你是说，她制作了一个偶像？是用来向它祈祷的？”

“我也不知道，当时我才十岁，我当时大概认为——”

“你认为她在崇拜马神？”

“当时我可没有想到这么多。”

“那现在呢？”

“现在我已经不去想了。”

“没错，我知道。”

“你不赞同？你觉得我就应该一直考虑这种问题？”

“不是‘一直’，每十年考虑一次也行啊。”

然而，我想要活跃气氛的努力失败了，她又开始盯着马头骨，这次眼睛里闪出了仇恨的光。

“妈妈，”我说，“忘了它吧。”

她像我外婆的那样不屑地哼了一声，假如她是我这一代的年轻人，我猜她会说：“你觉得忘掉这种事那么容易吗？”

“我理解。”我说。

“是吗？很好。”

“你的语气可不怎么真诚。”

“你想知道我现在的想法吗？”

出乎我的意料，她一把抓住头骨，把它从桌子上推下来，朝我这边一扫，头骨的鼻尖正对着我，我吓得向后一跳，撞倒一把餐椅，差点没尖叫出来。

“她不会通过这个东西崇拜无皮马的，她只是想用它来驱赶无皮马而已。”

“哇哦。”我说，“妈妈。”我扶起撞倒的椅子，“你吓到我了。”

“没错。”我母亲说。

二楼大厅的杉木地板上铺着一块中式地毯，外公在地毯边发现了一滴疑似血迹的液体，尝起来有点咸，楼上浴室的门框上也有一滴，浴室马桶和浴缸之间的黑白瓷砖上有四滴，很像北斗七星的勺子柄，外公的心一沉，转身去看浴缸。

它看上去既干净又干燥，但他强迫自己仔细检查，因为他觉得，如果这液体里蕴含着外婆的生命之血和巴尔的摩的自来水，他的眼睛和大脑都不会接受这个事实，震惊会成为一种铠甲。沮丧和恐惧先后涌上心头，刺穿他镇定的铠甲，然而最终他发现，可疑的液体不过是外婆的埃默罗德浴油，它的安息香味道在空气中飘荡，仿佛带着尖锐的小刺。

外公掀起马桶垫圈，在垫圈反面的左侧发现了一小点血痕，他叠起一块厕纸，在水池里蘸湿，把血痕擦拭干净，又打湿了一块毛巾，擦干地上的血迹。他对着马桶撒了一泡尿，眼睛盯着填字游戏般的瓷砖，大脑飞速旋转，分析了一遍各种蛛丝马迹，与记忆中外婆的行为加以对比，然后用铅笔写下了几个可能性：

（1）我外婆被人袭击了，就在浴室里面或者门口，然后入侵者带走了她。她要么受了内伤，要么在反抗中把袭击者打出了血。由于缺少其他物证，这似乎不太可能，而且他从地窖到阁楼都搜了一遍，没有发现入侵的迹象，但他总感觉房子里有人。

（2）外婆伤到了自己，可能是意外，也可能是故意的，她不是个毛手毛脚的人，但近期她的精神不稳定，曾经咬过指甲周围的皮，挠小腿一直挠到出血，有一次，她拔光了自己的眉毛，虽然没出血，但这种自我伤害的倾向很让外公震惊。

（3）月经导致她的精神更不正常，假如经量过多，还有可能引起她的心理失调，这就解释了为什么她会不在家，而且还弄了个眼窝里塞着彩色镇纸的马头骨摆在缝纫室里。外公早就发现——虽然没有经过科学的实验观察和数据分析——外婆的月经周期和她时而清醒、时而糊涂的精神状态之间存在某种联系。

其实他还推演出了第四种可能性，但就像转瞬即逝的闪电一样，这个想法只是在他脑中一闪而过。与此同时，我外公更为悲观和暴力的那部分人格否认了他的乐观猜测——血迹、破烂的道具马、不寻常的离家，一切都说明这次的情况非同小可，更何况我外婆今晚还要上节目……

他赶紧摇摇脑袋，逼自己不去往坏的方面想，然而肯定有什么不对劲，看到那些苏格兰风笛的唱片时他就知道。一般来说，我外婆精神失常时会倾向于躲起来，但她偶尔也会往外跑，比如警察把她送回来那次，路人看到她光着脚几乎半裸着在人行道上乱晃，胳膊紧贴着身体两侧，承受着无法言说的痛苦，像个疯子似的在城市里游荡，头发像“夜之女巫”那样在风中肆意飘舞。

外公回到我母亲的卧室，她坐在床沿上前后晃动，手里拿着一匹木头马，这匹马是外公某天深夜做出来的，本该是黑色，他不小心把它涂成了深蓝色，尽管外公为此感到很沮丧，但这匹马很快成为我母亲的最爱，她宣称这是一匹会飞的马。外公发现自己真是看不懂这个小女孩，他偶然的失误竟然打动了她的心。

她的眼哭肿了，但表情很坚强，那前摇后晃的样子让外公想起第一次在平安之友犹太会堂外面见到她的时候。原来她还是那么喜欢自我惩罚，把盲目顺服权威当成叛逆，以顽固不化的行为来证明自己的无辜。

“好了，”他告诉她，“穿上你的赛马服，我们去找你的朋友。”

我母亲摇摇头。

“我非得出门不可，”外公说，他决定对她撒个谎，“你妈妈在电视台，她忘记带今晚要读的书了，我得给她送去。”

“我和你一起去。”

“呃，你知道吗，帕特今晚值班，你知道他不喜欢小孩。”

“我在车里等着。”

“你不玩‘不给糖就捣蛋’了？”

“不。”

“好吧，听着，你最近表现得很好，学习也很努力，我一直想表扬你来着。真的非常好。”

他这才意识到自己拿不准该用怎样的语言赞扬小孩子，而且我母亲一直都很听话，她期中考试的成绩单上全部都是A，这样的表扬显得很突兀。

“所以，”他说，“如果你想和朋友们出去玩，那就尽管去，因为你最近的表现非常好，我决定奖励你，无论你从外面拿回来多少糖果和糕点，都可以全部吃光，只要你不觉得撑得慌，好吗？你也可以留着它们当早餐、午餐和晚餐。”

六十年代大规模糖果（单独包装的品牌糖果）制造业兴起之前，孩子们在万圣节要来的零食——爆米花球、焦糖苹果、饼干、棉花糖、太妃糖什么的——大都是家庭主妇们自制的，很容易受潮，变得没有吸引力，一两周之后，那些吃不下的就会被孩子们扔掉。而外公给我母亲规定，无论拿回来多少零食，每天只能吃一块，所以最后大部分好吃的都进了垃圾桶。今天外公前所未有地破了例，显然是在讨好我母亲。

“妈妈怎么了？”我母亲问，语气很是担心。

“没事。”

“我知道发生了不好的事。”

“没什么，她不过是忘了拿书。”

我母亲点点头，好像是放心了。她哆嗦了一下。外公给她一块手帕，她擦了眼睛，擤了鼻涕，还给外公，他接过沾了眼泪和鼻涕的手帕，塞进口袋。

“我知道你在对我说谎。”她说。

“噢，是吗？”

“我不会去的。”

“真的？”

“我不想去。我讨厌焦糖苹果。”

“你可以和朋友交换嘛，你不是喜欢爆米花球吗？”

“吃这些东西对牙齿不好，唾沫会把糖变酸，酸溶解牙釉质，让你长蛀牙，医生就得给你补牙，拿钻头和镊子什么的在你嘴巴里搅来搅去，我可不想那样。”

“你可以刷牙啊。”

她举着蓝色的小马，在空中缓缓划起了弧线，眼睛微微眯起，外公立刻联想到自己小时候的经验——模糊的视野可以造成一种小马真的在飞的错觉。

“听着，亲爱的，我必须出去，但又不能把你一个人留在家里，今晚人来人往的不安全，你永远不知道谁会来敲我们家的门。各种各样的小混混今晚会通通出动找麻烦，你还记得去年有坏人把街上的南瓜灯都打烂了吗？”

蓝色的小马在两人中间盘旋俯冲，我母亲不打算继续和外公讲话。在这种情况下，换作其他不那么温顺的孩子，可能早就大肆抗议或无理取闹了，我母亲则学会了以退为进，避免正面冲突，不费吹灰之力地从激战中抽身。[1]外公知道再和她多说是浪费口舌，一旦她下定决心，就不可能逼她让步，软硬不吃。他爱我的母亲，而且确定她也爱他，但他们的关系建立在某种谈判的基础上，对此她比他更清楚：她是债主，他用父爱向她还债。

“其实，糖会被嘴里的细菌吃掉，”外公忍不住在转身离开前对她指出，“然后细菌分泌出能够吃掉牙齿的酸。”

---

1 作为妻子和母亲，这种艺术造诣在长年累月中得以精进。“哦不，不要这样！”我记得我父亲这样对一言不发的母亲喊道，那是又一次喋喋不休的争吵，“看着我，妈的！”

他下楼去了厨房，打了七个电话。第一个电话打给WAAM电视台的总机，得知电视台的人自周四上午的烹饪节目结束后就不曾见过我外婆。第二个电话打给上次送外婆回家的夏奇警官，他把夹克借给外婆，没把她送到精神病医院，还留下了他的联系方式，在需要帮助时可以找他，但夏奇今晚休班。接下来的四个电话分别打给了东巴尔的摩的一家台球厅、富尔斯伯恩特的一家酒吧、一个听上去喝得酩酊大醉的女人和一个听起来清醒得可怕的女人，感谢后一个女人，按照她的建议，外公最后给邓多克的一家台球厅打了电话。

又有人敲门，门口传来小孩子的说话声。

糖果仍然散落在缝纫室的地板上，外公知道他应该拿一个碗，盛些糖果给孩子们，但他连看都不想看屋里的那个马头骨，于是他开始掏裤子口袋，找出几个硬币，没有二十五美分的了，只有三个五美分和四个一美分，可门口站着四个小孩，他们是格鲁曼家（隔壁的隔壁）的孩子，装扮成牧羊人和三只羊，外公把硬币放进孩子们摊开的掌心里，也没去观察这些小家伙离去时究竟是否满意。1952年，一美分可以买一块泡泡糖、一根糖果棒或者甘草条。

他在厨房抽屉里发现了三摞一美分硬币，每一摞五十个。他穿上西装夹克，拿上钱包和车钥匙，出门到前廊等着，坐在金属吊椅上点了一支烟，吊椅的铰链生了锈，在黑暗中发出刺耳的摩擦声。

接下来的半小时里，先后来了三个牛仔、两个印第安人、疯帽子和白兔、杰西和弗兰克·詹姆斯、一位女王，以及一大群“波波”，还有五个母亲、两个父亲和一条头戴皮埃罗帽子的狗（在台阶上绊了一下），外公给了每位访客两美分，在不知不觉中成了散播万圣节欢乐的信使，这可不像他的风格。

当他点燃第五支烟的时候，来了一位新访客：一辆崭新的捷豹X120轰着油门咆哮而来，在房子前停下。司机关掉引擎，也不下来，反而坐在车里好整以暇地看着他。

雷叔叔两年前把自己从犹太会堂的讲坛前解放出来，不再做拉比，穿衣品位却和以前一样糟糕：宽松的粗花呢裤子，前襟印着夸张的大格子的羊毛夹克，像是英式的狩猎服。后来他的车换成了阿尔法罗密欧，衣着也变成了偏度假风格，但在五十年代初的眼光看来，他仍旧打扮得像要出发去打山鹑。

雷叔叔点了一支自己的烟，大摇大摆地走进门廊，脸上带着自奉为世界征服者般的傻笑，至少在德玛瓦半岛战无不胜。

“那么，她在哪儿？”他和我外公握了握手。

“我不知道。”

“她没留个字条？”

外公摇摇头，站起身来，从夹克后袋里掏出车钥匙。

“孩子呢？”

“楼上。”

“她愿意给她叔叔拿几块太妃糖吗？”

“她说不想。”

“她生气了。”雷叔叔敞开前门。“嘿，维拉韦！”他叫道，“你的信！”

“雷，我得走了。”

“那就去吧。”

这时又先后来了两批要糖的，外公给他们发了硬币，看见雷叔叔下楼来。

“她穿上道具服了，”他说，又看了看外公手中的硬币，“直接发钱？”

“糖都弄脏了。”

雷叔叔接过剩下的两摞半硬币，外公走下门口的台阶。

“你打算去哪儿找？”

“医院。”

“你认为她受伤了？”他压低声音问，“她会伤害自己吗？”

“我不知道？”外公也压低了声音，“要是流产了不就得去医院？”

“她怀孕了？”

“我……我又怎么会知道。”

“你‘又怎么会知道’？”

“我本来就不知道，现在也不知道。”

“那你们试过吗？”

我的外祖父母自从在一起的第一个晚上（1947年的普珥节）就开始试着要孩子，两人都心照不宣地假装忘记了采取避孕措施，这是许多战争幸存者的共同心愿，他们希望通过创造生命来对抗死亡。结婚之后他们更加努力地尝试，然而迟迟不来的结果让两人愈发觉得痛苦和尴尬。想到外婆可能终于怀上了他们梦寐以求的孩子，外公的喜悦超过了沮丧，尽管眼下，怀孕将只是流产的必要条件。

“我们讨论过。”外公说。

“这么说她不愿意了，这很正常，她可能只需要一点时间。”

“我知道，我知道。我相信你是对的。”

他又想起外婆的精神状况在某种程度上与她的月经周期相关，难道自从九月以来，她的情绪波动是意料之外的怀孕引起的吗？他突然想起，昨晚她把他惊醒了，他看到她坐在床上，嘴里讲着法语，似乎是在说梦话。当他问她是什么事情，她切换到英语告诉他，他们必须叫人来搬走地下室里的炉子，一刻也不能等，虽然她不能也不会告诉他原因，但他必须相信她，否则会导致非常糟糕的结果。他不耐烦地承诺说第二天一早就拆掉炉子，外婆点点头，过了一会儿，她躺了下来，看样子似乎又睡着了，但现在他却怀疑外婆并没有睡着，他自己是睡着了，她很可能一宿都醒着。假如失眠是怀孕造成的呢？激素变化导致她的作息规律跟着变化？想到她躺在那里，像去年夏天那样恐惧、孤独、无助，思索着逃离的计划，他心痛极了，她觉得地下室里会发生什么呢？

“你看起来很担心，”雷叔叔说，“别担心。”

“我不担心。”外公说。

“担心什么？”我母亲问，她来到门廊里，长衬裤外面罩着一条旧灯芯绒工装裤，拿着一只粗布糖果袋，光着脚，头上倒扣着一只平底锅当帽子。

“不穿鞋？”外公问。

“动画片上就这样，”我母亲说，“他赤着脚。”

“在这种天气？”

“你去和沃尔特·迪士尼抗议吧。”

“你真是个小鬼头，”雷叔叔温柔地说，“约翰·苹果籽。”

我母亲从糖果袋里掏出一本没有封皮的书，黑色壳面又旧又破。“给你。”她对我外公说。

“这是什么？”

“妈妈的书？你给她送到电视台去？她忘拿了？”

那是一本破烂的精装《怪异故事集》，雷东的插画精美诡异，需要在《神秘地窖》节目里读爱伦·坡的时候，外婆就会带着这本书。

“没错。”外公说。

老练的雷叔叔一下子就听出他在骗人。“扮成约翰当然没问题，”他说，“可维拉韦怎么了？”他看了看我母亲，又看看我外公。

“一言难尽。”外公说。[1]

---

1 她不仅仅是换了扮相，我向母亲指出，她还在尽己所能，消除自己需要一匹马的念头。也许除了永世流浪的犹太人和第欧根尼，没有比光着脚走路的约翰·苹果籽更知名的徒步者形象了。第二天，她把关于马的书籍、木头小马和马头骨都收了起来。我告诉她，这叫作“奇幻思维”。如果小孩子认为自己会因父母的不幸而受到指责，他们也会相信自己拥有减轻不幸的力量。我母亲思考着，我等着她夸赞我的真知灼见，但她只是说：“奇幻在哪儿？”

19

1952年秋季，巴尔的摩经常出现阴霾天气，虽然明月高悬，但雾气把月光变得十分朦胧，让人觉得光明似乎与黑暗沆瀣一气。那个万圣节，开车穿过福里斯特帕克的大街小巷（他问过了几家医院和警察分局，都没有外婆的踪影）寻找妻子的外公看到的大都是阴森的树影，偶尔也会从路口窜出僵尸、杀人狂、机器人、胡萝卜、亚伯拉罕·林肯、狼人、法老和苍蝇什么的。外公从未见过这么多的骑着自家厨房扫帚的女巫、裹着床单的鬼魂和拿玩具枪的警长，还有和微型大猩猩手拉手的巨婴、和百万富翁勾肩搭背的流浪汉，奇装异服的小孩排着长队，在各家门口流连，他要寻找的那个精神失常的女人可能也在这样的队伍附近游荡。

他停在一处路口等红灯，一群历史人物、动物园里的动物和梦想中的行业精英从车前依次通过，借着灯光，他先后看到维京人的牛角帽、长颈鹿的脖子、粉红色的芭蕾舞裙和加拿大骑警的头盔，外公摇下车窗，问他们是否见过《神秘地窖》里的“夜之女巫”，当然，他们只是以为他在开玩笑。

“啊！”长颈鹿说，它匆匆穿过马路，纸胶做的脑袋微微晃动，略带嘲弄地喊道，“夜之女巫！”

“别吓我！”维京人说。

每当转弯之前，外公都期待看到我外婆出现，转过去之后，他的心都会再次失落地沉下去。过了一会儿，他注意到小孩们开始给一队看上去年龄比较大的男孩让路，他们没穿道具服，拖着动画片里蒙面窃贼的那种“枕头套”，从一座房子逛到另一座，同时朝过路的汽车上扔鸡蛋，丢过去的鸡蛋引得一阵刺耳的急刹车和司机的愤懑与咒骂，他们则哈哈大笑，好似土狼的怪叫。夜晚变得更加邪恶。想到可能怀孕甚至流产的外婆或许会精神恍惚地在这样的晚上游荡，外公心急如焚，过去折磨她的那些东西可能又回来了，她人生中一个接一个的丧失也许永远都不会结束，“失去”才是她永恒的同伴，他有着白森森的头骨和疯狂的彩色眼球。

外公的视线渐渐模糊，他把车停到路边，熄了火，忍着不让眼泪流出来，它们不过是恐慌的产物，是情绪制造的垃圾，是最应该鄙视的东西，他闭上眼睛，这样就看不到挡风玻璃上那个崩溃的倒影，这个世界拥有让他痛哭的强大力量，冷眼旁观着一切。一分钟后，他睁开眼睛。点燃一根香烟，尼古丁似乎又让他的头脑有了活力，奥根博尔的打火机凉凉地贴着他的手掌，上面的花纹像眼睛一样安慰地注视着他，那个戴着夹鼻眼镜的沉着男人似乎又出现在他面前，递给他这只刻着葡萄糖化学结构式的打火机。

他又点了一支烟，开始冷静地分析推理，就像并没有什么人走失，他只是想寻找一种更好的思考方法那样。这种搜索的有效性取决于可用信息的掌握程度、搜索者的数量和付出的时间成本。虽然很熟悉福里斯特帕克这一带，但他只有一个人，而且时间紧迫，所以，应该从外圈开始、螺旋形巡视还是用四分法逐片寻找？这里的街道布局杂乱，在选择路线时可能会遇到拓扑学方面的问题，显然必须以最低的时间成本，运用最有效的算法，结合欧几里得距离公式和非欧几何度量方法，覆盖最多的街道，提高单块搜索的效率。在这种情况下，由于目标的不定性，需要解决复杂的拓扑问题，目标可能坐上了33路有轨电车、上了杀人犯的庞蒂克汽车、坠落在布罗默-斯尔策塔脚下，或者掉进帕塔普斯科河……而且现在快要11点了，他已经搜索了好几个小时，没有一点进展。

外公决定到WAAM电视台去一趟，因为他觉得虽然外婆失去了理智，但她永远不会忽视自己的职责和承诺，越是情绪低落，她越觉得自己不是个称职的母亲、妻子、雇员和朋友，有时候这种责任感——要去某个地方或者有人依赖着她——足以让她暂时摆脱精神的狂乱，有时是一个小时，有时是一天，直到她完成需要完成的工作。无论她今天游荡到何方，周五晚间的主持工作足以把她召唤回电视台，也许她现在已经在那里的化妆间里用海绵涂粉、沿着眉毛画羽毛了。

他边开车边点烟，打火机的火光引导他的思绪回到刚才的搜寻方案——利用启发式算法推出解决复杂问题的快捷方式，他在《科学美国人》的一篇关于图形数学的文章里读到过。

假设你是个旅行推销员，需要带着沉重的样品箱到n个城市跑业务，住当地旅馆，每天累得筋疲力尽，因为想念妻子女儿，你打算只造访每座城市一次，然后就回家，所以你希望以最短的时间旅行最短的距离，则有(n-1)！条可能的路线。假如n的数值不大，比如跑五座城市，即n=5，你大可以坐下来打开地图和里程表，拿出铅笔，从计算结果——24条可能的路线——中挑出一条最短的。但假如n是两位数，计算出每条路线的里程是非常繁重的工作，哪怕n=15，可能的路线也会多达几万亿条，即使你是数学天才，算得很快，也可能需要几百或几千年的时间，对一个可怜的小推销员来说，这更是天方夜谭。

而且，迄今为止的事实证明，不存在这样的算法，但我外公听说，圣莫妮卡的兰德公司悬赏征求第一个推导出能够解决“旅行推销员问题”的可行算法的人。兰德认为，它的解决方案将在运算研究这一新兴领域开辟各种可能性，该领域恰好与外公和韦恩布拉特的项目有所重叠。受到启发的外公冒出一个新的想法：将拓扑算法应用到惯性导航系统，但他没有紧抓着它不放，而是给它空间慢慢成形，因为你可以将一团旺火吹得更旺，却只能将微弱的小火苗吹熄。

他开往位于伍德伯里的WAAM电视台，想象自己解决了“旅行推销员问题”，获得兰德公司的奖金，答案显然与线性函数相关，他或许该温习一下哈密顿力学，补充理论知识的不足。他仿佛看到自己拿到了奖金的支票，然后——这也属于合理想象的范围——进入兰德公司，成为一名受人尊敬的研究员。拜托，他们会这样恳求他，来圣莫妮卡吧，我们需要你。来研究拓扑学在导航系统方面的应用。他会去吗？他想象我外婆、我母亲和他自己站在海边一座房子的木质露台上。加利福尼亚。

只有阳光和地平线，没有暗影的地方，远离欧洲的黑暗及其往事的阴霾，远离无尽的万圣节。他看到他们卷起裤管，沿着沙滩漫步。一个孩子跑在前头，他们的孩子，这个活泼的小男孩跑过之处，海鸥四散惊逃，外公的心跳变得轻快起来，这一幕简直太美了，就像永远无法解决的拓扑难题本身一样美。

他抵达坐落于市中心最高处的电视台，这是一座复式建筑，像两个互相交错的箱子，一个是没有窗户、支撑电视台楼基的柳条箱，另一个是砖块组成的鞋盒，具有当时流行的公立学校和图书馆的风格，砖墙上叠加着一排排水平砖饰，窗户全是水平的横条状。这个时间，大部分窗口都是黑的，只有两辆车停在入口处，工作人员的车都停在后面的车库。

大厅里只有一位值夜班的员工，他慵懒地靠在长沙发上，面前的茶几形状像个没有脚趾的脚印，茶几上堆放着一系列的行业出版物和杂志。帕特穿得像个警察，头上戴着一顶灰色的大檐帽，打着黑色领带，他的蓝眼睛和冷漠的派头让我外公想起了比尔·多诺万。据外婆说，帕特非常敬业，他非常认真地相信，苏联人随时可能占领WAAM电视台，为了击退敌人，以防不测，他走到哪里都带着一把拆信刀、一只手电筒和一个钥匙环（今晚他的武器库又添了一个南瓜和一把印第安玉米穗），外婆认为这就是帕特总是绷着脸的原因。

“我八点就到岗值班了，先生，”帕特告诉我外公，“始终没见到你妻子，你也不是第一个来问的，罗伯茨先生来过两次，看她来了没有，卡恩先生也是。”

外公问帕特能不能让他和罗伯茨先生（舞台监督）或卡恩

先生（导演）说句话，或者让他自己进去找找，因为这两位先生应该很忙。也许他妻子已经过来了，目前在图书室查资料，或者在休息室睡着了。然而这些话说出来后，他自己都觉得不太可能，看帕特的表情，他似乎更认为我外公在胡说八道。外公提醒自己，他来这里不仅是要找妻子，还要确认她是否真的消失了，他想起自己带来的那本书。

“她会需要这个的，”他说，“她随时都可能过来。”他举起爱伦·坡的故事集。

“是吗？”帕特说，“今晚读什么故事？”

“《梅岑格施泰因》。”

“从来没读过，他的书好看吗？”

“今晚你自己去看。”外公说。

他指着帕特桌子背后的大橡木柜里那台21英寸RAC电视机，它永远调在十三频道，现在屏幕上正在播一部我外公不认识的电影，裸着上身的约翰·韦恩在水下，拿着一把刀和巨型章鱼搏斗。

“噢，我不会再看你夫人的节目了，”帕特说，“老实说，她过会儿出来的时候，我只能调低音量。当然，她是个善良的女士，也很漂亮，但她让我神经紧张，对不起，我没有冒犯的意思。”

“帕特，拜托，我需要找到她。”

“好吧，你先坐下，”帕特说，“我去找卡恩先生。”

帕特穿过连通电视台两个部分的主走廊。我外公抚摸着前台的南瓜灯，他想知道为什么南瓜总有一个面像抛光的石头那样光滑，而另一面总是带着条纹和疙瘩，还糊着一层神秘的粉霜。

一分钟过去了，帕特没回来，虽然并不想坐下，但外公强迫自己坐在靠墙的长沙发上，浏览面前的杂志：《电视新闻》《赞助商》《广告时代》《圈子》，还有几本《纽约客》过刊，其中的一本被人翻到有广告的那一页，那是一幅漫画：一个沮丧的渔夫蜷缩在一只靴子里。外公立刻对他产生了同情，接着，他在旁边一页的文章里一眼看到了那个他十分熟悉的字母组合：V-2。

文章的标题是《浪漫之语》，作者名叫丹尼尔·朗，发表于一年半前的1951年4月21日，朗向《纽约客》的读者——大部分是文化阶层的美国公众，抽着登喜路香烟，喝着橙皮力娇酒——透露，令人闻风丧胆的德国V-2火箭背后的科研人员在亚拉巴马州的亨茨维尔过上了幸福的生活——美国陆军聘请了许多此前为纳粹工作过的顶尖科学家为其开发导弹项目。外公听说过这样的传言，它们并没有提到韦纳·冯·布劳恩，而且非常含糊，很容易让人一笑置之。但这篇文章声称，包括冯·布劳恩在内的德国火箭部门的主要科学家（通过“回形针行动”，美军在二战时俘虏了一百多名）现在都在为美国工作，先期在埃尔帕索，后来搬到了亨茨维尔，他们现在享受着优厚的待遇，爱上了美国人的饮食习惯，经常戴着牛仔帽、驾驶雪佛兰外出兜风，其目标是为美国研制足以炸平莫斯科的导弹。朗指出，“回形针行动”是一个人才招募计划，为美国的军备竞赛提供宝贵的“人力资产”。

朗对冯·布劳恩金发碧眼的外貌、魅力十足的举止和对元首及其将领的严正控诉大加赞赏，冯·布劳恩表示，为V–2造成的死亡和破坏而责怪火箭科学家是不公平的——就如同将原子弹造成的恶果归咎于爱因斯坦，因为他们不过是想“为人类前往其他行星烧出一条道路”。朗把这个曾经的党卫军二级突击大队长（少校）塑造成了一个爱好和平的平民和被迫拿起武器反抗的战士，还把由苏联战俘生产V–2、位于诺德豪森的兵工厂描述为“组装车间”。

“这可不怎么好。”巴里·卡恩说。外公抬起头，发现这位导演是个漂亮的小伙子，属于战后新一代犹太年轻知识分子的一员，衣着流里流气：摩托车夹克、直筒工装裤、从来不打领带。站在他身后的帕特无奈地摇摇头，仿佛在对我外公说“瞧，把卡恩先生找来也没用”。“她到底在哪儿，伙计？再过二十五分钟，直播就开始了。”卡恩说。

前台后面的电话响了，帕特转到后面，在响第四声时接起电话。“WAAM。”他听着电话里的声音，双眼泛黄，布满血丝，眼珠子上下打量我外公。“他就在这里，”帕特说，把听筒递给我外公，“你弟弟。”

“夜之女巫”的丈夫和电话另一端的人说了不到五个字就挂了电话，一分钟不到。他转向巴里·卡恩，那个看上去流氓气十足的犹太年轻人被他的目光逼得向后退了一步，甚至差点绊倒，眼睛直直地盯着我外公右手拿着的拆信刀，刀刃上粘着橙色的南瓜瓤。“放松，伙计。”巴里·卡恩说。

2014年，我在马里兰州奥因斯米尔斯卡恩女儿的家里采访他时，他对这个时候的我外公的描述和1957年5月25日那次事件的匿名证人对《纽约每日新闻》记者所说的如出一辙：我还从来没有见过这么生气的人。

外公从裤袋里掏出一块叠好的手帕，擦掉刀刃上的南瓜瓤，把拆信刀放回皮革笔筒，把南瓜灯递给巴里·卡恩。听到雷叔叔电话里告诉他的消息时，我外公随手抄起拆信刀，戳在了南瓜灯上，正中上面的人脸。这张脸上有一双空洞的眼睛，一道细长的裂口作鼻子，一张裂开的嘴，愚蠢而邪恶。

"这是什么？"卡恩不情愿地接过南瓜灯。

"她的替补。"外公说。

他走到茶几旁，拿起1951年4月21日的《纽约客》，掏出奥根博尔的打火机，点燃杂志的一个角，杂志全部着火后，他把它扔进电视台大门口的金属废纸篓。"万圣节快乐。"他说。

火光在废纸篓里闪烁，金属纸篓隆隆作响，又在火焰熄灭后复归于沉默。

卡梅尔修道院位于卡洛琳街和比德尔街的交叉口，是一座宏伟的砖结构建筑，有大铁门和高墙。挂着厚重百叶窗帘的窗户像一道道狭缝，斜坡屋顶上开有天窗，这是寻求避难或忏悔者的目的地，也是将居住在内的人与外界隔绝的好地方。矗立在屋顶的白色十字架仿佛一个伸开双臂准备跳水的人。

依照指示，外公得从后门进去。他把车停在卡洛琳街，找到了修道院院长所说的小巷。这条巷子是典型的巴尔的摩东部的老城区风格，凹凸不平的石头路面让他走得摇摇摆摆。院长说，后门是带花岗岩台阶的铁门，门边有个曲柄，是摇响门铃的机关，但他千万不能碰它，因为在深夜里，卡梅尔必须保持绝对的安静，而且在他敲门之前，她们就能听见他过来。

院长在电话里的威严语气震慑了他。“她过来的时候，我们不知道如何照顾她才是最好的，”外公按照雷叔叔给的号码联系上院长时，她告诉他，“于是我就给她一杯茶和一只枕头。”

一切都如院长所说的那样，铁门在月光下闪着银光，宽大的花岗岩台阶，像胡椒磨手柄的曲柄，上方还有个小牌子，写着“摇”。外公正要抬手敲门，门闩被拉开了，铁门应声敞开，暗影中露出一张苍白的圆脸，如同舞台背景上的满月。

“玛丽·约瑟夫嬷嬷？”

圆脸女子露出好笑、不耐烦和蔑视的表情，她向后退了一步，外公这才发现她可能还不到二十岁，不像是什么嬷嬷，是棕色的修女服让她在黑影中仿佛没有身体，脸看上去像悬挂在暗夜中的月亮。修女服散发出一股清新的薰衣草和蒸汽的味道。年轻修女像赶走一只蜜蜂那样挥挥手，示意外公跟着她，他抬脚跨入卡梅尔的门槛。

这里的雪铲、沙袋、手推车、成卷的捆绑带和旧自行车上都贴着标签，整齐地堆放在架子上或者挂在钩子上，地上摆了许多套鞋、惠灵顿靴和雨靴。一位老修女皮肤黝黑、面有胡须，佝偻着背站在一旁，我外公进门后，这个小小的背影用力将这扇沉重的门合上，接着，年轻修女锁上门闩。大门关得严严实实，卡梅尔地下室的走廊寂静无声、死气沉沉，耳孔里仿佛被人塞进一副耳塞，只能听到自己的吞咽声和脖子的扭动。不时有其他修女与他们擦肩而过，眼睛一律盯着地面，远离入口。

“我来见我的妻子。”外公说。

他的声音突兀刺耳，他想要道歉，但修女们似乎对他刚才的话充耳不闻，没有停步，沿着被漆成黑色的走廊继续向前走，在裸露灯泡的照射下，绿白格纹油毡闪闪发亮，这一定得益于勤于打扫的习惯。修女们朝远处的楼梯间走去，她们的动作有一种缓慢的急迫感，仿佛拿着装满沸水的铁壶，她们在楼梯间底部停住脚步，似乎就打算陪同我外公走这么远，只见一位老修女站在楼梯顶端，朝他弯了弯手掌，外公茫然地对她点点头，然而她们并没有看他。外公开始上楼，道歉的话依旧留在嘴里。

“抱歉。”抵达第一个楼梯平台时，他说。

院长正在等他，她是个英气十足的女人，披着一件宽大的棕色呢子斗篷，仿佛一座高压线塔堵在门口，她的声音很轻，比耳语响亮不了多少，但半点都不柔和，反而充满了压迫感。

“是吗？”她说，“抱歉什么？”

她直视着他的眼睛，鼻梁上架着一副男式眼镜，圆形的黑色镜框，镜片很厚。

“打扰你们了，”外公说，“这么晚了。”

“没什么好抱歉的，是我叫你来的。”

他跟着她进入另一条走廊，这里的地板是硬木的，一尘不染，蜡味浓重，她的毛呢修女服散发着同样好闻的气味，应该刚刚经过了洗涤和熨烫。她领他经过几扇没有标志的门、一组暖气片、一座处于狂喜或痛苦状态的殉道者的赤裸雕像、一位美丽修女的画像——她正用羽毛笔在一本书上写着什么，头顶上的蓝天里有一颗巨大的人类心脏，一支箭穿过了这颗心脏，也许她正在记录关于这一幕的故事。暖气片的管子发出嘶嘶的声音，走廊里过于暖和，前方的大厅里有一扇门，门上挂着锡制的牌子，白底黑字地写着“医务室”几个字。

“等着。”院长说。她再一次挡住外公的去路，把门敞开一条小缝，向里窥探，然后像想起什么似的不耐烦地咕哝了一声，关上门，转身面对我外公，镜片后面透出同情却并非友好的目光。“请跟我来。”

“她在里面吗？”

“是的，跟我来。”

“嬷嬷——”

“拜托，”她指着隔壁的房间说，那里的门是半开的，“你现在需要做出一个决定，我得告诉你一些必要的信息。”

不知怎么，她透着理性的言行举止触动了我外公，他激动地迟疑了一会儿，终于妥协，跟着她走进医务室旁边那个没有标志的房间。她打开头顶的灯，里面有一张桌子和两把椅子、一座堆放着文件的又高又窄的架子、一只空废纸篓和一个金属文件柜，桌上摆着吸墨纸、电话机和一张教皇的镶框照片——他端坐在宝座上，戴着一顶看上去像白色山茱萸的帽子。外公在院长对面的椅子上坐下来。

“在我的记忆中，此前没有任何男人踏足过这个房间，”院长阴沉地说，“通常情况下，应该用屏风把我们两个隔开。”

“这就是你要告诉我的重要信息？”

这句调侃似乎让两人都有点惊讶，院长透过镜框上方看着他。“也许吧，”她故弄玄虚地说，“我给你妻子喝了一些茶。”

“你说过了。”

“缬草茶，具有镇定作用。”

“没错。”

“现在她睡着了。”

“啊。”

“她非常疲惫，我知道你急着见她，我的朋友，但今晚我们必须让她好好睡觉。”

“嬷嬷——”

“当然，你一路找到这里，我相信你非常担心，我能从你脸上看出来，但你会同意我的说法——叫醒她是非常残忍的，对不对？所以，拜托你先回家，明天早晨再来，或者在你明天方便的时候，我们会照顾她的，请放心。”

“嬷嬷，我，嗯，我真的很感激你的关心，还有你们对她的照顾，但我只想带她回家，今晚，现在。”

“我明白，可你确定她愿意跟你回家吗？”

“你是什么意思？”

“别生气，拜托，我虽然是个修女，但我也是女人，我比你了解大部分的男人和做丈夫的。我的怀疑是完全合理的，假如她想要和你在一起，为什么还要离开家呢？”

他不得不承认，她问得有道理。

“她离开家，呃，出门，是因为心情不好。”

“朋友，我来告诉你，你妻子并非‘心情不好’，而是神经错乱。”她顿了顿，似乎在心满意足地等待“神经错乱”四个字的回音消散，“你真的了解她吗？你看出她今天的行为异常了吗？”

“没有。”

“你认真听她说话没有？你注意到她的语言了吗？”

“我在上班，”外公说，“当我回家时，她已经出去了，我没有马上意识到。”

“我明白了，”院长说。“听着，你知道我今晚是怎么找到你的吗？你知道我为什么知道你的名字和电话号码吗？”

“我猜……我猜是她让你打的电话。”

“其实，她半个字都没提到你，反正我没听见。我之所以知道你的名字，是因为，嗯，那是什么时候来着……大约两三个月前，你的妻子在我们的捐献箱里留了一张五百美元的支票，支票的账户是和你联名开设的，但我从来没兑现，因为钱太多了，我觉得不合适。无论如何，我保留了这张支票，你的名字也印在上面，所以我知道了你的联系方式。”

“你是说，她以前来过这里。”

“你妻子每个月都会找一个周日来我们的‘姊妹祈祷会’做祷告，嗯……大约有一年了吧。”

哪怕是责备和怀疑我外公的时候，她眼中的同情始终都在，而且现在升级成了怜悯。

“你不知道。”她说。

“不知道。”

“但是你知道……请原谅，我的朋友，你知道你的妻子并非‘心情不好’，而是患有精神病，对不对？”

他当然知道，但他从来不愿承认和正视这个问题。

“她今晚说的话，唉！”院长闭上眼睛，轻轻摇了摇头。“自称是女巫，‘夜之女巫’，原谅我的措辞，她说自己是骗子、坏妈妈、妓女，还有更糟糕的话。她告诉我，‘我今晚杀了我的孩子’；说她被一匹没有皮的马暴力性侵了，之后，她去了厕所，往马桶里面看，好像孩子就在那里面。”院长急匆匆地说出这些话，好像迫不及待地想要完成这个任务似的，“你从来没听到她说这样的话吗？”

“她从来没……她从来没对我这样说过。”

“最后，我猜我实在是听够了，就坐在她身边，给她缬草茶，告诉她不要再说了。后来她冷静下来，看着我，握着我的手，‘我觉得在这里很安全，’她说，‘只有在这里我才有安全感，我想留下，我有我的使命，嬷嬷，’她说，‘我听到了神的呼召。’”

外公吃惊地笑出了声。“这很疯狂，”他说，“首先，她结婚了，和我。其次，她有个女儿，只有十一岁。第三，她是犹太人。”

他看得出，院长想要提醒他，许多生为犹太人的女性也做了修女[1]，毫无疑问，也有许多修女结过婚，有子女。

“这不一定疯狂，”院长说，“但我这一次恰好同意你的看

1 院长无疑知晓圣衣会修女十字兰德·本笃的故事和她殉难。她生于布雷斯劳的犹太家庭，原名艾迪特·史坦茵，后来死于奥斯维辛的毒气室，1998 年，她被教宗若望·保禄二世封圣，成为圣人。

法，她也许真的听到了呼召，我们两个都没有论断的权力。但她不能留在这里，至少不是在这样的情况下。不过，我的朋友，让我们认清事实：她也不能回家。”

外公想要抗议，她举起了一只苍白的手，每根手指的底部都生着乳白色纽扣一样的硬茧，外公闭上了嘴。

“我不是精神科医生，”院长说，“而你是她的丈夫，所以自然由你来决定，但我也是个训练有素的护士，有这方面的经验，我可以毫不犹豫地告诉你，你妻子非常需要精神科医生的帮助——在精神病院得到治疗，朋友，与此同时，我会和这里的所有姊妹为她的康复祷告。”

地板吱吱地响起来，院长抬起头，外公扭头看到一位瘦小的修女站在门口，长鼻子和露出的四颗门牙像老鼠一样，感觉到外公的目光，她敛目望向地板。

“她醒了吗，西里尔姊妹？”

西里尔姊妹点点头。“她似乎……还挺高兴！”西里尔姊妹鼓足勇气抬起头来，语气中闪过一丝违逆，与我外公的目光相遇。

“西里尔姊妹！”

西里尔再次低下头，“她说，她想告诉他……她受到呼召的事。”

院长看着我外公，坐在椅子里的他意识到自己应该站起来，马上到妻子那里去，抓着她离开这个地方，然而他根本动不了，因为他不知道该把她带到哪里，也想不出我外婆这样的女人究竟属于什么样的地方。

“我该怎么办？”外公说，“该怎么对她说？”

院长朝西里尔挥挥手。“西里尔姊妹，请回到你的岗位。”

“是，嬷嬷。”

“你可以告诉她，她的丈夫很快就去见她。”

西里尔退出房间，地板的吱吱声消失在走廊里之后，院长才转向我外公。

“该对她说什么？好吧，我的朋友，虽然并不应该，但就目前的情况而言，”玛丽·约瑟夫嬷嬷说，“我建议你说谎。”

小房间里暗影幢幢，像是投射石膏球体阴影的素描课，一道弧形黑影如同帷幕包裹着天花板中央的一小团灯光。灯光之下是我的外婆，整个房间里的光线似乎都是从她身上辐射出来的，她坐在铁制病床上，双手按着床单，盖着羊毛毯子，没有化妆，头发整齐地绑在脑后，他从未见过她比这更美的样子。

“你真的明白吗？”

“是的，亲爱的。当然。”

“这是我唯一觉得安全的地方。”

“我知道。”

“我想让我们所有人都安全。我想让我们的女儿安全。”

“是。”

“外面太危险了。”

“我明白。”

“没错，你是一个士兵，你明白什么叫呼召，就是必须做出牺牲的意思。”

他知道，在这种情况下，他不应该把她说的任何话当真，他仿佛听到院长也在如此建议。他明白，我外婆正处于妄想状态，一心打算成为圣衣会的修女，所谓的牺牲就是舍弃俗世的一切，把自己奉上祭坛，涂抹着母马的鲜血。在他脑海里挥之不去的，还有一把利刃和我母亲苍白的喉咙。外公忍不住打了个哆嗦。“好吧。”

“真的好吗？”

“当然。”

她张开胳膊，他走过去拥抱她，她身上有股橄榄油香皂味和一点樟脑球味。

“你真好，”她说，“谢谢。”

他站在那里，脖颈微微抽搐了一下，因为她脸颊上的泪水打湿了他的脖子。他看到床头柜上摆着一本《圣方济各行传》，书本旁边有一张耶稣基督的画像。这是一张现代石版画，具有照相写实主义风格，镶在8×10英寸的金属框里。耶稣看起来像留着胡子、梳着劳伦·白考尔发型的盖·麦迪森，他似乎正在凝视我外公，毫无疑问，他的表情应该充满感同身受的怜悯，但我外公只觉得他在居高临下地可怜他。他想起战争期间自己目睹一位老神父用拉丁文祷言安慰垂死的德国人的情景，当时他真切地感受到了祷告带来的平安，然而画像上的这个漂亮男孩般的耶稣只会让他觉得不安。*你曾经有过机会的，小鬼，*透过酷似盖·麦迪森的眼睛，这个耶稣仿佛对他说，*是你自己失去她的。*

外公撤回身子，看着她的脸，如果她目光空洞，或者说

“面无表情，神情呆滞”的话，倒还好些，至少可以接受。有些东西不见了，就不见了。然而，她的眼神也并不空洞，反而热情洋溢，如往常一样灵动。外公觉得，在某种程度上，她或许知道所谓的“呼召”是无稽之谈、荒诞不经、自欺欺人，可能明天就会醒悟过来，也可能是下周，或者再过几个月，只要和最好的精神科医生聊过天，经过一段时间的休息和舒缓，她就会放下这些念头。

“你知道，一切都会过去，”她说，“我明白你为什么如此难过，耶稣也明白，他会安慰你的。”

“不需要，”外公说，他很想对着耶稣的画像说，“我很好，我们都会好起来，我明天再来看你。”

她笑了，觉得外公的话很可爱，“傻瓜，不是这样的。”

他再也听不下去了，这时她抓住他的手。

“我想给你看个东西。”

“什么东西？”

“我们可爱的宝贝。”她说。

她拿起《圣方济各行传》，找出夹在书页里的一张扑克牌，牌的反面是蓝色的背景和一串白色的月牙，她把纸牌塞给他，但他根本不想把它翻过来去看牌的正面。

当天晚上，外公回到家，发现雷叔叔和我母亲在电视机前面的沙发上睡着了，屏幕上一片雪花，早就没了信号。所有的灯都关着，电视屏幕发出的光亮给房间蒙上了一层灰色。雷叔叔坐在沙发一头，下巴抵着胸口，我母亲穿着灯芯绒裤子躺在沙发垫上，双膝蜷在胸前，头枕着雷叔叔的膝盖，嘴唇在阴影中显得发黑，似乎被什么染了色，从茶几上的那个吃了一半的焦糖苹果判断，外公估计她的嘴唇应该非常红。雷叔叔伸长右胳膊揽着我母亲的身体，从肩膀到臀部，不让她掉下去。

真是一幅天真无邪的温情画面，外公看得有些恍惚，电视机的闪光扰乱了他的平静，让他想起被他扔到垃圾桶里烧掉的旧杂志，还有他开车满福里斯特帕克寻找我外婆时脑子里的计划：那个在海边奔跑的想象中的男孩、兰德公司、“旅行推销员问题”、拓扑学、惯性导航算法……这一切在他的脑海中转瞬即逝，不再回来[1]，但这又有什么关系呢？外婆住院会需要不少钱，对他来说，帕塔普斯科公司的创业梦已经结束，他将不得不把公司卖给韦恩布拉特，找一份更加稳定、更有经济保障的工作。

就在他关掉电视前的那一瞬间，屏幕上的雪花突然扭转为一个熟悉的图案，外公纹丝不动地站了几秒钟，颈后的汗毛几乎竖了起来——屏幕上出现了他交给巴里·卡恩的那个南瓜灯，眼睛是两个黑洞，鼻子是一条狭缝，嘴巴是锯齿状的凹陷。后来他在报纸上读到，《神秘地窖》的最后一次直播，由于主持人的缺席，巴里·卡恩让一只南瓜灯出镜，在里面点了一支蜡烛，就这么让烛火静静地在屏幕上跳动了四十五分钟。外公怀疑，他在屏幕上看到的东西，也许是因为南瓜灯的图像在屏幕上停留的时间太长，在显像管的荧光涂层上留下了残影，抑或

1 当外公回首这段往事时，他对我说：“我几乎是超前于那个时代的。”如今，“旅行推销员问题”及其相关问题的算法已然成了机器人导航前沿研究的核心。

是电视台发射到大气中的一部分信号出现了延迟，很久之后才被电视机接收到。

他关掉电视机，屏幕变黑了，但南瓜灯的脸在他视网膜上留下了邪恶的印记，仿佛跳跃的鬼火，好似闪现的灵光，过了很久才渐渐消失，这时的房间里已经是全然的黑暗。

“还记得我曾经喜欢的那本书《非常奇怪》吗？”我们在我家厨房里端详马头骨的那个下午，我问我母亲，这本非虚构作品的作者是C·B·科比，搜集了许多“无法解释”的超自然事件，是六七十年代学乐出版社的热门书和我童年的最爱之一。“里面讲过一件类似的事，五十年代初，德克萨斯州休斯敦的一家电视台多年前发射的信号，有一天突然出现在英格兰地区的电视上，而这家电视台那时早就关门了，我觉得说的就是这种情况，没人知道信号究竟是从哪里来的。”[1]

“嗯。”我母亲说。

“所以，也许外公看到的是这样的东西。”

我母亲看着我，那时她已经喝了几杯蜂蜜甜酒，眼神柔和了许多。

“也有可能不是。”我说。

她把马头骨放回发黄的毛巾上，把它包起来，塞进“老

---

1 《非常奇怪》将KLEE电视台“幽灵信号”事件作为真实的超自然事件收录在书中，在五十年代中期引得大量报纸争相转载，最后却发现该事件是英国的一位骗子大师出于商业利益的骗人把戏。这简直是古老的“印钞机”骗局的电子版本。

乌鸦”酒箱。我找来一卷胶带，她仔细地封严实了箱子上的每一道缝隙，仿佛害怕什么东西跑出来似的。她把箱子夹在腋下离开了我家，自此我再也没见过它，我们也再也没有谈论过这件事。

20

丰塔纳村住着许多画家，他们画二战飞机油画、贝壳静物画、满怀乡愁的东欧犹太村镇的婚礼，在一年一度的艺术集会上，还会把作品送到活动中心的大厅里展览。

萨莉·西彻尔不是这种画家。她在普拉特上学，在加州大学戴维斯分校教绘画课，阿尼森和第伯都是她的同事，琼·米切尔是她第一次婚礼的伴娘。她的作品并非众所周知——比如我外公，他眼中的伟大画作始于温斯洛·霍默，结束于《模拟》杂志的封面艺术家凯利·弗里亚斯，他就从来没有听说过她——然而西彻尔绝非籍籍无名，她的油画被多家博物馆展出，甚至出现在远在日本的收藏家的墙壁上。旧金山现代艺术博物馆还设在战争纪念大厦里的时候，他们就把萨莉的一幅小型作品挂在某个阴暗的角落，外公去世后不久，我进去参观过一次。像萨莉六十年代的大多数作品一样，画中尽是意义不明的密集意象——抛物线和三角交织成网，红橙色和钛白色强烈对比——看得人眼晕，移开视线之后，在你视网膜的残像中，钛白色的部分还会变成跳跃的蓝绿色。

遇到我外公时，萨莉的第三任丈夫莱斯利·波特去世还不到两个月，她孤独和悲伤的日子却远远没有结束。莱斯利的病程发展一开始相当缓慢，后来逐渐加快，最后无力回天，当时这种病症尚不知名，外公后来意识到，这很可能是艾滋病。时人眼中的怪病耗费了莱斯利一家的大部分积蓄——尽管他在惠普公司工作多年，薪资丰厚（他协助发明了应用于ATM机和加油机的按钮控制屏）——萨莉本人的精神也被拖垮了。她不仅要应付莱斯利病情的反复，还得面对他前妻和三个成年子女（以及他们的配偶和前配偶）无休无止的指手画脚。萨莉告诉我外公，她已经有三年没碰过画笔了。“我没有时间，”她对我外公说，“就算我有时间，也没有精力。我太累了，现在仍然觉得累。”

他们并排躺在我外公的床上，外公在左边，多年来他一直受失眠、噩梦和婚姻与鳏居的忧虑困扰，现在却突然有个散发着琥珀和丁香气味的温暖身体出现在他的床上，这是他们共度的第二个晚上。她的头始终紧靠着外公的肩膀，但他的肩膀瘦骨嶙峋，而她的脸颊太热，她用的香水的名字叫作“鸦片”，他觉得那种香气令人心烦意乱，可他又喜欢她低沉的声音在黑暗中传过来的感觉，她断断续续地向他讲述自己长达七十二年之久的人生经历。他依旧没有和穆巴拉克医生预约，也没告诉萨莉他的验血报告上那些滑稽的数字——他觉得她不需要另外一个病入膏肓的男人出现在她的生活中——但他有种预感，自己不会活着听完她的故事。

“你怀念过去吗？”外公问，汗水被空调蒸发，他的皮肤感到微微刺痛，他打了个哆嗦，向她那边靠得更近了一点。

“不怎么怀念。”她没再继续讲下去，外公因为打断了她而恼怒自己，真是个蠢问题，他想，接着又听到她开口：“我收回刚才的话，其实还是挺怀念的，直到你问出来，我才意识到。”

“对不起。”

“为了什么？”

“让你又有了新的怀念对象。”

“没关系，”萨莉说，“上帝知道，怀念过去好过怀念拉蒙。”

第二天，他开车送她去劳德代尔堡的艺术用品商店。她买了画架、罩布、画布、石膏粉、刷子和几管镉黄、茜素红和钴蓝颜料，还有两箱罐装钛白粉，一箱漂白的，一箱没漂白，他把纸箱从购物车里搬出来，放在柜台上，等收银员结账。

“怎么买这么多白颜料？”他问。

萨莉挑起一边眉毛，她的头发用一条蓝绿相间的马蒂斯领巾绑着，穿一件褪色的衬衫，白底蓝条纹外套，衣领的纽扣没系，看得到她内衣的蕾丝花边。

“你觉得我会直接告诉你吗？”她说，“就这么简单？”

外公已经许多年没被如此有魅力的女人挑逗了，这一刻他才发现自己蛮怀念这种感觉。

“这是个秘密吗？”

“当然是秘密，难道你一点都不懂艺术？”

“我知道阿尔特·卡尼[1]。”

1 外公在这里讲了个双关语。艺术（art）与美国演员阿尔特·卡尼（Art Carney）的名“Art”是同一个单词。——译注

“嘿，你保证以后不再和我说双关语的。”

“我对艺术一无所知。”

“其实连我自己都不知道为什么买这么多白颜料，因此这是个秘密。”

他们开车回到丰塔纳村，外公帮助萨莉把买来的东西搬进她家里。一直没有家具的客卧有一扇滑动玻璃门，满室的阳光，他们把所有东西一股脑儿摆了进去，萨莉像往常一样哈哈大笑起来。

“完全是瞎折腾，”她说，“两周以后你再过来，我向你保证，这里的东西肯定连动都没动过。”

“没错，只要你一直在被我动。”

“我的天，你真是个变态，住手，去杀你的蛇吧，快走。”

我外公伸手搂住萨莉的臀部，把她拉过来，她穿着一条宽松的白色帕夏裤，松紧腰带，他的手很容易地探入裤腰，伸进她的蕾丝内裤，一手握住她的一边屁股，她的屁股不是很大，但沉甸甸的，对他非常有吸引力，他意识到自己已经很久没有如此心神荡漾了。

“还是先喂饱你吧。”萨莉说。

“好啊。”外公说。

他伸出一只脚，勾住那卷还裹着塑料包装的罩布，贴着地板勾过来，一个临时软垫，他在她脚旁跪下。

“上帝，”萨莉说，“噢，我的天。”

他拉下她的外裤和内裤，注视着她小腹以下浓密的灰金色毛发，虽然已经变得稀疏，但依旧很长，摸起来很柔软。他把脸颊贴在她的肚子上，柔软的灰金色毛发蹭着他的耳朵，她私处的气味飘进他的鼻孔，说不上熟悉，但也不是全然陌生。他试过，但始终无法将它与我外婆私处的气味进行比较，因为外婆已经去世很久很久了。

“喂饱我。”他说。

“不准说双关语，”萨莉提醒他，她小心地俯下身子，以免弄脏借来的公寓的地板，“你保证过的。”

21

外公带着迪登斯看了林中空地中的火箭，详细上报了它的位置和状况，他告诉上级，他打算对V-2研发人员采取进一步的行动，但没有提到冯·布劳恩的名字，他决定让迪登斯留在此处，负责把火箭运往西部。他尽可能不让迪登斯知晓他真正的计划。他以为自己单独行动更灵活、速度也更快，但他忘记了一个事实：自己正沉浸在对奥根博尔之死的悲恸之中，而许多悲伤的人总是认为孤独才是自己最需要的东西。

他轮流和两位老人握手，把两包切斯特菲尔德香烟和一包不知名的雪茄塞进老神父手中，神父亲吻了我外公的脸颊，用拉丁语祝福他旅途平安。尤迪特小姐得到的礼物是两罐甜炼乳、一盒盐、1944年2月7日的《生活》杂志——和奥根博尔跟随第104步兵师进入科隆的第二天，它神秘地出现在外公的背包里，那一期的杂志封面是萧伯纳，作为老太太的还礼，外公得到一个冰冷的凝视、用力的握手和一小块落满灰尘的奶酪。

“搞什么鬼？”迪登斯说，“你要去哪里？”他从宿醉中醒来，脸色难看，跑进猪圈呕吐了几次，晃晃悠悠地跟着我外公钻进树林，见到了那个传说中的野兽，这才似乎恢复了过来，像往常一样发起牢骚。

“我会回来的，”外公说谎道，“我只是想去周围转转，你在这里等着，会有人来运走火箭，需要你帮他们装车。”

外公已经告诉上级，发现火箭是迪登斯的功劳，是因为他的脚中箭，他们才会结识领他们见到V–2的神父。

“你有工作要做，”迪登斯警告他，“这是你钻进这片鬼树林的唯一原因。”

“我要逮住那个冯·布劳恩，”外公说，“那才是我的任务。”

“是吗？如果找到他，你会怎么做，嗯？和他亲嘴儿？”他模仿着南方小妞的口音，“亲爱的韦纳宝贝儿，你的火箭让我硬得快爆了，快让我舔舔它！”

“大概吧。”

“噢，韦纳，你真是太冯·布劳恩了！”

外公再也没有见过迪登斯。他走出农场，来到第一个十字路口，几乎立刻听到了发动机的隆隆声和卡车变速器的嘎吱声，两辆半履带车、一辆装甲车和一辆属于第65步兵师第869野战营的2.5吨卡车开了过去，他们晚间与大部队分开，前往帕德博恩，坐在2.5吨卡车上的厨子们有个任务——给那里能找到的所有美国兵提供煎饼早餐。帕德博恩位于通往诺德豪森（根据外公掌握的消息，冯·布劳恩最近出现在那里）的道路附近，于是他爬上卡车车斗，车上装着成袋的面粉、成箱的蛋粉和两桶玉米糖浆。还没来得及提醒自己不要睡，他就不知不觉地睡着了。

外公是被卡车颠醒的，司机在驾驶室里的叫骂声传入耳中。他发现副驾驶一侧的车门上有个徽章模样的标志：一面金盾，中间有个红点。标志下方用白油漆潦草地涂着一串字母，原来，这辆卡车的名字叫“大腿女人”，1944年6月开始服役，由红球运输队的梅尔文·菲什下士从奥马哈海滩驾驶至阿登，菲什下士现在应该十分擅长应付糟糕的路况，然而目前的路况实在是出奇地糟糕。

外公从卡车后面探出脑袋，发现了路况糟糕的原因：德军的一些“勇敢”的战术家派出过一支摩托车队来故布疑阵，掩护党卫军从此地撤退。车队包括二三十辆带挎斗的摩托车和几辆装甲吉普。盟军设在西边山坡上的105毫米自走炮发现了出现在山前空地上的敌人车队，将他们轰成了碎片，碎裂的机械和尸体在车道上绵延一百码，像一大片泥泞的沼泽。已经许多天没有下雨，这片沼泽并非雨水造成，而是轮胎和履带将尘土、血水、尸体和德军的载具燃料碾压到一起形成的，沼泽里还有许多头发，从尸体的特征判断，死去的士兵大多是年纪不大的孩子。

眼下我外公最感兴趣的是那些摩托车，即使在被大炮击中之前，它们也应该是来自废品堆放场、临时拼凑起来的玩意儿，因为上面有许多自行车零件，挎斗似乎是镀锌浴缸改造的，轮胎上净是补丁。先前有自行车、弓箭，看来敌人很快就要用砖头和石块来迎接他们了。这不，他们现在已经开始向盟军投掷孩子们的尸体了。

在一片曾经给炮手们做“保龄球道”的草坡上，有一个德国军官和他的摩托车，“大腿女人”从旁边开过时，军官的左眼似乎紧盯着坐在卡车后面的我外公，除了左眼，他的左半个颅骨和大半张脸都被炮弹削没了，焦黑的顶骨上挂着一绺纤细的金发，好似悬崖上的一撮枯黄的干草，在微风中飘摇。他沾满泥巴的靴子稳稳地踩在一辆看上去似乎完好无损的卡其色摩托车两边，与别的年轻骑手不同，这位军官有着成年人的身量，向后张开的宽肩膀让他的姿态带着挑衅的意味，戴着手套的双手紧紧握住摩托车的把手，他当时也许是独自驶离了车队，企图吸引火力，或者是在指挥未成年的敢死队员们迎着山坡上的炮口冲上去。几辆卡车颠簸着从他身边开了过去，其中一位美国兵或许是看德国军官的金色脑袋和挑衅的姿势不顺眼，于是拔出柯尔特手枪，对准尸体开了几枪，军官残破的脑袋顿时炸成一团血雾，失去了头部的尸体依旧直挺挺地跨骑在摩托车上。

外公从卡车后面跳下来，地上暗红色的泥浆没到了他的脚踝，散发着只有战火才能带来的汞化合物的气味和腐烂的恶臭，就像宪兵灭虱队让战俘脱掉衣服和靴子时的脚臭、腋臭和杀虫剂里的石脑油混合起来的味道。外公从卡车右侧的后视镜里看到了菲什下士困惑的面孔，朝他挥了挥手，感谢对方让他搭便车。

他深一脚浅一脚地走到无头军官旁边，尸体的脖颈上方密密麻麻围了一大群苍蝇，仿佛打算为它临时组成一个新头。外公对军官的喉咙和上椎骨的解剖结构与苍蝇的胃口并不感兴趣，他关心的是摩托车，但这位与我外公一样都是上尉的德国人却并不打算放弃自己的坐骑，虽然没了脑袋，他依然保持着一动不动的姿势，决定抗争到底。

“好了，”外公说，“我明白了。”

他深吸了一口气，把脸扭到一边躲避腐肉的气味和蝇群的骚扰，从后面扳住尸体的上半身，而他的神经系统本能地想要松手，把尸体丢到地上，但他忍住了。他轻轻地扭了几下尸体的双手，把它们从车把上移开，将尸体从座位上搬起来上下摇晃，直到僵硬的腿部松脱，然后让尸体仰卧在草地上，好像搀扶一个醉酒的人躺下。

外公屏着呼吸，取下军官身上的步枪、弹夹和手套——带护腕的黑色皮革长手套，非常纳粹——把这些全部装备在自己身上，皮手套上溅满了血，他在军官的制服裤子上蹭了蹭。

他看了一下摩托车，这是一辆尊达普，虽然肮脏，但维护得不错。机械构造很简单，引擎和齿轮箱挂在如同伸展的蝙蝠指骨般的骨架上，由同一根轴来驱动后轮和挎斗的侧轮，点火装置与变速箱连在一起，四速，挎斗上的帆布遮篷很新，说明这辆车的主人好像已经习惯了独自享受骑行的乐趣。除了橡胶手柄、座椅、轮胎和汽油罐上的钢罩是黑色的，其余部分全部涂成了沙漠棕，挎斗前方印着可爱的白色棕榈树的图案，树身上盖着一个白色的卐字标志，这辆尊达普与周围的环境格格不入，仿佛是八月份的中央公园里的北极熊。直到1990年的时候，我外公仍然会忍不住像1945年一样幻想一下尊达普是如何从马格里布长途跋涉回德国的，是如何一路到韦斯特林山的，隆美尔和他的非洲军是如何节节败退的，真是一段令人遐想的神秘旅程。

他骑上摩托车，一辆路过的军用吉普上的男人向他按按喇叭，我外公举起一只戴着手套的手朝他挥挥，他坐在车上适应了一会儿，转动点火开关，打开油门，踩上脚蹬，引擎重获生机，咔嗒咔嗒地转动起来。

刚骑了十英里他就爱上了它。此前他只骑过一次摩托车，是新泽西的一位台球玩家的BSA，只骑了一个小时，始终觉得不舒服，但尊达普的速度和扭矩让他既满意又惊喜，而且一直有股向前窜的冲劲，那种让人血液都跟着沸腾起来的震动顺着车架直接传到了他的骨骼和关节中。

因为有挎斗上的第三个车轮，这辆车行驶起来非常平稳，在急转弯时也不会打滑。引擎声音响亮，但不吵闹；车身微震，但不颠簸。油箱几乎是满的，里面可能装着土豆制成的乙醇或是蒸馏过的鞋油，又或者是其他代用汽油。的确是一辆好车，虽然它没有帮原主人保住脑袋。骑着摩托去往诺德豪森的路上，外公忍不住想要把这辆车展示给他的新朋友韦纳·冯·布劳恩，他觉得自己仿佛已经载着像性情温顺的大熊一样坐在挎斗里的冯·布劳恩在战后德国高速路上飞驰。

“他还在那里吗？”

“不在。”

“不在？”

“我赶到那里时，他已经走了，早走了。”

“可你最后还是找到了他。”

外公没有回答。他坐了起来，脸朝向窗户。他的呼吸看起来很稳定，但午饭时间已经过了，除了几口果冻，他一上午都没吃东西，我猜他可能感觉有点没力气。“外公？你还好吗？”

“很好。”

“想要点汤吗？妈妈给你做了一些。”

他的眼睛一直看着窗外，似乎我看不到的喂鸟器那边发生了什么有趣的事，也许“捣蛋鬼”偷吃又失败了，但他没有笑。

“我说得太多了。”过了一会儿，他说。

“抱歉，我们可以停下来，你应该休息，休息一下嗓子。”

他做了个鬼脸，驳回了我的建议。他的意思并非说多了嗓子受不了，而是因为在他看来多说无益，也不明智，能用三分钟的谈话来表达自己对汪克尔转子发动机怀才不遇的惋惜已经是他的极限，但我并没有太严肃地对待他的警告，或者说是他对自己的警告。老实说，我觉得他的态度有些孩子气，过于夸张。

“很高兴你愿意告诉我这么多。”我说，我就喜欢传奇般的夸张故事。

“其实我不应该这样。”

“什么？为什么？”

“你太高兴了。”

“我太高兴了？”

“太感兴趣了。”

“噢，并非如此，我不过是觉得非常无聊而已，”我说，“而且所谓的高兴也是出于礼貌表现出来的。”

街上有一群人正在砍树，似乎是为了让山顶的视野更开阔，整个下午都有断断续续的电锯声传来。奥克兰丘陵地区有五座桥：圣马特奥、邓巴顿、海湾、金门和里士满大桥，根据可以看到的桥梁数量，当地的景色被划分成五个等级，最高级别5分，可以看到五座桥。按照这个标准，我母亲的起居室和卧室可以得2分，然而，从我外公的卧室往外看，唯一能看到的横跨两侧、类似桥梁的东西只有一条从街角的电线杆那里探出来的同轴电缆了。

“你觉得这解释了一切？”外公轻蔑地反问，鄙弃地吐出“解释”两个字，“我和你外婆。你母亲。我坐牢。战争。”他转过脸，眼神蒙眬——氢吗啡酮的药效，但我从中窥测到一丝闪光，根据以往的经验，这是愤怒的信号。“你认为这也能解释你自己的问题？”

“反正能解释很多事情。”我说。

“什么都解释不了。”

“总能解释一点吧。”

“不过是些名字、日期和地点而已。”

“好吧。”

“根据这些得不出任何结论，记住我的话，它们没有任何意义。”

“我明白了。”我说。

“哦，你明白了吗？明白了什么？”

“你是个不折不扣的虚无主义者。”

我的话引得外公微笑起来，或者也许是因为“捣蛋鬼”回来了。

“理查德·费曼，”我说，“理查德·费曼博士。”

“他怎么了？”

“他只想找到问题的答案：‘为什么挑战者号会爆炸？’对吧？但答案永远不会是‘因为这是上帝计划的一部分’或者‘挑战者号爆炸了，一些小孩会因此受到启发，长大后成为工程师，发明更安全、更耐用的航天器推进系统’，甚至‘因为人类和他们发明的东西总是倾向于失败’或者‘坏事时常发生’。常见的解释总是这样的：‘因为天气太冷，所以O形圈变脆、失效，燃料从燃料箱里泄漏出来并且起火，导致火箭加速到箭体结构难以承受的程度，所以才分崩离析。’答案总是和日期、名字和数字有关。对费曼来说，知道这些已经足够，因为他的目的就是调查和确认各种细节。”

“问题出在固体火箭助推器，”我的外公说，“不是燃料箱。”

“对。”

他看着我，没有说话，但眼中疑似愤怒的闪光已经不见了，一滴泪水滚过他的脸颊，他又把脸转向窗户。我站起来，从盒子里抽出一张面巾纸，想帮他擦眼泪，但他把我的手推到一边，自己拿过面巾纸。

“我很惭愧。”他说。

“外公……”

“我对自己失望。我这一辈子总是半途而废，人们喜欢对你说，要充分利用时间，然而当你老了，回头看看，却发现你做的所有事无非是浪费时间，到头来手中积攒了一大堆没有开始做或者从来没做完的事，还有你全心全意地努力去做却没能持久的事，以及你拼命想摆脱却一直困扰你的东西。我对自己感到羞愧。”

“我不为你羞愧，”我说，“我为你骄傲。”

他又做了个鬼脸。这一次是在说，我对羞愧的认知——我们那一代将自白作为一种自夸工具的人对羞愧的认知——不过只能填满半个开心果壳。

“无论如何，这是一个很好的故事，”我说，“你得承认。”

“是吗？”他抹掉那滴泪，团起面巾纸，“我走了之后，你可以把它写下来，我授权给你。你尽管可以用它解释一切，给它赋予某种意义，用上你那些花哨的比喻，理清整件事的时间顺序，不要像我这样想到哪儿讲到哪儿，就从我出生的那天晚上开始，1915年3月2日，那天晚上有月食，你知道月食是什么吗？”

“地球的影子落在月球上。”

“没错，这非常重要，我相信这是一个完美的隐喻。就从那时开始。”

“听起来有点像个老掉牙的开头。”我说。

他把纸巾团朝我的头上丢来，它打在我的脸颊上弹了出去，掉到地板上，我弯腰捡起来。它里面的东西可能是我外公一生中的最后一滴眼泪。出于对他的观点——人生是毫无意义的，无论是他的人生，还是每个人的人生——的尊敬，我把它扔进了门旁的废纸篓。

“那么，”我说，“你去了诺德豪森。”

他摇摇头，但他会改口的，我俩都知道。

“没错，该死的，我去了诺德豪森。”他的语气与其说是愤怒，不如说是沮丧，就在那一刻，我明白——我对此一无所知——诺德豪森曾是地球上最糟糕的地方，我心里某个休眠已久的部分仿佛突然睁开了眼睛。

我是被一群习惯压抑自己情绪的沉默的成年人养大的，听说我的父亲曾经是个“大话精”“喜欢吹牛的艺术家”和“花花公子”（总之从外公谈论我父亲时的表情来看，他就是这个意思），但大部分只是听说而已，而且在我面前他显然称得上少言寡语。我也知道，外婆早年间的脾气很坏，内心既古怪疯狂也诗意浪漫，但那些日子已经消散如烟。自我记事以来，我的家人们就倾向于隐藏情绪，不愿意谈论自己的感受。

因此，出于年少的叛逆，我喜欢诗歌，喜欢火热和疯狂的东西，追过的女孩基本上都崇拜兰波、派蒂·史密斯和席德·巴雷特之类的诗人和艺术家，然而，叛逆期过去很久之后，我也习惯于压抑自我。七十年代末，我进入青春期，那是最放荡不羁的一段时光，后来步入成年，正值“复原运动”高涨，主张救赎在于分享经历和感受，如果拒绝分享则意味着会受到诅咒。那天下午，在外公的床前，我开始忍不住怂恿他多给我讲讲诺德豪森和那个年轻金发男人的故事，因为我相信（时至今日，在多数情况下，我依然相信），沉默意味着黑暗，倾诉则会投下光亮。秘密就像肿瘤，叙述则是明亮灼热的放射线，用照射给予治愈。所以，“把心事说出来”是一件好事。

然后我就发现，说起诺德豪森时，外公的语气十分痛苦。

我不由得想起我那个喜欢说大话、甜言蜜语、巧舌如簧的父亲，因为逃税，他经常被人起诉，是进出法庭的常客，有过好几段婚姻，相比之下，外公虽然不善言辞，但他的沉默总让我觉得可以依靠。难道举国上下吵吵闹闹二十年，把心事说出来就能提高国民幸福感吗？最近我在《科学美国人》上读到，发掘被维苏威火山爆发埋葬的古罗马城市赫库兰尼姆时，考古学家意识到，古城废墟的重见天日，破坏了只有深埋地下才得以保存的文物古迹。至于放射疗法，一本医学教科书上说，它比病灶本身的破坏性还要大。总而言之，大多数时候，在正常的生活中，最好与人分享你的想法，向你爱的人表达爱意，请你伤害过的人原谅你，并且面对那些曾经伤害你的人，指出他们伤害了你的事实。遇到需要说出来的事情，言辞胜于沉默，但假如你的经历是言语无法表达的，还是不要讲出来的好。

“我还是来一点汤吧。”外公说。

我走进厨房，拿出冰箱里的特百惠保鲜盒，倒了一碗我母亲做的鸡汤，放进微波炉中加热，同时，撑开床上餐架的支腿，用409清洁剂擦干净，叠好一张餐巾，在餐巾上放了一把勺子。我发现盐和胡椒瓶很像小猎狗，一只白色，一只黑色。有时候他喜欢往汤里面加一点黄色的以色列油煎面包块——他称其为“杏仁”——为了给他多增加点热量，于是我拿了一些放在小碟子里，搁在餐架上。汤热好之后，我把碗放上餐架，端着餐架来到卧室，鸡汤是金黄色的，胡萝卜、芹菜和洋葱像是镶嵌在黄金上的宝石，表面还有一层闪光的金色油脂，冒出的热气中有一丝柠檬的味道，这让我想起了外婆。实在是太好闻了。

我帮助外公坐直身体，把餐架架在他的身体两侧，餐巾塞到他长T恤的领口里。

他俯身过来，脸和鼻孔沉浸在热气中，闭上眼睛，吸了一口气，拿起勺子。我看着他把碗里的大部分东西喝完，汤的味道似乎让他放松了下来。

“好了，”他放下勺子，“韦纳·马格努斯·马克西米利安·冯·布劳恩帝国男爵。”说完这一长串名字，他用意第绪语骂了一句什么。

“洋葱？”我问。

“这是你外曾祖母喜欢说的，意第绪语的骂人话，意思是‘他应该被埋进土里，和洋葱一样’。”

“究竟发生了什么事？”我拿起那本三十年前从沃尔基尔监狱图书馆偷来的《火箭、导弹和太空旅行》，“在维利·莱的书里，你……呃，有人把冯·布劳恩的名字涂掉了，不止一处。”

“是我，”他面无表情地说，“可是没用。”

他往汤里撒了几个“杏仁”，又喝了一勺，齿缝间传来面包块被咬碎的嘎嘣声。

“还有……我记得你不愿看登月直播，还跑到外面去了，可人类登月不是你一辈子都希望看到的吗？”

“是啊。”

“这跟你对冯·布劳恩的看法有关系吗？”

“是啊。”

“这么说，一定发生了什么才让你……？”

又一勺鸡汤进了他的嘴，他咕咚一口咽下去，警惕地直视着我的眼睛，向我的逻辑推断发出挑衅。

“因为那天早晨，当你骑着那辆摩托车的时候，根据你的描述，在那一刻，你好像觉得自己和冯·布劳恩……”

“志趣相投？”

“是啊，然而后来……”我说，他放下勺子，依旧谨慎地盯着我。“你似乎又非常讨厌他。”

“非常讨厌。”他表示同意。

“为什么？”

小时候，当我不愿说出显而易见的事实——外公视之为一种懦弱的行为——的时候，他就会用一种特别的语调重复我刚刚说过的话。对我来说，那种声音就像华纳兄弟动画片里梅尔·布兰克给傻乎乎的寻血猎犬、西藏雪人和其他四肢发达、头脑简单的角色配音一样，但我外公大概觉得他的声音和语气更像小朗·钱尼扮演的《人鼠之间》里的伦尼，总之，用一句话来形容，就是：结结巴巴、缓慢低沉又故作幼稚。

“一定发生了什么。”他装痴卖傻地说。

我等待着。他拿起勺子，端起碗来，似乎打算把碗底刮干净，我决定在母亲下班后立刻向她邀功：*他喜欢汤！我让他喝掉了一整碗。*

他“当啷”一下把勺子扔进碗里，对一个如此虚弱、用了麻醉性药物的病人来说，这个动作可不是一般的剧烈。他把碗推开，后来我在碗沿上发现了一片没有吃干净的碎屑。

“你想知道诺德豪森发生了什么？”他用一贯的急躁刺耳的语气说道，“自己去查。”

22

我母亲回家后，我去了图书馆，这是一座位于山间大道上的小型建筑，外观像一本打开的故事书，星期四晚上延迟闭馆。

我先从《万有引力之虹》开始查起，在加州大学欧文分校修读迈克·克拉克的现代小说研讨班的时候，我读过这本书，我对V–2火箭的大部分了解也是来自这本书（虽然很少但很精确）。我花了一个小时翻阅相关的段落，跟随第二主角——年轻工程师弗朗茨·波克勒——的职业生涯来了解德国的航天飞行历史：魏玛时期的“柏林火箭基地”、异想天开的太空飞行协会[1]、《月亮上的女人》和火箭狂热、随希特勒的崛起而来的火箭研究军事化、佩内明德和——发现这个的时候我有点震惊——诺德豪森，书中主人公泰荣·斯洛索普也去过那里。我还记得自己读过的那些有时荒谬、有时伤感的情节，它们都发生在那个秘密的火箭研究基地，但我已经完全忘记了位于哈茨山脉

1 Verein für Raumschiffahrt，我外公最喜欢的作者维利·莱是该协会的创始人之一，富有的年轻男爵冯·布劳恩是协会成员眼中的神童和代言人，莱公然反对纳粹主义和将火箭科技军事化，1935年，他从德国逃往美国。

的那个基地的名称。不知道外公是否知道或者试着读过这本书，假如读过，他对书中关于战时欧洲和诺德豪森的恐怖的描写作何感想，他认为品钦笔下的飞弹袭击的场面与其他各种品钦本人并没有经历过的事情是否真实？无论如何，这些内容都让我感到信服，可是我又知道什么？除了所谓的“硬科幻”小说——如同《魔山》，外公欣赏其中宏大的艺术构想——之外，他认为大部分小说都是“鬼扯”，觉得阅读小说是浪费时间，还不如多读点非虚构的作品。

除了品钦的著作，我没有发现更多有用的信息，《大不列颠百科全书》中只有一项关于诺德豪森的简短词条，该地的美泰尔沃克火箭工厂，则写着参见V-2火箭、佩内明德的设施和多拉-美泰尔堡集中营。一些二战的历史书提到了佩内明德、美泰尔沃克和多拉-美泰尔堡集中营，但大都是一笔带过。在一本关于第三装甲师从诺曼底至代绍一年跋涉的书中，在将近尾声的几页里也有涉及，透着冷酷和残忍。一本1971年五角大楼授权出版的关于“回形针”行动的书里谨慎地提到了美国军方重金聘用前纳粹技术人员研发火箭，1947年，在他们的干预下，一个名叫戈尔戈·雷克西的纳粹V-2火箭项目中层管理人员被免于战争罪行的起诉。终于，我在1984年3月《纽约时报》的一篇文章（我读的是微缩胶片）里找到了宝藏，它总结了当时最新一期《原子科学家通报》上对“回形针”行动的披露。报上说，行动的知情人根据《信息自由法案》的规定，把尽可能多的秘密文件的内容公布了出来，包括战后美国取得的技术成就，特别是在生物战、航空航天飞行领域，为了获得想要的技术，他们豁免了许多纳粹战犯的罪行，并给予他们精心设置的美国身份掩人耳目。文章说，经过几十年的不作为和否认，美国政府终于剥夺了著名火箭科学家阿瑟·鲁道夫的国籍，并且将他驱逐回德国。他拒绝为自己辩护，面对证明自己在诺德豪森主持V-2火箭制造项目时犯下的罪行的直接证据，他更无从反驳。文章说，除了韦纳·冯·布劳恩，阿瑟·鲁道夫也一直担任“土星五号”的首席设计师，那是承担阿波罗登月运载任务的火箭[1]。

虽然信息不是很多，但我已经理清了大致的脉络。

德国人的计划是，1943年8月开始，在绝密级的秘密工厂（位于远离德国波罗的海海岸的佩内明德岛）生产V-2火箭，同时在那里继续改进和发展现有的技术。V-2的原型机和测试火箭都是由数百名“外国劳工”——关在附近集中营里的囚犯，大部分是波兰人——在佩内明德的车间制造出来的。这些犯人已经开始建造一座新厂房，8月17日，满月，佩内明德成为盟军大规模空袭的目标。佩内明德的秘密浮出水面，情报人员整装待发。空袭行动的代号是“九头蛇”，计划制定者（其中包括丘吉尔的女婿邓肯·桑迪斯）打算将V-2（当时的名字是A-4）扼杀在摇篮中，为此，六百名来自兰开斯特、哈利法克斯和斯特灵的飞行员朝推断中的秘密工厂、实验基地和技术人员的生活区的大致位置投下了两百万公斤的高爆炸弹。

1 在“土星五号”完成最后一次航天任务的四十年后，它仍然是唯一一架能够将人类送往近地轨道之外的火箭。

由于技术水平所限，当时无法进行精确轰炸，一系列的导航与计算错误和飞行误差导致他们在破坏了大部分车间和实验基地的同时炸毁了邻近的集中营，七百多名“外国劳工”在几分钟内丧命，被炸死的德国研究人员则仅有两名，另外，两百名英国空军也付出了生命。根据盟军与德军的毁伤评估，双方一致认为，此次行动将德国的火箭计划推迟了最多八周的时间。

无论如何，“九头蛇”行动至少证明了V-2项目非常脆弱，易于破坏，而正是由于这种脆弱性，海因里希·希姆莱将其置于党卫军的控制之下（韦纳·冯·布劳恩那时已经晋升到少校级别）。显然，火箭工厂处于极度的危险之中，不能建在易于被盟军识别的开阔的海边，必须搬迁，为了防止进一步空袭，还要把工厂隐藏起来。

因此他们选择了哈茨山脉的美泰尔沃克，就在诺德豪森郊外。新的火箭工厂位于一座小山的内部[1]，这充分体现了德国军方选址的创新大胆之处。工人是来自波兰、法国、俄罗斯、捷克和乌克兰的战俘和政治犯，他们从五十英里之外的布痕瓦尔德集中营被运过来，在孔斯坦山里的一处废弃的石膏矿场挖隧道。这处隧道网络就是工厂的所在地，设有车间、办公室、工

1　所有邪恶科学家秘密总部的风格都承袭自诺德豪森的美泰尔沃克兵工厂，或藏身于火山，或伪装成小岛，只能通过地下铁道或者可控制水量的人造湖泊进入，这些后来都出现在007系列电影及其同类影片中。就连现实中的夏延山军事基地——北美防空联合司令部指挥中心与最高级别的防核碉堡，也属于其中之一。

作人员宿舍，最早投入使用的是地下集中营——工人们吃住和死去的地方，他们的尸体会被运回布痕瓦尔德烧掉。

V-2产量的稳步增长需要美泰尔沃克兵工厂能够容纳更多的囚犯，党卫军逼迫犯人在隧道南入口处为他们自己建了一座营地，代号“多拉”，周围又陆续建起附属营地，均以美泰尔沃克为中心，统称为“美泰尔堡”，一处附属营地位于诺德豪森，叫作“波尔克卡森”，身体虚弱或病得无法干活的犯人就被抛弃在这里。自1943年9月纳粹开始挖掘隧道和从布痕瓦尔德运来犯人，到1945年4月盟军攻占美泰尔沃克并解放美泰尔堡，在这段时间里，大约六万名囚犯参加了V-2的制造，最后悲惨地死去。

制造火箭的工人生活在污秽、饥馁和丧失人性的折磨之中。他们身穿条纹囚服，衣衫褴褛，像货物一样被成批运到多拉，睡在四层木板床上，有的在冬天被冻死，有的在夏天被烤死，每年都有数万人死去。他们在极端危险的环境中没日没夜地干活，体力严重透支，没有任何安全保障，隧道里湿热、昏暗、憋闷、拥挤，到处都是肮脏的烟尘和油腻的机器。纪律是严苛的，守卫像野兽一样残忍，稍有违规，就会遭到拳打脚踢乃至酷刑，为了防止集体反抗，定期进行大规模处决，杀一儆百。每次在用来搬运火箭部件的重型起重机上绞死六个人，全体工人乃至冯·布劳恩这样的顶级科学家和工程师都要观看行刑。行刑完毕后，尸体继续挂在工人的头顶示众。虽然破坏行为一经发现会遭到迅速而野蛮的报复，但还是有很多犯人搞破坏，加上恶劣的条件和消极怠工，直接导致V-2相对较高的次品率[1]。随着处死人数的增多，党卫军直接在多拉建了一座焚化场，以节省将死囚尸体运回布痕瓦尔德的麻烦和费用。

1945年4月11日，美军第104步兵师（森林狼）和第三装甲师（矛头）开进诺德豪森，发现了敌人废弃的工厂。波尔克卡森集中营里刚刚暴发过伤寒，敌人并没有给囚犯治疗，加上盟军前一周的空袭，有1500多名犯人死亡，受伤人数则更多。为了掩盖在诺德豪森的暴行，德军撤退前进行了一系列清扫，尸体被运走、集体掩埋，被丢在波尔克卡森的只有奄奄一息和重度伤残的人。这些解放者进入多拉时，更是不敢相信自己的眼睛（他们是第一批进入集中营的美国部队），士兵们拍下的照片和录像登上了世界各地的报纸和电视台，即便历史巧妙过滤了诺德豪森这个地名和发生的事件（至少是在韦纳·冯·布劳恩的第二故乡），诺德豪森的恐怖景象却永远挥之不去，死尸密密麻麻，望不到尽头，囚犯枯瘦如柴、瞪大着眼睛。在孔斯坦山下的隧道中，尚未完成的火箭部件和仍在运转的机器之间，士兵们发现了在美泰尔沃克最后的工人，他们被党卫军抛弃，虚弱得无法移动，更不用说试图逃跑，一把骨头顶着脑袋的样子活像站在竹竿顶部的猫头鹰。工厂的医务室里，死亡囚犯的尸体裸露着躺在瓷砖上，血已经流干了，等待被送往焚化场。

经过六百英里的行军，历经殊死搏斗与二十世纪最残酷的

---

1 在V–2的整个部署期间，不断有火箭在发射后直接坠毁，或者在飞行途中爆炸、飞到别的地方、失控地打转甚至消失在天上或海里。有些时候，我外公发现，有的火箭甚至根本没能从发射台升空。

欧洲寒冬，士兵们已对战争的恐怖习以为常，每一个上战场的人都必须做到，可是，他们仍然被眼前的恐怖所震撼。根据他们后来的回忆——与品钦书中的主人公工程师波克勒在多拉集中营的所见如出一辙——现场的许多目击者还没有走近就已经泪流满面，或者，转过身呕吐起来。

解放者们并不擅长压抑如此强烈的感受，他们很快便群情激愤，要求伸张正义，否则就以牙还牙，似乎两者泾渭分明。他们各处搜寻，准备大展拳脚，然而敌人全都逃走了，包括党卫军和美泰尔沃克的工作人员。我无法找到任何资料能够证明，解放者们考虑过要惩处这些科学头脑们，这些与计算尺和焊烙铁为伍的人们，他们伟大的发明只不过碰巧是第一枚远距离弹道导弹，在残酷威慑下，把他们的恐惧转化成恐惧的帮凶。[1]总之，多拉的解放者们放过了他们，本来对此也无计可施。冯·布劳恩手下的火箭设计者们远在数英里之外，分散躲藏于德国南部和奥地利。最终，是镇上的平民成了恐惧的牺牲品。解放者们只得从多拉和美泰尔沃克返回诺德豪森，用枪把镇上的男人赶出来，命令他们找来铲子，埋葬多拉-美泰尔堡集中营里的所有死难者。

这些就是我那天晚上在蒙特克莱图书馆找到的关于诺德豪森的全部信息。在盟军强迫当地居民埋葬集中营死者之后，我外公的战争生涯落幕之前，对于这段时期，我所掌握的信息非常有限，只能根据外公接下来的几天里不经意间透露的少量事

1 实际非常低效：在诺德豪森死亡的工人数量远远超过在安特卫普和伦敦被炸死的人数，两者比例接近 6:1

实加以推测。

我知道他在诺德豪森解放后的第二天到达那里，同时获知罗斯福去世的消息，他骑着那辆尊达普穿过空荡荡的城镇废墟，因为持有“艾森豪威尔通行证”，路障和各种关卡对他都是开放的，他很容易就找到了周边的各个小集中营，进入山下的工厂。与“森林狼”步兵师和“矛头”装甲师一样，外公身经百战；与他们一样，在我想象中，他也被多拉–美泰尔堡的恐怖景象震撼，也许同样流下了眼泪或者感到反胃。后来，外公告诉我，当他看到这番地狱般的景象，像那些解放者一样，他按捺不住怒火，也十分想要找到发泄愤怒的对象。

根据现场的见闻和幸存者的回忆，外公很快意识到，极有可能担任V–2项目技术主管的韦纳·冯·布劳恩不可能不知道V–2是如何在美泰尔沃克生产出来的。[1]在获得火箭科学先驱者的荣耀的同时，他必须承担随之而来的战争罪责，我外公目睹的所有苦难与暴行共同装载在冯·布劳恩的梦想之路上。事实证明，V–2并非将人类从重力的桎梏中解放出来的手段，反而成了进一步束缚他们的工具。它不是通往群星的快车，而是带来毁灭的使者，上面用阿马托炸药签署着冯·布劳恩男爵的名字。也许他最初的梦想是美好与壮丽的，后来，它的宏大和美

1 事实也的确如此，虽然冯·布劳恩和美国政府一直对此事保密，对诺德豪森的往事也闭口不谈。1943年9月后，冯·布劳恩曾多次造访孔斯坦山，并且亲自从囚犯中挑选出合适的技术工人（大多是法国人），以待日后将他们从布痕瓦尔德送至美泰尔沃克。见迈克尔·诺伊菲尔德的《冯·布劳恩：太空梦想家与战争工程师》（古典书局，2008年）。

丽蒙蔽了冯·布劳恩的眼睛，致使他背叛初衷而不自知，这也是人类的通病。然而当你发现自己的梦想不过是幻觉和谎言造成的冲动的时候，那就应该放弃它，相信你所看到的事实，或者打开你手枪的保险。

在诺德豪森的漫长一天中，外公选择相信眼前的事实，放弃他在想象中与韦纳·冯·布劳恩共同拥有的梦想。随之失去的，还有那段林中空地中的火箭的记忆，那似乎带来平和感觉的半小时，那次与月之女神的对话。当这些全部消散不见，一阵忧郁袭来，再一次，虚空笼罩着他的“心”球，半径一千秒差距内空无一物。在那之后，他像诺德豪森的解放者一样，收起了憎恶与悲伤，剩下的只有无处发泄的愤怒。

“于是我继续找他，”外公说，“或多或少，和计划一样。”

“或多或少？”

“嗯，我不应该一个人找他的，但在那种情况下，是不是独自行动对我来说都无所谓。”

我不确定他说的是什么样的情况，是特指某一情况，还是泛指大多数情况，因为他总喜欢独来独往，和奥根博尔一起是个例外，结果就是他永远没有走出奥根博尔死亡的阴影。我点点头，但表情一定看起来很困惑。

“所谓的情况就是，找到他之后，我应该怎么办，你知道的。”他说。

“杀了那家伙。”

“没错。另一方面，我的选择范围也很大，我有艾森豪威尔通行证，艾克本人亲自签过字，我们CIOS[1]的所有人都有，我有一定程度的自由裁量权，”他说，“所以我完全滥用了这项权力。”

1 Combined Intelligence Objectives Subcomittee，盟军联合情报资料调查小组委员会。——译注

23

在诺德豪森镇，一位隶属于第三装甲师的情报官告诉我外公，有个本地人曾经暗示他，虽然他不清楚美国人想抓捕什么人或者打探什么情报，但愿意悄悄（因为这样做可能会被邻居视为叛徒）为盟军提供帮助，他在镇上开了一家出售狩猎用品和渔具的商店，相信商品目录上也会有符合他们需求的东西。

抵达诺德豪森的第二天清晨，外公就带着香烟、斯帕姆午餐肉、巧克力和一串香蕉去了那家商店，那串香蕉像是金佛的一只手掌，在阴暗的早晨里熠熠生辉。商店位于一个街角，店门一周前刚被英国空军轰炸过，正是这次轰炸杀死了波尔克卡森集中营里的1500名囚犯。商店有两个展示橱窗，其中一个玻璃破碎，遮阳篷掉了下来，另一个是完好的，但遮阳篷刻意拉低，以便掩盖橱窗中并没有多少货物可以展示的事实。转过街角就能看到位于巷尾的波尔克卡森集中营废墟，毫无疑问，以前在顺风的时候，站在店门口就能听到集中营里的声音，闻到那儿的气味。

外公绕到后门，他并不在乎自己的到访是否会危及店主的生命，但他希望表面装作在乎。他按响门铃，出示了艾森豪威尔通行证，和店主交换了几句暗语，对方就让他进去了。

店主向我的外公解释说，他所在的基督教会属于遭到第三帝国歧视和排挤的少数派，最近他店里库存的一批优质曼利夏步枪被当地的纳粹人民冲锋队征用了，只给他留下一些形同废纸的票据。这家伙既愚蠢又唠叨，外公觉得，他的邻居没有早点干掉他，简直是个奇迹。

他拒绝了外公的香烟和巧克力，认为享用这些东西是不道德的；香蕉和午餐肉虽然很好，但他没有对等的商品与我外公交换。外公说，假如店主能够如实回答他的问题，他愿意提供更多的午餐肉甚至一两桶玉米糖浆，否则他就把店主的耳朵挂到鱼钩上，用他店里最强韧的鱼线吊起来，让邻居们都来围观这个叛徒，听凭他们处置，比如用人民冲锋队没看上的老式短枪练练射击，拿他当靶子再合适不过。

微风吹过破损的窗户，篷布发出船帆般的沙沙声。

店主建议外公到赫尔佐克的农场打听消息，农场在通往松德斯豪森的路上，农场的主人赫尔佐克加入了步兵，在德军撤出意大利的路途中被杀了。他的寡妇和一个叫作施托尔茨曼的家伙接管了农场事务，施托尔茨曼曾是美泰尔沃克的工程师，他现在住在赫尔佐克的农场，俨然以农场主赫尔佐克的身份自居。

外公骑着尊达普前往赫尔佐克农场，旁边的挎斗空着。道路在穿过一条小溪后向南拐入桦树林，桦树皮上的花纹在朦胧的晨雾中好似神秘的铭文，让外公觉得仿佛置身墓地，不由得打了一个寒战，突然，感觉有什么锋利的东西穿过了军大衣的左肘部位。他听到步枪开火的声音，从声音判断是小口径步枪，有人正躲在北面的树丛里开枪打他，外公回头向左后方望去，只看到无尽的树木和大衣袖子后侧露出浅色羊毛的小洞。

外公觉得自己被人耍了，这使他恼火，因为他宁愿气愤或沮丧而死，也不希望被自己的愚蠢害死。假如那个店主为了几个火腿罐头和香蕉就能出卖邻居，那么也有可能为了别的东西出卖他这样的美国兵。那个王八蛋很可能在我外公走出店门后就告了密，让人在树林中伏击他。外公转动油门，充分发挥尊达普的潜能，又一颗子弹呼啸而来，但这一次更欠缺准头。道路延伸出桦树林，继续向南蜿蜒，出了树林后，再也没有枪声响起。

距离农场还有四分之一英里远时，他放慢速度，关掉引擎。农场似乎没有被战火完全破坏，灰泥农舍又大又新，二楼安装了现代化的管道；一楼的大窗顶边带有菱形镂空花纹装饰；半木结构的屋顶铺着红瓦，比较符合外公心目中复古中世纪的纳粹建筑风格；谷仓很大，金属屋顶维护得很好。一条阿尔萨斯母狗从草坪的另一头跑过来，皮毛油光闪亮，外公已经很久没有在平民家里见过如此肥壮的狗了，他见到的那些都瘦骨嶙峋的，而且不是垂头丧气就是别有用心，所以他不是很想解决这条找上门来送死的狗，除了无头军官的步枪和瓦尔特手枪，外公还带着一小罐维也纳香肠。他迅速取出折叠刀，打开罐头，立刻将它收买过来，不到一分钟，狗就把香肠吃光了，还用崇拜的眼神看着我外公，一声不吭地跟在他后面进入农舍，连他快要走到厨房门口时都没有出声提醒主人。

他在一尘不染的厨房里找到了赫尔佐克夫人，她正在帮一个十来岁的男孩调整他的假腿。她是一个漂亮的女人，胸部丰满，见到突然出现在自家门口的美国军官，她只是稍微有些紧张。她告诉我外公，这个男孩是她儿子，患有糖尿病，所以很遗憾不能接受他的慷慨馈赠——好时巧克力。男孩金发碧眼，身型纤瘦，恐惧地盯着我外公，他的残肢让我外公想起V-2火箭的头部，断面上的皮肤被假肢摩擦得通红，应该很疼，而假肢对他来说过大过长，也许曾属于另一个身材魁梧一些的孩子。外公本来打算和赫尔佐克夫人多说废话，直接问她施托尔茨曼去了哪里，但这个安静苍白的残疾男孩让他短暂地分了神。

“赫尔佐克先生呢？”外公问。

赫尔佐克夫人警觉地皱起眉头，说了句抱歉，是不是哪里搞错了。她说，她的丈夫是个步兵，在一个叫作圣吉米尼亚诺的地方踩到了地雷——德国地雷，现在他已经不能再打仗，不会危及任何人。说这番话的时候，她看了一眼那个男孩。从她的声音中，外公听不出谎言的迹象，但他注意到她的某些措辞比较含糊。假如她的丈夫真的死了，她就是在为施托尔茨曼打掩护，外公不禁暗暗佩服她在孩子面前撒谎时的那种显露无遗的勉强。

“我的事与你丈夫无关，”他也同样含糊其辞地说，“我非常赶时间，假如你们能尽快解答我的问题，我会马上离开，不再打扰你们。”

母狗从敞开的门缝里钻进来，热情地冲着外公拿过维也纳香肠的手伸出舌头，在我外公身旁坐下，打了个呵欠。赫尔佐克夫人两手抱胸站在对面，我外公忍不住欣赏起她巨大的胸脯，看得出，她巴不得他马上离开，不再打扰他们，但只用这个交换她的回答尚不足够，他很快意识到她可能想要什么东西。

“我可以给你胰岛素，”他说，“三个月的剂量，如果你‘丈夫’愿意回答我的问题的话。”

赫尔佐克夫人将男孩带到餐桌旁的长凳上，把假腿摆在他旁边。“六个月。”她说。

她把他带到了谷仓，一个穿着帆布连身工作服的男人正在里面接生牛犊，煞有介事的样子简直让外公开始认真地怀疑店主给他的信息了。工作服很合身，他的模样也像个干练瘦削的农民，蓝色的眼睛透着平静。赫尔佐克夫人喊他之前，这个男人一直在聚精会神地忙碌，那全神贯注的样子虽然很像工程师，但在勤劳的农民之中应该也不少见。

男人问我外公有何贵干，外公转而面向赫尔佐克夫人用自己所掌握的最正式的德语彬彬有礼地说，他认为她儿子现在一定在想妈妈什么时候才能回到厨房，并且故意称呼她“施托尔茨曼夫人”。她脸颊上泛起一层红晕，一直延伸到苍白的脖颈，外公视其为尴尬的表现，但也不排除愤怒的可能性。

“你去忙吧。”施托尔茨曼告诉她。

她似乎想要抗议或者有话要说，最终还是保持沉默，离开了谷仓。施托尔茨曼转向畜栏中的母牛，它正在舔舐刚生下来的头胎小牛，褐色的胎毛被它舔出了一个个小尖。母牛抬起头，好像听到异样的动静而警惕起来的样子；发出一声像人在迟疑的怪叫；向一旁挪了两步，谷仓里突然充满了铁锈味，包裹着胎衣的第二头小牛从母牛腿间掉落，发出好似靴子从泥地里拔出来的声音。

"生了双胞胎，"外公说，"这常见吗？"

"不是很常见，不。"施托尔茨曼说。

施托尔茨曼蹲下来，开始摆弄牛犊，动作小心翼翼，似乎很从容，但我外公看出他是在拖延时间，在思考说辞，头部微微抽动着。最后，母牛似乎失去了对施托尔茨曼的耐心，突然挤过来挡在他和小牛之间，施托尔茨曼踉跄着退坐在地上，我外公差点笑出来。

施托尔茨曼故作镇定地站起来，仿佛只是要说母牛平安产下了两只小牛，他像个终于干完了全天活计的农民那样，一脸无辜地望向我外公。看到外公手中的瓦尔特手枪时，他叹了口气，在工作服上擦了擦手，留下两条长长的血痕。

"我在找你的同事，"外公压低枪口，"你在美泰尔沃克的同事。"

"美泰尔沃克。"施托尔茨曼重复道。他的语气让人觉得他似乎只听说过美泰尔沃克一两次，并不熟悉那里，而且连那里的地名都念不好。

"我们知道你在那里工作过，你被证人指认了。"经过反复试错，我外公知道审讯的过程中说谎的技巧在于尽可能让自己听起来满怀同情，"我们发现了工资账簿，上面有你的名字。"他从口袋里拿出一包烟，抽出一支搁在嘴里。

"如果你不介意的话，"施托尔茨曼面无表情地说，"请不要抽烟。"他指指我外公身后整齐排列的一人高的干草捆，以及他自己左右两边的畜栏。我外公满不在乎地划亮火柴，点燃香烟，甩了一下火柴，头也不回地往身后一丢，看都不看火是不是被甩灭。“我想让你明白，”他说，“我会很乐意烧掉这个谷仓和这里面的所有东西，假如这样做能让我离冯·布劳恩男爵更近一步的话。”

施托尔茨曼下巴上的一条肌肉抽了抽，眼中透出理解的神情，以及一丝轻蔑。当时我外公并不确定他的轻蔑从何而来，但后来他意识到，施托尔茨曼一定看不起他这条肮脏的美国狗，看不起他所效忠的落后国家，一心想要窃取他们自己没本事征服的星球。

“告诉我他躲在哪里，”外公说，“希望你能合作，否则我只能逮捕和监禁你。”

“如果有必要的话，”施托尔茨曼非常不耐烦地说，“那就请你履行职责，中尉，因为我现在落在了你和你的国家手中。”

“哦，你不会去我们的监狱坐牢，”外公用最为冷静的语气说，“我要把你交给苏联人。”

施托尔茨曼眨眨眼睛，伸出一只手，示意来根烟，我外公给了他一整包。施托尔茨曼控制着打火机的火苗，小心地点燃一支“好彩”，手掌拢着烟头，防止火星飞到草垛上，把另一头塞进嘴里，心满意足地吸了一大口。“我从来没听说过这个冯·布劳恩，对不起。”

外公迅速估量了施托尔茨曼的体重、触及范围、敏捷程度和反应速度，但施托尔茨曼突然恼火地望向他的右边，一阵刮擦声。外公转过身，赫尔佐克夫人抱着男孩出现了，套在假肢上的棕色鞋子从孩子的裤脚里探出来，我外公看不到她的手在哪里。

“告诉他，”她对施托尔茨曼说，“帮帮他，他会帮助马丁的。”

“回房子里去。”施托尔茨曼说。

她猛地放下男孩，举起外公用来换瓦尔特的勃朗宁M1911手枪，指尖探到扳机的位置，抬起手臂，将枪口对准施托尔茨曼的脸。“告诉他。”她重复道。

“是的，”我外公说，“告诉我。”

施托尔茨曼仿若无闻地专心吸烟，凝视着烟头处的火光，我外公听得到母牛舌头的啪嗒声。寡妇稍稍压低了枪口，向右瞄准施托尔茨曼的肩膀，扣下了扳机，施托尔茨曼叫了一声，看起来很惊讶，丝毫不觉得疼，因为我外公的枪里没有子弹。

施托尔茨曼的脸上露出自以为是的笑容，我外公不喜欢他这种表情。他请赫尔佐克夫人把枪给他，从大衣口袋里掏出弹夹换上，又把枪给她，他希望她不会把枪口对着他。赫尔佐克夫人立刻举起枪来，毫不犹豫地再次对准她情夫的肩膀，施托尔茨曼终于服了软。

“韦纳不是主动‘躲起来’的，”施托尔茨曼告诉我外公，“他是被人藏起来的。”

“被谁？”外公问。

施托尔茨曼和赫尔佐克夫人彼此交换了个眼神，她放下枪。

“党卫军，”施托尔茨曼说，“为了确保你们找不到他，他们担心冯·布劳恩一有机会就会投降，为美国政府效劳。”

“他为什么要这样做？”

尽管与冯·布劳恩一同骑摩托车驰骋、分享太空梦的计划破灭，甚至看到了火箭工厂中的惨状，我外公仍然不相信这个人会像诺德豪森的那个店主出卖邻居那样背叛自己的国家。

“他能登上月球，”施托尔茨曼说，“党卫军知道。两年前他们逮捕了他，因为他们怀疑他暗中抽调武器研发资源用于太空飞行的研究，他们不信任他。”

“他们把他藏在哪里，请告诉我？”

“我一点都不知道。”

赫尔佐克夫人再次举起手枪，枪口尽忠职守地盯着目标，她的手指从容地搭在扳机上。

“在巴伐利亚，山上，但我不知道确切的位置！我又怎么会知道？安娜！”他恳求地望着赫尔佐克夫人，她点点头，放下枪，看起来很失望。我外公从她手中抓过枪，她露出害怕的表情。

“对不起。”她说。

“没关系，赫尔佐克夫人。我会给你胰岛素，六个月的剂量。”

巴伐利亚的阿尔卑斯山区。这点情报还不够，而且那里距离诺德豪森很远，至少三百英里。他必须研究一下地图，但不看地图他也知道，自己不得不进入盟军尚未占领的山区，根据美军获得的情报，那里有纳粹的“狼人”——特训出来的少年杀手，五年来，他们一直在某处叫作“鹰巢”[1]的坚实堡垒接受

1 关于此地的许多消息其实是戈培尔的宣传机构刻意炮制出来的。

秘密训练。因此，外公心里给冯·布劳恩罗列的罪名又多了一条——太难找到。那时的他认为这是最不可原谅的罪行，现在看来，这种想法很可能是创伤后应激综合征的表现。他告诉自己，他要逮捕冯·布劳恩，将其作为战犯交给当局，然而实际上这是他到那里去的借口，他知道自己会一枪射穿那个混蛋的心脏。

“无论如何，我都会给你们胰岛素，”他告诉赫尔佐克夫人和马丁，“哪怕他什么都没有告诉我。”

他整理好武装带，戴上右手套，这时身后的泥地里传来拖拖拉拉的脚步声，他以为是那条狗，然而过来的是马丁。男孩穿着粗羊毛裤和打着补丁的毛衣，神情平静，水汪汪的眼睛眯成两条蓝色的狭缝。

“他埋了一个宝藏。”马丁说。

“听起来很刺激。”

外公戴上左手套，抓住摩托车把手，开启油门，发动引擎，假如他能迅速找到胰岛素，天黑时他就能到纽伦堡。

男孩站在那里，在摩托车的隆隆声中说着什么，外公熄灭了发动机。“什么？”

“……因为那个高个子的金发男人。”

“高个子的金发男人。”

“他和另外两个男人在一起，告诉他们要把宝藏埋起来。施托尔茨曼先生说，也许他们能把宝藏埋在山洞里。”

施托尔茨曼不想告诉我外公关于埋宝藏的山洞的事。外公和马丁回到谷仓时，施托尔茨曼和赫尔佐克夫人在争吵，施托尔茨曼试图说服我外公和赫尔佐克夫人，以及马丁自己，是小男孩在胡说，他是个智障。

“但我听到你们说话了，你和高个子金发男人，”马丁说，“他让你把宝藏带到山洞里埋了。”

“胡说。”

赫尔佐克夫人钻进旁边的畜栏，拿出一把干草叉，戳向施托尔茨曼的大腿，动作优雅流畅，四个叉子齿中有三个戳进了肉里，她猛然拔出干草叉，施托尔茨曼裤子上的洞里流出紫黑色的血，他捂着腿倒下了。

“你不是智障，马丁。”赫尔佐格夫人说。

“我知道。”马丁说。

我外公在厨房给施托尔茨曼处理伤口，他找到一瓶苹果白兰地，给施托尔茨曼倒了一杯，对方一口喝干，外公倒了第二杯。

“没有什么宝藏，”施托尔茨曼说，“就是许多文件，足够填满二十个文件柜，是V-2项目的档案，包括每一份图表、研究和测试报告。他被带到南边之前，让我和另外两个同事把它们藏起来。我帮他们给文件装车，然后其中一位同事找了一座废弃的盐矿，他们把文件放在那里，用矿工的炸药封住了洞穴的入口。”

“党卫军知道这个吗？”

“当然不知道。冯·布劳恩想把这些东西作为筹码。我猜美国政府非常希望得到这些文件。”

“我想你是对的。”外公苦恼地说。

他拿出地图，让施托尔茨曼告诉他盐矿的位置，但施托尔茨曼不曾亲自运送文件，只能告诉他一个大致的位置——“布莱谢罗德附近”。

外公走进院子里，点了一支烟。他不得不做出选择。第三装甲师的情报人员告诉他，战争结束后，诺德豪森以及德国的大部分地区都会交给苏联人，苏联军队已经在路上了。假如他继续追踪冯·布劳恩，满足自己惩罚他的心愿，那么V-2项目的文件——制造V-2火箭的配方——可能在他返回前落入苏联手中。假如他留下来寻找文件，冯·布劳恩可能会被苏联人抓走，或者向盟军投降，我外公就不能亲自惩罚他，或者亲自质问他为什么要犯下那样的罪行。假如冯·布劳恩在我外公找到文件之前向盟军投降，他很可能会提出谈判，从而完全逃脱惩罚。假如苏联人赶在我外公之前找到了盐矿，那他的努力就白费了。假如盟军获知了我外公私下的计划，他们一定会逼迫他与其他同事共同行动，他可不想和别人一起追踪冯·布劳恩。

抽完烟，他回到农舍，施托尔茨曼已经在卧室里睡着了，马丁和狗在分吃一个维也纳香肠罐头，赫尔佐克夫人打量了一下我外公的脸色，拿出那瓶苹果白兰地，倒了一小杯给我外公，火辣辣的酒精瞬间浇熄了他的焦躁。

“你打算怎么办？”她问他。

“履行我的责任，”外公说，然后用英语补充道：“天杀的责任。”

1945年5月2日，奥地利蒂罗尔的阿道夫·希特勒隘口，冯·布劳恩在豪斯英格鲍格酒店阳光明媚的露台上召集他的核心团队开会。希特勒死了。德国人输掉了战争。柏林即将陷落。该是投降的时候了。美国的第六军已经来到了山脚下奥地利境内，东边数英里之外的苏军也在向此地迅速集结。冯·布劳恩告诉他的心腹们——其中包括他弟弟马格努斯、瓦尔特·多恩伯格将军（佩内明德的火箭研究机构负责人）、胡泽尔和特斯曼（施托尔茨曼的两个同事，他们藏匿了V-2的研究档案）——如果现在不立即采取行动，他们就会失去决定权，被迫在成为哪一方的俘虏之间做出选择。比起苏联，冯·布劳恩及其心腹很早就认为美国是更适合他们的雇主。他们做出了决定。因此，第二天早晨，粗通一点英文的马格努斯骑着自行车前往山下，给美国人带去好消息。

半山坡上，马格努斯受到了哨兵——来自威斯康星州希博伊根的二等兵弗雷德·施奈克特——的盘查，施奈克特似乎意识不到马格努斯此番投诚的重大价值，引发了无伤大雅的小冲突，幸好，得知此事与冯·布劳恩有关，情报人员赶了过来，致以应有的热情欢迎。几周前，他们接到一位活动在诺德豪森地区的特工的报告，警告他们，冯·布劳恩可能藏在巴伐利亚的阿尔卑斯山区。几个小时后，韦纳·马格努斯·马克西米利安·冯·布劳恩帝国男爵成为第四十四步兵师的俘虏。这次投降看似平常，但它直接促成了不到二十五年之后人类在月球表面首次留下脚印的历史性事件，而冯·布劳恩始终明白这是他必须做到的事情。

当时的冯·布劳恩只有三十三岁，身材高大，金色头发，容貌英俊，由于车祸受伤，左臂和左肩上包着绷带，第二天，接受他投降的美国士兵拍摄的他的照片就登上了美国报纸的头版。照片中的冯·布劳恩衣冠楚楚，潇洒得不像一个战犯，身穿讲究的双排扣西装和长大衣，但最明显的是他吊着绷带、撑着金属支架的胳膊，吊起的角度非常奇怪，很像喜剧片里，莫尔·霍华德和老太太比赛掰手腕的场景中会用到的道具。其次是照片上冯·布劳恩灿烂的笑容，他看上去似乎忍耐了许多年，终于得到了解放，显得非常开心，甚至是目空一切的自命不凡。

他的高兴可能是发自内心的，因为他知道，自己拥有重达两万四千磅、科学价值和战略意义无与伦比的技术文件，我外公猜测，冯·布劳恩打算用这些秘密文件作为筹码换取战后的职位。接着，冯·布劳恩就听说特斯曼和胡泽尔埋在盐矿里的文件已经被美国人挖走了，并没有图像资料记录下那时他脸上是怎样一副表情。

作为赶在苏联人接管诺德豪森之前发现并找到美泰尔沃克文件的美国情报官，当我外公最终得知，即使没有那些被藏起来的文件作为筹码，冯·布劳恩也在美国过上了舒适的战后生活，外公当时脸上是什么表情，同样也不得而知，但他向我回忆起了那时的情景。

24

去纽约州惩教部门自首的两天前，外公开车把我母亲从新泽西送到巴尔的摩，交给他的弟弟照顾。虽然这绝对不是最理想的安排，但外公认为自己别无选择，因为他的母亲和父亲在1954年冬天的几个月里先后死于癌症。

“注意看，”外公告诉我母亲，“房子在你那一侧的街上。”

我母亲已经有五年没有到过巴尔的摩，这里在她眼里变得很陌生。到处都是红砖建成的两层排屋，二楼的外墙镶着白边，它们让我母亲联想到红色的牙龈和白色的牙齿。大部分房子都是平顶的，但每隔一段路就会出现一座带尖顶阁楼的房子，仿佛上尖牙；门廊很窄，有着白色的立柱。面目相似的建筑一眼望不到头，仿佛梦里开车看到的街景。

“我忘记门牌号了。”我母亲说。

外公叹了口气。他抬起搁在方向盘上的右手，从外套前胸口袋里掏出钱包，一盒印着“霍华德-约翰逊餐馆”字样的火柴从钱包里掉到他脚边，他骂了一句，把钱包塞回口袋，强作冷静地说道：“捡起来。”

我母亲探过身子，在踏板和外公鞋尖附近摸来摸去，直到手指触到火柴盒。“捡到了。”

火柴盒里的火柴已经燃尽，空白处记着一个地址，我母亲打开火柴盒，大声念出外公草草写下的门牌号，但两人还是没有头绪。她记得外公带她去过霍华德-约翰逊餐馆，那是不久前一个晴朗的周六，他们家的隔壁邻居洛普斯太太突然前来拜访，带来两本她近期去阿尔图纳拜访妹妹时拍摄的照片。我母亲吃惊地发现，我外婆对洛普斯太太的宾州之旅表现出很大的兴趣，而且，令她喜出望外的是，一向不愿意应付邻居的我外公表示愿意带女儿出去玩。

他开车带我母亲参观了一座养着山羊、绵羊和一只脾气不好的名叫“亚马·苏马克”的羊驼的宠物公园。我母亲知道，十四岁的自己已经超出了参观宠物公园的年龄，但她还是非常高兴。公园里没有别的游客，动物们看上去也十分享受人类的陪伴，它们冲过来欢迎我母亲，紧跟在她的身后。她在园中的大谷仓里玩了轮胎秋千，管理员在栅栏上摆了一些打靶用的空罐头盒，我母亲用点22步枪瞄准射击，几乎全部命中，只有一枪脱靶。回家路上，他们在霍华德-约翰逊餐馆停留，外公为母亲点了炸薯条和胡椒薄荷冰淇淋当午餐。

那一天很热，但坐在有空调的餐馆里的时候，她身上挂着汗水，裸露的双臂和双腿不禁起了鸡皮疙瘩。盛冰淇淋的扇形金属盘子上结了霜，看到我母亲不高兴地蘸着粉红色的冰淇淋吃薯条，外公做出佯装作呕的搞笑表情逗她笑，但她看得出外公的表情背后隐藏着痛苦。过了一会儿，他起身上了个厕所，回来时买了一包“长红”烟，他没有抽烟的习惯，但近几个月他每天都要抽上两包。

刻着化学结构式的打火机没有机油了，在她的印象里，他从没有过这样的疏忽。女招待给他拿来一盒书夹型火柴，外壳印着水绿色、白色和黄色的图案。外公点了一支烟，向后一靠，眼中的痛苦神色有所淡化，他赞美了我母亲的射击技术，然后非常难得地给她讲了一个自己小时候的故事。故事很简单，但挺精彩，是关于外公的儿时玩伴莫西的，莫西的手指被另一个小男孩用点22步枪打中了，最后他用报纸裹住伤口，把手揣在口袋里回了家[1]。

父女俩回家时，起居室里的收音机正在播放伦巴舞曲，但房子里没人，厨房的桌上有个信封，信封斜靠在一只有凸起花纹的花瓶上，花瓶里插着当天从花园里剪下来的白芍药。外婆在信封上写了我母亲的名字，她的书法受到过修女的指点，每一个词都写得像乐谱中的音符。我母亲在信纸里发现了一根红色的羽毛，外婆写道，为了全家人好，她决定返回格雷斯通治病。至于红羽毛代表什么意义，我母亲一直没有弄清楚。

外公又骂了一句，猛踩了一下刹车。“你应该仔细注意门牌号。”他说。

“我一直在仔细看。”

外公开始倒车，汽车发出的声音仿佛他愤怒的叹息。他把头伸出窗外向后看，右胳膊揽着座位靠背，向后倒了三座房子

1 外公从未告诉我母亲，射伤莫西的人正是他，三十二年后，他把这个事实告诉了我。

那么远，在一座带阁楼的房子门口停住。它的门廊被光秃秃的杜鹃花丛包围，外墙没有白色镶边，也不是红砖盖的，看上去似乎由数百块切割整齐的棕色、紫褐色和灰色的石料组成，门廊里没有柱子，搭着锻铁架。透过冲着门廊的窗户，我母亲看到一个女人宽宽的脸，然后一块棉布窗帘就落了下来，挡住了那张脸。

外公给车熄了火，我母亲静静地坐着，两手紧紧地揪住裙子边，眼睛酸涩，眼泪顺着下巴滴到衬衫的小圆领上。车里十分安静，她能听到眼泪落下来的声音，外公轻轻地咂了一下舌头，不知道是生气还是怜惜，我母亲默默希望是后者。

“我没有选择，”我的外公说，“原谅我。”

“不。”我母亲说。她惊讶于自己的大胆，心脏仿佛要从胸腔里跳出来。

外公打开车门走了出去。“行了。”他说。

他穿上他的灰色精纺西装夹克，拉下袖口，抻平灰黑相间的领带，端详着房子的石头外墙[1]。他绕到副驾驶，给我母亲打开车门，我母亲拿衣袖擦了擦脸，钻出车外，跟着外公走到后备厢前。里面有两个装着衣服的手提箱，一个洗漱包，玻璃动物玩偶，便携式唱机，还有一盒45转黑胶唱片，其中有当周新出的《起床啦，小苏西》和盖尔·斯托姆的《暗月亮》。

“我来拿行李，”外公说，“你去按门铃。”

---

1 这座房子的墙很可能是用混凝土仿制的假石头墙，此种风格流行于当时的巴尔的摩地区。

我母亲站在混凝土棋盘格地面上，看着眼前的石头房子，很想说不，但这时雷叔叔出现了。

“慢着！”他站在门廊最高一级台阶上，穿着天蓝色的西装和金色的衬衫，绿色领带上配着金色的花纹。他本打算马上把她领进屋里，但又改了主意，抱着胳膊上下打量她，缓缓地摇了摇头，一侧的嘴角翘了起来，似乎随时都能笑出声。“难以置信，”他说，“不可能。”

1952年搬离巴尔的摩之后，我母亲就没怎么见过雷叔叔，从那时开始他的性格变得更加狂放不羁，我母亲为此很喜欢他。他的车和衣着都变得很夸张，还有他送我母亲的礼物——棕色皮肤的娃娃，戴着雕成水果的木头帽子，红色的连衣裙上绣着“哈瓦那”；一只印有“金块”字样的帆布袋，袋子里有个装着金屑的小瓶，外公见到后既气恼又觉得好玩。雷叔叔每次到外公家，都和我外婆聊个不停，外公则坐在桌旁静听，有一次他们还围坐在山核桃树下谈天。雷叔叔讲的故事很有趣，里面的人物外号也非常滑稽，还有各种怪异的小镇和邻居，要叙述这样的故事，需要懂得大量的黑话。我母亲听得总是很入迷，也没有人赶她走，雷叔叔每次讲完故事，我外公都会手托着下巴，说一句:“我可不相信”或者“骇人听闻”，或者“哦，雷纳德，这是为什么?”但有时他只会微笑，不说话。

“嗨，雷叔叔。”我母亲说。

“你好，娃娃脸。”

她走上台阶，搂住雷叔叔的脖子，亲吻他的脸颊，他的皮肤比她父亲的光滑，闻起来总有一股橙子皮和烟灰的味道。她不必踮着脚尖就能亲到他，还不到十五岁，她就比他高出两英寸了。

“瞧瞧你！没人告诉我你已经长大啦，”他说，“简直太容易了，我的任务完成了！”

我母亲没有立刻回应。

“不对吗？”雷叔叔说，“我一直期待着这一天呢，难道你不期待吗？”

“我猜是吧。”

“当然是啦，宝贝儿，接下来的日子会很好玩儿的。”

前门有个金属邮箱和放晚报的钢丝支架，邮箱上写着“爱因斯坦”。我母亲听说这是雷叔叔的女房东的姓氏，但看到它被写在邮箱上，她觉得有点怪异，因为她认为这个名字与一些她永远不会理解的至关重要的东西密切相关。

“你说来的是个小女孩。”

一个男性化的低音说，说话的正是我母亲在窗口看到的那个女人。她看上去比我母亲现在的年龄大，但回想起来，我母亲认为她那时还不到六十岁，她的黑头发里已经出现了银丝，银色的地方恰好出现在额头两侧，仿佛镶了边，两个额角分别翘起一撮头发，远看好像头上顶了一双波斯拖鞋。她穿着一件好似实验服的长外套，里面的衬衣印着菊花，下身是一条棕色的裙子，她跨进门廊的时候，一阵若有若无的苦味随之飘来。

“爱因斯坦太太。”雷叔叔向我母亲介绍道。“这就是个小女孩，爱因斯坦太太……你多大了来着，甜心？”

“十四。”

爱因斯坦太太上下打量我母亲，双手交叉在胸前。我的母亲确定，苦味来自爱因斯坦太太。后来她得知，雷叔叔的这位房东在派克斯维尔的家畜医院担任接待员，所以无论她去哪里，身上总有一股石炭酸和动物害怕时分泌出来的气味混合在一起的味道。

“十四，”爱因斯坦太太说，“胡说。”她转向雷叔叔道，“你当我是傻子？”

“我可以提供她的出生证明，”雷叔叔面不改色地保证道，我母亲心里一阵恐慌，她不确定自己是否有出生证明，“假如你觉得有必要的话。”

去年夏天，飓风即将袭击德克萨斯州的墨西哥湾海岸时，我母亲在报纸上看到一张照片——飓风可能经过之处的居民正往自家窗户上钉胶合板，爱因斯坦太太当时的谨慎与警惕程度丝毫不逊于这些居民。

“只要涉及你，就一定有必要，”她对雷叔叔说，“我必须采取一切预防措施。”

“哎呀，爱因斯坦太太。”

“你自找的。”她的脑袋以微不可察的幅度左右摇晃，似乎十分不相信雷叔叔，盯着他看了一会儿之后，她转身进到房子里去了。

“她说‘小女孩’是什么意思？”我母亲问雷叔叔，“难道她以为我是男孩吗？”

雷叔叔的牙齿上修补着黄金嵌体，当他咧着嘴笑的时候，你会觉得他准备让你看一眼他打算推销给你的好东西。

“不，甜心，”他说，“她认为你是个女人。”他伸出手去，想要揉揉她的脑袋，半路上又改了主意，只是拍了拍她的肩膀，“别让她……嗯，好吧。”

他看着站在她身后的我外公——两只胳膊下面夹着我母亲的手提箱，左手拿着她的电唱机，右手提着唱片盒。

“真丢脸，曼德雷克，”雷叔叔对我母亲打趣道，“让洛萨帮你拿行李。”

“他不让我帮忙。”

“没错，他不会的。”雷叔叔说。

我外公始终低着头，眼睛藏在帽檐下面，他跺着脚走上台阶，想从我母亲身旁硬挤过去，不打算和雷叔叔说一句话。

“嘿，大长脸，”雷叔叔说，他侧了侧身子，挡住了哥哥的道，等着我外公抬起头来看他，“你怎么连招呼都不愿意打？”

外公停住脚步，点点头，没去看弟弟的眼睛。“你好。”他说。

“就这样？你想对我说的只有这两个字？”

“让开。”我外公轻声说。

雷叔叔故作害怕地让到一边，外公搬着行李进了门。

“我们打算让她住阁楼，”雷叔叔在他身后叫道，“爬梯子的时候小心点，祝你好运，如果你别这么混蛋的话，我或许会考虑帮你把东西搬上去。”

外公提醒弟弟，他根本不需要帮助。雷叔叔朝我母亲翻了个白眼，她想笑却笑不出来。她已经开始担心睡在阁楼上的事情了，而且她才知道上阁楼只能爬梯子，万一她半夜要去厕所怎么办?

“幸亏来住的不是他,”雷叔叔说,“我没法想象他和爱因斯坦太太待在一个屋檐下会是什么样——马尔恰诺对战摩尔,重量级拳王争霸赛。”

“他要去坐牢了,”我母亲说,尽管自己喜欢雷叔叔,他的某些特质总令她感到不安,他不是一个正经的人。“假如他不去坐牢,我们两个谁也不会待在这儿。”

雷叔叔看上去好像被她扇了一巴掌,我母亲感到很抱歉,她逼着自己挤出一个笑容。“无论如何,”她说,“我会押我爸赢。”

“拳王争霸赛?”

“没错。”

“押多少?”

“五美元?”

“可以。”雷叔叔说。两人握了握手。

爱因斯坦太太负责他们的饮食。她每星期收雷叔叔十五美元房费(二楼那个带独立浴室的房间),但不包括餐费,爱因斯坦太太对烹饪没兴趣,很少自己做饭,结果就是没人付钱请她做饭吃。尽管如此,她还是会去洁食肉铺买东西,选最便宜的肉——几乎全是肉筋和软骨,剁碎了熬煮成极具她个人特色的棕色肉汤,黏稠得让我母亲想起果冻,不过是咸味的,而且冒着热气。爱因斯坦太太每个星期都会强迫自己吃一块油煎牛肝配烤洋葱,假如雷叔叔和我母亲在家,她也会强迫他们吃。她丈夫和儿子根本不碰牛肝,而他们两个都死了,她还活着。

但是那天晚上，她准备了一顿像样的晚餐，以乳制品为主。她从一家小食店买来熏白鲑鱼、腌鲱鱼、一打芥末鸡蛋，还有白软干酪、切片芹菜和胡萝卜，甜点是巧克力蛋糕，爱因斯坦太太把蛋糕切开时，可以看到里面粉红色、绿色和黄色的三层蛋糕胚，各层之间夹着树莓果酱。虽然除了相信牛肝的滋补功效，她对食物毫不讲究，但她知道我外公把女儿送来之后会到哪里去，在他失去自由前，至少她可以为他准备一餐可口的家常菜。

“你真好。”外公说，把他的盘子推到一边。

“哪有。”爱因斯坦太太说。她看着我母亲，她正在考虑要不要来第二块蛋糕。“一块就够了。”爱因斯坦太太说。

我母亲点点头，放下叉子。

“你弟弟可能告诉过你，我对你们的安排十分不放心，”爱因斯坦太太说，“我想象不出雷纳德照顾孩子会是什么样子，恐怕这个担子最后还是会落在我身上。我不怎么喜欢小孩，我有过一个孩子，那一个就已经够我受的了。”

外公看了看他弟弟。“你不是说她觉得‘还好’吗？”

“‘还好’是个相对的术语。”雷叔叔说。

我母亲告诉我，她仍然记得听到这些话时自己的脸颊有多热。她坐立不安，腿不由自主地发抖，差点就冲着爱因斯坦太太爆发出来，表达自己的愤怒，批驳她对小孩的偏见。最后还是忍住了，因为她想不出除了这里自己还有什么地方可去。

“我不要求什么‘还好’，”爱因斯坦太太说，“这孩子显然需要一个家。”

外公从前厅的钩子上拿下他的帽子时，还不到八点钟，我母亲试图尽量稳重地坐在爱因斯坦太太的沙发上。淡粉色雪尼尔沙发上裹着一层透明塑料罩，她感觉裙摆下大腿的皮肤紧贴着塑料沙发套，假装那一点点黏性足以阻止她站起来。可是最终，她依然挣脱了黏力，跑向父亲，双臂环抱着他的腰，脸靠着他的衬衫前襟，看到她并没有大吵大闹，外公双手捧住她的头，把她的脸抬起来，和他的脸相对。

“假如我认为你还没准备好的话，我是不会要求你这样做的，”他说，声音低沉，几乎称得上镇定，“明白吗？”

我母亲点点头，泪水从她的眼角溢出来，划过太阳穴，流进耳孔。

“你很坚强，”他说，“像我一样。”

他把嘴唇按在她的前额上，撤开时拿胡茬蹭了蹭她。几小时之后，我母亲躺在爱因斯坦太太家阁楼折叠床上试图入睡时，似乎依然可以感觉到他亲吻的热度在皮肤上留下晒伤般的灼痛。直到这时候，在黑暗中嗅着老旧的行李箱和雨靴的味道，我母亲才意识到，她应该问问我外公，假如他认为她还没有准备好，又会怎么做。她躺在黑暗中，想象着假如自己没有那么坚强，又会从他那里得到多少慈悲的恩惠。

25

因被控严重伤害罪，外公可能被判五年刑期，但1957年时，纽约已经面临司法案件严重积压的问题，到六十年代末，法院系统不堪重负，濒临崩溃，作为老兵和没有犯罪记录的拖家带口的男人，外公被说服放弃要求审判的权利，承认有罪，以换取较轻的一般伤害罪量刑，结果他被判处在沃尔基尔监狱服刑二十个月。

沃尔基尔是抱着实验目的建造起来的，当时纽约州的州长是富兰克林·罗斯福。监狱周边并没有被墙壁或护栏包围，三条步道和灰色的哥特式石头建筑会让访客觉得这里像一座男校或者神学院，这里有图书馆、健身房、游泳池、效益不错的奶牛场、马厩、机械与手工车间、温室、菜园、果园、家畜和蜜蜂。在训练有素的狱警的监管下，犯人需要学习知识技能，从事有偿的手工或农业劳作，抑或是在沃尔基尔的两家工厂工作，制造眼镜或者塑料小玩意儿。狱警由监狱长亲自招募，以确保他们完全认同沃尔基尔的宗旨和制度。狱警穿得像公园管理员，携带手铐，但没有枪和警棍。每个犯人都有自己的单间，带一个小阳台，可以随意在上面种花种菜；每人发一把自己牢房的钥匙，从熄灯后到起床前，犯人必须待在牢房里，不过，一旦狱方认为你值得信任，你会获得相当程度的进出自由，只要做到按时上工、用餐、锻炼、参加礼拜，与其他必须服从的事务，剩下的时间你完全可以自由支配。

入狱的第一夜，外公睡得不好。院子里的灯光雪亮，光线顺着牢房铁门的窥视孔投进室内，走廊里也有噪声，床垫皱皱巴巴，空气黏稠沉闷。囚犯们此起彼伏的鼾声让他觉得自己是在一个满是奶牛、猪和鸡的闹哄哄的谷仓里过夜，隔壁牢房的人还会偶尔爆发出一阵歇斯底里的咳嗽，听上去就像一面大鼓从楼梯上滚了下去，苦不堪言。

我外公在床上躺了好几个小时，胳膊交叠在脑后，想着妻子和女儿。他仿佛看到我母亲站在拥挤的赛马场观众台上，没中奖的马票像雪片一样落在她周围，喧嚣的人群激动地咆哮着；又似乎看到她躺在像是黑格斯敦的一家台球房最里面的一张桌子上，头发底下压着代数课本或者《现代银幕》杂志，旁边的雷叔叔痛打了一个小混混，可后来，这个小流氓在一条巷子里把他打死后，强奸了我母亲。幻想到我外婆被拖到灯光刺眼的手术室里捆起来、被扔到满是冰块的浴缸里、被换上约束衣、被强行灌药的时候，他一下子坐了起来，浑身抖个不停。

外公走到窗口，打算仰望夜空，然而事实证明，沃尔基尔监狱的灯光消灭了星光。躺回狭窄的单人床，外公决定把天花板当成天文台的穹顶，根据自己记忆中的星座位置描绘星空。他想象着海豚座、印第安座和显微镜座，在天琴座找到了环状星云。仙后座和仙女座仿佛从他的脑中升起，让他联想到它们那些令人不快的传说，仙后像个备受折磨的母亲，呈M形蜷缩在他面前，被锁链捆缚的仙女不安地等待着即将到来的命运。这些场面是他根本不愿去想的，他关闭了脑中的天文望远镜，群星消失了。

谁知刚翻了个身，我外婆又回到了他的脑子里，这一次，她光着身子躺在他们的婚床上，双腿贴在一起，外公站在她脚旁，低头望向她双腿间的缝隙，她的屁股如同成熟柔软的杏子，他握住她的脚踝，分开她的腿。

他梦见了高中时代喜欢的女孩，然后就被起床的铃声惊醒，睁开眼睛才想起自己在监狱里，二十个月后就是1959年了。

他穿上沃尔基尔监狱的囚服——深蓝色的工作衬衫和灰色的毛葛长裤，坐在床边系鞋带，这时他偶然间瞥了一眼窗外的天空。难以言喻的是，这后来被证明是个错误。

正如我此前所说，我外公是个不爱流泪的人，不由自主地想哭时，他会强忍。上一次他允许自己哭泣还是胡佛任总统的时候，他还是个小毛孩。和流血一样，眼泪也有它的功能，用于表示你所吸收的打击的严重性和深刻程度。一般来说，当朋友死在你的怀里，你的妻子失去了理智，或者你在爱因斯坦太太的前厅里和女儿道别时，眼泪才会出现，你的心也随之流血；和流血一样，眼泪也应该能被止住。可现在是怎么回事？为什么看到卡茨基尔山区夏末的蓝天也会让他有流泪的冲动？难道是他的视觉细胞受到了日光的刺激？

早饭七点钟准时开始，狱警告诉他，哪怕迟到一分钟，也不许进食堂，只能饿到中午。公共浴室位于走廊尽头，可能要排队上厕所和洗漱，而他现在很想小便，所以最好别再傻呆呆地两眼望天，穿上靴子，这就出门去。

有人敲门，他惊得跳了起来。“谁？”他叫道，随后清了清嗓子，又问了一遍：“有事吗？”

“打扰了，”外面的人彬彬有礼地说，“我是——阿尔弗雷德·斯托奇医生。”

昨天来到这里的时候，内科医生和精神科医生已经为外公检查过身体，他们之中没有一个叫作阿尔弗雷德·斯托奇的，而监狱长的名字是瓦莱克。

“等一下。”外公系好鞋带，起身开门，他惊讶地发现门外站着的也是个囚犯。前一天晚上他在食堂里就注意到了这个人，对方的身高超过了六英尺，习惯性地弓着背，黑色的小胡子中夹杂着银丝，戴着厚重的黑眼镜，斜视的左眼不自然地向外翻，严重近视的右眼在镜片的矫正下显得小了许多，这副眼镜看起来并不普通，似乎是他自己制作的，能够让他看到角落里或者反方向的东西。斯托奇医生朝我外公伸出宽大修长的右手，他的手很适合弹钢琴，不用完全伸开就能跨越一个半八度。

“我是隔壁的，”斯托奇医生说，他的英式英语混杂德国口音，听起来相当优雅，好比莱斯利·霍华德扮演普鲁士男爵，“我想过来看看你……啊，”他急忙把视线从我外公脸上移开，但斜视的左眼仍旧朝向这边，“非常抱歉，打扰你了。”

外公抬起衣袖，胡乱擦了擦脸。“没有的事”，他说，“我正打算去洗漱。”

“好的，”斯托奇医生说，“你知道吧，我看到你的门关着，你是新来的，所以我不清楚你是否知道——”

“我知道，”外公说，“如果七点整不去吃饭，就会被关在外面。”

“噢，这是真的，”斯托奇医生说，“他们干得出来。”

他的措辞像是抱怨，语气却接近于夸口，仿佛斯托奇医生本人参与了监狱规则的制定。

外公跟着斯托奇医生跨进走廊，带上牢房门，从口袋里拿出钥匙。

“噢，没人会锁门，”斯托奇医生说，“当然，这是你的自由，但锁很不结实，锁不锁都一样。”外公从他的语气里听出无奈的意味，似乎斯托奇医生的东西经常被偷，“用扑克牌就能撬开。”外公锁上门，斯托奇医生优雅地耸耸肩。“当然，聊胜于无。”他说。

两人经过斯托奇医生的牢房，他推开了门。“瞧，和你那边一模一样。”

还是炫耀般的口气，好像监狱规则的制定都要经过他本人的批准似的。不过他的话倒是真的，这里和我外公的牢房一模一样：同样的单人铺位、台灯、椅子、桌子、小五斗柜、窗外的一方小小的蓝天。没有照片，几本袖珍书堆在桌上，书脊上贴着图书室的标签，最上面的那本是哈尔·克莱门特的《重力使命》。《惊奇》杂志首次连载这部“硬科幻”作品的时候，外公就对它十分着迷，连载推出一年后，他花了三美元买了一部双日出版社出版的精装本，1974年，他送我一本最新版，这一直是他最喜欢的书之一。

然而我外公并没有告诉斯托奇医生，对这本书感兴趣意味着他们有成为朋友的可能。这种情况好比你在晚饭时间走进邻居家，把误送到你家的信件交给他们，他们家里飘荡着胡萝卜和月桂叶的气味，他们还没来得及请你坐下——喝杯水或者尝一点汤，至少脱下你的大衣——你就摇摇头说：不用了，我先走了。

“非常好。”他说。

他们沿着长廊走向浴室，大多数其他犯人已经到楼下的食堂去了。他们的牢房门要么敞开，要么虚掩，有的室内挂着印有年轻姑娘的日历，有的摆着孩子的照片，或者贴着水彩画、艾娃·加德纳的海报、沙瓦甘克山的风景照片，还有间屋子里有座圣母玛利亚的瓷像，头上的光环镶着金边。

“我猜你会觉得食物相当可口。”斯托奇医生说。

“晚餐还不错，牛肉和通心粉，没什么烹调难度。”

“我们经常吃通心粉。”

“这玩意儿容易填饱肚子。”

“而且便宜。我是牙医，顺便说一句，”斯托奇医生说，“想知道我为什么进来的吗？还有，你一定对我的口音感到好奇吧？我觉得有必要告诉你真相，因为必须澄清可能引起的怀疑……你是犹太人，对吗？很好，请放心，我不是纳粹，虽然我是德国人，但我痛恨希特勒，从来都没有加入过纳粹党，我在他们入侵波兰之前就离开德国去了伦敦，我经历过伦敦的闪电战，有三次都差点被德国人的炮火杀死，其中包括V-2飞弹。听说他们把犹太人赶进奥斯维辛或贝尔森的集中营之后，都要把他们的金牙拔下来，我可干不出那种事，我一辈子都住在汉堡，从没去过那些地方，我也从来没有帮纳粹做过可怕的牙科实验，或者在没有麻醉的情况下给病人做手术，我不骗人，不做亏心事。战争结束后，我移民到布法罗，1953年，他们以没有执照行医为名逮捕了我，这在纽约州是重罪，唉。这就是我住在你隔壁牢房的原因。”

这番解释来得很是突然，仿佛沃尔基尔监狱的规定还包括必须在你狱友走到浴室之前就承认你的罪行似的，加上斯托奇医生的供述中还有许多尚待消化的内容，我外公一时间不知该如何回应。

“我是个推销员。”他说。

进了浴室，斯托奇医生突然变得紧张起来，一声不吭地钻进我外公旁边的隔间。槽式水池边，一个耳朵残缺不全、胸肌发达、前臂上有大片文身的囚犯在洗手，他关上水龙头，走向墙边，从白色架子上取下一块螺纹毛巾，耐心地擦干健壮的双手，扭头对我外公笑了笑，说：“嗨。”根据迅速而冷静的判断，这是个友好的微笑。外公猜测，他是前海军陆战队队员。中量级至轻重量级之间，前躯伸展性良好，但膝盖受过伤。

“早上好。”他说。

“我叫哈伯，哈伯·格曼。”他朝我外公挤挤眼，大声叫道，“早餐时见，阿尔。”他有着慵懒的中西部口音，让我外公想起迪恩·马丁。

隔间里的斯托奇医生似乎嘟囔了一句什么，哈伯朝隔间的方向侧侧脑袋，翻了个白眼。“他可真能拉。”哈伯快活地说。

我外公没说话，他本能地反感那些朝他挤眉弄眼的人。虽然对斯托奇医生的好恶尚无定论，但他知道自己在接下来的一周里都不会对这个哈伯·格曼产生什么好感。没有人能改变什么。满怀敌意，挑起争端，结下宿怨，这就是让人屈服于沃尔基尔的现实，也是交朋友的机会。虽然他还有二十个月的刑期，但我外公不打算在监狱里交朋友，只想当个旁观的路人。

格曼晃晃悠悠地走向我外公，故意把脸凑得很近，他呼出的气有股铸铁锅的味道。

“给你个建议，”他故作严肃地说，把丑恶的本性隐藏在庄严的面具背后，一阵意味深长的停顿，我外公耐心地等他再次开口，“千万别惹牙医。”

他吹起口哨，晃悠着走开了。我外公走到小便池前，排尿帮助他缓解了斯托奇医生和哈伯·格曼引发的紧张情绪，这时，斯托奇医生匆匆走出隔间。

“你在这儿！”他说，仿佛他和我外公在树林里散步，两人短暂分开后又碰上了，“吃饭去吧？”

七点零一分，他们来到食堂，因为这是我外公来沃尔基尔的第一顿早餐，守门的决定破例放他一马。“进去吧，去领你的烤饼，”看守拿肩膀顶着食堂的旋转门，让我外公进去，“下不为例，记住了吗？”

我外公走进食堂之后，看守侧身堵在门口。

“你今天上午要挨饿了，医生。”他说，人情味消失殆尽。

“所以你总说那句话？”

"说什么?"

"就是你经常说的那句'千万别惹牙医。'"我说。

"我说过吗?"

"当然,你经常这样建议我们,"

"不过是一条常识而已,"外公说,"我从不给人建议。"

我在记忆中搜寻可以批驳他的反例,想起他也常说"别把吹风机搁在浴缸旁边""不用创可贴伤口好得更快",还有关于杜宾狗的"常识"——"他能嗅出你害怕的味道。"

"这么说,你讨厌建议。"我说。

"不是讨厌,而是觉得建议没意义。"

"好吧。"

"他们只能束缚自己的手脚,让他们瞻前顾后,浪费许多时间,七嘴八舌,指手画脚,最后他们还是得按照原计划去做。如果你给他们提建议,假如事情出了什么差错,他们会埋怨你。"

我很想问问浪费他时间的"他们"指的是谁,但这个"他们"可能泛指所有人类。

"所以,无论牙医想对我做点什么,我都应该说'好的'?"

"随你便,反正每天都有人死在牙医诊所。"

"可怜的斯托奇医生,"我说,"你后来对他好一点了吗?"

"我可没有对他不好,我只是不和他说话而已,我不和任何人说话,也不希望任何人找我说话,这就是我的计划。"

对此我并不惊讶。

"是啊,不过,那个叫哈伯的家伙不是折磨了他好几个月……”

“一年。”

“然后你搬到了他隔壁，在这之前，斯托奇医生就受欺负、被人叫‘纳粹’了，连那些对待其他囚犯不错的警卫都会虐待他？”

“岂止是‘不错’，”

“而你，人高马大，一看就是个狠角色，所以斯托奇医生和你套近乎，希望你能维护他？”

“狠角色。”外公咂摸着这个词的味道，不置可否。

“我敢打赌，他想和你交朋友，听起来他需要一个朋友。”

“没错，”外公说，“是这样。”

他闭上眼睛，出了一会儿神，我觉得这天下午的谈话可能已经结束了，快要四点钟了，护士四点半会过来值班，但这时我外公睁开了眼睛，神色痛苦，药劲过了。

“在沃尔基尔的每一次违规行为都会导致你的刑期延长，比如打架、和其他囚犯争吵，延长的刑期非常可观，通常是好几个月，打一架就得多坐几个月的牢，仅次于越狱得到的惩罚，他们叫越狱‘翻过那座山’。假如屡教不改，假如对哈伯·格曼那样的混蛋动手而导致严重后果，就会把你送到格林海文或者奥本监狱，最高安全级别，监狱中的监狱，最坏的人待的地方。我坐牢时你母亲十四岁，她在巴尔的摩连一个熟人都没有，和台球室老千住在一起，房东是个脾气暴躁的老太太，苦苦盼着我出狱，而你外婆……”

“我知道，”我说，“很抱歉。嘿，我不会怪你的，外公。”

他看着窗外，那只叫作“捣蛋鬼”的松鼠坐在篱笆顶部，面向常春藤，背朝喂食器，一副万事不关心的样子，又似乎是灰心丧气。“你该吃药了。”

“我不想吃。”

“来吧，我真的很抱歉，好吗？来吧，你需要吃药，外公。”我又叫了他一声，模仿《小熊维尼》里小驴咿唷的声音，然后又用达斯·维德的语调重复了一遍，可他还是看着窗外那只一点都不想搭理他的松鼠。“你想就着什么吃？”我说。

他终于扭头看我。“冰镇啤酒。”

“真的吗？可以吗？”

他无力地挑起一边的眉毛，仿佛在说：那他妈的又有什么关系呢？

我去了厨房，打开一瓶多瑟瑰啤酒，倒在塑料杯里一些。那时我刚去加州不久，墨西哥啤酒对我而言仍然具有相当大的吸引力，我犹豫了一下，把塑料杯里的啤酒倒进一只高身玻璃杯，举起酒瓶，往玻璃杯里添满酒，晃了晃杯子，这样外公吞药的时候就不会喝到一大口泡沫。我郑重地端着啤酒杯走进客卧，不知怎么，我非常期待看着他享用啤酒。

他把氢吗啡酮药片搁到粗糙的舌面上，就着一大口啤酒吞了下去。

“棒极了。”我说。

他闭上眼睛，表情既满足又庄重。“嗯。”他说。

“感觉不错吧？”

“很好。”

“再来点？”

我再次把杯子递给他，他慢慢地吸了一大口，还给我杯子。“够了，”他说，“谢谢你，去吧，亲爱的，你的任务完成了。”

我坐在椅子上，喝了一口啤酒，看着他舔嘴唇，复杂的苦味流连在他的舌尖，引起悠长的共鸣。

“斯托奇，他是个讨厌鬼，”他说，“我一定是疯了。”

26

在沃尔基尔监狱，晚上的大部分时间是由犯人自行支配的，可以去娱乐室玩乒乓球、棋牌游戏，听唱片和收音机。外公服刑期间，监狱长瓦莱克自掏腰包，为犯人们添置了一台“菲尔科”牌新电视，摆在收音机旁边，大家可以在周五晚上看拳赛。乒乓球的损坏率超过了补给率，而不知出于何种原因，唱片机通常用于播放波尔卡音乐或者葡萄牙语教学节目，棋子、纸牌和骰子经常缺少，犯人们只好用瓶盖、软木塞和黏土自制一些来代替。有一次，《大富翁》的棋盘丢了，不知是谁在一块松木板上重画了个棋盘，还调皮地把纽约州的奥尔巴尼换成了大西洋城，给所有房产打了五折。虽然电视信号很差，屏幕上有许多雪花，但许多犯人仍然对着拳台上幽魂般的模糊人影看得津津有味。

一些充分利用过娱乐室各项功能的囚犯会选择待在自己的牢房里，其中的很多人加入了祷告小组或者每周研经小组。大部分人都会发展出自己的爱好，比如画水彩画或者油画、雕刻木头鸭子、建造鸟舍、把金属片折叠成餐巾架、用车床制作桌子、照顾家畜（尤其是马）。我外公自然也有他的爱好——组装和修理收音机，在那个被称为“小屋”的维修室里，除了一台海利克拉夫特斯短波收音机，还有一个收音机修理台。

来自沃尔基尔周边城镇和村庄的人会把坏掉的收音机带进监狱，获得廉价的修理服务，那些出现各种有趣问题的收音机最终会得到令其主人满意的修复。其实修理起来也简单，只需找出坏掉的零件，用合适的工具加以更换，然后逐一排除各种故障即可，对外公而言，这多少是种慰藉。这些问题比每天晚上外公躺在床上思考的那些烦心事要简单得多，在他的梦里，令人苦恼的麻烦事更是一个接着一个，但在无线电维修室里，没有他解决不了的难题，在米罗华公司制造的机械世界里，问题能被找到、故障能被排除、收音机能被修好，有时用一根棉签、一条铜线和一滴焊锡就能轻松搞定，而且他总是喜欢闻被烙铁烧软了的焊锡的甜味。

即便是斯托奇医生出现在维修室的那些夜晚，外公也能容忍或者忽略他的存在。斯托奇会戴上耳机，在角落里的海利克拉夫特斯收音机前一坐就是好几个小时，他会收听巴西国家广播电台、莫斯科电台和德意志电波电台；密切关注国际地球物理年的观测进展，收听世界各地天文观测者与气象观测者的讨论与概述。他与千百万孤独的爱好者一同沉浸在纵横交错的电波中，也由此联结在一起。

外公来到沃尔基尔的第一年，十月的第一个周五晚上，哈伯·格曼晃进了维修室，因为他平时根本不会来，外公立刻猜出他是来找麻烦的。格曼在门口站了一会儿，冲我外公点点头，他剃着板寸的脑袋歪向一边，深陷的眼窝里透出幽光，仿佛遗失在沙发垫夹缝里的十美分硬币，他盯着角落里的斯托奇医生，靠在门边，心里不知在盘算些什么。

格曼慢吞吞地在屋里转悠。他几乎做任何事情都慢慢悠悠，从容不迫：卷一支香烟，拉出一把椅子，吃光一碗墨西哥辣椒肉汤，舔干净勺子；守卫让他干点什么，他就拖拖拉拉。他的懒散带着冷淡的违逆，也有一种伺机而动的捕食者姿态，像一条懒洋洋的鳄鱼，冷漠中透着危险。

"格曼，"我外公说，"过来，瞧瞧这个。"

格曼停住脚步，不紧不慢地转过头来，他距离斯托奇医生只有两三英尺，他握了握拳，指关节咔咔作响，听起来好似一连串的爆竹。

我外公举起一只花哨的金红相间的盒子，这里面曾经装过两打"罗密欧与朱丽叶"雪茄。

"没法抽烟，"格曼指指自己的嘴巴，"嚼着口香糖呢。"

"不是雪茄。"

格曼的眼睛眯得更窄了，他走到维修台前。

"把他叫过来干什么，蠢货，"另一名囚犯对我外公嘟囔道，他二战时在"亚伯拉罕·林肯"号上做过无线电技工，"他愿意找纳粹的麻烦就让他去呗。"

"什么东西？"格曼问。他的左胳膊上有象征着海军陆战队与日本人打岛屿战的文身——绿树和海岛图案，左肩上印着蘑菇云标记，蘑菇云上写着"长崎"，海军陆战队第十师曾在原子弹爆炸后的长崎废墟中巡逻。

"这是个收音机，用雪茄烟盒做的。"

这是外公一整晚的心血，格曼出现在小屋的五分钟前刚刚做好。外公原来打算把它作为礼物送给监狱长的孙子西奥多，那孩子对科学感兴趣，开朗直率，不惧怕监狱和里面的囚犯，也不怕他祖父。思念子女的囚犯们都很喜欢他，纷纷把自己制作的火柴棍埃菲尔铁塔和罐头跑车送给他。

我外公把雪茄盒收音机交给格曼，格曼掂了掂。“挺沉。”

“里面有一节1号电池。”

外公打开电池盖，给格曼看电容器和线路之间的电池，他拿出灰色的小耳机，格曼把耳机塞进破碎得不成形的右耳的耳孔里。外公给他演示如何开关和调台，格曼让他调到“教会广播”，我外公照办了，格曼咧开嘴笑起来。“嘿，”他说，“雪茄盒里的收音机，真漂亮。”

然而格曼没有按照我外公的想法继续留在那里玩他的新玩具，他找到一个凳子坐下来，耳朵听着广播里面的布道，眼睛却盯着斯托奇医生的后脑勺，残缺的耳旁漏出牧师谴责罪人的宣讲声。接着，他突然站了起来，拔出耳塞，把细细的耳机线在三根手指上缠了缠，撸下来放进雪茄盒收音机侧面的暗盒，把收音机搁在凳子上，他身体里的怪兽蠢蠢欲动。

格曼悄悄靠近角落里的斯托奇医生，我外公急忙开口提醒他，但就在那一刻，牙医的肩膀绷紧了，他猛然回头，直视着鬼鬼祟祟的格曼，和他手腕上的瓜达尔卡纳尔岛打了个照面。格曼蹲在斯托奇医生旁边，假惺惺地搂着他瘦骨嶙峋的肩膀，嘴巴贴到他的耳朵上，嘴唇动起来，说了很长一段话，每隔几分钟就捏几下斯托奇医生的肩膀，他的声音很低，至于究竟讲了什么，对三十年后的我外公而言仍然是一个谜。说完之后，格曼松开手，站起身，低头看着斯托奇，带着牧师般的微笑。“怎么样？”他提高声音问，“你觉得没问题吧？”

斯托奇在哭，嘈杂的广播声从海利克拉夫特斯收音机的耳机中泄漏出来。

“阿尔弗雷德？你说什么？”

“你为什么就不能放过那个可怜的家伙呢？”外公问。

格曼又弯腰在斯托奇耳边说了什么，这才直起身，慢慢转向我外公，仿佛才听见他的话。他比我外公大约高出四英寸，目露精光，若有所思地打量着我外公，脸上的笑容已经消失了，我外公此后再也没见过这种表情在他脸上出现。格曼抬起手来托着下巴，拇指在皮肤上擦来擦去。“你觉得我把这些破玩意儿塞进你的眼眶里怎么样？然后让阿尔弗雷德把你眼睛里流出来的东西舔掉？”格曼说，他似乎非常喜欢这个主意，“这样我就可以操你的两个眼窝了。”

出乎他意料的是，我外公并没有理睬他，反而扫了一眼斯托奇，斯托奇已经不哭了，脸颊依旧发红，眼镜镜片起了雾，可透过这层雾气，我外公仍然看得出斯托奇盼望他——需要他——帮他说话，为他而战，他需要我外公成为他的朋友。

我外公盯着架子上花哨的收音机零件盒标签，默默地从一数到十，先用英语，再用德语，最后用意第绪语。即使他能打赢哈伯·格曼（结果十分不确定），那也是冒着被延长几个月乃至几年刑期的危险，甚至会被送到比沃尔基尔糟得多的监狱，那里关押着刑罚更重、更加残暴的囚犯。而且这样的结果对斯托奇来说于事无补，他很可能继续受欺负，另外，为了我孤独的母亲和无助的外婆，外公也不能轻举妄动。

格曼拿起雪茄盒收音机，掏出里面的耳机，重新塞进耳朵，调到一个播放跳跃蓝调音乐的电台，开始跟着四四拍的鼓点摇头晃脑，还朝我外公眨眨眼。“雪茄盒里的收音机，”他说，“真不错。”

那天晚上的短波频道因一条轰动新闻而令人振奋——苏联发射的第一颗人造卫星斯普特尼克号进入地球轨道。每隔十分之三秒，它就会往20兆赫到40兆赫之间的波段发送一个信号，全世界的无线电爱好者和短波听众都能接收到这个信号，许多人将其视为“未来的声音”。

斯托奇医生没有听到信号，我外公则直到第二天才听说这条新闻。格曼一走，斯托奇就把收音机的耳机挂回墙上的钉子，从转椅上站起来，走出维修室，看都没看我外公。回到牢房，他吞下了五十二片阿司匹林，这些药是他以前假装头疼攒下的。

那天晚上，我外公被一阵可怕的摩擦声惊醒，就像是在发动机已经处于运行状态的汽车上拿钥匙点火，是斯托奇医生呕吐的声音。起初，我外公打算充耳不闻，可没多久，他还是不能坐视不理，那声音相当令人难受。他站起来，走进斯托奇医生的牢房，呕吐物和没消化掉的阿司匹林药片的怪味扑面而来，斯托奇医生睁着眼睛躺在床上，发出的声音介乎低沉的痛苦呻吟和懊悔不迭的叹息。

“不要紧。”他对我的外公说，虽然他有点迷糊，似乎不知道抓着他的人是我外公，外公把他拖到走廊里，大声呼救。“不要紧，不要紧。”

医务人员用担架把斯托奇医生抬上监狱的救护车后，我外公拿来水桶和拖把，打扫了斯托奇的牢房。他们大概会单独看守斯托奇一段时间，然后送他回来，他和格曼的恩怨又将重新开始，可能还会更糟。斯托奇的自暴自弃会让格曼受到不小的鼓励，而斯托奇会比以往更脆弱。

我外公清理了自己身上的污物，回到他的牢房，在床上心烦意乱地躺了好几个小时，他想让自己多想想家人和团聚的那一天，剩余的刑期每天都在减少，回家的日子越来越近了。他不由地再次开启了脑中的天文望远镜，迫不及待地找到仙后座和仙女座，这一次还有仙王座——丈夫和父亲的象征。*那就是你，他告诉自己，你是仙王座，你可不是什么英仙座，不是英雄，拯救别人并非你的责任。*但今晚这片想象中的星空并没能持久，从窗外倾泻而入的灯光太过强烈，呕吐物的气味萦绕不散。

斯托奇要待在县医院观察四天。他缺席的第一天，我外公告诉看守室外的警卫，他需要铁丝来修理“讨厌的日本制造”的收音机天线，此时他已经赢得了狱警的信任，因此对方允许他到菜园里找铁丝。进入盆栽大棚，外公偷了些除草剂藏进裤子的卷边里，他早就注意到狱警把这种白色的粉末与水混合，洒到草地边缘的树桩上，并且称之为“树桩杀手”，除草剂可以软化树桩，让它们很容易被雨水泡烂，其活性成分基本上是化肥：硝酸钾。

斯托奇缺席的第二天和第三天，外公开始搜集糖。糖更难搞到，因为可以用来酿酒，厨房里的人对它严加看守，每块糖都逐一数过，每餐只用镊子拨给每个犯人两块，外公可能需要攒上几周才能获得足够的量。后来他想到其他办法，虽然它愚蠢、危险而且无耻，但是有效，而且，无论如何，许多未能成功的辉煌计划所缺少的正是一份无耻。

谈到或者写到沃尔基尔监狱的狱长沃特尔·M·瓦莱克博士时，人们经常使用的形容词是“不知疲倦”。对于监狱生活和管理中出现的每个问题，他都会提出三种可能的解决方案，而且是个积极的行动派，似乎没有坐下来休息的时候，每天早出晚归。如此的不知疲倦固然应归因于身体的强健乃至道德的高尚（他是个好人），但不可否认的是，这也有他每天喝掉十五到二十杯咖啡（只加糖，不加奶，传言如此，具体数量无法确定）的功劳。他的办公室里备有咖啡壶，还有充足的糖，就搁在门边的小书架顶层。

第二天吃过早饭，我外公就从厨师那里讨来一只桂格燕麦片的空纸罐。那天晚上，他去了维修室，用这个纸罐当外壳，制作了一台收音机，分别在“桂格”的“Q”上和“燕麦片”的“O”上挖洞，安装调频旋钮和音量旋钮；他从报废的收音机上拆下一只喇叭，安装在开过槽的纸盖位置。次日，狱警同意他去瓦莱克的办公室送收音机。

瓦莱克站在办公桌后面，虽然他有一把漂亮的皮革转椅，但这位监狱长很少坐着，连写东西的时候也站着，身体靠在文件柜上。办公桌上只有一部电话、一本记事日历、一枚做工粗糙的纸板火箭模型——大约一英尺高，外观显然是在模仿V-2火箭。

“你真好，”瓦莱克接过我外公递过去的收音机，“真是太巧妙了，西奥一定会喜欢它的，我敢肯定。”

我外公给瓦莱克演示如何操作收音机，请他移步到窗边，这样看得更清楚，他自己则不动声色地挪到门边，悄悄靠近摆着咖啡机和糖的小书架。瓦莱克博士转身面向窗户，调试着旋钮，收音机里先后传来莫扎特和艾迪·费舍的音乐，趁他背对房间，我外公抓起咖啡机下方架子上的一只没有开封的糖盒（一盒十二块），掀开衬衣后领，把糖盒塞进衣服里侧。

瓦莱克博士转回身来，我外公不得不移开视线，于是他的目光落在了火箭模型上。它的尾翼、头锥和机身是用薄纸板和纸巾筒做的，涂着红色、白色和蓝色的颜料，粗糙稚嫩，但整体比例相当不错。模型上还画有星条旗图案，上上下下写满了歪歪扭扭的“U.S.A.”。

“西奥的作品。”瓦莱克博士说。

“我猜也是。”

“斯普特尼克号发射之后，他就和别的孩子一样，一心想去太空、造火箭、飞向月球！对飞行研究着了迷。”

“这个课题很有趣，”我的外公说，“我也喜欢研究呢。”*我需要的不过是一点点糖而已*，他暗忖。

从监狱长办公室出来，他和监狱长的秘书擦肩而过，然后匆匆赶回牢房把偷来的糖块藏好。

第三天晚上熄灯后，外公坐在床上，拿出收集来的胶带、铁丝、手电筒电池和一只旧时钟的机芯（从维修室的废品堆里翻出来的），借着窗外透进的灯光，他把糖块研磨成粉，掺入硝酸钾，放回糖盒，尽量将盒子裹紧。经过一小时的耐心工作，一个配备铁丝、电池、“糖粉炸药”和定时器的简易爆炸装置诞生了，表面上看，它像一个“仅供展示”的模型，其实真的能引爆。他不知道哈伯·格曼会制作爆炸装置——即使是如此简易的装置——是否足够可信，也不确定格曼知道与否对他的计划而言是否重要，因为只要他对狱警稍作暗示，说在格曼的牢房里见到过这样的东西，就足以把他从沃尔基尔送到格林海文和奥本监狱等等他真正该去的地方。哈伯·格曼不属于拥有蜂箱、乳制品厂、《大不列颠百科全书》全本和照片放大器的监狱。

27

10月10日，星期二，斯托奇医生被救护车送回监狱。听说了这个消息，我外公去维修室时来到斯托奇的牢房门口向里张望，骨瘦如柴的斯托奇医生平静地坐在海利克拉夫特斯S-38型收音机前听广播，半月形刻度盘泛着微光，厚眼镜片闪闪发亮，面容苍白得仿佛埃尔·格列柯画中的耶稣，他戴着耳机，转动旋钮的动作谨慎庄重，似乎收音机正在播送神圣的赞美诗。见此情景，外公眼睛发酸，心也揪了起来，听说斯托奇脱离危险后，他如释重负，可一想到哈伯·格曼又皱起了眉头；而再次看到牙医瘦削苍白、饱受痛苦的脸则让他感到愧疚，他本应该第一时间站出来保护这个可怜的家伙的。他离开维修室，回到自己牢房，等待熄灯。

不知过了多久，他惊醒过来，发现斯托奇医生冰冷干燥的手正在握着他的手腕。

“嘘。”

他坐起来，望向窗外，然而院子里的泛光灯太亮，很难根据自然光线判断时间，他估计现在距离黎明大约还有一小时。斯托奇医生朝我外公眨眨眼，对吵醒他表示抱歉，又举起两只手来做了个手势，意思是“我知道，我知道，但是请相信我”，他指了指牢房门，又指着天花板，意思是让我外公跟着他去屋顶。

“可不可以到屋顶上去”一直是沃尔基尔的狱友们争论的话题。大部分人认为应该是可以的，但目前的囚犯中，没有人承认自己去过屋顶；其余的少数人则认为，监狱的屋顶根本上不去，所谓的“有一条路通往屋顶”是不怀好意的狱警为了引诱犯人违规而编造出来的谎言，因为抓到违规的囚犯可以得到赏金。

我外公穿上衬衫和裤子，接着开始穿鞋，斯托奇见状摇了摇头。他们走进长廊，脚步轻慢，连大腿都保持分开，以防斜纹布裤腿的摩擦声引起别人的注意。他们拐进另一条走廊，经过其他囚犯的牢房门口，一直走到尽头，面前是一堵大约五英尺宽的空白砖墙。

斯托奇医生蹲在墙根，手伸进裤腰带里摸来摸去，因为太黑，我外公看不清他的腰带里有什么，过了一会儿，他才发现那是用两个大号回形针做成的钩子。斯托奇医生把两只钩子插进墙壁底部，间距大约三英尺，他屏住呼吸，拽动钩子，竟然把墙壁底部掀了起来。原来，这面墙是一块木板，覆盖着一层切割得非常薄的砖头，表面看与真正的砖墙无异，墙后是和木板尺寸相同的矩形风道。我外公后来推测，那里曾经是一处带格栅的通风口，一些聪明的囚犯用木板取代了格栅，把它伪装成砖墙的样子。

斯托奇医生坐下来，把腿伸了进去，然后整个身子都滑进木板墙下方的缺口，我外公听到金属发出的咯吱声，停顿一下之后又是一声，就这样停顿、咯吱、停顿、咯吱：这是斯托奇爬梯子的声音。外公迟疑了一会儿，过去的一周里，他已经冒了太多的险，他知道自己没有必要跟随斯托奇，只要稍有差池，这无异于自投罗网，至少这点判断力他还是有的。

风道里有一股新刮的腻子味，我外公抓住最底层的梯级，朝暗处爬去，毫无疑问，这些梯级是一位出色的工程师设计的，像汽车一样拥有减震弹簧，很可能是从监狱的废车场偷来的。弹簧外面包裹着轮胎橡胶，塞在沉重的木板之间，梯级和减震设置占据了垂直管道的后方，几乎没有足够的空间供人通过。攀爬了不到三分钟，他们就来到了屋顶，头上是一片晴朗的星空，还能闻见那些幸运的自由人在自家后院里烧树叶的气味。

“往哪儿走？”外公压低声音问，已经推断出斯托奇要带他去看什么。

“东北，”斯托奇医生低声回答，“它很快就会到那里，我听了一整晚的广播。”

预见到某些国家——美国或者苏联——早晚会把人造卫星发射到地球轨道，利用国际地球物理年的机会，哈佛大学的一位名叫弗雷德·惠普尔的天文学家（也是著名的科幻小说爱好者）组织了一个天文爱好者网络，使用短波无线电进行通信。得知斯普特尼克号发射的消息，他们动员全国各地的爱好者每天晚上出门观看和报告卫星的运行方位之类的详细信息。

他们站在寒冷和黑暗之中，远处的城市灯火熠熠闪烁，外公仰视茫茫夜空，直到他的脖子开始酸痛起来。

“听说有人的牢房发生爆炸了？”斯托奇问。

“很惨烈。”

“他在私自酿酒？”

“据说是这样的。”

“糖块炸弹”把格曼牢房里的东西炸得所剩无几，也彻底毁灭了外公的作案证据。虽然狱方曾试图调查，但现场已经被听到爆炸声后冲进去的第一批警卫完全破坏了，无法得出确切的结论。外公也弄不明白为什么他做的炸弹会弄出如此大的动静，他猜想可能是麦片盒里的定时装置和他之前送给格曼的雪茄盒收音机发生了不可预知的强烈反应。

“我的朋友，”斯托奇激动地问，“是你干的吗？”

“我只起到了非常间接的作用。”外公说。他向斯托奇医生解释了糖和硝酸钾的反应原理，以及他怀疑是受到收音机的影响，发生了爆炸，斯托奇医生却认为可能性不大。

“我觉得更有可能是静电释放导致的，”斯托奇医生说，“静电也许来自格曼的羊毛毯，每年的这个时候，空气格外干燥，相信你一定注意到了手在黑暗中蹭过床单时产生的火花。”

“有意思。”外公说。

“还有更有意思的呢：告诉你吧，我不是因为无照行医进监狱的，”斯托奇医生说，“我认为你应该知道这件事，但我从没把这事告诉过任何人，包括哈伯·格曼。”

外公等他说下去。

“我坐牢的原因是，有一天，一个小男孩来找我看牙，那是个很漂亮、很有礼貌的十二岁男孩，名字叫沃尔特·昂德邓克，不知怎么，我施用麻醉气体的时候犯了大错，后果非常可怕。”斯托奇医生开始轻声哭泣。虽然他是德国人，而且令人讨厌，我外公还是搂住了这个可怜的混蛋。

“噢。”斯托奇医生说。

他指着东北方，我外公觉得自己的心大跳了一下，只见一颗星星从星座中穿出，划过天幕，但它不是流星，没有迸发的闪耀、幽然的泯灭、拖曳着幽灵般的光迹，只是下降、下降、下降，最后消失在弧形的地平线背面。如同宇宙万物，它也是重力的囚犯，它的轨道在持续降低，它会沿着螺旋形的轨迹围绕地球向内向下滑行，直至撞到大气层，随后燃烧和分裂，除了蒸汽和人们对它的记忆之外，什么都不会留下，而最终连记忆也会消逝如烟。然而对我外公而言，在沃尔基尔监狱的屋顶悄悄观看这块银光闪烁的金属让他有种自由的感觉，眼前这颗“星星”似乎永远都不会坠落。“哇，”他说，“看那个。”

“斯普特尼克号！”斯托奇医生挂着孩子般的笑容。

我外公很想纠正斯托奇博士，他们看到的并非人造卫星本身，它太小了，肉眼看不到。他们看到的是火箭的一段，是它把卫星送入轨道，因为反射了太阳的光线而发光，但他最终没有说出口。“谢谢，”他说，“谢谢你，斯托奇，带我来看它。”

“拜托，”斯托奇医生说，“举手之劳。”

天穹底部泛起了一抹淡青色，仿佛喷吐在镜面上的呼吸，是时候回牢房去了，但两个人都没动，依旧待在屋顶上，矗立在黑暗中。我还想再看看它，外公想。

“接下来，”斯托奇医生说，“我们……我们该怎么办？”

我外公惊讶地发现自己知道该如何回答这个问题，而且也为答案本身感到惊讶，他意识到自己是从去瓦莱克博士的办公室偷糖开始盘算这个计划的。

“我们自己制造火箭怎么样？”他说。

28

我从来没见过自己的另一位祖父级的长辈——我的爷爷。我出生前一个月左右，他和他的弟弟——山姆·夏邦，我的“萨米叔公”——在费城市中心的一家快餐店吃午饭，这家店在每张桌上该放黄油的地方放着一壶鸡油。吃完五香熏牛肉三明治，我爷爷陪萨米回他的办公室（几个街区之外的林肯大厦四楼），萨米的一位供货商刚刚交付了一件样品——“鹦鹉螺”号核潜艇的工作模型，他们打算在圣诞节期间推出这个模型。萨米说，这是一件叹为观止的作品，它拥有功能压载舱，通过袖珍的圆形波纹管和一段塑料管来操作，为此萨米叔公的办公室里摆了一只装满水的浴缸，销售人员已经在那里玩了一上午模型，我爷爷听说后非常想去看看。

林肯大厦较低楼层的电梯当天正在进行维护，两兄弟都不是有耐心的人，所以他们决定走楼梯。爬到三楼楼梯平台的时候，萨米听到还没爬上来的我爷爷在下面痛苦地倒气，就好像对什么事情后悔不迭似的，他立刻叫了救护车，但我爷爷在去医院的路上过世了。

三周后，我母亲临盆，二十岁的她干脆利落地生下了我，八天后他们给我割了包皮，用死去的爷爷的希伯来名字为我命名。据说他是个身材矮胖、肤色红润的家伙，脸颊和脑门油光闪亮，好像涂了一层厚厚的脂肪。

我爷爷干了一辈子印刷和排版工作，三十年代，他在一家印刷电影海报的公司上班，他工作的大楼里有家公司是经营廉价的小丑道具和各种新奇逗趣小玩意儿的。有一天，他碰巧听说这个公司打算招聘一位销售，于是告诉了自己的弟弟，就这样，萨米叔公得到了这份工作。

山姆·夏邦走上了售卖洋葱味口香糖、黑肥皂和喷墨纽扣的职业道路，他随和的性格倒是很适合这份工作，然而五十年代初期他的职业生涯却停滞不前，薪资越来越少，迟迟得不到升迁，他的提议和想法被忽视或窃用，推销时也常吃闭门羹，突然有一天，一扇大门终于在他眼前打开了。

1954年一个潮湿的星期五下午，萨米叔公在杰克·邓普西餐厅和吧台的邻座聊了起来。跟他一样，对方也点了一杯汤姆柯林斯，脚旁搁着一只淌着雨水的木制样品箱，里面可能装有科学仪器或特殊玻璃器皿。原来此人是康宁公司的化学技术员，空闲时他会研究如何用一种新型合成塑料制造仿真骨骼，在那个年代，这种材料革新了每个领域，同样让恶作剧道具制造业也开始了创新，生产出几可乱真的商品，比如“假呕吐物”和“冰块里的苍蝇”。化学家向我叔公展示了样品箱里的东西，他把箱子搬上吧台，像一本书那样把它打开：箱内左侧的凹槽里分别是人类下颌骨、股骨、两根肋骨、五节椎骨和髌骨的塑料模型，都和真人的一样大；右侧是1∶4的人体骨架塑料模型和用来展示它的铁丝架。

萨米被这座人体骨架迷住了，三英寸长的头骨挂在铁丝架上。他和骨架握了握手，拿着它的脚踢了几下桌上摆的酒浸樱桃，还摆弄着它的下巴模仿腹语演员文西斯说话。

“你愿意卖多少钱?”他问仿真骨架的主人，“我喜欢它。”

对方显然吃了一惊，而且有点被冒犯到了，他的产品可不是拿来玩的，是医学院和生物课使用的教具，属于精密的科学用具。“我觉得你没弄明白，”他说，“这是一个示范模型，我把它做得很小，所以便于携带，可以放进样品箱里。”

“我觉得是你不明白，”萨米说，他一眼就能看到商机，“假如你再把它的尺寸减小两英寸，我就买你五千个。”

两年后，萨米就在林肯大厦创办了自己的公司，每年的营业额达到两百万美元，他注重开发产品的科学和教育价值，据说可以帮助美国青少年为应对冷战的挑战做准备。他的产品包括纸飞机风洞和袖珍潜望镜，但卖得最好的还是精确人体模型，在国家级的杂志上打了广告（宣传语是“家家户户的衣柜里都需要放一套这样的模型”），远销到世界各地。

然而到了1957年，萨米叔公的生意开始走下坡，来自日本的同样精确但廉价的产品席卷市场，他只得想方设法降低生产成本，而且还需要应付劳工问题和工会。一天，萨米叔公的一位牌桌上的好友提到，他和一个负责某个国家项目——为囚犯提供外包工作，借以对其进行职业培训——的家伙一起打高尔夫，于是，经这位好友介绍，萨米叔公在我外公服刑的监狱里开设了一个生产骨骼模型的车间。

萨米定期来到沃尔基尔，监督生产工作，起初，他住在附近村庄的一家旅店，后来他有两三次给监狱长带去了他喜欢的麦芽威士忌，监狱长表示，萨米随时可以到他家（就在监狱的院子里）的客房里过夜。虽然他完全可以把车间的事务交给生产经理负责，但如同许多到访监狱的游客一样，他发现这里的牧场和林场环境优美，令人精神舒缓，监狱合唱团还会演唱民谣和圣歌，犯人们工作勤奋，将这里打扫得一尘不染，每当来到沃尔基尔，整日忙得焦头烂额的萨米叔公会暂时忘记工作的烦忧和家庭的琐事，仿佛卸下重担，重获自由。在监狱长家的客房里，他睡得很香，醒来后精神百倍，又有了返回城市、迎接最新挑战的力量。

一天清晨，穿着睡衣站在客房窗口，他看到一群人穿过椭圆形的跑道，其中两个是狱警，还有两个是穿灰衣服的囚犯，另外一人是监狱长，穿着格子图案的狩猎夹克和胶靴，带着个十二岁左右的男孩——他的孙子西奥多。其中一名囚犯体型壮实、罗圈腿，像个消防栓，扛着一只大柳条箱；另一个身材高瘦，倒着走在扛箱子的人旁边，连说带比画，仿佛在跟同伴解释什么，时不时地绊一下，偶尔撞到狱警身上，但他始终不肯转过身去走路或者安静地闭嘴，即使远在一百码之外，萨米叔公也认定这家伙是个烦人精。

五个人来到牧场的铁丝围栏前，狱警和监狱长费力地跨了过去，烦人精侧着身子，瘦削的身体滑进铁丝网之间的缝隙，“消防栓”隔着篱笆把箱子——需要两个狱警合力才搬得动——递给狱警，然后双手撑着栏杆柱子跳过围栏，狱警把箱子还给他。迟疑了一会儿之后，烦人精跟在“消防栓”后面走进牧场，这时太阳刚刚升起不久，牧场上连一头牛都没有。

萨米从旅行袋里拿出他的袖珍双筒望远镜。他看到监狱长不让男孩跟着囚犯们过去，两个狱警也与他们保持一定的距离。“消防栓”扛着柳条箱进入牧场深处，恰好与客房的窗口成一条直线，他走得很快，烦人精努力跟上。

来到一片开阔地，两个犯人开始拿出和组装箱子里的东西，但萨米看不出他们组装的是什么，只见他们把一个细长的笼子状的东西放在地上，它几乎和“消防栓”的腰一样高，看起来是用某种电线或窄管制成的，两个人用钢丝夹把它固定在草皮上。“消防栓”从箱子里取出一段管子，一端装有叶片，似乎是某种类型的涡轮或者风速计，他把管子小心地放进笼子里。囚犯们跪在笼子的两边进行调整，“消防栓”背对着萨米，挡住了他的视线，两三分钟后才移开，监狱长拿出一支烟，狱警之一帮他点燃。

最后，烦人精匆匆忙忙地往回跑，萨米叔公看得出他是在害怕。“消防栓”站起来，缓缓向后退了十步，然后又退了十步，停在那里，监狱长和狱警躲到“消防栓”身后，“消防栓”似乎成了整个行动的指挥官。

笼子底部蹿出一道蓝色的强光，仿佛老式相机的镁粉闪光，但并非一闪即逝，反而相当稳定，指向地面。虽然隔着窗户，萨米叔公也能听到随之发出的声音，好像八月的下午被熊孩子们弄坏的消防栓在喷水，让他有一种恶作剧般的快感。

貌似风速计的涡轮片颤抖着转动起来，推动管子的顶部露出网格笼子的边缘，缓缓爬升到二十英尺的半空，又用两秒钟的时间沿着弧线形的轨迹蹿向天空，消失在萨米的视野中，过了一会儿，它才从几片云彩背后出现，上升了五百英尺，他的心简直要跳出来。

“火箭。”他冲着客房的墙壁说。

火箭突然像爆米花那样炸开，尾巴上开出一朵白花，原来是个降落伞[1]。

火箭——一枚火箭！——在空中飘了一会儿才往下落，男孩欢快地叫着“哇哦”，激动得上蹿下跳。烦人精的脑袋跟着火箭飘动的方向转动，身体微微向后仰，像是等着接毫无威胁的飞球的中外野手，当它从他眼前飘过时，他跳起来准备抓住它，但是扑了个空，跌倒在地，眼镜也掉了。火箭最后落在草地上，降落伞覆盖在它上面，烦人精找到眼镜重新戴上，捡起火箭和降落伞，带着它们去找“消防栓”，两个囚犯激动地握起了手，直到监狱长和狱警走过去才放开，众人又是一轮互相拍肩膀和握手。

萨米简直不知该如何表达他看到我外公的第一枚模型火箭发射时的心情，那种愉悦蔓延至全身的激动。

“我可以卖掉成千上万吨这玩意儿。”他自言自语道，气息模糊了窗玻璃，他抬起胳膊来用睡衣的袖口擦掉。

1　我外公说，降落伞是用监狱长的妻子赞助的丝绸衬裙做的。

29

我躺在我母亲客厅里的沙发上读《九故事》，这个沙发是七十年代的，覆盖着月球灰色的合成羊毛，有些旧但很结实。离我的光脚不远的地方是两扇通往红木露台的玻璃拉门，房子后面有一座陡峭的小山，树木仿佛受神话世界里的守财奴派遣而安插在山顶，永远守护着两座桥的风景，似乎在看守家传的秘密宝藏。西侧是奥克兰的边界，州际公路上来回穿梭的汽车车灯像一条闪光的金属拉链，旧金山好似一团琥珀色的迷雾。

我不能肯定地说，当我母亲晚上回来的时候，我正在阅读九个故事中的哪一个，但我最喜欢的一直是《为埃斯米而作——既有爱也有污秽凄苦》，高中第一次读到的时候，这个故事及其主人公就让我想起了外公。二战时他去到欧洲战场，先在伦敦短暂停留，然后前往法国，承担各种他称之为“只是文书性质”“没什么大不了”的隐秘情报工作，与塞林格笔下的自传体人物“军士X”的经历类似[1]。没有人觉得我外公“精神崩

1　外公与塞林格在外貌上也有相似之处：浓密的黑发、脸上有痘印、长鼻子、怀疑一切的拱形眉。每当听到别人说他长得像演员罗伯特·阿尔达的时候，外公总是很得意。

溃”或者认为他在经历了战争后没有“身心都健康如初”——这是小说里埃斯米的用词。我从来没觉得外公像调查报告中描述的他这一代人那样患有“战争疲劳症”，对此塞林格的小说或许为我提供了合理的解释。

我母亲端着一杯加冰块的苏格兰威士忌走进来，粉红色的旧睡衣外面披了一件棕色的雪尼尔长浴袍，天色已晚，夜班护士已经值了几个小时的班，我母亲刚才一直在帮外公整理他那些杂乱的税单，并且发现了其中的一处错误，从而为他节省了将近一千美元，所以她打算喝杯好酒。她的左胳膊底下夹着一本黑色仿皮面的旧相册，脊背顶部和底部的外皮已经磨损了。

“嘿，我想给你看看这个。”她说。

她坐在我旁边，头发湿湿的，有股普雷尔洗发水味，她身上总有这种清爽的薄荷味。普雷尔洗发水的味道实际上并不是薄荷味的，只是颜色像，从前有段广告片：一颗珍珠极为缓慢地沉入薄荷绿色的普雷尔洗发水中，我始终没想明白，为什么珍珠沉得慢就说明普雷尔的洗发能力强，但珍珠下沉的那一幕像我母亲的性格一样，总是安静得令人印象深刻。她把那本旧相册拿给我看，发脆的纸屑簌簌掉落。

“这是你外婆的。”

相册封面上的烫金字“纪念”的金色早就剥落了，相册拦腰捆着一道仿皮带子，上面有个按扣，就像不带锁的日记本，我很确定，我以前从来没见过这东西。

“我不知道他都告诉了你什么。”我母亲说。

我能听出她的语气有点不高兴，不知道是因为外公还是因为我，但或许两者都不是。

“他没打算告诉我什么。”

“我听见他给你讲我母亲的事。”

“嗯，是的。”

“他坐牢时，我和雷叔叔一起住。”

“是的，他告诉过我。”

她也有一对拱形眉，可以灵活地挑起落下，我不得不承认，外公确实告诉了我一些事。

“好吧，我只是觉得你可能想看看这个，我母亲总是随身带着两样东西，这是其中之一。”

“另一样是什么？”

“我。”

“哦，对，呃。”

“我带着它去了巴尔的摩，”她说，“和雷叔叔一起生活。搬家前，我在阁楼上找到了它。”

“在霍霍库斯的房子里？”

“当时我们正在收拾行李，你外婆已经进了医院，我发现了这个，立刻决定带着它，我也不知道为什么，我以前从来没有见过它。”她的手指划过封面的烫金字，“法语单词‘纪念’含有‘回忆’的意思。”她喝了一小口威士忌，睁大眼睛，满足地叹息一声。“哇哦。”

“慢慢来。”

“好吧，”她说，“没错。”她定定地坐在那里，看着膝头的相册。

“要不然下次再说？”

“不，没关系，我只是……你知道吧……好久没看过这本相册了。”她又慢慢喝了一口，看上去放松了许多。“有意思的是，她的照片并不多，我是说，只有四张，都在第一页。”

假如在外婆来到美国的年纪，我只能从自己的照片中选出四张来带在身边，我会选择最有个人价值的、我最喜欢的和记录我最不想忘记的时刻的照片，可以是随机拍摄的镜头，比如我青春期生了粉刺的脸、戴牙套的样子、我父亲冲着镜头外的某样东西露出的笑容……这些对我而言都很珍贵，但如果我经历过外婆经历的那些可怕的事，恐怕不会有勇气将旧日的回忆带在身边。

“起初我不明白，假如你只有四张照片，为什么要买一本相册？然后我想，好吧，也许她一开始打算把新生活的照片也填充进来，后来忘记把新照片放进去了。你见过我们家的其他相册吧，几乎都是满的。”

“当然。”

“所以我决定带着它，亲自把它填满。”

“你发现这本相册的时候，除了第一页，其他地方都是空白的？”

她点点头，慢慢地吐了一口气，灯光下，相册上的尘埃随之升腾，掀起一层转瞬即逝的白雾。

“我们可以跳过那一页。”

“不用。”她打开按扣，翻到老相册的第一页，这种相册的照片是固定在四个角上的三角形黑色包角里面的。这一页有十六个干净整齐的包角，四个泛黄的矩形标签，上面用钢笔写着法语说明，我在外婆送我的生日卡片上见过这样的字体。妈妈，二十岁；爸爸；你；你和我。然而，在每一个标签上方，四个包角围着的却是一方空空如也的黑色内页，照片不见了。

“什么？”我母亲对着相册说。她徒劳地把相册举起来，查看背面，什么都没有，又重新放下。“噢，不。”她说。

她开始翻动相册，在其他册页中寻找，然而那都是些她小时候的照片，显然是用柯达布朗尼相机照的，她越翻越快，鼻孔呼着粗气，看上去既恐惧又焦躁，册页咯吱作响。我瞥见照片上有汽车旅馆的房间、箭头形状的汽车旅馆游泳池和雷鸟霓虹灯招牌；还有一个退潮时的海滩，布满了阳伞，我母亲和光膀子的救生员粘在一起；我母亲穿着小短裙，紧张地把一只热狗喂给拴着铁链的狗熊；雷叔叔穿着双排扣西装，衬衫领口敞开，系着印花领巾；我母亲穿着短裤和吊带背心，站在雪茄店门口和印第安人木雕合影；还不到开车年龄的我母亲坐在停车场里的阿尔法敞篷车驾驶位；我母亲穿着泳衣骑在没有马鞍的马背上，拿着弓和箭——和我外公从佛罗里达带过来的那张照片一样；戴着宽檐帽的马术师骑着纯种马；马和赛马场的照片；我母亲或雷叔叔和一些浓妆艳抹的女人的合影；我母亲和雷叔叔在台球馆里；我母亲在林肯纪念堂前、皮姆利科赛马场大门前、某个貌似堡垒的历史建筑前；我母亲骑在炮台的大炮上，就像吉卜林笔下的吉姆。

这些照片都是黑白的，我出生之前的世界仿佛是个无边无际的灰色天地，灰色的海洋，灰色的金发，灰色的番茄酱，灰色的松树，除了我母亲骑马的照片，我此前从未见过其他的。它们记录了我所未曾听闻的那些晦暗的岁月。我想阻止她翻找下去，如同洗发水瓶子里的珍珠那样沉浸到这段灰色的史前史之中，回顾这段疯狂的日子，然而册页还是在执拗地翻动着。

最后一页上没有照片，用胶带贴了一张纸，胶带上的胶已经凝结成了棕色的颗粒，为了符合相册的大小，纸张被横过来贴在册页上。它应该是从油印的商业通讯上撕下来的，已经变得像烟头滤嘴一样黄，上面还有生了锈的书钉印下的痕迹，仿佛被吸血鬼咬了一口，墨水也变成了深紫色。我母亲重重地合上相册之前，我看到纸面上写着“午餐菜单”“水果配菜”“诗人角”和我外婆的名字，全部用精致的12号间距的字体印刷。

“好吧，算了。”我母亲说。

“它们丢了吗？”

“我不知道。”

“它们以前在相册里吗？你最后一次看到它们是什么时候？”

“我不知道。”

我母亲把相册扣在胸前，看得出她在回忆相册经历过的各种变动以及最后一次见到它完好无损时的样子。她看上去很沮丧，我非常惊讶，虽然任何人都会因为这样的损失感到不安，但我本以为她不会表现得如此明显。

“我不知道。”她重复道，然后放下相册，从沙发上站起来，下楼去了我住的缝纫室。她把那些旧东西——纪念品——放在我睡觉的沙发床旁边的衣帽间里。她是那种喜欢扔掉热气球上的沙袋——人生中的非必需品——从而飞得更高的人。也许是在东湾的冒险与投机氛围下耳濡目染的岁月，让她摆脱过去的束缚，赋予了她不顾一切的人生态度。但事实并非如此。有时假如多喝了几杯，她会给现在的男朋友或者别的什么和她同居的人讲述她和雷叔叔一起生活时如何“撒野”、如何学会了轻装简行地生活，这样当你需要全力冲刺的时候，才不会被沉重的负担拖累，听到这里，对方一定会感觉到这番话的言外之意，是对他的某种提醒。但事实也并非如此。我母亲喜欢忘记过去的真正原因，比处事原则、熏陶教养、隐喻说教更为深远，实际上，是不断的失去让她养成了如此顽固的习惯。

“不，”她说，“他妈的。”

她蹲在衣帽间门口搜索置物架上的东西，架子上搁着她的唱片盒和戴着一顶写着“哈瓦那”字样的水果帽的“卡门·米兰达”娃娃。她也翻找了架子下面的地板、纽扣盒和针线盒，以及存放她所有“巴特里克”和“简约”时装纸样的盒子，最后她索性坐到了地板上，抱着膝盖，双手捂脸。

“我猜它们还在爸爸家，”她冷静地推测道，“在储藏室，相册放在一只箱子里，照片可能掉到箱底了。我应该检查一下的，我应该到处翻翻的。”

“我敢肯定它们都在那里，”我说，“你可以下次去找出来。”

现在我明白我为什么没有见过这本相册了，它必定是深藏在我外祖父母的高层公寓里，后来又跟着我外公去到佛罗里达，和阁楼上的其他杂物混在一起。去丰塔纳村拿外公的东西时，我母亲才把相册带到奥克兰，不知道她为什么想要它，也不知假如我问她原因，她会不会答得出来。

“可是，迈克，我的意思是，只有上帝知道它们怎么会不在相册里，”她说，“可能是许多年以前就被人拿出来了。噢。”她依旧捂着脸，“真是伤脑筋。”

“妈妈，没关系。”

“我很抱歉。”

“不过是些照片，丢了就丢了。”

我尽可能地以她容易接受的方式安慰她，但连我自己都不相信这些话。想到外婆在战前的仅有的几张照片都不见了，我很心疼，但我不会如实告诉她我的感觉。

“你说得对，”她说，“显然我以前就没有在乎过它们，所以现在又为什么要在乎？”她放下手，坐直身体，似乎刚从震惊中恢复过来。“我只是非常想给你看看。”她说。她突然哭了起来。

“啊，妈妈。”我说。自从我父亲到处给家里惹乱子的那段时间过去之后，我从没见过她哭，我不知道该如何安慰她，也不知道她是否想要或者能够得到安慰，以前她从未把过去给自己造成的影响表现出来。

“来点茶怎么样？”我说。

“倒是不错，但我不想睡不着觉。”

“我有不含咖啡因的伯爵茶。”

“好吧。”她用睡衣袖子擦擦眼睛，“就来点不含咖啡因的伯爵茶吧。”

我去厨房烧水，经过客房时听到毛衣针的撞击声，晚班护士洛拉很喜欢织毛衣，她给我织过一双菲律宾国旗颜色的菱形花纹毛袜子，但后来不见了，我觉得这双袜子能给我带来好运气。

茶煮好后，我母亲端着威士忌走进来，坐在餐桌边，她把威士忌倒进茶杯，又往杯子里掺了一些红茶。相册就摆在我们两人中间，我翻开第一页，露出里面的四个空框架和法语题签。“你还是可以给我看的。”我说。

“什么意思？”

“讲讲它们是什么样的。”

“我不会讲，”她说，“没那种天赋。”

“拜托？”我说，“就告诉我上面有什么。”

她闭上眼睛又睁开，歪了歪脑袋，盯着相册上的第一处空白，指了指它的标签，上面写着法文“妈妈”。“这张是我外婆的照片，”她说，“她叫萨拉，他们叫她‘萨莉’，她站在一条街上，身后有车，照片里只出现了车的一部分，是一辆老式汽车，我不知道……挡泥板是这样的。”她在半空中比画了个波浪的形状。

“跑车？”我最近一直在阅读《一种运动，一种消遣》，背景是战后的法国，所以不禁联想到1952年的德拉奇，“带敞篷的吗？”

“看不到车顶，也许是吧。她身后还有一座砖头盖的大建筑，没有窗，或者窗不多，可能是她家的制革厂，我不清楚。我外婆穿着及膝羊毛裙和合身的收腰外套，大翻领，带肩饰。”她可以描述衣服；有许多年她都是自己做衣服，直到做衣服的成本远高于买衣服为止。“可能是哈里斯花呢的，英国样式，戴着宽檐帽，帽檐上有只小鸟装饰。”她在自己前额上比了比小鸟的位置。

“是毛绒做的小鸟装饰？还是真的鸟？”

“我一直以为是真的。”

“谁会把死鸟搁在帽子上？”

“你还整天穿着死牛的皮走来走去呢。”

可能是掺了酒的茶起了作用，我母亲兴致勃勃地指着相册的第二处空白，标签是法文“爸爸”。“这是我的外公，莫里斯。他很黑，块头大。好像是留着小胡子，戴着眼镜，小圆镜片。相片是在屋里照的，不是快照，是在照相馆拍的，照片上有摄影师的名字，就在这个位置，写着‘杜穆里埃’，跟那个作家一个姓。”

“在里尔？”

“是的。”她的手指移到空白处的右下角，“他穿着细条纹西装，领带夹上有条链子。我记得他看上去不像是个非常和善的人，他们两个都不怎么和善，有点冷冰冰的，这让我挺害怕，但我也因为产生了这种想法而惭愧，因为他们都被希特勒杀害了，这样想似乎……”

“像是背叛他们一样？”

“没错。”

“我明白了。”

我母亲很少回忆战争时代，很少提及她亲身经历的残酷，但只要回忆起来，她的主要感受就是愧疚。

“这样想让我觉得自己似乎不爱他们，虽然我没有见过他们，但我也会想他们……甚至觉得他们的死和我有关，仿佛那是我的错，仿佛我现在的所作所为，我是指我小时候，会影响已经发生的事情。”

我想起了本雅明在他的《历史哲学论纲》里面就过去、逝者以及生者在当下生活中的救赎所作的长篇论述，读到这些时我没怎么在意，但我母亲大概对瓦尔特·本雅明提出的这个话题深有感触。

“我总认为他们受到了制革厂的影响。”我母亲说。“他们看上去是那么的生气、不快乐，想想吧，生活在那种可怕的环境，血水、尸体、臭气，”她的声音颤抖起来，“你能想象得出吗？”

“我不知道。我从来没有去过制革厂。”

“我也没有，”我母亲说，“但我能想象出来。”

“我知道你妈妈讨厌它，”我说，“我听外公说的。他说这是‘无皮马’出现在她脑子里的原因之一。”

“噢，”我母亲再次闭上眼睛，这次当她睁眼的时候，记忆的蜡烛似乎已经被掐灭了，“他告诉你这个了。”

这句话让我意识到，外公已经比既定航线航行至更远的海域。我向她承认外公给我讲了许多关于无皮马的事，尤其是山核桃树着火那次。

“我早就忘记这件事了。”她说，但我知道她只是想要忘掉而已。

我指向页面上的第三个空白矩形。“给我讲讲这张照片。”

“这个？是我的一张照片。坐在一条石凳上。在女修道院。

我当时两岁，但还没有头发，只有一点胎发。有人，我猜是我妈，给我穿了一件难看的裙子，上衣是小圆领衬衫，照得很糟糕，我看上去很不高兴、很不舒服，而且很丑。”

“这么夸张？”

“我看起来就像这样。”

她皱起眉头、撅着嘴唇，整张脸都因为愤怒而扭曲着，我大声笑了起来。

“我是世界上最丑的孩子。”

“不是。”

“那张照片丢了我倒不在意，可是这一张……这是……”她指着第四处空白，声音慢慢低沉下去。“……是我母亲和我的照片，上面的我年纪更小，还是个婴儿，穿着白色小睡衣，她把我抱在腿上，坐在花园里的一张木椅子上，是菜园，搭着蔬菜架，有西红柿、覆盆子、豌豆什么的。那是一张曲木椅。”她描画着椅背的曲线。“她眼睛看着镜头，手也指着它，指给我看，告诉我看镜头，表情是微笑的。”我母亲也微笑着回忆道，“她的眼睛闪着光，真的在放光。”

“她很漂亮。”

“没错。”她的语调变了，似乎对我有点失望，“但外表只是她的一小部分特点而已，不应该拿来定义她这个人，可她却只喜欢自己的外表，讨厌其他方面。”

我的母亲也很漂亮，虽然不是像她母亲的那种漂亮。她的肤色偏暗，而我外婆肤色白皙，生有雀斑；我母亲鼻子长而直，我外婆鼻子小而翘。我知道我母亲将她自己的姣好相貌和为此得到的照顾视为骗来的好处，或者喜忧参半的恩惠，虽然得来容易，却很难不惹麻烦，对她来说没什么可自豪的。

“好吧。”我说。我从来没听过我母亲批评她的母亲，哪怕是这种委婉的批评。我知道她觉得有批评的理由，但我不知道自己是怎么知道这一点的，因为她根本没告诉过我。“但我觉得重视外表并没有那么糟，因为还有人重视更肤浅的方面。”

“也许是吧。可她……她过分关注外表，而且延伸到所有东西的外观和表象，还有人们是怎么看她和怎么说她的。你知道她幻听吧，她听到的那些声音都在说她不好，说她可怕什么的。她觉得自己表面光鲜，内心丑陋，认为自己已经毁了，她非常害怕别人发现这些。”

我有点按捺不住，很想再讨论一下无皮马的禁忌话题，所幸及时阻止了自己，我翻动着相册，找出一张雷叔叔和一个身材丰满、目光冷硬的女人的合影。“这是爱因斯坦太太？”

“没错。”

照片背景像是巴尔的摩郊外的某个公园，摆着一张野餐桌，桌上有纸包的三明治、“白石”和“波西米亚”啤酒。雷叔叔跷着二郎腿坐着，穿着宽松长裤、针织马球衫和双色乐福鞋，没穿袜子。爱因斯坦太太站在他身后，穿一件无袖的夏季连衣裙，丰腴身材尽显无遗，雷叔叔在微笑，她则似笑非笑，右手手指轻轻搭在他的右肩膀上。

“嘿，他们是不是——？”

我母亲撅起嘴巴，状似无辜地看着天花板。

“噢，我的上帝，”我说，“我就说嘛。”

“她是真的爱他。”

“你的语气可不怎么好。”

“因为他伤了她的心。”她摇摇头。“该死的雷纳德。”她有点恨铁不成钢地说，“他有魅力，也有趣，可惜是个骗子、无赖，和你父亲一样坏，有些方面比他好，有些地方比他还糟糕，你可不要学他。”

“好的。”我说。我知道我不可能是那种人，哪怕我每天拿出一半的时间努力成为雷叔叔。我只想做我自己。

“他也伤了我的心。”她喃喃地说，仿佛自言自语。

“什么？”我说。

我感觉自己跌进了月球灰色的沙发，这张沙发是我父母一起购买的最后一样东西，之后我父亲就消失了。作为二十世纪七十年代出生的孩子，我看着我母亲加入了妇女解放运动，就像萨姆特堡战役或珍珠港遭袭之后踊跃参军的热血青年那样，为其效力的人认为思维的开放既是这个运动的目标，也是它的先决条件。那些年里，我对类似的观点略有听闻，起初感到震撼，随后越来越习惯，甚至开始怀念和期待那种被震撼的感觉，然而，在里根当选总统的时候，我母亲早已安定下来，我则没有付诸实践的机会。她瞪大眼睛坐在那里，张着嘴巴，一分钟后我才意识到她是在学我，连忙闭上嘴。

“你没有……那个……和雷叔叔上床，对吧？”我说。

“他其实比我大不了多少，或者说他根本不显老。”她端起杯子，把里面的液体倒进嘴里，“而且他又不是我亲叔叔。”

“但你当时还没成年。”我说，“我的意思是，妈妈，你当时还是个孩子。”

“没错。”我母亲说，再次系上按扣，锁住那个承载她少女时代与其他失去之物的黑白星球。“这是一种犯罪，”她的声音里有一种苦涩的爱慕，“就凭这一点，那家伙也绝对是个罪犯。”

“他有没有……？”

“全是因为酒精的作用。老实说，我真的不记得了，但我猜当时自己并不怎么觉得高兴，因为第二天我就射伤了他的眼睛。”

“你什么？”

“用弓箭。”

“就是你骑在马上拍照的那次？”

“我告诉他，我不希望那个摄影师给我拍照。”她说。

“怎么会这样。”我想象着雷叔叔穿着休闲短裤和瓜亚贝拉衬衫，在酒店的草坪上跌跌撞撞，双手捂着一支戳在他脸上的箭。

“我那时很生气，看什么都不顺眼。”

我想象着箭头的冰冷，和我左眼中涌出来的鲜血，打了个寒战。

“我知道。”妈妈说。

“好吧。”我的语气平静了一些。刚才的震惊已经过去，我反复琢磨着她的报复举动，也不再觉得惊讶了。大家都觉得雷叔叔精明，可惜他当初一定不太了解我母亲，要不然他绝不会让她碰弓箭。“看来你真的气坏了。”

“这是第一次，”我母亲说，“你父亲是第二个敢这么惹我的人。”

“差不多。”我举起手，母亲犹豫了一下，和我轻轻地击了个掌。

“但我没法对你外公那么生气，”她说，“我也许应该把我和雷的事告诉他，可我从来没那么做。”

“也许你不需要。”

“你觉得他知道吗？”

“他从佛罗里达带来了五件东西，你骑马的那张照片是其中之一？”

“我觉得这有点怪异，我猜雷可能对他承认了。”

“也许这会让外公感觉好一点，他的原话是，他把你扔给了雷叔叔，自己去坐牢。”

“这么说也对。”

“我猜这件事或多或少地教会了你该如何控制自己。”

“嗯，”她说，把手放在我的胳膊上，“不过，为了以防万一，你别告诉他，好吗？也许这是他能找到的唯一一张照片，我们没有太多时间打包。”

“好吧。”我说，“我不会告诉他——我知道你知道他也知道的那件没人愿意谈论的事。”

“而且根本没有谈论的意义，”我母亲说，“大家已经都知道了。”

30

他们很晚才吃午饭，午餐的配菜是苹果沙拉。那是在1958年9月初，莫里斯敦的一个灰蒙蒙的下午，天空东侧凝积着成堆的雷雨云，西边的格雷斯通精神病医院上空也有一大团雨云。闪电照亮了我外公视野的边界，然而当他直视云层时，它却消失了，甚至让他以为自己看到的那道诡异的银光是自己的错觉。他已经有十四个月没有见过我外婆，尽管他们十几岁的女儿眼下就和他坐在同一辆车里，过去的一个多小时里，他一直想着我外婆红润的嘴唇和屁股，想着他双手拢住她的乳房、从后面进入她，还有她躺着的时候，他把鼻子埋在她的头发里，她的头枕在他的胸口，一条腿搭在他的腹部。

他开的车是1958年的别克里维埃拉，三天前刚从百老汇买来，花了三千美元多一点。发动机的尾气不断吹起莫里斯敦道路两旁的榆树叶，他的裤子口袋里有五张一百美元的钞票，九张五十面额的、两张二十的和一张十块的。和他的宽松长裤一样，我外公的内衣裤、衬衫、袜子、鞋子、皮带、手表和钱夹都是崭新的，他考虑过买一套西装，但最后还是买了两条裤子，一条深巧克力色，另一条深海军蓝，还买了一件轻便的哑金格纹精纺运动外套。他穿着浅粉色衬衫，没打领带，领口敞开着，现在他是个口袋里有钱的自由人，还拥有一辆全新的硬顶轿跑车。他是新成立的MRX公司的管理合伙人，山姆·夏邦是他的合作伙伴和主要投资人，他手握合同，每年向夏邦科技公司提供五千套1∶20固体燃料空蜂高空探测火箭模型。即使是对我外婆的炽热欲望，也成了一种点亮他愉悦的源泉。他从未像现在这样如此接近那个名叫“幸福”的状态，然而此时此刻y轴的数值决定了他的生活状态只能无限接近幸福的x轴，无法与其相交。

“拜托，你的车能不能开得正常一点？”我母亲说。

“我要测试一下这车的最高速度。”

“我怎么觉得你是在测试它的平均速度？你的脚一下踩油门，一下松油门，时快时慢。”我母亲说，她右手握拳，往前伸，又拉回来。她的描述和动作也很符合他近来不安的心情，他顿时有种被人理解的感觉，“好像故意打算让我吐出来。”

“对不起，”他说，“我不会再这样了。”

她向后靠在头枕上，闭上眼睛，倚着副驾驶的车门，抱起膝盖，脚踝上有灌木丛划下的伤痕、蚊子咬的包和指甲挠的印，这是夏天在她身上书写的故事。她的蓝色斯佩里浅口鞋在血红色的皮革座椅上留下了白色的波浪形灰尘印。他们回到了外公在帕克斯切特租的新公寓，在铺着粉红色雪尼尔床单的新床上放着一件无袖的格子裙和一双露趾平底鞋，梅西百货的销售员说，这裙子非常适合十六岁的女孩穿，但她连试穿的兴趣都没有，甚至都没有把连衣裙的衣架拿掉，鞋子也仍然躺在盒子里。

他出狱后的所有言行都让她厌恶。在沉默良久后，她对他说的第一句话竟然是：

“我以为你应该在里面多待一阵子。”

他解释说，因为自己并没有其他犯罪记录，在牢里表现得也很好（只是间接导致了一起“过失杀人”和一次违反宵禁的屋顶冒险），而且新的合作伙伴和惩教部门有业务往来，为他说了许多好话，所以他提前出狱了。那天晚些时候，外公就带我母亲去看他在MRX的新办公室，他在市中心科特兰街的一座十年历史的建筑里租了半个楼面办公，那里距离他五十年代曾经做店长的箭牌电器商店只有几个街区。当他们到达那里时，萨米叔叔正带着他哥哥和侄子参观公司，他侄子是个黑眼睛的漂亮男孩，全家人的宠儿，二十岁不到就读了医学院，他瘦小的身材、讲究的衣着、光洁的指甲和一些说不出来的东西——“也许他看上去像个骗子”——让我外公想起了雷。这个不知怎么酷似雷纳德的夏邦家的孩子显然对我母亲很感兴趣，我母亲也用身体的姿态默默地对他做出积极的回应。五分钟后，他俩就趁大家不注意偷偷溜了出去，我外公在一个火灾逃生门外面找到了他们，发现两人在抽烟，“只是聊聊”。

尽管几个世纪以来，社会传统对年轻英俊的医科学生赋予了更多的信任和偏爱，但我外公仍旧觉得十分心烦。“你甚至没去看测试室，”后来他对我母亲抱怨道，“也没去看风洞。”

“那儿有一股花生放久了的哈喇味。”我母亲说。

他已经犯过一次错，把一个只知道运动和读书的女孩托付给弟弟，结果他弟弟还他一个学会了抽烟和撒野的年轻女人，除了狗和婴儿，这个别扭的孩子不会以同情的眼光看待任何事物。但他不怨恨雷，也不简单地将我母亲的变化归因于青春期不可避免的叛逆心理作祟，因为他知道主要责任在于他自己。他本人就很难控制自己的脾气，比如大闹羽毛梳公司的那一次，也许正是这件事影响了她，逐渐改变了她和他说话的方式和看他的眼光。在他们重新团聚后的三十七小时里——自他们在福德姆路上的施拉夫特糖果店见面起——他已经在尽量避免两人之间爆发直接的冲突，但他的心里还是偶有怒火蹿起，似乎一见到她就会引起圣艾尔摩之火。也许，他想，这就是他眼角的那道闪电的成因。

“你为什么逼我把那些东西全吃了？”

“你必须吃掉。”

“但我不吃早餐，雷叔叔也从来不吃早餐。”

“早餐是一天中最重要的一顿饭。”

“我告诉过你，我的胃早晨不能消化食物。”

他本来想给她一个惊喜，带她来霍华德-约翰逊餐馆吃早餐，他记得多年前她很喜欢这家餐厅，而且故意胁迫她吃下那一堆巧克力薄饼并不是他的本意。

“我知道，宝贝，是这样。对不起。”

“我说我只想要咖啡。”

“还有一支烟。”

“所以你就觉得害怕了？”我母亲说，“丢脸了？”

外公仍然在总结他女儿在弟弟的失职监护下十三个月来发生的各种令人不愉快的变化，学会了冷嘲热讽和抽烟是其中最大的两条罪状。

汽车拐进医院的停车场时，太阳穿透了云层，在格雷斯通精神病院的拱门上撒下糖果色的炫光。当天并非常规的探望日，他在中央大楼门口的台阶前找了一个空位停车，关掉发动机，只剩下洒水器噼啪作响，宽阔空旷的草坪泛起彩虹的颜色。在他的想象中，外婆会站在最顶层的台阶上迎接他们，穿着那件他最后一次见她时穿的海军蓝色连衣裙，试探着举起一只手，摆动手指，然后放下手，向他走来，他会不关发动机就冲下别克车，迎向她，她会跳进他的怀抱，腿盘着他的腰，两人黏在一起的嘴唇就成了当天全世界赖以转动的锚点。

然而台阶上空无一人，我母亲低下头，睁开眼睛，从手提包里拿出一包万宝路香烟，抽出一支塞进嘴里，过滤嘴是红色的，用来隐藏女士的口红印，但我外公早已恳求我母亲今天不要化妆，只是今天，直到他们都开始适应为止。“我已经适应了。”她漠然地说。

他下意识地掏出奥根博尔的打火机，点燃了她的烟，然后把脸扭到一边，这样就不必看到她是如何娴熟地吞云吐雾。她礼貌地将烟雾吐到车窗外，我外公看到香烟在她的手指间微微颤抖。

“她到底怎么样了？”我母亲问，“拜托别告诉我‘看了才知道’。”

尖锐的讽刺让我外公无言以对。

“他们电击她了吗？”

“谁告诉你的？雷？”

她点点头。她在哭。他向她伸出手，但她把他推开了，挣脱的时候不慎按下了点烟器，点烟器弹了出来，他还没来得及阻止，她的食指尖就碰到了点烟器发红的那一头。

“真是太棒了，”她把点烟器塞回去，“他们卖给你一辆破车。”

“他们没有电击她，”他有充足的理由确定这一点，“据我所知，他们只是给她进行激素治疗而已。”

医生在电话里告诉他，一年前我外婆提前进入了更年期，这加剧了她精神方面的症状，所以他们尝试对她使用一种叫作“普雷马林”的新药物。

“我也不懂，”我母亲说，“但我觉得，假如她是因为生活中遇到的一些事才得病的，那他们可能会电击她，把那些不好的东西电出来。”

我外公说，虽然他不太了解电击治疗，但他认为电击疗法并非像我母亲说的那样。

“瞧瞧这个地方，”我母亲凝视着格雷斯通城垛般的外墙，“呃，我可不能进去，我不想在那里面看到她。要不你进去把她领出来？我在车里等着？拜托？爸爸，对不起，是我不好，我想见到妈妈，可我不想进去。”

外公取下仪表板上的点烟器，他也不想强迫我母亲进到疯人院里面看望母亲，可他又不希望我外婆从住了十一个月的疯人院走出来之后，看到他一个人站在外面，他不知道这两者哪一个更可悲。他把指尖贴近点烟器的发热元件，感受它的热量，让它接触自己的皮肤，手指被烧得发出嘶嘶声，车里弥漫着一股牙齿被钻时的怪味。

“好吧。”他说。

他把车挪到有树荫的停车位，摇下车窗，下车关门，几乎要走到格雷斯通的前门台阶时，他听到身后传来我母亲的脚步声。他转过身去，她走到他身边，两人一同抬头，怀着同样的迟疑和敬畏，望向装饰着铁艺葡萄藤的高高的橡木大门。他觉得应该握着她的手——而且他想要这么做——但他害怕自己伸出手后她会像他们第一次见面时那样拒绝，当他的手掌触到她蝴蝶般颤抖的手指时，他仍然不确定下一秒她是否就会甩开他，一如既往地让他失望。

一个穿着白色羊毛衫和白色网球鞋的女人从接待处出来，接待处的玻璃拉门里嵌有铁丝网，她并非护士，但她的白色短发上扣着一顶类似护士帽的帽子。她请我外公在大厅里等医生梅德维德过来，他是我外婆的主治医师，还说我外婆恢复得很好，不要担心，她的医生想和我外公讨论一些关于治疗的问题。

“来吧，亲爱的，”她对我母亲说，“我带你去剧场。”

她的亲切和蔼对我母亲不起作用，一进医院大厅，她就像个在屋顶上醒来的梦游症患者，往前一步就是深渊，吓得一步都不敢动。她想起一部电影中的场景，一名士兵踩到了地雷上，如果抬起脚就会引爆。她不敢说话、倾听或者呼吸，大厅非常壮观，两侧的楼梯通往二楼的柱廊平台，棋盘格大理石地板正上方挂着一盏水晶吊灯，空气中弥漫着掩盖粪便气味的消毒水味和水仙花味。

“我不想去剧场，我是来接我妈妈的。”

“你妈妈就在剧场，亲爱的，”女人说，“她在为一出戏彩排，她一直很投入。”

“可我们今天要接她回家。”我外公说。

“噢，是的，她知道。”

外公有些伤心，女人一定看出来了，她脸上的同情神色十分明显。

“她前几天才知道你们会过来，不是吗？她知道你俩今天几点过来吗？”

“我一定是忘记告诉她了。”外公说。他发过一封电报，可能哪里出了岔子没送到，但他不想让这个女人可怜他。他看了看手表，梅德维德医生很快就会过来，他朝我母亲点点头：“去吧。”

我母亲似乎没听见他的话，只是不安地盯着别处，外公把手放在她肩膀上，顺着她的视线看过去。也许她看到了某个病人的可怕模样，僵硬地拖着脚步，手指甲长得像吉他拨片。女儿呆若木鸡、眉头紧蹙的恐慌表情瞬间让他以为她看到了我外婆，但是当他转过身去，却发现我母亲似乎只是盯着墙出神。

“怎么了？”

“没什么。”我母亲含糊地说。

“来吧，亲爱的。”穿白毛衣的女人又说，这一次她抓住了我母亲的胳膊肘，轻轻地将她拉向楼梯间宽阔的门口。她告诉我外公：“请坐，梅德维德医生很快就来。”

外公坐在门口的椅子上，看着我母亲被人领走，突然，他站起来，喊道："等一下！"

女人停下来，回头看着他。"什么？"

"她要演什么戏？"

"我真的不能告诉你，"女人说，"必须保密。"

女人自称奥特考特夫人，走在沉默的我母亲旁边，从大厅到剧院的一路上，她们左拐右拐，穿过一个闪电形的病区，她喋喋不休地介绍着医院的历史和逸闻。她说自己有个十六岁的女儿，她知道我母亲这个年龄的女孩喜欢听什么，每当走过某个有意思的病人旁边，她就会告诉我母亲这个病人的趣事和古怪的症状——比如发作性睡病、帽子恐惧症、危险识别障碍什么的，还有一位民谣歌手格思里先生。

她告诉我母亲，医院之所以有个剧场，是一个名叫阿道夫·希尔的富人捐建的，他是帕特森的丝绸领带制造商。希尔先生相信，古希腊人是历史上心智最健全的人类，他认为这应当归功于希腊戏剧，伟大的希腊戏剧让观众和演员敢于面对他们的精神世界内外的一切可怕的东西；所以，希尔的妻子在格雷斯通治疗时，他出钱建造了阿道夫和米莉森特·希尔剧院。奥特考特夫人说，其实希尔的妻子此前没有精神病，他故意安排她入院，只是想借此证明戏剧对精神疾病的治疗作用，但后来希尔先生的做法反倒逼疯了他的妻子——可怜的米莉森特。1927年前后，她在自己的房间里上吊了——不是在剧场里，感谢上帝——把帝国丝绸公司的三条高级领带系在一起。

剧场门外的皮革长椅上坐着一个穿绿色三件套西装的老头，

西装是仿皮革质地的粗纹衣料，衣领和纽孔镶着淡洋蓟心色的边。他腰板挺直，双手搁在膝盖上，前胸的口袋里插着一枝百合，似乎在聚精会神地研究对面墙上的什么东西，然而米白色的墙面上什么都没有，直到奥特考特夫人走过去，拍拍他的肩膀，他才中止了研究。“编剧！编剧！”

他抖了一下，身体向后缩，喉咙里发出恐惧的哼哼声。

“噢，我总是吓唬他，”奥特考特夫人说，“对不起，卡萨莫纳卡先生。”她双手在胸前拍了拍，看上去非常抱歉，“卡萨莫纳卡先生是剧本作者。”

卡萨莫纳卡先生站起来，再次沙哑地哼了一声，露出微笑，体型瘦长的他早已被重力压弯了腰，绿色西装包裹的仿佛不过是一副骨架，他伸出微凉的粗糙手掌和我母亲握手。

“你好吗？”奥特考特夫人非常大声地说。

卡萨莫纳卡先生点点头，在脸前比画了个祝福的手势，就像在画一个异常华丽繁复的十字架——仿佛他所属的教派以上帝的圣衣帽架为信仰符号。

“手语，”奥特考特夫人解释道，“他耳聋，听说他被雷电劈过，不知道真假。”

他手指修长苍白，细心修剪的指甲像是闪着银光的月亮。卡萨莫纳卡先生继续在他和我母亲之间的半空中作画——波浪状的屋瓦，水母的轮廓，还有马桶冲水时的漩涡。

奥特考特夫人郑重地点着头。“噢，没错，”她说，“我知道，你说得很对。”

“他在说什么？”

“我不知道。”奥特考特夫人微笑道，她不停地点头。“这不是真正的手语，是他自己编的手势，他从来没学好英语，最近几年，他又忘记了该如何读写意大利语。”

“他——那他怎么写戏？”

“他告诉你母亲剧本——用他那些疯子手势，这就是她一直参与这部剧的原因。”

“我妈妈完全不懂手语。”

“可她显然很懂卡萨莫纳卡先生的那套手语。”

我母亲看着卡萨莫纳卡先生的手掌和指头摆出火箭一飞冲天、开啤酒罐、把高尔夫球放在球座上的动作。

“他的手语看起来是胡乱编的，根本没有规律。”她说。

“大家都这么认为。”奥特考特夫人说。

梅德维德医生的衣领上有蓝墨水点，白色医生外套敞着怀，里面是牛皮纸色的夏季西装，紫色领结，胸肌发达，身材魁梧，假如不知道他拥有纽约大学和杜兰大学医学院的文凭，你可能会以为他是个码头工人。他慢慢坐进桌后的转椅，脸上露出痛苦的表情，像是胀气痛或者得了痔疮，也许两者都有。椅子的钢接头吱吱作响，弹簧发出金属疲劳的叮当声。

“像我告诉你的那样，病情有明显的改善。”梅德维德医生说。

但此前和外公打电话时，梅德维德医生的语气有些遮遮掩掩、犹犹豫豫，也许这只是慢性胃灼热的缘故。他放下手里的水杯，拉开办公桌抽屉，找出一瓶溴塞耳泽泡腾片，拧开瓶盖，把两片药投进杯里，拿起一只回形针，开始搅拌杯里的东西，见我外公没说话，医生抬起粗黑眉毛下的眼睛看着他。“你有什么想说的吗？”

我外公通常不信任打领结的犹太人，但梅德维德的某些特质——也许是回形针——让他破了一次例。“听到你这么说，我当然觉得很放心。”外公说。

“没错，之前有所好转，值得放心。不过她的情况可能有反复，我不得不提醒你，她也许还会犯病，但也只是有可能而已，不必过于担心。”

“根据我的经验，医生，没有冒犯你的意思，但我不同意。”

梅德维德医生点点头，杯子里的泡腾片发出嘶嘶咯咯的声音。他端起杯子，大口喝完，举起一根手指，请我外公稍等，然后握起拳头，压在肋骨下方，表情若有所思，然后慢慢地打了个低沉悠长的嗝，仿佛琴弓从大提琴上缓缓拖过。他羞怯地低下头，尴尬地笑了笑。“抱歉。”

“祝你健康。”

“请原谅，”他说，“午饭吃了不少。现在，听着，我理解，你也许对我说的‘改善’有所怀疑，但改善是相对而言的，她的情况毕竟比以前进步了不少。对于自己爱的人能否回归所谓的正常生活感到担忧也是完全正常的，通常，我建议家人放低期望，这样可以让失望的程度最小化。”

他的建议与外公的人生观不谋而合，但在这种情况下，听到梅德维德说出来，他心里的那个长久以来未能松动的结解开了。

“我想我能做到。”他说。

31

她在黑暗的小剧场里逡巡，光芒四射的古希腊风格舞台让她想起自己在斯图尔特·格兰杰电影中看到的画面：篝火在巨石神像的口中燃烧。今天她见到了许多陌生人，所到之处似乎都充斥着人脸，也许她应该接替她母亲待在这里。舞台上方又有两张怪异的面孔：戴着代表狂躁到极点的面具。穿金黑色条纹紧身衣的女人透过翅膀的缝隙望出去，脸上的彩妆化得像芭蕾舞演员；穿浴袍的胖男人在沃立舍管风琴上弹奏单调的固定低音，像是某首不甚熟练的华尔兹舞曲支离破碎的片断，长凳上的身体来回摇摆，全然不顾乐曲节奏，后来她才知道这个胖男人实际上是个胖女人。

这个装扮成洞穴的地方有一股天鹅绒和灰尘的味道，跟雷叔叔的台球俱乐部里的古老游乐厅一样魔幻怪诞。她记得台球俱乐部的球桌和弹球机后面有几个房间，娱乐至死的硬币茔窟。里面有养着活鸡的玻璃音乐盒，按下选曲按钮后，有微电流刺激鸡脚，迫使它们做出跳舞般的动作；有投币操作的“斩首机”，顾客可以控制它斩下人偶王后的头颅、绞死发条黑人；有台真人大小的“小埃及”机器人，会跳一种色情的下流舞步；

还有个上发条的爱情算命机，推算结果含糊其辞，充满了挑逗意味的俚语。

她焦躁不安地站在光线刺眼的舞台边，仿佛它就是那台算命机，即将吐出污秽的判语。

“没关系的，”穿白毛衣的女人说，“看见你母亲了吗，亲爱的？”

“没有。”

她打量着座位上的观众，但没有一个是她母亲。她想象不出、也永远弄不明白舞台上的那些角色的身份，医生？服务员？拿破仑？圣母？这时她听到灯光开关闭合的声音，霎时间全场一片黑暗，仅剩舞台上方的一弯幽灵般的月亮。

灯光在一片“三叶草田”上重新亮起，太阳悬在粉白的花朵上方，三叶草的双手和脸庞朝着耀眼的阳光抬起。一群胖蜜蜂在花丛中跑来跑去，与花朵无言地嬉闹着，将大木头勺子伸向花朵，舀起蜜汁。

一个貌似乔治·华盛顿的家伙出现了，戴假发，穿及膝裤和厚大衣，腰带上别着一柄小斧头，他在花丛周围走来走去，指挥蜜蜂们干活。原来这人并非打算砍倒樱桃树的乔治·华盛顿，而是养蜂人，但他那柄斧头的作用依然未知。他心满意足地看着蜜蜂飞来飞去，木勺中满载花蜜返回看不见的蜂巢，看了一会儿，他懒洋洋地躺在小丘上，打起了瞌睡。金色的太阳慢慢落下，银色的月亮升上天空。

两头熊从舞台左侧蹒跚而来——养蜂人并没有注意到——

穿着破旧的大衣，整齐划一地晃动着大脑袋，看上去有点邪恶——两个衣衫褴褛的无赖。它们观察着蜜蜂运蜜，养蜂人转过身去的时候，它们就凑过去和蜂群搭话，威胁它们交出木勺，得逞后，两头熊贪婪地吞下勺子里的蜂蜜。终于，蜜蜂们的哭喊惊醒了睡着的养蜂人，他跳起来，把银色的斧头丢向熊，然而斧头并没有击中目标，竟然一直向着月亮飞过去，最后像一本落在枕头上的辞典那样掉到了月亮上。

养蜂人急得直挠假发，然后想起了他的绳子，用它制作了一个套索，举在头顶甩了几圈，套索发出"嗖嗖"的声音，向月亮飞去，可它没有套住斧头的手柄，落到地上。养蜂人又试了一次，这次套索缠住了木柄，养蜂人收紧套索，攀着绳子朝月亮爬去。蜜蜂、狗熊和花朵都伸长了脖子，惊奇地看着这一幕，养蜂人继续镇定地向上爬。

夜幕笼罩着三叶草田，晨光点亮了月球。锯齿状的山峰发出冷漠的银蓝色光辉，登上月球的养蜂人找回了斧头，好奇地在这陌生的地方闲逛。他穿过银色的、仿佛仙人掌骨架的月球树林，摘下一束银色的月光花。突然，一只银色的小球滚到他的脚边，小球后面跟着个女人，看到他，女人停止了奔跑，她身穿银色的礼服，头戴银色的皇冠，背后张开着一对巨大的银色羽翼，看上去像飞蛾的翅膀，在月球的微风中缓慢起伏。他捡起小球，在那一刻，两人互相凝视着对方，他把球扔给她，她接住了球。

至于养蜂人和月亮女王之间接下来发生的事情——这场默

剧该如何结束——我的母亲永远无从知晓。[1]

舞台后方在蓝色灯光下闪闪发亮的“月球山”是用大量锡纸揉成球后铺就而成的山峰；“月球树”则是锡纸包裹的衣架，我外婆总是把锡纸叫作“银纸”；“月球花”则是放置在蛋糕烤盘里的打蛋器、搅拌器和大汤勺。这一切是那么荒谬可笑，同样又哀婉动人。锡纸反射的银光有种朦胧的美感。欢呼似的高举手臂的衣架与各式厨房工具自有一种家庭用品的不可侵犯的尊严。

这时再次看向舞台的我母亲获得了一种强烈的认同感，好像自己在梦中造访了这个世界。仿佛在她还小的时候，来自她母亲梦中的云雾每夜飘进她的脑海，给她留下一段闪闪发光的回忆。这段令人困惑的养蜂人月球奇遇记，不可能是被雷电劈得神志不清的可怜的卡萨莫纳卡老先生通过所谓的手语叙述给她母亲的。身穿锡箔长裙、头戴锡箔王冠的月亮女王追逐着银色的锡箔球，她的翅膀是挂在衣架上的尼龙线撑起来的，贴着亮片。这里根本不是月球。这是一个比月球还要诡异离奇的世界——其他的母亲根本无从知晓。

这是她见过的最美的东西，我母亲告诉我。

然后，所有闪耀的亮点从月亮女王身上、从锡箔冠冕上飘

1 但鲁道夫·埃里希·拉斯佩（1736—1794）的《苏醒的格列佛》一书的读者应该知道故事的结局，我外婆（假托卡萨莫纳卡先生之名）正是根据这本书编造了这段月球故事。

走，转而全部蜂拥至她母亲与她之间，跳跃着、颤动着，直到一切的一切全都飞走了，只留下她在无边的黑暗之中。

她来到剧场外，坐在卡萨莫纳卡先生旁边的皮革长椅上，鼻子里满是他西装里飘出来的樟脑球味。奥特考特夫人蹲在她面前，皱起眉头，仿佛正在透过烤箱的玻璃门端详一只有问题的蛋糕。奥特考特夫人身后站着一头熊、三棵三叶草、两只蜜蜂和刚才那个穿浴袍拖鞋的肥胖钢琴家，他们身后的墙和大厅的墙用的是同一种壁纸，就是她呆呆地凝视过的那种，我外公当时不明白她在看什么。实际上，从某个角度去看，这种壁纸没什么特别的，无非是重复的饰有白色圆点的粉色盾形图案，每个盾形下方都有一对金柳叶花环；但如果你从另一个角度去看，就会看到一排排张着血盆大口、长着驴耳朵的面孔瞪着你看。[1]

“她在这儿！”奥特考特夫人说，“你没事吧，亲爱的？”

我母亲点点头，虽然她不完全确定。她从壁纸上移开视线，看向身旁的卡萨莫纳卡先生，他也在低着头看她，带着满足和平静的神情。*别担心*，他的眼睛仿佛在说，*一切都按照我的计*

1 在一本未公开发表的回忆录《格雷斯通笔记》（1979）中，梅德维德医生认为这种具有格式塔特征的墙纸是一种不安的来源，有时候对格雷斯通精神病医院的病人来说，这意味着绝对的恐怖。他与一些同事曾试图说服院方把这种墙纸撤走或遮盖起来，但是这种“恶魔面具”直到1972年才被换掉，墙面被涂成“油腻腻的‘鳄梨’绿色，我们很多人认为这种墙面同样也不会减少一丝一毫的痛苦。”

划进行。

“我喜欢你的剧。”我母亲告诉他。

作为回应，卡萨莫纳卡先生庄重地拧开一个无形的罐子。这时，我母亲听到鞋跟敲打地面的声音和衣物的摩擦声，只见我外婆背着月亮女王的翅膀跑了出来，用一只手扶着头上歪斜的王冠。奥特考特夫人站起来，每个人都向后退了一步，除了卡萨莫纳卡先生，他似乎并没有注意到我外婆，我母亲一下子站起来，心怦怦直跳。

“对不起，妈妈。”我母亲说，这是她能想到的第一句话。

她扑进我外婆怀里，外婆裸露的胳膊凉凉的，紧紧地拥住了她，这是个尴尬但真诚的拥抱。我母亲的目光再次落到壁纸上，仿佛看到成千张长着驴耳朵的脸，外婆立刻意识到女儿看到了什么。“你不用去看。”她说。

我母亲听话地别过脸去。

“你坐过牢。”梅德维德医生说。

“沃尔基尔，”外公说，“十三个月。”

“暴力犯罪。”

外公想过，在他人生中的某些时候，会被问及自己在1957年8月到1958年9月之间的际遇；但他决定只有在某个有权利询问的人直接问起时才会作答，比如雇主，但在目前的情况下，他已经被山姆·夏邦招募——而且就是在监狱里招募的，监狱长已经把详情全部告诉他了，无须再对他解释。假如外婆问起他坐牢的事，他会告诉她自己的刑期已经结束，至于细节则无须详述。在行车途中，我母亲问了为数不多的几个问题，其中之一就是“坐牢是什么感觉？”，他的回答是“挺有意思”，她看上去对这个答案挺满意，或者根据她的版本来说，她对此是被迫挺满意的。除了这些情况之外，外公估计，直到他死的那一天为止，对于自己坐牢的事，他顶多会和别人谈论三五次，比如和梅德维德医生见面的这次。

“我袭击了一个人，我的雇主，我想用电话线勒他。”

“我懂了。得到这样的待遇，他干什么了？”

“没什么，”我外公说，“就我所知。”

“哈，”医生说，“那你为什么要这么做？”

“我被炒了。”

“啊。”

“那是她烧了树的第二天。你知道，我很激动。”

“因为她烧了那棵树，过了一年多——”

“差不多两年了。”

“她的大部分症状都已经消失了，幻觉消退了。”

“是。可回想起来，我发现……我意识到……它一直都在，我们只不过是在想方设法忽略它而已。”

“然后那天晚上它又回来了，兴风作浪，一定很可怕。”

“反正我是紧张极了。”

“所以，第二天你才会袭击别人，你到底是有多生气才会把火撒向你老板——”

“气疯了，这之前我甚至没见过我老板。”

“啊。”

“其实我并非生她的气，我不怪她，现在也不。我知道她控制不了，我知道她没法阻止自己。”

“所以你就迁怒到别人身上。”

“这不是不可能。”

“我认为非常有可能。”

“对，不是毫无逻辑可言。”

“好吧，假如——假如你不知道她无法自控，对她的情况不是那么清楚呢？假如你就是觉得应该怪她怎么办？你认为这样你的愤怒可以得到更好的控制吗？至少是发泄到她的身上，而不是不相干的陌生人？”

“我们在说什么呢？有什么事是我不知道的吗？怎么能怪她？”外公刚要继续咄咄逼人地追问——难道无皮马真的存在吗？这时他看到了梅德维德脸上的表情变了，于是打算换个问法：这一切都是她故意编出来的吗？

梅德维德不自在地沉吟半晌，什么都没说，他抓住椅子扶手站起来，走到角落里的大钢柜前。里面的架子上是成排的薄纸板盒，像书脊朝外的藏书一样竖向排列，大约有六七十个，每个盒子上都贴着白纸标签，写有病人姓名和日期，每个病人至少对应三个盒子，有七个盒子写着我外婆的名字。梅德维德指着文件柜旁边打字桌上的一台灰色的矮胖机器，问：“知道这是什么吗？”

“磁带录音机，看着像沃伦萨克牌的。”

“没错。我用它来记录我与患者的会话。”他指着柜子里有我外婆名字的盒子。“这些是我和你妻子的会话记录，当然，我不能给你看，也没有权力描述或者转述里面的内容，甚至都不能和你讨论它们。”

他关上柜门，坐下来，无意识地揉着脸。“起初，她不愿意和我多说，她很警觉，但不是针对我和我的问题，而是不愿谈论她的痛苦。但我们开始普雷马林激素治疗之后……它对她的症状和行为产生了深刻的影响，甚至改变了她的思维模式和表达方式，效果十分惊人，我甚至开始怀疑此前认为她患有‘创伤引起的精神分裂症’是误诊，真正原因是你妻子患有严重的荷尔蒙失调症，是卵巢的雌二醇分泌不足导致的。”

“也有可能就是精神分裂。”

“可以这么说，无论如何，雌二醇也可能发挥了一些关键作用，我们也不是十分清楚。但只要她脑子里的声音消失……只要她放下戒备……她就开始说话，比如在治疗期间，她变得前所未有地健谈。她说的我都认真听了，不仅因为这是我的职责，而且她在战争期间的经历实在是……”梅德维德左手托着下巴，手肘搁在桌子上，顺着办公室的窗户望向东边的黑色天空。“老实说，反正我是没法用语言来形容。”他说。

“她对我说过，”外公说，“我知道。”

“她说什么了？她都和你说了吗？”

“我没法知道她说的是不是全部。”

“没错。可我想问问你，与她谈及她的家人、她在战争期间的经历、你女儿出生时的情况的时候，或者干脆这么说，你和她一起生活的日子里——她的外在表现、情绪和思维模式……你觉得这一切的前因后果能否说得通？是不是前后一致？还有，她一直都是这样的吗？”

从很久以前那个星期天下午的平安之友犹太会堂开始，外公一点一点地回忆，我外婆似乎会时不时地忘记或者不理会自己对接触动物毛皮的极度厌恶。就像在黑暗中爬了很长时间楼梯，爬上去之后却突然掉进一个黑洞一样，他发现，对于梅德维德医生的这几个问题，他都只能给出否定的回答。

“这正是我所担心的，”梅德维德轻声说，“还有烧树事件和你的反应，她可能是想通过这件事告诉你什么，让你借此更了解她——她对自己的身份和故事的看法，这件事让你对她此前告诉你的一切产生怀疑了没有？”

“看来我不应该让她告诉我。”外公说。

“是吗。”梅德维德医生吃惊地说，也许还有点失望。

“我只希望她能好起来。”

“但正如我所建议的，我希望我说得足够清楚——当然，我们会继续对她进行激素治疗，但我们这里没有这种治疗的先例。我从来没见过她这样的情况，也不知道效果是否会持久[1]，如果她没有真的好起来……”

“无论有多糟，医生，总之我什么样的状况都见过了，我很清楚，她是因为那个丑陋的东西憎恨自己——”

“没有你说的那么简单，这不是她做了什么和没做什么的问题，而是她的某种激素在某些特定情况下产生的作用——”

“医生，我是个工程师，电气工程师，这是我的专业，工

1 “副作用倒是相当持久。”读到这段回忆，我母亲说。

程师花费大量的时间进行所谓的故障分析，无论你的工作是设计、测试还是制造……总有出故障的时候，机器会停转、爆炸、崩溃、烧毁，它们也要对抗压力和疲劳，我的职责是找出故障的原因，进行修理。我过去就是这样看待我妻子的问题的，至少有很长一段时间是这样，想知道哪里出了故障，自认为我能‘修好’她，可我现在不这么看了，你知道吧，不再把她当成零件损坏的机器，我开始试着接受她，我……”他想说“我爱她”，但即使说了也于事无补。“她是残缺的，我也是，”他说，“每个人都有残缺，只要她不再痛苦，怎么样我都能接受。”

梅德维德医生眨眨眼，似乎想要反驳他。“我——好吧，”他说，“你比我更了解你自己。”

“也不一定。”外公说。

有人轻轻地敲了敲门，然后门开了，我外婆站在门外，头发卷曲，疲惫的蓝眼睛看着我外公，一如多年前那个蓝色的蒙特卡洛之夜。她的脸还是那么美丽和哀伤，只是经年，多了一层对多愁善感习以为常的不屑和疲惫。她果然穿着海军蓝色的连衣裙——来格雷斯通时穿的那件，裙子的宽腰带很合身，恰好勾勒出她胸部和臀部的轮廓，她似乎长胖了一点，这证明治疗是有利的。

“你好，亲爱的。”外公说。他站起来搂住她，亲吻她，本来只是个打招呼的吻，但过了一会儿才分开，最后外婆轻轻咬了几下他的下嘴唇。假如这个顶着医学文凭、拿着溴塞耳泽泡腾片、只会重复事实的该死的医生没在场，我外公可能会立刻把外婆压倒在办公桌上。在外公确认外婆与他的联动似乎运行良好之后，他们分开了。外婆看着梅德维德医生，期待中夹杂着害怕地问：“这样没关系吗？”

外公瞥了一眼医生，梅德维德医生已经站了起来，他来回扫视着我的外祖父母，对目前的状况、对我外公选择放弃修好的电路，给出了他的最终判断结论。“假如你觉得没关系，”他说，“那就没关系。”

1979年，与我外公一样同是鳏夫的利奥·梅德维德医生死于心衰，他那些装在纸板盒里的诊疗会话记录——依旧密封——传到了他的成年子女手中。梅德维德的孩子们想找个地方保管父亲的文件和磁带，比如新泽西州精神病学协会、杜兰大学、纽约大学、费尔劳恩的犹太会堂图书馆，但纸盒的数量实在太多：“至少有两百五十个”，医生的大女儿洛兰·梅德维德-恩格尔表示，她是退休教师和全息呼吸法培训师，住在新泽西州曼托洛金。

2013年初，我联系到了洛兰，我一直想根据我外婆和她的病写一本小说，希望能在梅德维德医生的记录中找到有用的参考。洛兰告诉我，因为搬迁、受灾和梅德维德医生的儿子韦恩的缘故，盒子现在只剩二十七个。韦恩“总是反对我们纪念爸爸”，洛兰说，父亲去世十周年时，他把大部分箱子扔进了垃圾场，然后自杀了。2012年9月，飓风桑迪又毁掉了存放在洛兰家地下室里的大部分剩余的盒子。

仅剩的二十七个盒子中的两个包含六十年代中期梅德维德医生的诊疗记录，那时他已经离开格雷斯通，跑到纽约城开了私人诊所，另外还有一些研究笔记，写在黑色封面的格线笔记本上，梅德维德医生每个工作日结束时都会在上面做些记录。遗憾的是，这些资料中没有我外婆在格雷斯通住院时的治疗记录。好客的洛兰招待了我两天，经过这两天的翻找，我只发现了关于外婆的一条线索——写在笔记本最后一面的两段话，似乎属于医生本人未发表的回忆录《格雷斯通笔记》的一部分。

在标有“1979年11月11日”——医生去世前两天——的部分，题目是“下一个写作计划”，梅德维德医生用十页纸列出一本书的大纲，他打算叫这本书《深海潜水》或者《深海眩晕》，内容是他的病例研究，模仿罗伯特·林达的《五十分钟的一小时》，取材自被韦恩·梅德维德丢进垃圾场的研究笔记。医生计划在书中对九个难忘的病例进行“深海潜水”般的详细探讨，他在笔记本上勾勒出五个病例的写作大纲之后，笔记本快写完了——他感觉到了吗？——时间也不多了，他用几个段落简单总结了另外四个病例的要点。在利奥·梅德维德医生留下的最后文字中，我找到了关于外婆的部分：

“无皮马”：病人（下称P）出生后被父母抛弃，出生日期：约1923年，出生时用名：莉莉安妮，为法国或比利时犹太血统已婚女性，育有一女（处于青春期）。最初诊断：精神分裂症。P自1947年起出现幻视、幻听，有被迫害妄想症状，“无皮马”。

病人自诉：其母是犹太人，与一“来自奥斯坦德的商人”结婚。P自小由里尔郊区的圣衣会修道院修女抚养长大。最初症状主要为幻听：听到“愤怒”或“责备”的耳语。偶尔看到“壁炉中出现燃烧的天使”、在镜子里自己的脸边上看到“模糊的脸”等。1941年后期上述症状重现，自称与当地党卫军上校有过性关系、上校是其女儿的父亲（病人后来又否认此事），在发生关系时看到牡马巨大的“无皮”阴茎。

曾患急性抑郁症和创伤后应激综合征，又出现妄想偏执狂症状，但病状不显著（不受环境影响）。

P声称，其与一比利时犹太女孩N交好，N比P年纪稍小一些，1942年底躲藏至修道院，N曾经在P企图自杀时救过她的命。N是某位富有的制革商的女儿，了解屠宰、剥皮、皮革处理等工序。外貌的相似导致了两人是姊妹的幻想。后来N被告发并被送至奥斯维辛，假定死亡。

修道院于1944年10月被V-2火箭炸毁，P过了几个月挨饿受冻的流浪生活，靠盗窃和卖淫换取食物与金钱，出现月经过多和脱发症状。（从未恢复正常月经，战后只怀过一次孕，1952年，见下文。）P的女儿在里尔的某天主教家庭生活过一段时间。战争结束后，P和女儿来到德国维特瑙的难民营，遇到希伯来移民援助协会工作人员，得知他们计划将曾被关入集中营的犹太幸存者送往美国，P设法说服对方她就是N，假冒N的名字和身份，冲动为之，但机不可失。根据听来的奥斯维辛集中营故事编造个人经历，并且以性为交换，让美国士兵用缝衣针和墨水在她手臂上伪造犹太囚犯文身编号。

1946年7月抵达美国，结识其丈夫，来自巴尔的摩的前美军士兵。P的身体健康逐渐恢复，女儿也有了父亲。生活安定，但精神状况依旧不稳定，1952年9月前后怀孕，症状加剧。怀孕期间症状几乎完全缓解，但十周后流产，随后第一次进入精神病院治疗。

在这之后，梅德维德分析了“无皮马”的本质。他计划用他本人的意外发现作为总结，他指出，给我外婆使用的激素“提取自马的尿液”，在治疗妄想症方面的效果优于谈话疗法。最终，这个章节所记录的治疗变成了全然运气的结果，是不断失败后的成功。

这些发现——我母亲的生父可能是个纳粹，外婆的身世竟然和我一直以来听说的完全不同，我听说的那些是她编造的谎言——称得上是颠覆性的，困扰了我很久。我不断回忆和分析外婆在世时的言行，企图找出其中的欺骗成分以及隐藏在欺骗背后的真相；但是，在离开曼托洛金之前，我没有将我的发现告诉妻子；在写出这本回忆录之前，我没有将这些事告诉我母亲和其他人。之所以没有用——拒绝用——小说化的手法处理这本书，是因为有时候连虚构作品爱好者都只能靠真相来获得满足，所以我需要“让故事更坦诚”，或者说，全盘托出我的所思所感。我必须搞清楚我听来的家族故事及其历史背景之间的前因后果，还有它们与我现在所掌握的真相的关系。

“关于外婆，”一天下午，我问我的外公，那是他生命中的倒数第二个下午，十三年后，我在梅德维德医生的笔记中发现了问题的答案，“梅德维德医生想要告诉你什么？”

“我不知道。”

“你不知道。你从来没有问过？”

“我不想知道，现在依然不想。”

“你怀疑过吗？”

“大概吧，最初认识她的时候。但我不喜欢想这些，干脆不去想了。”

“可是你不觉得……医生在暗示她对你说谎了吗？关于她的过去？”

“大概吧，这也没什么奇怪的。”

他的舌头伸出来又缩回去，我递给他一杯苹果汁，看着他抿了一口。

“你告诉我的一切都是真的，对吧？”我问。

“嗯，全部来自我的记忆。”他说，“除此之外，我不保证。”

我不安地坐在床边，隐隐觉得外婆可能告诉了梅德维德医生什么惊天大秘密。外婆在精神病院的演出中扮演月亮女王，这个故事我小的时候她也给我讲过，我早就发现外婆的故事素材很多来自《吹牛大王历险记》这本书，她还送了一本多雷插图版给我当礼物。

“听着，迈克……”外公说，“关于你外婆的一些事，你妈妈花了很长时间才想通，做到这一点很不容易。你外婆总觉得自己是个坏母亲，你知道吗？”

“知道。”

"但我不觉得她坏，我的看法是，她能在战争中活下来，把你妈妈带到美国，而且一直爱她，我觉得这就是好母亲，我不想让你妈妈怀疑这一点，所以请你帮我一个忙，不要对你妈妈说外婆的坏话。"

"别对我说什么？"我母亲走进房间，看看我，又看看外公，一脸疑惑。

"外公喝了啤酒，"我说，"我想他有点醉了。"

32

我小的时候和家人住在法拉盛，常有“威普”开到我们的街区里来，喇叭里一路播放着嘹亮的音乐。“威普”是一种卡车，车斗上拖着狂欢节巡游时使用的铁丝笼，涂成红黄两色，像个马戏团的帐篷，车上还会播放轻快又有点闹哄哄的音乐，后来我觉得那可能是塔特兰舞曲，这种车在我看来像拖拉机，但可能还没有搬家卡车大。如果你在街上玩，威普车开过来的时候，你可以不慌不忙地招招手，花二十五美分上车兜个风；假如你在屋里听到威普车开过来时播放着醉酒般的音乐，那就要赶紧把二十五美分攥在手中，快点跑出去追上它。

威普车的司机暗色皮肤，一身腱子肉，戴一顶棒球帽，话不多，笑得更少，但看上去并非不友好，他会帮助你爬上通向铁笼里面的三层窄台阶。笼子里有六辆活动小车，每辆小车能坐两个小孩，有的涂成红色，有的涂成黄色，让我联想到郁金香或者托着小孩的手掌。小车在椭圆形轨道上，摇摇晃晃地开动，在直道上缓缓行驶，快到弯道的时候突然加速，把你甩到小车的边上或者旁边的人身上，小车慢下来的时候你能喘口气，然后再被甩出去。兜风结束，司机会从架子上拿下一块火箭炮泡泡糖塞进你手里，小声嘟囔几句祝福你的话。

有一天，当我走下威普车上的小楼梯，我很惊讶地发现我父亲站在那里等我，他西装革履，打着领带，穿着白外套，裤子口袋里塞了一副听诊器，橡皮头从袋口探出来，他衬衫的前胸那里有一片红色，看起来像血，但更有可能是他的午餐——番茄汤或者番茄酱。我知道假如我问他那是什么，他会说是血。我最近开始明白，我的父亲很少愿意讲真话，嘴上说的往往和事实完全相反，譬如他说天气好极了，就意味着下雪或者下雨，假如他说“这么好的人，怎么会遇到这种事”，那么他说的这个人一定是个坏蛋，遇到事情也是他罪有应得。当他向你传达某个事实性质的信息时，你通常可以采信他的叙述，但即使如此，你也必须小心，比如我父亲声称嘎吱麦片里面的“嘎吱梅干”是草莓干，我信以为真，结果被街区里比我大的小孩嘲笑了很久。

“妈妈得了病毒性肠胃炎吗？”我问。

我父亲上一次（也是我记得的唯一一次）在工作日的中午回家是在几个月前，当时我的母亲生病了，呕吐得厉害，太虚弱，不能照顾我，而她今天早上似乎并无异常，早餐也吃得很香，但从那天开始，我就不得不待在我的朋友罗兰家，她一定病得很重。

“她必须去医院，”我父亲说，他打开车锁，又开了后门，让我钻进去，“卡塔基斯太太开车送她去了。”

“她要做手术吗？”我说。

“是的，但你不必担心，迈克。她会没事的。”

我父亲不是称职的父亲，也不是合格的商人，连合格的骗子都算不上，但他似乎是个很好的医生，他对病人很细心，我从没见过比他更细心的。听外婆说，假如我父亲真心想要安慰你，他就仿佛变了一个人，讲话的声音变得更加低沉、更加温柔，让你非常放松，他会看进你的眼睛里，理解你的所有疑问、明白你的所有担忧，行医的那些年，他得到了病人的一致爱戴。毫无疑问，他的这一套对债主和投资人也很管用，不过也是有限度的。

“不严重，”他说，“只是个小手术。”他蹲在车旁边，为我扣好安全带，虽然我早就知道该如何自己系安全带。“别担心，亲爱的。”

“好吧。”

他把指甲修剪得很整齐的手掌搭在我的肩上，薄荷和皮革的清爽味道从他医生袍的袖口飘进我的鼻孔，手上戴的纪念戒指上的宝石和铭文熠熠生辉，仿佛动画片中的大力神之戒——假如你把它举起来对准天空，说不定能召唤闪电。我看着灿烂的宝石和他指甲根部的半月形，想到我母亲去了医院，有些想哭，但我忍住了，我问父亲她要做什么样的手术。

“你觉得她可能会做什么样的手术？”他问。

他关上车门，我惊讶地注意到我旁边的座位上有只小提箱，象牙白色的皮革，黄铜锁扣，打开时会发出吱吱的声音，它是我父亲小时候用过的箱子，像白色牛津鞋一样有些磨损，他总是叫它“我的旅行袋”，因为我父亲家的人都这么叫旅行箱，我还以为这是意第绪语说法。我不知道父亲为什么让我猜母亲会做什么样的手术，难道他要根据我的回答来决定是否要告诉我答案，我想起我奶奶那已经去世的姐姐多蒂，她曾经去医院做过脚部手术。

“也许是给脚做手术？”我试探道。

“你说得对，”他说，“很好。”

他打开收音机，像往常一样调到WQXR频道，有人在猛敲钢琴键盘，我父亲调高了音量，我们沿着街道向前开，经过一辆威普卡车，愤怒的钢琴声和卡车上传来的醉醺醺的音乐交织在一起，我的朋友罗兰和他弟弟皮埃尔站在威普卡车的最低一级台阶上，眯眼望向司机，请求他的帮助，我这才意识到自己手里依旧握着刚才司机给我的泡泡糖。

我展开包装纸，把泡泡糖塞进嘴里，我刚学会读包装纸上印的漫画人物“火箭炮”乔的故事。我没有问父亲那只小提箱是怎么回事，只是猜想可能我需要陪母亲在医院待一阵，不知道能不能有我自己的小床，或者和她一张床，我想象着父亲做住院医师时的纽约医院病房的样子——这是我真正了解的唯一一家医院。过了一会儿，我发现我们走的不是去纽约医院的路，大概去的是另一家医院。我当然听说纽约城还有许多医院——蒙特菲奥雷、长老会医院、圣路加什么的，卡塔基斯太太肯定带我母亲去了其中的一家，或者送她去了史坦顿岛的公共卫生服务院，我父亲目前在那里工作。

收音机里那个敲钢琴的人敲得更狠了——演奏的应该是李斯特的华尔兹，抑或是拉赫玛尼诺夫，音量很大，我几乎得喊着说话，我父亲不喜欢我的喊声高过他的音乐，他会生气。有时候，假如我没有及时闭嘴，他会冲我发火，朝我伸出胳膊吓唬我，手上的大力神之戒仿佛随时都能对我发射闪电，击碎我的头骨和眼球。所以我没问他我们是不是要坐轮渡到史坦顿岛。在我们穿过布朗克斯到达里弗代尔时，音乐声变小了，等那段曲子结束，播放起广告时，我才说出我不得不说的话："我不想睡在外公外婆家。"

"噢，得了吧，迈克！"我父亲语带恼怒，高声说道。"那些手偶不会伤害你的，"他说，降低声音，控制自己的语调，"他们是玩具。你懂的。"

"我知道，"我说，"我只是害怕它们。"

"为什么？"

"我不知道。"

"迈克……"

"我就是害怕。"

收音机里开始播放新曲子，我父亲调小音量，继续开了一会儿，什么都没说。

"好吧，我也不知道该怎么办。"他终于说。

他的声音听起来很伤心、很失望，我觉得对不起他，但是我外祖父母家客房的衣柜顶上有一只帽盒，盒子里有十几个手偶（脸色红润的国王、坏脾气的王后、斜眼牧羊人、两只白羊、一只黑羊、眼神鬼祟的渔夫妻子、四个音乐家和一个黑胡子的蒙面强盗，胡子很可怕，是用真人毛发做的），他们在暗中密谋，要趁我在那里睡觉时把我杀了。它们的身子是线缝的，木头脑袋是法国里尔的一位大师级别的工匠雕刻的，外祖父母花了不少钱买下它们，而我却如此害怕，这加剧了我的耻辱和内疚，我打算说点安慰的话，减轻我父亲的失望。

“我只有在晚上害怕它们，”我说，“白天没感觉。”

虽然没装什么东西，小提箱还是挺沉的，我费力地提着它穿过公寓楼的前厅，门卫被叫作“爱尔兰乔治”，以区别于另外一个门卫“高乔治”。爱尔兰乔治要帮我拿箱子，我拒绝了，我想让父亲看到，尽管心理上害怕那些手偶，我的身体还是有力气提动自己的箱子。

“你真是生了个壮劳力啊，医生。”爱尔兰乔治对我父亲说。

我父亲解开衬衫领子上的纽扣，看了我一会儿，然后低头盯着他的弗洛尔斯海姆鞋。“他长大啦。”我父亲说。

他听起来仍然挺失望，我想，但似乎主要是对他自己失望。我父亲不经常跟人道歉，并以此作为人生哲学而非一种能力缺陷，但感到歉疚时，他会先低头看自己的鞋子，那垂头丧气的样子伤到了我的心，让我受不了，因为我不希望他为任何事道歉，我只好扭头去看大厅里的贡多拉招牌。

外祖父母的公寓楼底层有个美容院，店名是意大利式的，主题则是威尼斯风格，招牌是一艘贡多拉小船的模型。贡多拉挂在电梯旁的天花板上，将近两英尺长，钢琴黑色，带着红色和金色的镶边，船头指向通往美容院的走廊。我一直很喜欢这个模型，在今天这种情况下，我更是想象自己划着这艘贡多拉，无忧无虑地在水上游荡，无须担心蒙面强盗那可怕的胡须，或者可能发生在我母亲身上的事以及我父亲的愧疚，还有外婆讲的恐怖故事。

“外公在家吗？”我问。

“当然不在，他在工作。”

“好吧。”

“你为什么要问？”

我说随便问问。电梯门关闭，向上爬升时，我突然有一种期待与恐惧的感觉，我扫了一眼十二楼到十四楼的电梯按钮，又扫回来。最近我在我爷爷那本艾罗尔·弗林所著的《我的邪恶道路》里找到一张纸牌，用两种字体印着希伯来祈祷文，就像这张突然冒出来的纸牌一样，虽然建筑师为了辟邪而删除了建筑的十三楼，但疑神疑鬼的人总觉得还是会有什么恐怖的东西隐藏在十二楼和十四楼之间。

出了电梯，我让父亲左手拿着小提箱，双手抓紧他的右手，磨磨蹭蹭地跟在后面。

门铃按钮在窥视孔下方的金属框里，我不用踮脚尖就能伸手够到，我们每次都喜欢来个恶作剧：由我来按门铃，父亲像魔术师用手拢住硬币一样用手掌挡住窥视孔，过上一会儿，门那边就会传来外婆的声音：“是谁？”尽管她知道外面肯定是我俩。

戏谑之处在于，她这样做看似是假装害怕，然而至少在我父亲看来，她是借此掩饰自己真的害怕。他挡住窥视孔，是因为注意到岳母在拆信前都要把信封对着光，看看里面是否有可疑的东西，开门前更是每次必看窥视孔。之后，锁舌转动，铰链发出嘎嘎声，房门缓缓打开，门后却空无一人。

外婆的恶作剧在于，她总是假装是自己的鬼魂在问“是谁?”此时，我会用坚定的语气告诉她“世界上根本没有鬼!”外婆这时才会出现在门口，称赞我说得很对。尽管我早就知道，那只把门拉开的看不见的手属于藏在门后的外婆，并非外婆的鬼魂，然而，每当她小心翼翼地敞开门，我都会下意识地抓住父亲或母亲的胳膊或者向后一退。父母会笑我或者责备我，但他们不知道吓到我的并非鬼魂，而是躲在门后的外婆。

这一次却什么都没有发生：我父亲按响门铃，外婆打开了门。下午已经过去了一半，她却还穿着家居服，那是一件偏瘦的罩衫，长得一直拖到脚踝，图案是狂野的红紫色矩形格子，用今天的眼光来看，有点像十分大胆的中世纪复古风格，但当时我简单地把它当作外婆的日常穿衣风格。

“进来吧。”她招手让我们进去，腕上的手镯叮当作响。“把你们的东西放在卧室的柜子和抽屉里。”

我父亲把小提箱交给我。“就住几天，”他说，“外婆会带你去买玩具车。”

他拿出皮夹子，给我五张一美元和一张五美元钞票，数额可观。他皱起眉头，抽出第二张五美元，这张沾满污渍，磨损得厉害，还缺了一个角。他是印刷工人的儿子，直到他叔叔某一天在杰克·邓普西酒吧里见到一套六英寸的人体骨骼模型之前，他全家一直靠形形色色的打折券生活，把一分一厘全部积攒在蛋黄酱罐子里。贫穷已经在他身上留下了屈辱的烙印，也让他养成了奇特的习惯，比如他始终喜欢干净整齐的新钞票，尽管它们从来不会在他的钱包里停留很长时间。

“好脏，”外婆故作同情地看着我父亲给我那张糟糕的五元美钞，“还破了，哎哟！”

父亲轻轻挠了挠我的后脑勺，推着我往卧室走，我察觉到他们打算等我不在场时再谈论我的母亲，所以我尽量磨蹭。客厅窗外的帕利塞兹断崖就像一面波浪形的石头旗，映衬着河流、树木和天空，柚木托架上的德加芭蕾舞女轻蔑地凝视着书架上的轻木“先锋”火箭模型。

我一走进客房，外婆和我父亲就在客厅低声说话，我把行李箱放在床上，站在门口试图偷听。我怀疑我母亲已经死了，因为腿部手术失败什么的，或者所谓的手术根本是编来骗我的，然而他们说话声音太小，加上外婆有口音，大人的谈话又隐晦，我一点都听不明白。我盯着手里那张破旧的五美元钞票，钞票上的亚伯拉罕·林肯在比我大不了多少的时候已经失去了母亲，我似乎能从他的眼睛里看出悲伤的痕迹。

我父亲在客厅喊着对我说再见，过了一会儿，外婆走进客房察看我的行李拆包情况，因为一直忙着偷听，我根本没去打开箱子，而且我父亲的打包手法令人困惑，他把睡衣上衣错当成了套头衫，把泳裤当成了普通短裤，还打包了两块手帕，手帕！他在箱子里放了一件仿马皮牛仔背心作为我的万圣节服装，还有三条内裤、四双袜子，其中一双不配对，有一只是我母亲的。

“妈妈死了吗？”

“没有，小老鼠，”外婆说，“你很快就会看到她的。现在让我们把你的东西放好。”

外婆迅速检查了一遍箱子里的东西，如我所料地感叹道："哎呀呀"，我很喜欢听她说这句话。她把所有东西都放进了柜子，除了那件仿马皮背心，她说要带我去亚历山大百货商店买万圣节的衣服，还有火柴盒玩具车，把那破旧的钞票花掉。

我问她背心怎么办，她说也许现在我就应该穿上它，因为她感到，我们今天应该装扮成牛仔，我的背心比较符合气氛。

"这叫灵感，"她说，这是我第一次听说"灵感"这个词，"我得到了灵感的启发。"

她进了卧室，出来时身上穿着一件皮尔卡丹的小羊毛"牛仔外套"和一双菲拉格慕的"牛仔靴"，高靴跟上镶着银扣。她告诉我应该把旅行箱放进衣橱，但我最终把它留在了壁橱门外，因为那个壁橱顶上的帽盒里有强盗手偶和他的同伙。

外婆让我扮演《夏延小子》里的主角，她扮演我的助手"风滚草"比尔，比尔见多识广，知道牛仔是怎么说话、做事和生活的。外婆扮演的牛仔说话的口音像《小淘气》里的巴奇威特，走路像水手吹长笛时的漫步，她坚信"牧牛工"等同于"牛仔"。我们就这样一路扮着牛仔，乘坐公共汽车从公寓大楼来到福德姆路和大广场，外婆不时挥舞着想象出来的斗牛士长矛（她叫它"鱼叉"），假装做出赶牛的动作。

夏延小子和"风滚草"比尔来到亚历山大百货商店买了T恤、内裤、一条短裤和一辆火柴盒玩具车（达克塔里人开的那种路虎车，车顶上配有棕色的塑料行李架），然后两人回家去，烤了苹果挞。和往常一样，外婆心情好的时候，时间过得很快，那个下午，我几乎已经忘记了担心母亲。[1]

新泽西的蓝天逐渐变深，白昼让位于夜幕，外公却还没有下班。我们两人等了一阵，不见他回来吃晚餐，只好吃光了整个苹果挞。随着天色变黑和苹果挞的下肚，外婆越来越脱离“风滚草”的角色，声音低沉了许多，眼神也悲伤起来，新的情绪像斗篷一样罩住了她，我此前曾经见过她陷入这样的状态。

“我们现在干什么，比尔？”我试探着问。

外婆没回答，但她似乎在考虑该如何回答，过了一会儿，她开始按着头顶的某个部位揉来揉去，一言不发地从桌旁站起来，好像打算做点什么。我也曾经见过这样的情况，只见她站在厨房中央，皱着眉头，仿佛立刻忘记了自己为什么要站起来，她依次拉开每一个抽屉，找出一罐温特曼斯小雪茄，双手紧握着锡罐，发出感激的声音，但是似乎再次忘记了自己的意图。她把温特曼斯的罐子贴在后脖颈上。

“外婆？”我说。

我的声音很小，而且竟然在抖，这让我很吃惊，我并不害怕外婆，从没怕过她——除了她很想吓唬我的时候。我感到被

1　显然，这是我外婆这出儿童剧的目的所在，但是，其中富有深意。在我幼年时代最为重要的四个大人中，外婆似乎是唯一一个能够同我这个小孩自在玩耍的人。她能够轻易地、自然而然地进入幻想世界，没有一丝一毫的故作幼稚或纡尊降贵。不像我的父母和外公，她从来不会要求我在其他人面前表演我学会了什么，从来不会要求我说出五十个州的名称和它们的首府、列出从乔治·华盛顿到林登·约翰逊的美国历任总统。当她用法语称呼我“小教授”的时候，这意味着我刚刚进行了一番长篇大论、在给她上课、纠正她的语法错误或对事实的理解偏差，这个昵称蕴含着一种亲昵的调侃意味。

她抛弃了，我的助手“风滚草”背叛了我，天彻底黑下来，我不情愿地想起了那些手偶，我不想害怕它们，可很快就是上床睡觉的时间，我仿佛看到它们睁着无神的眼睛，躲在黑暗中等我，似乎在轻声耳语，告诉我我母亲死了。那天早晨她放我出去玩之前还要给我系鞋带，尽管她知道我会自己系鞋带，当时我拒绝了她，现在想来，这或许是个坏兆头，她可能知道自己要死了，很想给儿子最后系一次鞋带，我却拒绝了她！

“我想听个故事。”我说。外婆吃了一惊，我也很吃惊，因为她用算命纸牌讲故事可不像她和我做点心、看电影或者玩皮克牌的时候那么轻松愉快，她会像发高烧那样陷入故事里无法自控。

“你想听故事。”外婆说。

我点点头，其实我根本不想听，只是比起担心我母亲的手术和壁橱上的手偶，还不如听个可怕的故事。外婆看起来很疑惑，我希望她冷静下来，但她只是看着我，仍旧把雪茄烟罐贴在脖颈上，我想告诉她我不听了，可话卡在喉咙里说不出来，也没法咽回去。

“小老鼠，”外婆说，“别哭。”她来到我身边，把手放在我头顶，把我的脸歪向她，手滑下来抚摸我的脸颊。“我知道你很担心，但不要担心。好吗？”

“嗯。”

“好吗？”

“好。”

“去吧。去拿纸牌。”

我慢吞吞地找到那只装算命纸牌的巧克力罐，以更慢的速度返回厨房。我意识到至少现在外婆不会抛弃我了——这也是我求她讲故事的首要原因。当她模仿各种人物的声音时，我会觉得“风滚草”比尔还在陪伴着我。听故事也会推迟我上床睡觉的时间，她的故事情节也会转移我的注意力，让我不去想衣柜上的手偶，它们的低语和暗讽全部淹没在外婆故事角色的对话中。

我把算命纸牌拿给外婆，坐在她对面，看着她郑重地洗牌切牌，仿佛那是些稀有的宝物。我们的眼神交汇，她点点头，把纸牌从左手倒到右手，牌堆像橡皮筋那样伸长拉开，然后再次合拢，她用拇指弹洗牌面，把它扣到我面前的桌子上，我切了一次牌，又切了一次，摸起最上面的那张。

突然，她的手盖住了我的手，她的结婚戒指敲到了我的指关节，我疼得叫了出来。

“不，”她说，“算了。”

我抬起头来，手指的刺痛让我有种受到谴责的感觉。她的脸颊被眼泪打湿了，我不记得以前见过外婆哭，不知怎么，这让我恼火。“你偏头疼犯了吗？”

她摇摇头，向我展开双臂，我十分不情愿地朝她那边靠过去，她把我拉到怀里。我外婆的拥抱通常相当用力，不管被拥抱者的死活，像一股暗流或一堵混凝土墙将你包围，她身上的香奈儿香水味也十分浓烈，熏得人发腻。

“你要勒死我了！”我说。

“噢！”她松开胳膊，“对不起！”

她在微笑，她的微笑和脸上的红晕让我觉得自己仿佛做了不可原谅的错事，她把一只手伸到了脖子后面。

“可能我真的有点偏头疼，小老鼠，”她说，“我得去躺一会儿。外公下班后会到医院看你妈妈，然后回家，那时我再起来给大家做晚饭，好吗？”

她走开后，我坐在厨房的桌边，深感内疚，因为在她难过的时候，我曾经无数次挣脱她的拥抱。她刚刚一定哭过，现在我才体会到她的悲伤，因为她是在为当下发生或已经发生在我母亲身上的事情而悲伤。假如我能在她的怀抱里多坚持一会儿，也许就能发现她为什么难过。

我决定给她弄点茶，找一块湿布给她敷额头，我会坐在她的床边，等她感觉好一点，也许最终会向我吐露秘密，告诉我究竟发生了什么。

等待水开时，我翻开牌堆最上面的那张牌，牌面是“女士”，她穿着长裙和狩猎外套，站在花园里的石凳旁。我又掀开第二张，牌面是“棺材”，棺材摆在一块俗气的花床里，盖子上镶嵌着华丽的黄铜十字架。

外婆曾告诉我，算命牌里的“棺材”并不一定代表死亡或将死，也许代表某件事即将结束，或者新的开始。以前她给我讲故事时，曾经两次提到过“棺材”，第一次在某个故事结尾，“棺材”化为摩西的祖母划着的小船，她沿尼罗河追逐顺流而下的摩西，因为她无法让他离开自己的视线；第二次，“棺材”成了铁箱子，有人把一个名叫帕里·博蒂尼的倒霉逃脱大师骗了进去，封上箱盖，扔进了哈得孙河。

然而这次，我讨厌看到那张卡片的出现。

我拉开椅子，从桌旁站起来，盯着牌堆，知道自己不得不掀开第三张牌，必须这样，一个粗哑的声音在我脑袋里低声说，因为第一张是“女士”，第二张是“棺材”，假如不翻开第三张，我母亲就死定了。[1]

我不知道自己为了鼓起勇气掀开第三张牌而在那里站了多久，直到水壶响起了吱吱声，我听到墙上挂钟里的电流哼鸣着无休无止的音符——外公告诉我那是——A#；水龙头漏下水滴，水滴敲击着苹果挞烤盘。我觉得，假如母亲真的死了，第三张牌应该是“花束”，因为我知道举行葬礼需要许多花，而且脑子里的声音（挂钟、水壶和水龙头都无法将其淹没）告诉我，假如我不快些掀开第三张牌，我就会杀死我母亲。就这样，我在矛盾中犹豫了半天，好像一只在灯柱间徘徊的蜜蜂，终于，我朝牌堆伸出了手。

大门口传来钥匙开锁的声音，我外公叹了一口气。“谁过来把门链摘下来？”

我走到门口，外公的气味把我包围：雨衣味、烟味和打字机的灰尘味与金属味。我从未在见到某个人的时候感觉如此释然，他看上去也不像是刚死了女儿，而且她的脚现在很可能也是好好的。我想拥抱他，但不知道他会如何回应，因为他刚刚

1 如今，我仍然能够听到那个粗哑的声音，我听到的声音不止一个。几乎每当我独自待在静室内，集中注意力做某件事——比如绘画、烹饪、焊接电路、组装玩具的时候，这些声音便从我头脑中的裂缝里冒出来，暗自的呢喃、高声的呼喊、低声的指责，不知从何而起，径直闯入我的思绪之中。然而，当我写作的时候，我从没听到过这些声音，而是另外一种。

进门，不是他从不拥抱我，而是需要等待合适的机会。他把雨衣、公文包和一叠晚报放在旁边的椅子上，问我一天过得如何。MRX公司成立之后的那些日子里，他的心情一直不错，但今晚他看起来有些无精打采，我告诉他外婆头疼，而且她刚才还哭了，但我不确定是为什么，我打算给她煮茶喝。

“很好，”他说，“你是个好孩子，不是吗？”

“是的。”

他松开领带，解开衣领，我跟着他回到厨房。“晚餐吃什么？这是什么？”

水槽里有两只没洗的盘子、两把叉子和一只馅饼盘子，但他指的是那堆纸牌，我从他的表情能看出来，它们使他不安。我决定不回答他的任何一个问题，我害怕他可能会把纸牌丢掉，在他伸手去拿之前，我迅速掀起最上面那张牌。

牌面是“孩子”。

这个孩子指的是我吗？一定是我，“棺材”是我的棺材，“女士”是我母亲，因为听到我死亡的消息而悲伤。不知道我会以怎样的方式死去，我难过极了，也许我的死也和那群邪恶的法国手偶脱不了干系，我似乎看到它们像蠕虫一样在客卧的地毯上扭动，爬到床边，在黑暗中爬过我的身体，像摸索过来的手。

“嘿。”外公说，语气温柔。他蹲下来，把我的脸转向他，“迈克，看着我。你妈妈很好，一切都会好起来的。好吧，她失去了那个孩子，但它也算不上是真正的孩子，根本还没有成形。”

我这才知道，原来我母亲怀孕了，现在又流产了，虽然我不知道失去了胎儿意味着什么，显然有人忘记了提醒我外公不能把这事告诉我。

“你没事吧？”他说。

他需要我回答没事，这样我们就不用谈论死去的孩子，让这事过去，但我什么都没说。我当然对这个话题有着许多的疑问，但我不想问，因为我生气了，我本该有个弟弟或者妹妹的，竟然没人告诉我，现在那个小家伙死了，他们仍然不打算让我知道。

外公坐在桌前，坐在我外婆习惯坐的椅子上，他拿起纸牌，故意把它们打乱。“什么乱七八糟的，”他说，“她就用这个浪费你的时间？”

“我们在玩皮克牌。”

“我数过，有三十六张牌，”他说，“什么样的皮克牌要用三十六张来玩？”

我觉得我应该努力保护我的外婆。“牛仔皮克牌。”我冒险道，对我来说，这听起来很合理。

他非常仔细地看着我，我也仔细地看着他。他点了点头。“我来煎点萨拉米香肠怎么样？”他说。

外公在翻炒鸡蛋和切碎一根肥美的三英寸长“希伯来全民”牌萨拉米香肠的时候，我端了一杯茶给外婆送去。她坐在床边，对着空气轻声自言自语，听起来很恼怒，通常她只会用这种讽刺的语气对我父亲说话。我不记得我是不是真的听到她对他说了什么。事后想来，也许是对戏剧冲突的偏好，以及一些模糊却又真切的记忆，让我感觉她说了类似这样的话 :“你现在没有离开他们的自由。”[1]看到我进去，她用力摇了摇头，挥手让我把茶端走，用口型示意我“走”。我转身走回厨房，茶杯在茶碟上叮当作响，好似电话铃声。

我回到厨房，坐在桌边，外公打开收音机，调到新闻频道，主播一如既往地用晦涩语言播报着数据和灾祸。他不耐烦地摆弄着平底锅，翻动抽屉，开关柜门，播出涉及理查德 · 尼克松的新闻时，他会仔细听听，广告来了之后，他比往常的反应还要激烈，更加用力地摔打手里的家什。我觉得他可能和外婆一样因为我母亲流产和我父亲与之显而易见的关系而生气，但我对此并不确定，他也有可能是为了算命纸牌发火，我决定转移他的注意力。

有时候打完牌，外公会用纸牌造塔，但他总叫它“纸牌屋”，有两种建造方法，一种好的，一种坏的。大多数人都会采用坏方法——人类行为的特征可见一斑，我从外公那里学到的就是这一种 : 把两张牌搭成一个人字形，使其互相支撑，有点像单坡屋顶，然后把许多个这样的人字形组合在一起，拼成一个大三角，然而这样搭出来的结构并不稳固，就算非常小心，盖上几层之后也会被纸牌自身的重量压垮。

好的那种方法需要横向立起四张纸牌，组成风车状的结构，再拼成方形的格子，假如在格子顶部放一张牌，就形成了坚固

1 几天后，父亲告诉我，由于太多人生病了，他不得不住在医院里加班，他说他们医院有一间专门的卧室给忙碌的医生住。一星期后，他搬出去了。这是三次分居中的第一次，最终，我父母于 1975 年离婚。在我父亲第一次回归的九个月之后——也就是在我母亲流产的一年之后——我弟弟出生了。

的方盒，能够承受许多层纸牌的重量。风车的每个叶片又可以和另外三张牌组成新的方格，因此随着塔楼越来越高，地基可以越建越大，使建筑更为稳固。有些牌我喜欢让它们露在外面，有些我则宁愿把牌面隐藏在内，比如“老鼠”“三叶草”和“镰刀”，就像外婆给我讲的故事那样，有所揭示也有所隐藏。

我并不把这看成一种双关，而视其为某种神秘的隐喻：建筑即叙事，叙事如建筑，总有一些需要隐秘的、叙事者无法掌握之处，也许与巴别塔有关。我想问问外公是否如此，但这样一来我就得给他解释外婆是如何使用这些纸牌讲故事的，不过，比起算命，他也许更能接受外婆用它们讲故事。

“不错嘛。”他用挑剔的眼光打量着我盖的纸牌塔，手里拿着盘子和叉子。

“很简单，”我得意地说，“这些纸牌很适合盖房子，所以外婆把它们给我玩。”

“哦，是这样啊？”他在富美家餐桌上相对摆下两只盘子。

“没错，小心点，别把它碰倒。”

“总会倒掉的。”

“不。”

一个柜台和两张吧台凳把厨房和餐厅间隔开，他把餐桌上的盘子挪到柜台上。

“纸牌屋都会倒，”外公回身到炉灶旁拿香肠和煎蛋，“谚语就是这么说的。”

“‘谚语’是什么？”

“你应该知道谚语是什么。”

外公举起煎锅给我看，里面的香肠和鸡蛋是用“煎饼风格”烹饪的，先把蛋液倒入锅中，和香肠连成一片，将底部煎成棕色，然后再整个翻过来煎。

“一个圆圈是多少度？”他问我。

“三百六十度。”

“正确。你想要多少度？”

“一百二十度。”

他给我切下一块一百二十度那么大的“香肠煎蛋饼”，我们坐在柜台旁开始吃饭，收音机里播送着各种关于事故、犯罪、金钱、爱情、好运、坏运和战争的新闻，我看着自己搭的纸牌屋，思考着谚语所说的它必然倒掉的命运。

“你为什么不吃？”外公问。

外婆和我其实刚刚吃过一大块苹果挞，但我没有告诉外公，我觉得这也是我需要守护的秘密。我没有回答。

“你爸爸明天就来了，”外公说，有点猜不透我为什么一反常态地不说话，“带你回家，你会看到妈妈，她真的没事。”

“好吧。”

“怎么了？”

“没怎么。”

“那就吃吧。”

“为什么上帝不许他们建造巴别塔？”我说，“为什么他不让大家互相理解？”

“你知道我不相信上帝。”

“我知道。”

“也许那只是个庙塔，你知道什么是庙塔吗？在美索布达米亚，现在那里可能都是废墟。可能这座塔只建了一半，后一半没有建成，人们只好编了个故事来解释为什么会这样。”

“哦。”

“你明白我在说什么吗？”

我明白：一切都会变成废墟，没有什么能最终完成。这个世界如同巴别塔和我外婆的纸牌，是各种行将倒塌的story[1]组成的，这就是谚语。

“也许上帝不想要这座塔，”外婆推测道，她站在客厅中间，抱着外公的雨衣、公文包和被他弄皱的报纸，“因为站在它的顶上，人们可以看到上帝的房子，发现祂是一头肥猪。”

外公笑了，这是他进门后的第一次笑。他承认外婆的推测有些道理，他从自己盘子里拨了些香肠和鸡蛋给她。她摇了摇头，做了个鬼脸，但还是叉了一些香肠放进嘴里，她紧贴着外公站着，屁股靠在他肩膀上。“嗯，”她说，像是看着我，却又像没在看我，“可怜的小家伙。”

外公站起来搂着外婆，他们互相拥抱了很长时间（在我看来），她在他耳边嘟囔了几句我听不清的话，他点了点头，说：“我知道。我也是。”

然后她似乎恢复了正常，再一次把手伸向我，我从凳子上滑下来，来到外祖父母身边，右手握着外婆的左手，外公的右手握着我的左手，他把左手伸向外婆，我们三人组成了一个小

1　“story”含有“故事”与“楼层”的双重意义。——译注

圆圈。

“他很好，”外公说，“我告诉他一切都会好的。”

“他不好，”外婆说，“他很害怕，因为你买的那些手偶！它们太可怕了。他一整天都很紧张，因为他害怕在那里睡觉。”

我从来没告诉过外婆我害怕那些手偶。

她皱起眉头，松开我们的手：“噢，不。”她注意到了纸牌屋，然后扫了外公一眼。他们的眼神仿佛锁在一起，似乎在无声地讨论纸牌和我的事情，外婆有点伤心（在我看来）地看着我，然后她走到餐桌旁，像童话里的大坏狼那样吹倒了纸牌屋，塔楼摇晃着塌倒在桌面上。

“看吧？”外公说。

外婆把纸牌收进包装盒，我不知道后来这副牌去了哪里，反正再也没见过它们。吃完饭，外公走进客房，拿下橱顶那只装手偶的帽盒，坐电梯送到楼下的储藏室里去了。

第二天，我父亲来找我，我们一起去医院接我母亲。我说我知道家里失去了一个小孩，她说，那根本不是真正的小孩。

第二年，我父亲离开了公共卫生服务处，到“参议员”棒球俱乐部工作了一段时间，然后我们永远离开了纽约，我也很少见到外婆了，再次见到她时，她已经很虚弱，我们再也没一起做饭、玩牌，她裹在毯子里盯着电视，或是看着窗外的天空。然后有一天，我十一岁的时候，她死了，埋在蒙特菲奥雷公墓，那些徘徊在黑暗中的声音，成为她留给我的遗产。

33

外婆的悼念期即将结束时，外公出席了在佛罗里达可可比奇举行的第十二届航天会议。

开幕那天是个星期六，第一次小组讨论在亚特兰蒂斯海滩酒店的白鹭厅举行，主办方还准备了茶点。一位正在参与研发新的航天飞机的工程师否认了自己曾经将NASA的航天员团队称为“一群驾驶飞行卡车的司机”，他有弗拉特布什口音，领带和衣服翻领简直像轮胎侧壁那么宽，戴着老奶奶样式的眼镜，浅黄色的头发凌乱不羁。航天员是英雄，他说，这是显而易见的，但是，当空间运输系统（STS）运行起来之后，航天员的英雄身份会逐渐淡化，真正成为“驾驶飞行卡车的司机”，大厅里的每个人都笑了起来。

外公也笑了，他正准备端着自助餐桌上的咖啡往外走，每周一次的悼念要迟到了。

“太空旅行在1975年仍然是令人难以置信和兴奋的冒险，”年轻工程师说，“但不要担心，因为在NASA，我们正在尽可能改变这一切。”

这一次，外公站在门口笑了起来，在他看来，这样的“英雄主义”（如果真的存在的话）始终是训练不到位的产物，如果一个人受过良好训练，那么“冒险”就该是他希望避免的东西。

听到他的笑声，坐在最后一排椅子上的一个女人转过身，朝他笑了笑，拍拍她旁边的空座位，抬抬眉毛，她看样子五十来岁，但手很年轻，涂着天竺葵粉色的指甲油。她是迪士尼公司的财务副总监，本届航空航天会议的记录秘书，住在奥兰多，女儿就读于杜克大学，前夫在越战时为美国海军开过运输机，她喷莲娜丽姿的“比翼双飞”香水，穿连裤袜，我外婆就穿了一辈子连裤袜（配上腰带和吊袜带），一直穿到1974年1月12日她（大约）五十二岁去世的那一天。托尼·贝内特是这个女人的高中同学，她还是业余摄影师，拥有一辆最新款美洲豹“水星”跑车，颜色像甜炼乳。

外公昨晚曾经和她春宵一度，这是外婆去世后他睡过的第一个女人，也是1944年以来和他上床的不是外婆的第一个女人，但他还是不太记得她的名字。女人又拍了拍身旁的空位，就像在引诱一只倔强的小猫。外公觉得脸颊和后脖颈有点发烧，好像要生病的样子，他摇摇脑袋，尽量露出歉意而不是恶心反胃的表情。他转过身去，把注意力放在手中的热咖啡上，努力抑制住想要呕吐的感觉。他一手捂着胃部，一手端着满溢的咖啡杯慢慢走在铺着地毯的走廊里，经过“黑豹厅”和“海牛厅”，一路来到酒店的前厅。

她在前台追上了他，前台上放着一大摞去年的会议记录，当时的演讲嘉宾是吉恩·罗登伯里。他俩的约会始于星期五晚上的鸡尾酒招待会，在可可比奇市中心太空风格的玻璃大厦顶楼的“拉蒙的彩虹屋”里举行，他们发现彼此都喜欢《星际迷航》，从而互生好感。作为MRX公司的合伙人和产品开发总监，外公已经连续十年参加这个会议，但跳过了九场鸡尾酒招待会，昨晚是他唯一参加的一场。他无法完全否认，即便处于哀悼期间，他也可能在下意识地寻找女伴。可云集了专业人士的火箭与太空旅行会议实在不是寻找伴侣的好场合，哪怕是在“拉蒙的彩虹屋”。

“你没事吧，先生?”她给他拿来一只塑料咖啡杯盖和一根香蕉，迅速扫了一眼他的脸，他的发际线周围出了一层汗，打着昨天打过的领带，“你看上去脸色不好，拿着。”

她把香蕉递给他，从真丝上衣口袋里抽出一块纸巾，上衣的颜色与她的指甲油类似，这天早晨，她一定悄悄地溜出他的房间回去换了衣服。七点钟时，外公的闹钟响了，他伸手摸到留有一丝余温的床单，才发现她已经走了，外婆去世以来，他每天早晨摸到的都是冰冷的床单。残留在房间里的“比翼双飞”香水味甚至让他感到更加空虚，虽然已经承受了十一个月丧妻之痛，但他从来没有感到如此失落。

“我知道你可能不愿意，但如果你吃下这根香蕉，感觉会好一些。”她拿纸巾擦了擦他黏糊糊的眉毛，“补充钾和电解质。”

他剥开香蕉，吃了一半，几乎立刻感觉好了一点。“噢，”他觉得自己真是个白痴，“我只是没醒酒。”

“有一阵子没喝酒了吧。”

这不是个问句，反而更像唐突的责备。昨晚他喝的酒是二战欧洲胜利日以来的这些年里最多的，他似乎不小心把自己的许多事情告诉了她，第二天却全无印象。他迅速回忆了一下，也许前一晚发生的某些事永远都无法找到答案。他希望自己没有在性方面让这个女人失望，而且不曾趴在她的肩膀上痛哭流涕，然而恐怕这两样他都已经做到了。

“你最好现在出发，”她看着她的手表说，那是一块男式的“航天员”电子表，这位女士是个铁杆航天迷，“到墨尔本去需要整整半个小时，还是在不堵车的情况下。”

他不记得自己告诉过她，自己要开车去一个他从未去过的地方——佛罗里达州的墨尔本，到犹太会堂为我外婆念诵珈底什祷文[1]，没法参加当天上午的“航天飞机项目进展报告会”了。他在黄页上找到了墨尔本的贝丝伊萨克犹太会堂的地址。

“拿着，”她举起咖啡，轻轻地盖好盖子递给他，一滴咖啡溅到了她的拇指上，她“喔”地叫了一声，舔了舔手指头，把杯子给他，“阿拉姆语，对吧？”

看来，昨晚他不仅告诉了她上午的计划，还和她详细讨论了关于死亡和哀悼的犹太习俗。“没错。”他说。

“现在还有人说阿拉姆语吗？”

“没有了。”[2]

---

1 Kaddish，亦译作“卡迪什”，字面含义为“圣洁”，犹太教哀悼者所诵读的祷文，从葬礼开始起算，哀悼者必须连续诵读11个月的珈底什祷文。以阿拉米语背诵，而不是希伯来语。亦是祝祷上帝的赞美词。——译注

2 叙利亚语是阿拉姆语的方言之一，是叙利亚基督教仪轨的圣言；阿拉姆语的另一种方言是亚述语，至今仍然是分散居住在西亚地区的二十万人的母语。

她捏了捏他右胳膊肘的上方，看到她眼中的同情，他有点不高兴，她啄了一下他的脸。“把香蕉吃了。”她说。

那天下午，他从墨尔本的祷告仪式上回来，瞥见她走进亚特兰蒂斯海滩酒店的宴会厅，参加颁奖午餐会，和一群仰慕者（包括另外四位女性与会者）一起围着一位气宇轩昂、白发苍苍的男士，为他的获奖而欢呼。这是外公最后一次见到她，但后来她却成了影响外公之后生命历程的关键人物。

他把她给的香蕉吃完，朝汽车走去，这时他突然想起了她的名字，虽然多年后给我讲起这个故事的时候，他已经再次忘记了它。[1]

“整整一年里的每个星期六。”外公告诉我，“不论我在哪里，我都会去。我到处跑。收拾你爸爸和雷到处惹是生非留下的烂摊子。”

那是一个温暖的下午。在外公的要求下，我帮助他来到院子里，他喜欢躺在租来的病床上透过客卧的窗户看院子。苘麻正值花期，挂满了星星点点的红灯笼；喂鸟器那里显然有不少小动物造访过，鸟食撒了一地。“有四个州起诉了他们，纽约、新泽西、马里兰和宾夕法尼亚。”

“特拉华。”

“没错。还有特拉华。你怎么知道的？”

1 她叫桑德拉·格莱德伏尔特，参见卡纳维拉尔技术协会理事会《1975 年第十二届太空会议项目规划》（1975）。

“我偷听来的。”

这是我小时候获取信息的唯一方式。

“你还记得吗，有一次……也许你不记得了，有个夏天你和你弟弟同我们住在一起。”

“记得，妈妈当时在读法学院。”

“你们两个在外面玩，我猜他一定是不小心踩了狗屎，却还不知道。”

“好像有点印象。”

“过了一会儿，你们玩好了回屋里，他走进厨房，又去了起居室、电视厅、楼上、楼下、浴室、车库，最后进了大衣柜！好像在房子里旅游似的，在每个房间里都留下了棕色的小脏脚印。”

我笑了起来。

“明白了吗？”他说，“不是只有你才喜欢使用那些奇怪的比喻。”

“啊哈。”

“我是在用这个故事比喻我弟弟和你父亲制造的混乱。”

“没错，我明白。”

“我的意思是，你母亲刚刚开始攻读法律学位，却要被他们害得失去信用和房子，我不甘心，就到华盛顿和巴尔的摩一带转悠，看看他俩到底闯了多少祸，然后我试着寻找对他们有利的证据，跟国税局谈判，跟起诉他们的人谈判。山姆·夏邦也起诉过你父亲，你知道吗？”

“知道。”

“他自己的叔叔都起诉他。”

“太值得骄傲了。”

“对不起，”外公说，“他是你的父亲，你应该爱他。”

“我不应该，”我说，“但是我的确爱他。”

“无论如何，一到星期六，无论我当时在哪儿，都会为你外婆祷告，费城的阿德思耶书伦会堂和圣亚伯拉罕会堂，巴尔的摩的平安之友会堂，匹兹堡的平安之溯会堂，银泉的贝塞尔会堂。”

“你带我去过贝塞尔会堂。”

“去过几次。”

那只叫作“捣蛋鬼”的松鼠出现在屋顶，探头探脑。

“老实说，我真的不知道自己为什么这样做，一周接一周，从雷斯特斯敦公路出发，从任何一个地方出发，不停地去做祷告。”

“你一定从中得到了什么。”

“不管怎样，我一定是想要从中得到什么，”他伸伸舌头，“谁都有软弱的时候。”

“捣蛋鬼”慢慢从屋顶上下来。

“瞧瞧这家伙。”

“我知道，我想给他一点鸟食。”

“假如你这样做，他可不知道该怎么办，”我的外公说，“他会以为你给他下毒。”

“你觉得他有那么聪明吗？”

“他是‘捣蛋鬼’。”

我们沉默了一阵，外公闭上了眼睛。他曾经告诉我，他能感觉到阳光钻进他的骨头里，这种温暖是“愉快的”。

“我们擅长死亡，这是我的看法。”他说。

“犹太人？”

“‘先这样，再这样，但不要那样’，你只需要跟着指示来做就可以，会有专门的人指导你，比如如何参加各种仪式，遮起镜子，这个星期只能坐在矮凳或地板上，留一个月胡子，坚持十一个月每个星期都去会堂祷告……总之很简单。”

他又闭上眼睛，微风拂过他柔软的白色额发。

“假如你老婆、兄弟甚至孩子死了，这件事会在你的生活中留下一个大洞。最好不要假装这个洞不存在。千万不要，连试也不要试，别想着像他们说的那样‘战胜它，向前看’。”

我说，这似乎是人类的本性——年轻时嘲笑老年人推崇的传统，年老时向年轻人推崇传统。

“你知道吗，念珈底什的时候，你站在大家面前，仿佛指着那个洞，告诉他们‘瞧瞧这个，我就生活在这个洞里’。十一个月的每个周，我都要这样宣告一次，它不会消失，你没法把它‘抛到脑后’。”

“好吧。”

“而且过上一段时间你就会习惯，所以我每周都去，无论当时在哪儿，我父母去世时我也这么做，确实有用，所以我猜你外婆去世后这么做同样有用。”

贝丝伊萨克会堂是一座中世纪风格的现代主义木质建筑，

还保留着它作为烤饼连锁店时的天蓝色三角形山墙，当地人也习惯叫这里“烤饼店会堂”。入口处墙上的展示柜里贴着颂扬当地居民宗教奉献精神的剪报和照片，外公看到一个拿壁球拍的金发犹太小伙子举着一只奖杯；旁边一张照片里面有个肌肉发达的年轻犹太人，正跟一个瘦高个握手，两个人都穿着白色马球衫和白色短裤，瘦高个据说是英国壁球公开赛冠军杰夫·亨特，同他握手的健硕犹太人则是兰斯·特普勒拉比。

一位年长的女性会众走入圣所时看到我外公在浏览展示柜里的东西，就让男伴等她一分钟。她穿着宽松的橙色针织长裤，宽松的针织套头衫，黑橙花纹的白底便鞋，连眼镜都是橙色的。

“兰斯拉比是世界上最伟大的犹太壁球冠军。”她告诉我外公。

外公笑了起来，比他想象中的更响亮、也更难过，这是几个月甚至几年来他笑得最响亮、最难过的一次，上一次他这样笑是1966年他带我父亲去看巴迪·哈克特[1]表演的时候。这个女人郑重其事的表达方式和浓重的移民英语口音让他觉得荒唐可笑，笑的时候他愈发感到心痛。当他看到对方露出受到冒犯的表情时，他感到很抱歉，于是努力将自己的笑声掩饰为某种无法控制的痉挛性咳嗽，当然并没有骗过她，她愤怒地转过身去。

---

1 “有史以来最搞笑的犹太人，”我外公这样评价道，这是他与我父亲为数不多的共识之一，“就算他只是坐在椅子里，你也会大笑。”

“疯子。”她用意第绪语对男伴说，她的声音不高，但足以让我外公听到，几千年来，许多上了年纪的犹太女性都喜欢用这种方式含蓄地谴责需要被她们谴责的目标。我外公听见她的男伴用英语说：“我觉得他好像是没醒酒。”

那天上午，出席祷告仪式的人不少，兰斯拉比一来到读经台前，就立刻发现后排坐的那个领带皱皱巴巴的家伙是新会众。他朝我外公点点头，仿佛半是炫耀半是安慰地说：“你来这里就对了”，兰斯拉比金发碧眼，大下巴，长得像乔治·席格。

“我想先从一个非常简单、非常真诚的祷告开始今天的聚会，”他说，“那就是：感谢上帝，空调又好用了。”

不少人对这句情真意切的感谢表示赞同，因为现在才上午九点，外面的温度已经达到了华氏83度。我外公本人十分怕热，离不开空调，所以他早就在心里对贝丝伊萨克会堂打出了高分。圣所后墙上的宽大格栅正对着他的头顶吹出冷风，也许这样可以抵消一些仪式的枯燥感。他回想着早些时候的那个年轻的物理学家及其颇具吸引力的不羁言论，还有航天会议的记录秘书用柔软丰腴的手轻拍着她身旁的空位。他并没有通过古老的宗教仪式体验到与自己的过去、与祖先或者与周围的会众精神连结的感觉，他们也许是偶然聚集在公交车站的人群，各有各的目的地；他们也许是烤饼店里互不相干的食客，淹没在沃立舍管风琴中喷出的糖浆里。弹奏管风琴的是个梳大背头的犹太老头，穿着造型古怪的棕色罩袍和平跟厚底鞋。就像连裤袜的体验一样，尽管我外公知道有时改革派的会堂会雇用风琴师，但这是他第一次亲身体验这番奇观。他一直认为自己选择来犹太会堂祷告的原因是上教堂礼拜的体验更糟糕，可今天这台风琴发出的声音让他对自己的判断产生了怀疑。

终于轮到外公发言了，他站了起来，今天他是这里唯一的哀悼者，是满怀难以名状的忧伤的一座孤塔。首先，他祈求弥赛亚降临（对此他并不企盼）、信徒得到救赎（他觉得这是不可能的）；然后他对上帝说了许多人们认为祂可能喜欢听的好话；最后，他祈求平安，这一点大家都不会反对，哪怕他们也认为弥赛亚的到来是虚幻缥缈的奢望。雷叔叔曾经告诉我外公，假如细看珈底什祷词，你会发现最后几句结束语可以解读为，希望上帝和其他人别再管祷告者和所有犹太同胞了。

兰斯拉比祝福我外公和世界上所有其他悼念亡者的犹太人得到安慰，打手势让大家坐下。我外公也坐下来，屁股再次接触硬木长椅，他觉得自己仿佛站了很久，整个人不由自主地陷进椅子里。

过去的一年，他觉得——尽管缺乏有力证据——自己可以像1967年父母先后去世时那样，靠着念诵珈底什忘记失去妻子的悲伤。自从我外婆过世后，在他心底夏延山最深处的堡垒中，他紧紧抓着一个应急预案，仿佛是铐在手腕上的核武按钮手提箱一样：只要他做好准备，就会有愿意睡他的女人来睡他，如果这件事发生了，那么这就是他精神复原的征兆。然而坐在贝丝伊萨克会堂后排的长椅上，听着如同老掉牙的广播歌剧般的管风琴演奏，他终于意识到，他可能永远无法从丧妻之痛中走出来。她的死除了留下半张空床，还留下了各种难以弥补的空缺，桑德拉·格莱德伏尔特的魅力和她的“比翼双飞”香水只能让空缺显得更大，好比人与泰坦火箭之间的高度差，在巨大的空虚面前，他渺小得微不足道。

“你好啊。”

说话的是管风琴师，穿罩袍、梳大背头的那个小老头，外公猜测他是同性恋。尽管内心的不耐烦快演变成了愤怒，催促着他离开烤饼店会堂，但环顾四周，他突然发现周围的人已经走光了，似乎只有自己一人坐在长椅上，不知道聚会已经结束多久了。

“你还好吗？”

“我很好。”

这是那天上午第二次有人递给他纸巾，外公用它擦了擦眼睛。

“你不想出去吃点东西吗？”管风琴师说。

外公摇摇头。

“我看到你念珈底什祷词了。”管风琴师说。

“我妻子去年11月去世了。”

“癌症？”

“是。”

“嘿，太糟糕了，亲爱的，对不起。她病了很久了？”

“1968年确诊，做了手术，还有放疗，起初肿瘤变小了，但后来复发了。”

“我也得过癌症，”管风琴师说，“做过手术和化疗。相信我，亲爱的，这可不是闹着玩的。”

“我相信你。”外公说。

“我要去吃东西了。”

“好的，很高兴认识你。”

“你真没事吧？”

“我很好。”

“你不想要一块蛋糕？”

“不用了，谢谢。”

老头拍拍我外公的肩膀，走出了圣所，他移动的姿态很优雅，尤其是还穿着那样一双厚底鞋。外公看看表，下午他要在亚特兰蒂斯酒店的展览室演示产品，快到动身的时候了。他坐了一会儿，也许是累了。他厌烦装腔作势的律师和态度蛮横的国税局督察员，他不再想帮别人收拾他们的烂摊子，最主要的是，他厌倦了哀悼我外婆。即使没有间歇性精神障碍，她也是个会让人爱得精疲力竭的女人，可他依然像爱艰深的工作那样热情地爱她。虽然她没有向他透露自己的那些秘密，但她不知所措时对他强烈的依赖已然给予他足够的补偿，填满了他的各种饥渴和欲望。可现在他只能以枯燥单调的方式怀念她，他想要休息，想和锡安的所有哀悼者一样得到安息。

汽车在炎热的太阳下晒了两小时，车里一股焦煳的咖啡味。他抓过塑料咖啡杯，转身去大楼里寻找垃圾桶，突然脚跟踩到了什么东西，他的脚不由自主地向前一伸，一屁股坐在坚硬的沥青地面上。咖啡杯掉落在地，杯盖弹开，杯底残留的液体溅湿了他的衬衫、领带和裤子，当天晚上，他在袜子上也找到一块咖啡渍。

一只黑色的橡皮球靠在他汽车的左前轮下面，仿佛试图躲避他的怒火。它比网球小，是一只带黄点的邓禄普壁球，外公捡起壁球，朝犹太会堂的方向丢过去。“去你妈的，兰斯拉比。”他说。

他找到了咖啡杯盖（但杯身不知滚到哪里去了），第一次注意到它的复杂与精细之处——1975年，聚苯乙烯咖啡杯盖依旧相对少见。最早的咖啡杯盖是个简单的圆片，需要完全掀开才能喝到杯里的饮料；几年之后就出现了带拉环的杯盖，可以在盖子上撕开一道合适的开口，然而，这不过是又一种平淡无奇的圆片，没有孔槽，要么只能撕开一条狭缝，要么用力过猛，把半个杯盖都扯下来。所以外公养成了习惯，每次喝外带咖啡——那天早晨也是一样——都会忽略不靠谱的杯盖，直接把整个盖子掀开。

桑德拉·格莱德伏尔特给他的这只杯盖却令他眼前一亮：拉环周围开着虚槽，用来限制开口的大小，还有一道固定拉环的凹槽，使其保持掀开的状态，盖子表面有四条用于加固的纹路，组成了一个X形，可以进一步降低撕破整个杯盖的概率，而且还增加了杯盖的美观，看来设计师花了不少心思。抽象的纹路非常具有未来感，让这个杯盖像极了从路过的星舰上掉落的线管盖帽或电池舱盖。

这让我外公想起建模师道格拉斯·特朗姆布尔制作的《2001太空漫游》里的太空飞船和月球建筑模型：覆盖着管道、脊状凸起和突出的网格，将机械的复杂感表现得淋漓尽致，同时又尽显神秘。我外公认为，这个盖子的设计风格酷似电影中的克拉维斯月球基地，他小心地转动盖子，调整着视觉角度，完全忘记了自己正站在烈日炙烤的人行道上。他记起自己曾经对我外婆所做的承诺：他会带她飞上月球，在那里找到避难所。他想象着他们两个像电影中的航天员那样，穿着彩色的航天服，外公橙色，外婆蓝色，驾驶月球车在月球表面兜风。他们来到埋在月球土壤中的一个舱盖旁，他戴着手套的手按下控制开关，舱门慢慢沿着平行凹槽升上地面，缓缓打开，他开着月球车进入机库，舱门在他们身后关闭，机库中灌注了可呼吸的空气。他们来到外公在月球上为外婆建造的庇护所，那里的花园中种植着水培植物，他望着她剪下花朵，一切始终为宁静与平安的光环所笼罩。

亚特兰蒂斯海滩酒店的宴会厅和展览厅之间，隔着一道米色的折叠墙，我外公坐在展览厅的一张桌子后面，名牌上印着他的名字和头衔“MRX公司前总裁、技术总监”。展览厅本身由一系列可移动的橙色隔板分为三个区域，我外公所在的位置属于“航天艺术工艺作品”区域。他觉得自己现在的行为就像在逃避：身体躲在展厅的隔板后面，只能凭空想象月球上的第一个人类定居点是什么样的，外婆的有生之年，他一直没有能够履行对她的承诺——或者说对他自己的承诺，他想，也许可以通过某种方法让外婆活在他想象中的月球基地里面。

有人正在折叠墙另一边的宴会厅发表演讲，声音像是梦中的呓语，沉浮在观众席不时传出的笑声和掌声里，一阵热烈的掌声过后，人群逐渐平静下来。外公听到讲台上响起另一位演讲者的声音，尖细却有力，语调像唱歌一样。

太空会议的秋季公报宣布，大会将颁发一年一度的土星奖章，以表彰“为帮助人类奔向群星而作出重大贡献的个人”[1]。获奖者候选人是由会议秘书桑德拉·格莱德伏尔特所效力的委员会挑选出来的，选票装在预先填好地址的回信信封中，所有能够承担邮费的订户都可以参加投票，结果将在下一期公报中公布。

当他看到最后的票数统计——压倒性地投给他不喜欢的那个人——时，外公决定给公报写一封公开信，讲述自己当年在诺德豪森的见闻，还打算把信的副本寄给一家报社，但他很快开始怀疑写这样的一封信究竟有什么意义。对公众来说，“太空飞行之父”当过纳粹这件事并非什么秘密。自战争结束，历史学家、记者和多拉集中营的前囚犯们就纷纷有理有据地指出，这位土星奖章的受勋者在美泰尔堡犯下了不可饶恕的罪行，更不是对那里发生的罪行一无所知。然而，对于这些义正辞严的控诉，公众要么漠不关心，要么认为是苏联对他的抹黑[2]。在冷战这场符号与象征之间的较量中，韦纳·冯·布劳恩的象征意义非同寻常，美国人宁愿相信铺就他们通往太空之路的是个犯过错误的英雄，也不愿承认这条通往月球的天梯是由无数战争受害者的森森白骨垒成的事实。

三十年来，外公本以为他的怒火可以像口袋里的奥根博尔的打火机一样，能够随时点燃火苗，可事实证明，他的耿耿

1 该奖项由一家名为“土星航空公司”的特许航空公司承保，该公司于 1976 年停止运营。在这之后，土星奖章最后一次颁发，授予了作家阿瑟·克拉克。

2 假如美国没有拐走他的话，苏联巴不得拐走此人，为其研发火箭项目。

于怀是白费力气，也不值得。他无法凭一己之力让前党卫军冯·布劳恩身败名裂，更不是只靠一封一页长的公开信就能做到的。其中的缘由是他不愿意正视的：

（1）科学探究与追求本身不受道德观念约束，是超越道德之上的。

（2）为了实现火箭的奇迹，必定有人要付出生命的代价。

（3）公平公正与保护弱者之类的价值理念——文明的根基、外公毕生奋斗的目标、阿尔文·奥根博尔和许多其他人为之而死——对于表面上推崇它们的国家来说没有任何意义。它们不过是权力运行中所要规避的障碍，也无从影响战争的胜负。事实上，历经战争，它们荡然无存。这最终意味着：

（4）从战后韦纳·冯·布劳恩的境遇来看，纳粹德国才是战争的真正赢家。

最后一点我外公最不愿去想，他鄙视爱国主义，他对美国文明的幻觉早在阅读美国历史的时候就破灭了。1936年到1948年的每次总统选举，他都把票投给了社会党候选人诺曼·托马斯。但怀疑主义也是有限度的，那天下午，在利奥·梅德维德医生的办公室里，他选择继续相信，而非质疑我外婆对他讲述的战时经历。在那种情况下，继续持怀疑的态度不啻另一种疯狂，选择相信是唯一行得通的办法。对待冯·布劳恩和战争本身也应如此，外公同样选择了相信——相信正义者的鲜血没有白流，仅凭星条旗——而不是纳粹旗——插上月球的土地这一点就意义重大。所以他放弃写信，唯愿不要在会议期间遇到冯·布劳恩，这正是外公自告奋勇跑到展览厅坐着的原因，只是为了避开那个人。

演讲到五十分钟的时候，冯·布劳恩越来越激动，语调已经从唱歌变成了刺耳的叫嚷，据说他已经加入美国的教会，成为一名基督徒，但很少公开宣示自己的信仰，几分钟后又响起了一阵掌声，震得折叠墙嘎嘎作响，我外公吓了一跳，折叠墙上的一块隔板似乎也被震得松动了。

外公站起来，越过本尼迪克斯、罗克韦尔等会议赞助商的展台，朝展览厅的中间分区望去，他发现分隔宴会厅和展览厅的折叠墙上开着一扇门，淹没冯·布劳恩的掌声漫溢过来。他站在门边，背对着展览厅，向观众鞠躬点头，向致以他祝福的观众和身旁的看护说，是的，他感觉很好。他关上了门，阻隔掉一部分掌声，然后转过来面对赞助商们的展台，打量着展品的眼神仿佛是要把它们掠走或拆掉一样。他的金发已经变白，夹杂着星星点点的象牙色，就像牙齿上的烟渍，不过依然浓密，依照流行的样式，他没有把头发剪得太短。苍白的发色与他发红的脸庞对比鲜明，他就像个正在遭受病痛的人——胃绞痛、背部痉挛、心搏骤停。我外公试着回想起传言中杀死这个人的那种病症。

冯·布劳恩的视线停留在对面角落里的一只南瓜形状的赤陶花盆上，他轻手轻脚地走到那棵盆栽植物前，拉开棕色西装裤的拉链，掏出他那截苍白疲软的旧水管，尿液淅淅沥沥地浇在花土上，仿佛派对上有人举着瓶子，摇摇晃晃地往草坪上倒啤酒。冯·布劳恩的轻声呻吟中夹杂着含混的咒骂，那是我外公自二战以来听过的最粗俗的德语，因为年老，他自己的排尿能力也大不如前，所以自然而然地对冯·布劳恩产生了同情。过了一会儿，从声音判断，“月球征服者”面前显然有了一个小水坑，他耐心地等待最后一两滴落下后，耸着肩膀拉起裤链。

外公显然已经忘记自己打算躲着冯·布劳恩，当对方从榕树盆栽那边转过脸来时，恰好发现我外公在折叠墙另一侧看着他，冯·布劳恩的表情看起来比他还尴尬，至少比我外公预料的更为沮丧，他感到自己长期以来对这个男人的仇恨开始动摇。毕竟，冯·布劳恩的情况与其他野心勃勃的伟人和怪物的缔造者有什么不同？有野心的人，从赫拉克勒斯到拿破仑，多是凭借大规模的屠杀抵达天堂的门槛的。正是由于冯·布劳恩冷血无情的野心，地球上的某个国家才会首先在月球上留下自己的旗帜——还有一对高尔夫球呢。

“恭喜你得奖。”外公说。

“谢谢。”冯·布劳恩说，他的神色已经恢复平静，现在正眯着眼睛打量我外公，似乎不清楚自己是否认识这个人，也可能是想知道我外公对他这个敢于在公共场所的陶土花盆里撒尿的成年人有何看法，我外公猜测他可能更纠结于前者。“感谢大家给我的荣誉和支持。”

“噢，我没有投票给你。”外公说。

冯·布劳恩眨了眨眼睛，晃了晃发型蓬乱的白色大脑袋，“你投给谁了？”

“我自己。”

冯·布劳恩笑了，然后询问我外公的姓名。

我外公感到他的心率骤然上升，冯·布劳恩会不会已经知道了起获他藏匿的V-2火箭资料、抽掉他与盟军谈判筹码之一的那个美国特工的名字？假如他意识到我外公是谁，会不会报警或者把他赶出会场？更重要的是：我外公是否应该抓住机会，完成曾经被他搁置的计划？他五十九岁，不再像二十九或三十九岁那么强壮，也不像以前那么容易愤怒，而且自从他出狱那天开始，他就再也没有找过麻烦，所以现在到底要不要出手，是个非常值得谨慎考虑的问题。

他告诉韦纳·冯·布劳恩自己的名字，对方似乎并没有想起什么，但他也不记得我外公出现在获奖候选人的名单上。

“我是编外候选人。”外公解释道。

“航天艺术与工艺作品”展区的墙壁上挂满了与会者拍摄的大幅彩色照片：洛克达因公司的火箭引擎在卡纳维拉尔角的晨曦中冒着蓝光；一群衣着鲜艳的家伙翘首仰望头顶的什么东西；用慢速快门和长焦镜头拍摄的埃里伯斯火山升起的满月，从标签说明来看，这是冯·布劳恩1966年南极旅行期间亲自拍摄的。还有关于太空行走、月球表面以及飞行器在海上溅落的油画和水彩画，许多作品写实地描绘了飞行器的建造过程如何艰苦，还有对外太空世界的想象。有几幅是伟大的切斯利·波恩斯托尔的作品，我外公视其为英雄。还有三张摆着模型的桌子：有各种比例的火箭、航天飞机、太空舱、月球登月舱和月球车。冯·布劳恩从赞助商展台区域的隔板前走来，经过了一幅巨大的波恩斯托尔画作，以火星表面为视角的地球宛若一个挂在星空中的蓝绿色光点。

经过摆着模型的桌子时，冯·布劳恩欣赏了一会儿两枚法国火箭的模型——“维罗妮卡”和“半人马”，它们是我外公带来展会的，小卡片上的制作者署着他的名字，于是他接受了冯·布劳恩的赞美。冯·布劳恩来到展示桌前，刚才我外公一直坐在那边，桌布上散落着灰色和白色的塑料块。

“这些是什么？”冯·布劳恩问。

他的目光落在完成了四分之三的STS原型机上，外公注意到他扭过脸去，脑袋轻轻晃了晃，似乎这架航天飞机让他有点不自在。冯·布劳恩俯身端详桌上那些塑料块，随手拿起一块长条形的和一块马蹄形的灰色PVC，还有一块马蹄形的弯曲部分更平一些的塑料块，他把这几块东西拼接起来，组成了喷气式发动机的锥形气缸外罩。

“你们使用了商业模型套件？”冯·布劳恩又看了一眼模型桌上的两个法国火箭。像我外公的所有作品一样，它们制造得很用心，用精细的木工工具逐个打磨过，材料是轻木和枫木，每个叶片、翼片和整流罩都是特别定制的。“不，你们没有。”

“没错，我们一般不会这样，”外公说，“他们都叫我们的模型‘套件终结者’。”

从纽约前来参会的途中，在默特尔比奇停车加油时，外公正好看到一家模型商店，心血来潮，买了一些制作STS所需的0000号砂纸，在他因为踩到那个壁球从而发现咖啡杯盖的独特之处以前，STS模型一直是他计划在会议上展出的产品。在上一届航天会议结束之后不久，他就开始着手制作这个模型，然而，过去一年中的变故与混乱，让他制作模型的时间和其他属于他自己的时间一样，变得少之又少。

默特尔比奇的模型商店正在搞促销，特价出售塑料模型套件，外公觉得我可能会喜欢——他打算回纽约时顺路到我们在哥伦比亚的房子住几天——就买了好几套：几辆装甲车、一架日式螺旋桨飞机、一架法国“幻影”战机、贝尔直升机、AMC肌肉车和《麦克黑尔的海军》中的PT-73船模，他还买了几管模型胶水。

来到展会上，他首先花了一个小时把这些模型的各种部件从底板上拆下来：轮轴、支柱、旋翼、转塔枪、操纵杆、座椅……然后用特制的小刀拆下组成装甲车外壳的部件，用胶水粘接成一个类似杯托的结构，比那个塑料杯盖宽大约半英寸，然后把杯盖粘在“杯托”上。

“这是什么？我能问问吗？”

外公没回答，他也不打算回答。见到韦纳·冯·布劳恩之后，他释然地发现自己不再一心想着杀死他，脑子里也没了报复的念头，但他没有与其交谈的愿望。

“舱门？发射台？”

外公从对方的语气里听出了——像是灯塔发现了迷航的船只那样，认出了——孤独的梦想家那不可遏止的好奇，但他强忍着不去向冯·布劳恩解释自己对于月球基地的设想，哪怕他有种不顾一切地想要解释的冲动，外公对于智力的追求有种满足性欲般的渴切。然而，他的这种沉默又能带来什么？1945年冯·布劳恩躲过了我外公的制裁，躲过了正义的制裁。他不仅轻而易举地避免了降临在他众多同事与上级身上的牢狱生活和残酷命运，而且收获了前所未有的声望和赞誉。冯·布劳恩真是全世界最幸运的纳粹王八蛋。

“卫星！”冯·布劳恩再次猜测，“还是太阳能电池？”

然而，最终冯·布劳恩还是以最经典的纳粹风格亲手结束了自己的研究生涯，无异于自杀，他是自己的梦想和成功的牺牲品。月球被抛弃了；阿波罗计划终结了。虽然多亏了冯·布劳恩不懈的痴迷，人类用五年的时间完成了登月之旅，但登月在公众眼中已经从不可能的任务变成寻常的短途旅行，从国家使命变成资源的巨大浪费。即使在NASA内部，冯·布劳恩本人也和“土星五号”项目一起逐渐被边缘化，最终被逐出大门。在他和维利·莱合著的书里以及《迪士尼奇妙世界》《科里尔》杂志和《生活》周刊中，曾经提到的那些宏大的航天计划，同所有波恩斯托尔那些描绘着地出、火星探测器与近地轨道上的农场的震撼人心的画作一起，也被扫进了历史的文件堆。没有人再去兴致勃勃地谈论拉格朗日点、月球上的氦同位素矿藏或者人类火星定居点的话题，世界已经进入航天飞机和飞行卡车司机的时代，“土星五号”和冯·布劳恩成了恐龙一样过时的存在，想到这里，我外公对他产生了同情。

“核反应堆。”我外公说。

“你说真的？”

“只是上半部分，其余的埋在下面。”

“埋在哪里？”

“月球表面。”

"这是月球基地？"

"我刚开始做。"

冯·布劳恩压低身子，做了个鬼脸，直到视线与桌子平行。"比例是多少？"他问，似乎忘记了两分钟前我外公刚刚看到他往榕树盆栽里撒尿，虽然他所熟稔的那门技艺已经过时，但他毕竟还是一位大师。

"不确定，大约1：66吧。"

"这么说不算大。"

"四十千瓦应该够了。"

外公挑出那些比较小的矩形部件，比如镜子、电池盖和枪口盖什么的，他可以用它们增强模型的细节和逼真度，特朗姆布尔就用这种办法制作了电影里使用的模型。这些小零件五颜六色，但没有一种与咖啡杯盖同色，不过可以把它们全部喷涂成浅灰色，赋予其金属般的质感。

"朗肯循环？"冯·布劳恩说，"模仿SNAP-10空间核反应堆？"

遗憾的是，他猜错了，我外公迫不及待地想要向他解释为什么斯特林引擎比冯·布劳恩和NASA十年前推出的SNAP涡轮引擎更简单、更有效率。这一次，他下定决心沉默不语；这一次，冯·布劳恩似乎领会了他的意思。抑或是蹲累了，他扶住桌沿，站直身体，踱回模型桌边，手指轻轻摩挲着"维罗妮卡"火箭光滑的奶油色表面。

"她真的很漂亮。"他说，像是期待我外公表示同意或者提出异议，但我外公无动于衷，竭力制止自己说出早就料到精雕细琢的“维罗妮卡”会吸引冯·布劳恩的注意的原因，这架火箭是由一批被法国收编的佩内明德科学家主导设计的。“不过，”冯·布劳恩继续道，“法国人上太空，”他笑了，“你得承认，这简直可以写成喜剧。”

“是吗？”外公忍不住问，“那你对犹太人登月有什么看法？”

“请再说一遍？”

“我是以色列的顾问，”外公信口开河，“他们投入了大量的人力物力研发新一代的月球轨道器和着陆器，‘耶利哥二号’计划，为了在月球上建立犹太人定居点。”

冯·布劳恩脸上闪出惊讶的表情，但立刻恢复了镇定，或许是因为见多了的缘故，这家伙很清楚什么叫作胡说八道。“很好，”他说，“那里很适合他们。”

不过，神奇的咖啡杯盖的故事到此并未结束。那天下午晚些时候，一位来自布鲁克林的年轻工程师来找我外公，他的注意力完全被“维罗妮卡”和“半人马”这两件精美的艺术品吸引过去，正如冯·布劳恩博士告诉他的那样，精美绝伦。他问我外公是否有兴趣为NASA制作用于研发、科普与教育展示的模型，而且报酬绝对丰厚。

我外公说他会考虑，接着他改变主意，决定立刻同意年轻工程师的提议。无须进一步考虑，他说，就算不为NASA制作模型，他也会想着制作别的东西。年轻人问他原本打算制作什么。“月球上的犹太人？”他说。

“噢，是的，我听说了，”工程师说，“我觉得那个纳粹王八蛋绝对被吓坏了。”

外公笑起来。

“犹太人得一分。”年轻人说。

我外公为此大笑了很久。缓过劲来之后，他感谢了年轻的工程师，互相交换了联系方式。接下来的十四年里，外公为NASA制作了至少三十五个不同类型、功能和比例的模型，这为他带来了巨大的声誉，世界各地的不少私人收藏家也来找他制作模型。他毫不怀疑，是韦纳·冯·布劳恩间接为他带来了这份工作，帮助他摆脱了创业失败和失去我外婆的阴影。

34

外公左脚站在地上，抬起右脚，把套在右腿上的牛仔裤往上拉，突然，他失去平衡，连忙伸手去扶梳妆台的边缘，可他失了手，撞上了落地灯。在黑暗的卧室里，落地灯的镀铬架能够反射足够的环境光，所以他能看到它下落的方向。太阳还没有出来，他不想弄出太大的动静，只能在自己摔倒和落地灯摔倒之间做选择，他决定选择后者，于是他再次试着去抓梳妆台，这下终于成功了。落地灯砸在水磨石地面上，发出牛铃铛般的噹啷声，黑暗中冒出一缕蓝光，响起轻微的灯泡爆裂声。

“你不是说再也不会趁天没亮的时候偷偷溜出去的吗？”萨莉说，她的声音似乎是从枕头底下传过来的。“还是说你的意思不是‘偷偷溜出去’，而是制造出许多噪声，然后大摇大摆地出去？”

“对不起。”

“扫帚在厨房里。”

外公去拿簸箕扫帚，当他回来的时候，萨莉已经进了浴室，她的尿液打在弯曲的马桶表面上，发出和谐的共振，每当听到这个声音，他总会觉得安慰，因为它能把他在午夜时分的孤独感驱除殆尽。他摆好落地灯，打扫了碎玻璃，去厨房把垃圾倒在垃圾桶里，垃圾桶满了，他拎出垃圾袋，丢进房子外面的垃圾桶，他又花了一分钟找出一只60瓦的新灯泡。回到卧室时，他看到她坐在床上，正在给脚上的猎鸭靴系鞋带。

“你要干什么？”

“你刚才不是想出去找那条该死的蛇吗？”

“我只是想回我的公寓而已。”

“然后呢？”

“然后我打算去找那条该死的蛇，找一早晨。”

“所以我今天和你一起去。”

“我已经和迪沃恩约好了。”

“迪沃恩昨天晚上也让你操他屁股了？”

外公被她的问句惊呆了，或者是被萨莉的措辞震惊，又或者是被她描述的景象震惊，但是没关系，他需要一个时常会让他惊讶的女人。他也不得不承认，迪沃恩确实没有给予他这样的特权。

“迪沃恩会给你做华夫饼吗？”

“看起来不太可能。”

她停下了绑靴带的手，抬头看着他，仿佛在说：“既然如此，那就不要违背我的意愿。”

“好吧，”外公说，“但是，能不能麻烦你去我家做华夫饼，用我自己的饼铛？”

“好啊。”她看起来有些惊讶和困惑。

尽管两人的关系发展到这一步，萨莉还从来没去过我外公家，这显得有点奇怪。他知道拖得越久，越显得他家里似乎有什么见不得人的东西。

“你的饼铛有什么特别之处吗？”

“它比你的更好使。”

“是这样吗？”

“我的那个保养得更好，从来不黏。”

“好吧。你知道保养方法？”

“没错。”

“挺复杂的吧？”

“没错。”

“保养方法有对错之分。”

“哦，错误的方法不止一种。”

“正确的方法只有一种。”

“差不多。”

两人来到外公家时，迪沃恩坐在门口的台阶上抽一支帝帕里罗雪茄，外公比他们约定的见面时间晚了七分钟。“萨莉今天开车送我过去。”他说。

迪沃恩疑惑地愣了几秒钟，又假装疑惑了几秒钟，然后露出有点伤心的模样。虽然他没表示反对，我外公也看出这个保安已经喜欢上了他们每天在曼德维尔的探险活动。

“她知道怎么杀蛇？”

“你为什么不自己问她？”

迪沃恩看着萨莉。

“我知道要瞄准蛇腿，”萨莉说，“对不对？”

迪沃恩缓缓起身，站在台阶上轻轻前后摇晃，嚼着嘴里叼的雪茄。

“还有事？”外公说。

“就算是这样，你也得付我钱，你占用了我的时间。”

“我又不是沃伦·巴菲特，没那么多闲钱。”

“我是说你今天早晨占用了我的时间，你迟到了。”

“在你们家，七分钟相当于一小时？”

“没错。”

外公给他十美元，迪沃恩把钞票折了又折，塞进衬衫口袋里的帝帕里罗雪茄盒，朝我外公点了点头，冲着萨莉点点帽檐。

外公打开公寓门上的锁，站到一旁请萨莉进去。玄关处有个小门厅，与起居室相连，中间隔着一道齐腰高的半墙，墙头上按照时间顺序搁着一排六架大比例航天飞机模型，第一个是“企业号”，最后一个是“奋进号”。

“太空飞船，哈？”萨莉说。

“航天飞机。”

“啊哈。”

外公走进厨房，拿出饼铛，告诉萨莉他要换上抓蛇的衣服，萨莉没说什么，要不然就是他没听见，两人后来在回忆时都没跟我说起。她走进起居室四处打量。后来她告诉我，外公的家里到处都是火箭，每个能放东西的平面（茶几、书架、电视柜顶）都摆着模型，有法国的阿丽亚娜系列、日本的Mu系列、中国的长征系列、阿根廷的“伽马半人马”火箭。在萨莉的公寓，起居室与餐厅之间的那段墙边陈列了许多瓷器，别人家的这个空间有放家庭照的，也有挂《圣经》主题蜡染画的，但外公家的这面墙边摆着四层的金属框玻璃架子，顶部与天花板相隔不到十五英寸，架子上有苏联发射过的所有飞行器模型，包括早期的R-7系列和斯普特尼克系列。电视上方的相对较小的置物架上摆着美国的火箭：阿特拉斯、空蜂、泰坦，当然还有许多萨莉叫不出名字的，模型旁边的那些标签对她来说没有什么意义。虽然模型的精致细节——天线、舱门、铰链、涂层、标记和国旗符号——令她惊叹，但不会让她羡慕。

外公搬来这里时，在餐桌上放了一套讲究的餐具，但据我所知从来没有使用过。有时候，他甚至会把餐椅撤走，把餐桌推到一边，再搬来一张工作台。萨莉发现，尽管工作台上的零件和工具堆积如山，然而乱中有序，大部分都被收在透明的塑料小抽屉里，抽屉上贴着标签，写着“副翼”“后视镜”“衬套”，诸如此类。

“这些都是你做的?”她喊道，语调里有掩饰不住的惊奇，老实说，她非常震惊，并非因为她对这类爱好有所反感，丰塔纳村的住户们的爱好可谓五花八门；而是我外公对火箭的关注范围、深度、独特性和细致程度令她吃惊，如此程度的痴迷简直骇人听闻。她也不反对痴迷，作画的时候，她恰恰需要依靠这种痴迷向前推进，才能挖得更深、走得更远。

（“全都是火箭，”她告诉我，“按照弗洛伊德的理论，这个人的房子里摆满了生殖器崇拜的象征物。”）

但也不全是火箭。她掀开罩布，看到了月球基地模型，我外公在他们相识的前一天刚刚完成了制作。她蹲下来细细欣赏，忍不住幻想自己开着小小的月球车，绕着月球最北端的火山口兜风。

“华夫饼做好了吗？”我外公问。

他穿着蓝色的连身工作服、黑色胶靴，戴着粉绿相间的马德拉斯渔夫帽——这是迪沃恩送他的礼物，来自失物招领处的无人认领物品。

“噢，不。”萨莉站起来，看着我外公，“不，亲爱的，你不能穿成这样去抓蛇。”

“不能吗？”

萨莉摇摇头。“我还以为你什么都懂呢。”她说。

她钻进他的步入式衣柜，衣柜里两边各有一根杆子，但左边那根上没有衣服，也没挂衣架，右边那根上散放着几件瓜亚贝拉衬衫、几条宽松长裤和一套炭黑色西服，外公穿着它参加外婆的葬礼和此后的每一个葬礼。他听到萨莉嘲笑般的叹息，但又不像是完全在笑话他，然后他听见她再也忍耐不住，放声大笑起来。她举着我送给外公的那件作为玩笑的夏威夷衬衫走出来，棕榈绿的底色，上面印着挂着花环、袒胸露乳的跳草裙舞的姑娘，她一语不发地把衬衫递给他，还有一条斜纹棉布裤。他脱下靴子和工作服，穿上萨莉为他选的狩猎服的时候，听到她在打电话，他第二次从卧室出来时，看到她左手拿着“斯普特尼克号”的模型——好像哈姆雷特捧着宫廷小丑的头骨——对着它镜子般的光滑表面检查自己的发型。“现在好多了，更合身。”她看着他说。

她把模型放回原位，理了理它的四条长天线，它的外形似乎让她想起了什么。“我和第一任丈夫住在加利福尼亚的时候，”她说，“记得一天晚上有个派对，我们抬起头来就能看到这个小东西，像颗赶时间的小星星。人们害怕它会爆炸，或者是苏联人对付美国的武器，还记得吗？有个家伙想要说服我和他睡觉，理由是这东西会释放死亡射线，把我们全部蒸发。”

“然后呢？”

“他说得对，我们全都‘蒸发’了。”

“准确地说，你们看到的只是它的助推器，”外公说，“你需要双筒望远镜才能看到卫星本身。”

“没错，当然要准确。这是什么？”她趴下来看另一个模型上的标签，“斯普特尼克二号，就是把狗送进太空的那个？”

“狗叫莱卡。”

“莱卡！没错。那这个呢？”她指着一个卫星模型问，它看上去像粗糙版本的载人太空舱。“月球三号。”她读道。

“它拍摄了月球背面的照片，以前没人见过那里。”

“因为那里很黑？”

“这个说法并不准确。”

“哦，是吗。”

“取决于你对‘黑’的定义。”

“确实如此。”萨莉说，“我们去找那条蛇吧。”

她开着她的奔驰，带他去了购物中心。因为戴姆勒之类的汽车公司或多或少也像美泰尔沃克那样使用过犹太奴隶劳工，外公尤其不赞同犹太人开德国车，不过，毋庸置疑，奔驰的确是一件美丽的艺术品，造型繁复的车头灯和格栅像镀铬自动点唱机，六个气缸发出山泉流过岩石的汩汩声。无论如何，现在是1990年，他马上就要七十五岁，没有必要抱着昔日的仇怨不放，犹太民族毕竟活得比希特勒长，也活过了冯·布劳恩。

他不习惯不是他女儿的女性开车，就算和我母亲外出，一般也都是他开车，然而今天他向萨莉彻底投降，放下了自己对德国车、女司机和萨莉的捕蛇方法的可靠性的怀疑。

萨莉在“滚地小猪”自助商店旁边的意大利熟食店买了面包、萨拉米香肠、一袋橄榄、一袋洋蓟心、一袋腌辣椒，以及硬、软和半软奶酪各一种。

“什么？没有半硬奶酪？”外公说。

“你就是半硬奶酪。”萨莉说。

她的奔驰后备厢里有两把折叠沙滩椅和一条旧羊毛毯，她把折叠椅挂在他的肩膀上，他领着她走向俱乐部锁住的铁门。

“现在怎么办？”萨莉问。

他做了一些奇怪的事。他把椅子放在食品袋旁边的地面上，跪在挂锁前，把耳朵贴在上面，转动密码盘，摆出聚精会神的表情。

“你能听出来？”

“嘘。”

他装模作样地转了半天，打开了密码锁。

“真是了不起，”萨莉满意地说，“让我刮目相看。”

“小菜一碟。”

“这么说，你每次来时他们都会换密码？所以你每次都要试？上一次的密码记住了没用？”

“你这个人精，什么都骗不过你，”我外公说，他推开大门，“你先请。”

他领着她在通往老俱乐部的那条长满野葛的路上走了一段，然后向左拐，来到俱乐部的老停车场附近时，路面变得忽隐忽现。他们放下两把折叠椅，坐在上面，把餐巾铺在膝盖上，他把香肠和奶酪放在腿上，拿出小刀，切下了一半的法国面包，递给她，她双手捧过，他剥掉萨拉米香肠的肠衣，她往他嘴里塞了一只腌辣椒，然后塞了一颗橄榄。

外公终于去拜访了医生推荐给他的那位专家，看诊结果并不乐观。他知道自己要把这事告诉萨莉，但又害怕她会决定——他不会怪她做出这样的决定——不再重蹈覆辙。

“你知道什么叫‘完美的一大口’吗？”外公说，“这是我女儿发明的。”

“那是什么？”

“一口咬下去，什么都能吃到一点。”

“这正是我想要的，‘完美的一大口’，来吧。”

他切下一块半软干酪，放在一片面包上，又放上香肠片、洋蓟心和辣椒，把面包卷捧给她。

“完美。”她说。

他也给自己做了个面包卷，一阵微风刮过草地，穿过澳大利亚松和千层树的枝叶，一架飞机拉着横幅从头顶飞过，提醒大众通过消费他们的产品来亲近大自然，气温大概是华氏七十二度。

“瞧见了吗？”她说，“应该这么做。”

她凑过来，在他的脸颊上印了一个吻，他趁机亲吻她的背，又亲了她的嘴。她把自己的椅子往前拖了拖，让自己患关节炎的肩膀好受一点。他揽住她的腰，把她从椅子上抱起来，搁到自己膝盖上，他听见自己的肩胛骨吱嘎作响，帆布沙滩椅在两个人的重量下发出呻吟。

“上一次你和别人搂搂抱抱的时候，谁在当总统？”萨莉问。

“杰拉尔德·福特。”

“我那会儿是理查德·尼克松。”

远处那扇大门外的道路上有辆汽车按着喇叭开过，他亲吻她汗津津的喉咙，她敞开的衬衫领口喷着“鸦片”香水，气味令他陶醉，他把脸颊贴在她的锁骨上，试图整理自己的思绪。他记起自己读过德尔菲神庙的介绍——神庙是古希腊预言家的居所，建在一片冒着蒸汽的地缝上，蒸汽是来自地底的碳氢化合物，据说，神庙女祭司吸入这些气体就能预知未来，但这其实是乙烯中毒的症状。但愿他自己不要香水中毒，说出一些类似的胡话，他闭上眼睛，不能自已地吸了口气。

“我爱你。”他说。

他感觉到了她的紧张，他抬起脸，发现她正在看着他，挂着困惑甚至怀疑的表情，好像他的话特别荒谬。的确如此。除了投降，他别无选择。

离他们野餐的空地大约二十英尺远的灌木丛里传来一阵沙沙声，似乎有树枝折断了。外公站了起来，望向那片可疑的灌木丛，用力嗅了嗅，似乎捕捉到了臭鸡蛋的味道，又或是某种花朵泡在花瓶里腐烂的怪味。他觉得脑后的每一根头发都直竖起来，只见一个浅色的东西穿过地上棕色的树枝和深绿色的树叶。他的手伸向打蛇棍。

“不，”萨莉说，“让它去吧。”

他握住打蛇棍的手柄，手指不停地摩挲着凹凸不平的漆面。他一直想知道，当自己把打蛇棍的锤头楔进那个长满尖牙的三角脑袋时是什么感觉。躺在我母亲家客房里租来的病床上忆起往事，外公承认，他当时很想砸烂那条蛇的头骨。毫无疑问，这股怒火自他走进沃尔基尔监狱的那天就开始积聚，一直被他压抑到他和萨莉野餐的一周前——癌症确诊的那一天，看似人生给了他爆发所需的足够燃料，但其实愤怒不需要触发或借口，它没有源头，而是他的一部分，如同渴望、好奇或悲伤一样，他天生就拥有愤怒的权利。要放弃这渴望已久的致命一击对他来说并不容易。

“你发誓要为我死去丈夫的猫复仇，这非常有魅力，意图也很高尚，但是说实话，这也有点让人生气，我不需要你做我的骑士，我不需要被拯救。而且我向你保证，老兄，我会一直爱你，但你要让我相信，你不是那种会用野蛮的武器把一条小蛇打死的人。”

“我明白了。”外公说。他把锤子放下，走回椅子旁边，站在萨莉身后，手搁在她肩上。

草丛中的沙沙声和啪嗒声变得非常响亮，甚至开始出现了节奏，然后，一只动物突然窜出来，冲向这边的空地。外公起初不确定那是什么动物，它毛皮是灰色的，上面有棕黑相间的条纹，他想了想，觉得这可能是一只体型很大、吃得很好的浣熊，但是它又没有浣熊的那种平足步态。

“噢，上帝。”萨莉说。那动物突然站住了，发出牛蛙般的叫声。“拉蒙。”

猫的额头和颈部凝结着黑色的血块，白色的爪子已经染成了粉棕色，似乎少了一只耳朵，尾巴像是扭成了钩针，肚皮几乎完全贴在了支离破碎的沥青地面上。

“你胖了，拉蒙。”萨莉说。

猫再次发出可笑的叫声，仿佛在回应她。外公还没来得及拦住她，萨莉就站起来，朝它走去，猫龇牙咧嘴地咆哮着警告她不要靠近，外公犹豫不定，不知该不该扬起打蛇棍，对拉蒙的脑袋砸下去或是把它拍飞——假如这只猫真的疯了的话。但如果这样，萨莉可能永远无法爱他。

“你真难闻，”萨莉告诉猫，“你胖了，还臭了。”

猫犹豫不决地向前挪了半步，但它的步子有点晃，一条腿可能受了伤。它继续僵硬地向前移动。

“它的脸上有洞。”

“牙咬的”。

“噢，我的上帝。它和蟒蛇打架了。”

“最近一个月没有宠物失踪，”外公说，“我想拉蒙可能赢了这场战斗。”

“拉蒙！”萨莉欣喜地说。“唉，真可怜，它就剩一只耳朵了，”她回头对我外公说，“它的尾巴，你看到了吗？毛乱七八糟的。你真的觉得它杀了那条蛇吗？”

“我想是这样。”

“别看你这几个星期都在沼泽里晃悠，拉蒙比你可强多了。”她又朝拉蒙走了一步，猫似乎突然失去了兴趣，它转过身，回到了黑暗的树林中。

“啊？就这样？它就这么走了？”

“犟骨头王八蛋猫。”外公说。

萨莉在猫身后又叫了一声，然后用费城南部口音喊起猫的名字，就像她和外公相遇的那晚一样，“我猜，它现在很开心。”

“它竟然比我厉害，难以置信。”

“你嫉妒吗？”

“我很生气。”

萨莉靠过来，搂住我外公。“对不起，”她说，“你想杀掉拉蒙出气吗？”

“今天就算了。”外公说。

萨莉把头靠在他的肩上。此后他们两人一起度过的那几天快乐的日子里，她没有说她爱他，他也从来没把自己身体里有个阴影这件事告诉她。

35

一年多以后，为了宣传我的第二本书，我去佛罗里达的科勒尔盖布尔斯参加读书会，那时的Books & Books书店离现在的店址有段距离，店面只有几百平方英尺，墙上刷着粉红色的灰泥。空间狭小对我来说倒并不是问题，但这意味着没有太多的空间放置折叠椅，假如超过一个祈祷班（十多个人）的犹太老年人都来参加你的读书会，势必要争抢座位。那段时间，出现在我的读书会上的人并非全然陌生，其中一些我还认识。那天晚上，书店里来了几个认识我外祖父母的人：在巴尔的摩帮我外婆补牙的牙医、在丰塔纳村与我外公做过邻居的女士——她做的霍恩哈达自动贩售机风味奶酪通心粉让我外公印象深刻（至少在我看来是这样），我外公在申克街的老朋友，还有MRX的前销售总监。

我读大学时曾在福布斯大道上的老加斯廷酒吧参加诗歌朗诵会，一些爱开玩笑的朋友建议我到时候要不时地从书页上抬起头来，与听众“进行眼神交流”，结果就是我无法集中精力关注手中的文本，经常忘记读到哪里，以至于让观众觉得你是个不可理喻的怪胎，让你感到崩溃。假如到场者不多，你的精神就会被抬眼看到的空椅子打垮；假如到场率居然还算体面，就会被一张张脸上的皱眉头、打呵欠和隐隐的不悦扰乱心绪。在一次又一次的停顿中，我都会变得越来越紧张和恐慌，不知道接下来该怎么做，冒出一连串的“所以”，或者重复刚刚说过的词，或者一句废话，或者一声叹息。所以，来科勒尔盖布尔斯之前，我就在所要朗读的文本中的不同位置标记了四五个适当的词，用来提醒自己读到这些地方的时候抬头；与此同时，我还向上帝祷告，让我在抬头与观众眼神交流时看到的恰好是心情舒畅状态下的他们，或者至少是善意伪装下的他们。

那天晚上，在Books & Books书店，第二次抬头时，我看到一个美丽的女人站在萨尔泽多街和阿拉贡大道交叉口的门边，她友好地回头看我，但看眼神明显是在打量我。她目光锐利，眼神冷静但并不冷漠，那是一双画家的眼睛，我暗忖。她的头发已经花白，向上挽成一个松散的发髻，皮肤黝黑，鼻子和颧骨的轮廓很有特点，外公认为她的颧骨像凯瑟琳·赫本，但我觉得更像安吉莉卡·休斯顿。到了第三次抬头时，我发现她已经走了，我觉得我的灵魂在某种程度上被她砸碎了。

当我给书签名时，她并没有再次出现。牙医告诉我，我外婆的牙齿很糟糕；前销售总监说，我外公对模型的细节过于吹毛求疵，惹人厌烦；还有几个人向我道了句迟来的“节哀顺变”；然后我和米奇·卡普兰告了别便离开了。我住在庞塞德·莱昂大道的一家酒店——更像是个漂亮的汽车旅馆——我打算慢慢走回去，还没走过一个街区，就有人来碰我的胳膊，我听到一个女人叫我“迈克”。

“我就觉得可能是你。”我说。

站在“奇迹一英里”的人行道上，我们握了握手，但是她说“不”，所以我们又互相拥抱了一下。她的身材是我外公始终喜欢的沙漏形状，但感觉要比看上去瘦，肩胛骨松垮地吊着，好像披在身上的两块布，身上一股浓郁的橘子和丁香味道。我想起外公说，萨莉喜欢喷“鸦片”香水。

“我差点没敢来。”松开我之后，她告诉我。她从背包风格的红色皮包里抽出一张纸巾，擦干眼睛，我也问她要了一张纸巾。“可如果不来，我会恨自己的。”

“刚才我以为你走了。”

“我确实走了。听你读了几句之后，我就去喝了一杯咖啡。”

“哦。”我说。

“不是说你读得不好，但我是视觉动物，用听的欣赏不来。”

“啊。”

“老实说，我可能有点聋。你饿了吗？想吃东西吗？”

她带我去取车——庄严华贵的驼色奔驰280，后窗玻璃角落里贴着一张褪色了的惠普公司的停车贴，车厢里浓浓的一股“鸦片”香水味，还有被阳光暴晒的皮革味，以及一丝刺鼻的汽油味。萨莉开车带我去了一家声称她喜欢的古巴餐厅，但当我们到了那里，她却不满意自己要的炸鱼。我点炭火烤乳猪的时候，她本来说，管他呢，她也要吃猪肉，但没等侍者走到厨房，她就把他叫回来，说还是吃鱼算了。

“我从小就吃洁食，后来离开了家，吃了五十年的猪肉，可突然有一天，我觉得不再想吃了，连培根都不行！这究竟是怎么回事？”

我说我不知道有什么可以解释这种现象的理论，但这其实是撒谎。我没告诉她，我外公临死时也发生了类似的口味改变，我觉得可能与死亡有关，然而对一位我初次见到的老太太说这种事似乎并不礼貌。最后还是她自己得出了和我想得差不多的结论。

“‘散兵坑里没有无神论者’，是这么说的吧？”她环顾着周围的假砖墙和锻铁吊灯，“我现在一定是在散兵坑里。”

“至少是个你能吃到炭火烤乳猪的散兵坑。”

“你认为上帝会在乎人类吃什么吗？”

“我也希望祂能把时间用在处理更有意义的事情上。”

“哈，你知道你说话像谁吗？”

她把鱼切成整齐的小方块，拿叉子铲起一些黑豆和米饭，搁上一块鱼肉，叉子都送到嘴边时，却又“叮当”一声把它放回盘子里，直到晚餐结束，她都没有吃掉这口饭。

“我不爱他，”她说，“老实说。”

“没爱过？”

“只差一点点。对于老年人来说，我们两个算是非常投缘的了，我猜，可我们只相处了六个月。”

“我知道，”我说，“时间不长。”

“而且，当你七十二岁的时候，你会觉得六个月就像十五岁时的六个星期。然后他就得了癌症。”

“你让他太开心了，假如他不开心，或许不会得病。”

“有意思。你抽烟吗？”

“我在试着戒烟。”

“我也是。”

她叫来侍者，给他五美元，用蹩脚的西班牙语告诉他，去隔壁的商店给她买包“真我”烟，最后，她还是决定向他讨一支“云斯顿”抽抽。

“Muchas gracias, corazón.”

“A la orden, señora.”[1]

他拍打口袋寻找打火机，我掏出奥根博尔的打火机，我母亲把它给了我。萨莉注意到了我手中的打火机，把脸扭到一边，吐出一条长长的烟雾。

“还有，希望你不介意我这样说，他不是个容易被人爱上的人。我不是说他不可爱。”

“不是吗？”

“他很可爱。聪明。相貌也好，宽肩膀。就他的年龄而言，身材算得上完美，而且这个怪老头喜欢在华氏九十度的大热天到处乱跑，还绑着头带和沙袋。他什么都能修，真的，我有个CD机坏了，他把它修好了，这种机器里面不是都有激光嘛。”

没人比我更清楚外公的技术水平和灵巧程度，但我怀疑他擅长的领域并不包括激光，所以我只是点了点头。

“他有时还会表现出一点幽默感。”

---

1 两人对话为西班牙语，大意为：
“非常感谢，亲爱的。”
“不客气，女士。”
——译注

“噢，没错。”

“黑色幽默。”

“非常黑暗。”

“但只有当你和他熟悉之后，他才会表现出来，也许这是他最可爱的一点。”

我等着她继续说下去，在我看来，对于一个她声称自己不喜欢的人，他讨她喜欢的地方着实有点多。

“他不介意我取笑他——假如他真的做了可笑的事，他有时候确实很滑稽，比如他会用那个……叫什么来着……量筒来当烹饪量杯。”

“我一直认为这很酷。”

“他用锥形烧瓶煮咖啡。”

“他这样煮的咖啡很好喝。”

“那个打火机。”

“它背后有一个故事。”

“我猜也是，他的许多东西背后都有故事。你知道他去抓蛇吗？”

“知道一点。”

“就像亚哈船长；就像约翰·韦恩在那部电影里一样。”

“《搜索者》。”

“就为了一只胃肠胀气的老猫，顺便取悦猫的主人。”

“他喜欢实现具体的目标。”

“还有火箭，火箭模型无处不在，痴迷太空什么的。他带着双筒望远镜，开车到两百英里之外的地方，就为了看看他们是怎么把一只金属罐子发射到轨道上的，我觉得很好玩。”

“他可不觉得好玩，他认为这非常严肃。”

“好玩的地方就在这里。”她叉走一块我的炭烧乳猪，“嗯，你外婆会取笑他吗？”

“有时候吧，”我说，我真的不记得了，“肯定取笑过。”

“他需要战斗，去摔跤。需要感觉自己越来越努力、把越来越重的负担扛在肩膀上，扛得比任何人都多，他可以把任何事都看成摔跤比赛。雅各与天使摔跤。即使面对癌症，他也决定独自战斗。他没有告诉我一个字。你们知道吗？”

“我们不知道。”

“说实话，这个男人有扮演殉道者的倾向。”

“他很喜欢这个角色。”我说。

萨莉招呼侍者把账单送来。“成为你外公这种人很难，”她说，“但也许我帮他降低了一点难度。”她眼睛含泪，“上帝却不允许他让我觉得好过一点。”

侍者送来账单，她打算付钱，我告诉她，我会让出版商为我们报销这顿饭。

“噢，哈，”她说，“你还是和你外公不一样，孩子。”

36

我母亲在奥克兰把她父亲的遗体送上返回费城的飞机，外公的葬礼将在费城的蒙特菲奥雷公墓举行，他会躺在我外婆、他的父母和弟弟[1]身边。我弟弟也离开了《2099太空漫游》[2]剧组，从洛杉矶赶来参加葬礼。曾经主持我外婆葬礼的拉比已经退休，新拉比比我大不了多少，总是一副匆忙的样子。一些老朋友和熟人也在葬礼上露面了，还有一些姓“蒙恩布拉特”和“纽曼”的远房亲戚，赞美感谢上帝之后，我们每个人都铲起一块泥土洒在棺材上，声音好像雨点打在窗上。与外公亲缘最近的那个表亲住在温尼伍德，她邀请大家葬礼结束后去她家聚聚，我们在那儿喝了不少梅子白兰地，我听着众人讲述着对往事相互矛盾的回忆，听他们说着我弟弟和我小时候令人惊异的和要小聪明的言行。之后我弟弟坐飞机回洛杉矶去了，我母亲和我开车去了机场附近的旅馆，在那里住了一晚。

---

1 1985年，雷叔叔在洛杉矶死于心脏病。他在洛杉矶为影视剧的制作担任“台球顾问”。他虽然一只眼睛失明，但有时也会赢球，也依然时不时出老千。他去世时我在巴黎，没能参加葬礼。

2 谢天谢地，这个系列再也没有续拍。

我们共用一个有两张大床的房间，躺在床上谈论当天的见闻，聊了一会儿，我母亲把灯关了。白天的时候，我始终感觉我母亲有些激动，虽然很容易将其归因于悲伤或者是单纯的紧张，然而，当我们躺在黑暗中，我觉得她的激动又回来了。她辗转反侧，胳膊在床单上蹭来蹭去，显然是睡不着，所以我也无法睡着。

"迈克，你醒着吗？"

"是啊。"

"我想问你一件事。"

"好吧。"我知道她想问我什么，反正她说出来的时候，我并不惊讶。从那天起我都在等着她提出这个问题。

"上个星期，"她说，"我走进房间，你和爸爸在里面，他告诉你不要告诉我什么事？"

"是啊。"

"那么，他不让你告诉我什么？"

她想要假装出无所谓的样子，但颤抖的语调出卖了她，她似乎对答案早有预料。

当然，那时我并不知道我外婆对梅德维德医生说了什么，十四年后我才在曼托洛金见到那本逃脱了飓风桑迪的笔记。在费城机场万豪酒店的那天晚上，我只知道外婆告诉了梅德维德医生二战中她在欧洲的一些往事，这些事与她告诉我外公的那套说辞有所矛盾，或者说至少会让人产生怀疑。梅德维德医生似乎认为，假如我外公知道了这些事，会感到很困扰，他好像在暗示我外公，外婆对他和我母亲说了谎。外公不希望我把梅德维德医生的暗示告诉我母亲，他担心我母亲一旦知道我外婆说谎——无论谎言的性质如何——会很难原谅她。我那时只知道这些。

死者能否被我们原谅？原谅的本质是一种情感还是交易？我向一个永远也不会知道我是否信守了承诺的人做出了承诺，虽然我希望尊重外公的意愿，而且回避我母亲的问题并非不可能，然而我认为这是一个不值得保守的秘密，守口如瓶对我们中的任何人都不会有好处。

“外婆曾经告诉格雷斯通的精神病医生关于她自己的一些事，”我说，“但外公不知道是什么事。”

我把外公与梅德维德医生的谈话内容告诉了我母亲。当我讲到外公不想知道外婆究竟对医生说了什么时，她笑了。在黑漆漆的旅馆房间中，她的笑声听起来有些凄凉。

“我小的时候，她总喜欢编谎。”听我说完之后，我母亲说。“我曾经一有机会就揭穿她，她却说那是‘故事’。‘噢！’”她模仿起外婆刺耳的语调，“你说得对，我在讲故事呢。”

黑暗中，她听起来很像我外婆，我的胳膊上起了鸡皮疙瘩。

“她总愿意给我讲些没意思的老故事，”我说，“我和他们一起住在里弗代尔的时候，我天天听它们。”

我们房间门外的制冰机发出痛苦的嗡嗡声，过了一会儿，我才听到我母亲在黑暗中轻轻抽泣的声音。

“你觉得他们快乐吗？”

“当然。”我说。

“当然？”

“我敢肯定。”

“她疯了，他生意失败，他们没法有自己的孩子，他坐过牢，HRT疗法让她得了癌症，我弄瞎了他弟弟的眼睛，然后和一个毁掉他事业的男人结婚了，他们什么时候快乐过？”

“在这些不好的事情之间的夹缝里快乐？”我说。

“在夹缝里。”

“没错。”

第二天早上，我们不得不早起去赶各自的飞机。我母亲的闹钟比我的早响十五分钟，但我的闹钟响起时，她仍然穿着睡衣，坐在床边，手里拿着外公带到加州的月球基地模型的第一个部件——月球花园。她把它举到眼睛前面，看着微缩玫瑰和胡萝卜旁边代表我们一家的小人偶。

“你怎么把这个带来了？”

“我干了件疯狂的事，我把他的那些东西——书和照片什么的都装在一个包里带来了，就好像他现在刚刚结束一段开心的旅行，要回丰塔纳村去一样。”

我坐起来，她把喷过漆的月球花园模型递给我，我顺着掀开的舱盖望进去，里面是我外公保护了一辈子——他也曾经失败过，但最后成功了——的家人。我四分之三英寸高的外祖父母坐在他们的重力沙发上，四分之三英寸高的我母亲坐在重力椅上，边上是半英寸高的大儿子，腿上坐着豌豆大小的小儿子。每个人都穿着舒适实用的蓝色连体服和抓地鞋，花园里的胡萝卜和玫瑰长得郁郁葱葱。这种比例下的模型只能保证最基本的细节，人偶的面部并不精细，我外公只是把它们的脸涂成了肉色，没有明确的五官，过去我总觉得这样有些诡异 ——倘若不是有某种象征意义的话，我根本不会在意——但现在我已经习惯，因为你可以想象他们脸上的微笑，可以按照你的喜好，写下他们之间发生的故事。

我外公在临死的前一天就不再说话了。我们的最后一次交谈是这样的：我问他在可可比奇之后是否还见过冯·布劳恩，他摇了摇头。他连摇头都会感觉到疼，他不耐烦地咕哝着，想要坐起来。我帮他调整床的靠背，让他坐得直一些，但他说这样更难受，于是我放低了靠背，让角度更缓和一些，他表示比刚才还难受，我只好又调高靠背，把一只枕头垫在他的膝盖底下，减轻他脚跟的压力。他说，止疼药让他只想从自己的皮肤里面爬出来，其实它并不会让痛苦真正消失，它只是帮助你勉强地浮在水面上，不会沉下去。最后我们放弃了试图让他更舒服一点的努力。

"没有，我再也没见过冯·布劳恩，"他说，"他几年后死了，我忘了死因是什么，总之很痛苦。我听说他疼得生不如死。"

我始终在等待他开口，我觉得他可能会在这句话后面补充一句评论，比如"他是罪有应得"，或者"所以说，也许上帝的确存在"。

然而他什么都没说，只是躺在那里，长久地闭着眼睛，仿佛在痛苦的海面上艰难地划水，每划一下都更接近故事的结局——假如那位伟大的逃脱大师韦纳·马格努斯·马克西米利安·冯·布劳恩男爵是正确的——接近始终等候在彼岸的那另一个故事的开端。

致谢

感谢沃尔特·盖茨·基尔（新泽西档案馆卫生与健康分部收藏主管）、朱迪·弗斯科和伊万·阿卡贝茨（约翰-肯尼迪太空中心图书馆研究员和中情局图书馆研究员）、伊舍尔·斯特切（婚前姓曼格尔）、杰西卡·西彻尔、巴里·卡恩、洛兰·梅德维德-恩格尔——假如他们确有其人的话，应是对本书贡献最大的人们。感谢确有其人的伊恩·法伦那和贾斯汀·弗里施曼——他们的善良和热情多次挽救了这本书的命运。感谢新罕布什尔州彼得伯勒的麦克道威尔文艺营的大力协助，感谢好莱坞马尔蒙庄园酒店的菲尔·帕威尔及其所有员工。

我母亲的舅舅斯坦利·威尔伯（1922—2005）——得克萨斯大学中世纪日耳曼民族史教授、以849情报通讯师参谋军士的身份参加过卡西诺山战役——去世前不久，在女儿的劝说下，他对我回忆了二十世纪初期费城和华盛顿地区的一些犹太人的生活。尽管都是些零碎的片段，但非常生动，而且叙事本身具有斯坦利·威尔伯自己独特的睿智风格，他为本书的写作提供了灵感和故事背景。斯坦利舅公对《犹太警察工会》一书也有贡献，他始终是最支持我、态度也最严格的读者，希望这本庞杂的回忆录能够令他满意，如其不然，我相信他一定会毫不犹豫地告诉我。

本书的写作参考了斯坦利·洛弗尔的《间谍与阴谋》、迈克尔·诺伊菲尔德《冯·布劳恩：太空梦想家与战争工程师》、安妮·雅各布森《回形针行动》、鲍勃·沃德《太空博士》、丹尼斯·皮兹克维茨《纳粹火箭科学家》、穆雷·杜宾《费城南区》、吉尔伯特·桑德斯《巴尔的摩犹太人：家族剪影》，小说与事实不符之处，应全然归咎于拙作的演绎与虚构。感谢凯斯·贾瑞特的《科隆音乐会》唱片、“温蒂与卡尔”组合的音乐专辑《深度》与“胜利女神的忧郁”组合的第一张同名专辑，让徘徊在我脑中的不安声音得以噤声。亚历桑德罗·佐杜洛夫斯基为《塔罗之路》撰写的迷人导言，让我在困顿之时得以喘息并且轻松愉悦。

感谢斯蒂芬·巴克莱、珍妮弗·巴斯、乔纳森·伯恩汉姆、索尼娅·奇斯、艾米·克雷、玛丽·伊文斯、西蒙·弗兰克尔、玛德琳·加西亚、科特尼·胡德尔、阿达力斯·马丁内兹、麦迪·毛、豪伊·桑德斯、E.贝丝·托马斯、莉迪亚·威沃尔、马特·韦纳、艾米丽·威尔伯的帮助。感谢索菲、泽克、萝丝、亚伯·夏邦对本书的启发、理解与令人困扰而又幸福的捣乱。

最后，向阿耶莱特·沃德曼从始至终的支持、鼓励、爱、保护与陪伴致以最为诚挚而恒久的感谢。